Mortimer M. Müller

Das fiese Glück

AF215764

Walter ist Pessimist – und das aus gutem Grund. In seinem Leben läuft alles schief. Er hat kein Glück mit den Frauen, seine Familie will nichts von ihm wissen und in der Arbeit muss er einen albtraumhaften Chef ertragen. Zudem kämpft er mit chronischen Erkrankungen, hat hohe Schulden und wird von seinen Mitmenschen nur zu gern als Sündenbock dargestellt. Kurz: Walter ist zu Recht Pessimist.

Doch eines Tages ändert sich alles. Walter mutiert vom Pechvogel zum Glückspilz, wird von positiven Ereignissen überhäuft. Als er auch noch seiner Traumfrau begegnet, schwebt Walter auf Wolke sieben – aber das fiese Glück hat ganz eigene Pläne …

DAS FIESE GLÜCK ist ein humorvoller Unterhaltungsroman für alle, die das Wundern noch nicht verlernt haben.

Mortimer M. Müller schreibt seit seiner Jugend Lyrik, Kurzgeschichten und Romane in den Genres Thriller, Fantastik, Unterhaltung und Satire. Daneben ist er begeisterter Sportler, Waldliebhaber, Sonnenanbeter sowie in den kreativen Bereichen Gesang, Film und Fotografie aktiv. Er arbeitet und studiert an der Universität für Bodenkultur in Wien.

Sein Kitzbühel-Thriller KABINE 14 wurde für den Friedrich-Glauser-Preis 2014, Sparte Debütroman, nominiert.

Mehr Informationen finden Sie unter:
https://blog.mortimer-mueller.at

Weitere Romane des Autors sind in Vorbereitung.

MORTIMER M. MÜLLER

Das **fiese** Glück

ROMAN

Bibliografische Information der Deutschen Nationalbibliothek:

Die Deutsche Nationalbibliothek verzeichnet diese Publikation in der Deutschen Nationalbibliografie; detaillierte bibliografische Daten sind im Internet über http://dnb.dnb.de abrufbar.

1. Auflage
© 2018 Mortimer M. Müller
Covergestaltung, Satz, Layout: Mortimer M. Müller
Mitwirkende: Sandra und Doris Almstädter, Wendelin Müller
Autorenfoto: Carsten Neff

Herstellung und Verlag:
BoD - Books on Demand, Norderstedt
ISBN: 9783748168539

blog.mortimer-mueller.at

gegen die richtig fiesen Momente im Leben

»Söringen, kommen Sie in mein Büro.«

Na toll. Ich wusste schon, was Sache war. Wenn mein Chef, Hans-Ulrich Zwieböck, so anfing, bedeutete das einen ziemlichen Scherbenhaufen. Außerdem war klar, dass die Albträume heute Nacht noch nicht alles gewesen sein konnten. Der Tag hatte erst begonnen.

»Walter, mach den Mund zu und beweg deinen Hintern.« Mein Sitznachbar Eduard, die einzige Person in der Abteilung, mit der ich so etwas wie eine freundschaftliche Beziehung pflegte, deutete Zwieböck hinterher. »Wenn du ihn warten lässt, wird es richtig schmutzig.«

Wortlos erhob ich mich und folgte meinem Chef. Ich spürte, wie mir der Schweiß ausbrach. Aber ich kannte das Spiel und wusste, was ich zu tun hatte. Einfach den Schwanz einkneifen und demütig alle Schikanen ertragen, denn es würde bestimmt sehr schlimm werden.

»Sie verdammtes Stück Scheiße!«, brüllte mein Chef los. »Was haben Sie sich dabei gedacht?«

Meine Gedanken rasten. Was er wohl meinte? Ich erinnerte mich an keinen Fehltritt, zumindest keinen, den er mitbekommen haben könnte.

»Sie haben mich gestern in der Kantine einen Aufschneider genannt. Sagen Sie, sind Sie noch bei Trost?«

Ach so, das meinte er. Also hatte mich mal wieder einer meiner Arbeitskollegen verpfiffen. Da wären mir auf Anhieb ein paar viel schlimmere Dinge eingefallen. Zum Beispiel, dass ich ihn im Beisein seines Stellvertreters einen *unangenehmen Zeitgenossen* genannt hatte.

»Ich hätte gut Lust, Sie zu feuern, Söringen«, röhrte Zwieböck weiter und ließ seine mächtigen Schultern kreisen. »Aber so richtig, mit einem Arschtritt und allem was dazu gehört.«

Ich blieb standhaft, saß aufrecht im Besucherstuhl und zuckte mit keiner Wimper.

»Aber«, fuhr Zwieböck fort, »dann würden mir unsere netten Unterhaltungen sicher abgehen. Ein Dreckschwein braucht doch jedes Unternehmen, finden Sie nicht auch?«

Ich wusste, was von mir verlangt wurde. »Natürlich, Herr Zwieböck, wo Sie recht haben, haben Sie recht.«

»Ich habe immer recht!« Zwieböck stolzierte durch sein Büro. »Nun gut, ich bin fertig mit Ihnen. Raus hier, aber dalli, und schreiben Sie bis zum Abend den Bericht, sonst feuere ich Sie doch noch.«

»Welchen Bericht denn?«

»Stellen Sie sich nicht dümmer, als Sie sind, auch wenn das schwer möglich ist. Ich meine die Zusammenfassung des Feedbacks zur englischen Übersetzung unserer Hausordnung. Sie haben drei Stunden. Und jetzt fort mit Ihnen.«

Folgsam erhob ich mich und trat aus der Tür. Die hämischen Blicke meiner Kollegen ruhten auf mir. Es gab keine Rückmeldungen zur englischen Fassung unserer Hausordnung. Es existierte auch nur eine deutsche Version. Das bedeutete, ich musste unser Regelwerk übersetzen, dann eine Blitzumfrage durchführen und zuletzt einen mehrseitigen Bericht verfassen, komplett mit Grafiken, Diagrammen und einer Lobeshymne auf unseren Chef. Wahrscheinlich durfte ich ihm morgen das Feedback zur spanischen Hausordnung präsentieren. Es war erst Montag. Also hatte ich noch vier Sprachen vor mir.

Ich frage mich manchmal, wann es begonnen hat. Ob es überhaupt einen Beginn gab oder schon immer so war. Meine Mutter hat mir mal erzählt, dass meine Geburt völlig unspektakulär verlaufen ist. Ich bin hinausgeflutscht, hat sie gesagt, ein rosarotes Etwas, das gleich mal so laut gebrüllt hat, dass sogar der Oberarzt in den Kreißsaal gestürmt ist. Niemand hat mich fallen gelassen. Das war ja meine erste Hypothese. Aber nein, angeblich ist das nicht passiert. Das wäre auch zu einfach, und einfach ist in meinem Leben wirklich nichts.

Meine zweite Theorie betrifft ein Erlebnis in der dritten Klasse, an das ich mich noch so gut erinnern kann, als wäre es gestern gewesen. Die dicke Anna. Sie ist schuld. Ich habe ihr den Schokoriegel gemopst und das hat sie mir übel genommen. Als sie auf mich zugestürmt ist, die fetten Hände zu Fäusten geballt, das glänzende, rote Gesicht eine Teufelsfratze – da habe ich es schon mit der Angst zu tun bekommen. Aber sie hat nicht zugeschlagen. Sie hat mich nicht mal geschubst. Sie hat nur gebrüllt: »Das ist meiner! Ich hab dran gelutscht!« Anna meinte natürlich den Schokoriegel. Mir ist auch gleich ganz anders geworden. Ich bin gerade noch bis zum Klo gekommen. Leider habe ich mich vertan. Es war die Frauentoilette und ich bin mit meiner Lehrerin zusammengestoßen. Dann habe ich gereihert. Auf die Schuhe meiner Professorin. Das fand sie nicht so toll und ich durfte eine Stunde in der Ecke stecken; verdreckt, stinkend und mit verheultem Gesicht.

Ja, so könnte es begonnen haben. Aber wenn ich ehrlich bin, erinnere ich mich danach noch an die eine oder andere schöne Phase in meinem Leben. Mein erstes Mal zum Beispiel. Das war keine typische Jugendliebe, viel Gekicher, unsichere Küsse und keine Ahnung, wo man sein Ding reinstecken sollte. Sie war sechsundzwanzig, ich gerade mal sechzehn. Hat mich angequatscht, als ich aus der Disco gehen wollte. Ich habe einen Witz gerissen und der dürfte ihr gefallen haben. Jedenfalls hat sie laut gelacht und ihre Augen haben zu leuchten begonnen. Dieses Leuchten ist auch nicht mehr verschwunden. Sie hatte eine Wohnung, fünf Minuten entfernt. Ich bin mitgegangen und sie hat mich ins Schlafzimmer gelotst. So schnell habe ich gar nicht schauen können, ist sie nackt vor mir gestanden. Ich fand das momentan ziemlich geil, war überhaupt nicht schüchtern. Lag sicher am Alkohol. Meine restlichen Erinnerungen an diesen Abend sind ein wenig verschwommen. Aber wir haben es getan, mehrmals. Dazwischen war ich mal kotzen auf der Toilette.

Ich bekomme heute noch einen Steifen, wenn ich an diese Nacht denke. Wiedergesehen habe ich sie nie. Ich weiß nur mehr ihren Namen. Er lautete Anna. Irgendwie ein seltsamer Zufall.

»Hallo Schatz! Ich bin daheim.«

Gut, das war eine schlechte Idee. Erstens hatte ich Claudia noch nie *Schatz* genannt – wir kannten uns erst seit fünf

Wochen – und zweitens war es erfahrungsgemäß unklug, den Bosheiten des Lebens an den Kopf zu werfen, dass man zu Hause eingetroffen war. Aber ich hatte mich nun mal hinreißen lassen und damit war die nächste Katastrophe vorprogrammiert.

Ich merkte es an der Stille. Mein wacher Geist kombinierte sofort, dass sie nicht in der Wohnung war. Durch meine unfreiwilligen Überstunden – Zwieböck hatte darauf bestanden, dass ich sämtliche angeschlagenen Hausordnungen mit dem Punkt »Der Chef hat immer recht« ergänzte – war es bereits nach zwanzig Uhr. Claudia sollte mir längst kokett und in Spitzenunterwäsche entgegenlaufen; nicht, dass sie das jemals getan hätte, aber ich meine ja nur.

Dann erkannte ich, dass es gar nicht still war. Ja, freilich röhrte der Kühlschrank, als würde er demnächst wieder die Sicherung herausfliegen lassen (was er eine Stunde später auch tat) und von draußen klang das Rauschen des Abendverkehrs herein. Aber was oder wen ich meinte, war Susi. Meine Ratte galoppierte in ihrem Laufrad, als wäre eine böse Miezekatze hinter ihr her oder als trainierte sie für einen Benefiz-Marathon zur Rettung von Labormäusen.

Somit war alles klar. Ich hatte es vergeigt. Claudia war nicht da, weil sie nie mehr wiederkommen würde. Doch das konnte noch nicht die ganze Hiobsbotschaft sein. Hatte ich ihr von meiner eisernen Reserve erzählt – in Form eines mit zweitausend Euro gefüllten Sockens?

Ich riss den Wohnzimmerschrank auf, aber der Strumpf war noch da; inklusive Füllung. Und die alte Taschenuhr, das letzte Erbstück meiner Mutter? Auch sie lag unangetastet am Nachtkästchen.

Dann traf mich ein Gedankenblitz und ich eilte in die Küche. Am Esstisch lag ein Briefumschlag, der mit einem zerbrochenen Herz und den Worten *Bye, bye, du Flasche!* verziert war. Ich warf ihn ungeöffnet in den Papiercontainer, riss stattdessen eine Lade auf.

Tatsächlich. Sie hatte ihn mitgenommen. Meine edelste Flasche, einen fünfundzwanzig Jahre alten Cragganmore. Frechheit!

Manchmal denke ich, ich habe es von meiner Mutter geerbt. Sie hat in ihrem Leben viel erdulden müssen. Ihre Eltern starben, als sie noch ein Kind war. Mama wuchs bei ihrem Onkel auf, der sie misshandelt und, wie ich vermute, auch vergewaltigt hat. Dazu führte er ein autoritäres, liebloses Regime im Haus. Meiner Mutter war alles verboten, was Spaß machte. Ins Kino durfte sie das erste Mal mit sechzehn, Fortgehen war ihr bis achtzehn untersagt. Der erste Typ, mit dem sie zusammen war, ließ sie schwanger zurück. Meine Mutter verlor ihr Kind, als sie von ihrem Onkel geschlagen wurde. Immerhin kam der Arsch ein paar Wochen später bei einem Autounfall ums Leben.

Danach gab es ein paar Jahre, die besser gelaufen sind. Mama lernte Gregor kennen, meinen Vater, einen Anwalt mit beeindruckenden Segelohren und einem frechen Grinsen im Gesicht. Das weiß ich aber nur von den Fotos. Er hat meine Mutter betrogen, noch bevor ich geboren wurde. Und zwar gleich mit mehreren Frauen. Mama hat lange nichts gesagt und beide Augen zugedrückt. Dann wollte Gregor die Scheidung. In einer großzügigen Geste hat er meiner Mutter das Haus überlassen; mitsamt den Schulden in der Höhe von mehr als zweihunderttausend Euro.

Klar, dass es meine Mutter bessermachen wollte. Ich durfte alles, von Beginn an, wurde von ihrer Liebe überflutet, um nicht zu sagen ertränkt. In der Pubertät ging mir das bald ziemlich auf den Keks. Ich nahm Abstand und sie versuchte, das mit noch mehr Zuneigung und Hingabe zu kompensieren. Nie hat sie mich kritisiert, wenn ich wieder einmal sturzbesoffen nach Hause gekommen bin. Nur ein einziges Mal ist ihr etwas herausgerutscht, als ich mich auf ihren Lieblingsteppich erbrochen habe.

»Du solltest ins Bett gehen.«

Mama lotste mich nach oben, warf den Teppich in den Müll und brachte mir Kamillentee mit Zwieback.

In ihren Augen muss ich ein rücksichtsloses Ekel gewesen sein. Sie hat mich das nie spüren lassen. Niemals. Ich hätte sie aufheitern sollen, wenn ich sie wieder einmal beim Weinen ertappte. Aber mitten in der Pubertät seine Mutter trösten oder gar umarmen? Das ging nun wirklich nicht.

»Was is'n?«, hab ich gefragt.

Rasch hat sie die Tränen weggewischt und mir ein Lächeln geschenkt. »Nichts, mein Schatz, nichts. Soll ich dir Pfannkuchen backen?«

Ja, so war meine Mutter. Eine wirklich gute Seele, die ihr Wesen fest verschlossen gehalten hat. Ich hätte öfter auf ihre Worte hören sollen. Einer ihrer Sprüche ist mir gut in Erinnerung geblieben: »Glück wird dir im Leben nicht geschenkt. Du hast es – oder eben nicht.«

Leider habe ich zu spät erkannt, wie recht sie mit dieser Aussage hatte.

Ich fischte Claudias Brief aus dem Papiereimer und las ihn doch noch. Im Nachhinein betrachtet keine gute Idee. Die Lösung für ihre boshaften, hämischen Worte war billiger Wodka. Mit Orangensaft natürlich, ich bin kein Unmensch. Das sollte mich auch über den Diebstahl meiner sündteuren Whiskyflasche hinwegtrösten.

Der Alkoholkonsum hatte zur Folge, dass mich die Müdigkeit rascher übermannte als geplant, obwohl Susi weiter emsig und gar nicht leise in ihrem Laufrad herumtollte.

Als es an der Tür läutete, war ich dennoch sofort hellwach.

Einbrecher, drang es in meine Gedanken. *Ein Mörder auf der Flucht. Das Sondereinsatzkommando, das mich wegen meines Kaugummi-Diebstahls vor zwanzig Jahren festnehmen will.*

Trotz meines hochprozentigen Innenlebens erhob ich mich rasch und fast nicht schwankend. Womöglich bedeutete der ungebetene Besuch gar nichts Schlimmes. Vielleicht hatte sich bloß einer meiner Nachbarn beim Rasieren geschnitten und wollte ein Pflaster. Aber wissen konnte man nie. Mein Blick fiel auf den Wecker am Sofatisch. Gleich zweiundzwanzig Uhr. Reichlich spät für die Belästigung anderer Mitbewohner.

Doch dann vernahm ich Kinderlachen und sofort war alles klar. Die Biester aus Nummer zehn waren zurückgekehrt!

Ich riss die Tür auf, trat mit böse rollenden Augen nach draußen – und mitten in einen Haufen Faulschlamm, den die Nachbarskinder aus der Regentonne gefischt und vor meiner Wohnung abgelegt hatten. Die Übeltäter verschwanden gerade kichernd und gackernd im Gang.

In diesem Moment beging ich den nächsten Fehler. Statt mich mit meinem Schicksal abzufinden, war ich dumm genug, die Verfolgung aufzunehmen. Ich kam bis Tür Nummer sieben. Sie wurde aufgerissen und Frau Schulz stierte hervor, als wäre ich der Weihnachtsmann; oder eher ein besonders hässlicher, verdreckter Krampus, der mit der Rute in der Hand Jagd auf unartige Kinder machte.

»Söringen, Sie Ferkel!«, kreischte Frau Schulz. »Wer soll denn das hier saubermachen?«

»Entschuldigen Sie vielmals. Ich werde natürlich …«

»Selbstverständlich werden Sie! Aber dalli, sonst rufe ich den Reinigungsdienst und Sie zahlen die Rechnung.«

Als ich kehrtmachte, wäre ich um ein Haar auf meiner Faulschlammspur ausgerutscht und hätte einen wenig eleganten, aber sicher schmerzhaften Spagat hingelegt. Aus unerfindlichen Gründen blieb mir dieses Schicksal erspart. Aber der Tag endete erst in zwei Stunden, da konnte noch einiges passieren. Ein Wohnungsbrand zum Beispiel.

Wann es begonnen hat, weiß ich also nicht. Ich kann mich aber an den Moment erinnern, als ich begriff, dass mit mir etwas nicht stimmt.

Das war fünf Tage vor meinem Abitur. Ich bin um vier Uhr morgens von einer Party nach Hause gekommen, sturzbesoffen und theoretisch nicht mehr fähig, einen Menschen von einem Baum zu unterscheiden. Im Gebäude hat Licht gebrannt. Das hat mich in meinem geistig umnachteten Zustand nicht irritiert – bis ich die Polizei- und Krankenwagen vor der Einfahrt erblickt habe. Ich glaube, so schnell bin ich noch nie ausgenüchtert. Mein Blutalkohol muss in wenigen Sekunden durch die Haut verdampft sein.

Ich bin durch die Tür gestürmt, klar im Kopf, aber nicht in meinen Bewegungen. Ich muss wie ein Irrer gewirkt haben, als ich mitten im Zimmer gestanden bin, meine Augen hin und her gerollt sind und mein Mund Laute ausgestoßen hat, die wenig mit menschlicher Sprache gemein hatten. Eine Polizistin ist an mich herangetreten, auf ihrem Antlitz eine Mischung aus Bedrücktheit und Empörung. Sie wollte etwas sagen, aber da wusste ich schon, was Sache ist.

Meine Mutter lag am Fußende der Treppe. Sie war tot. Genickbruch, hat mir später die Polizistin gesagt. Zwischen Mamas Fingern lag noch das Handy. Sie wollte gerade meine Nummer wählen. Ich hätte um Mitternacht daheim sein sollen. Aber zwei Stunden davor hatte sich meine Freundin von mir getrennt – mit den Worten: »Du bist 'ne Flasche. Außer Saufen kanns'de nix.«

Ich hätte meine Mutter retten können. Angeblich war sie nach dem Sturz noch eine halbe Stunde am Leben. Das hat mir später die Polizistin am Revier erklärt. Zuletzt meinte sie noch: »Wer nur Fortgehen und Saufen im Kopf hat, der braucht sich nicht wundern, wenn alles schiefgeht.«

Die ganze Sache war ziemlich verrückt. So viel kumuliertes Pech war nicht normal, wie ich damals fand. Aus heutiger Sicht kann ich sagen: Ich hätte es wissen müssen.

Nein, meine Wohnung fing nicht Feuer. Sobald mir der Gedanke ins Bewusstsein schoss, rechnete ich jede Sekunde damit. Ich kontrollierte den Gasherd – abgedreht –, den Kühlschrank – der ausnahmsweise nicht nach verschmortem Plastik stank – und sämtliche Netzstecker in der Wohnung, aber nirgends gab es Anzeichen für einen Kabelbrand. Auf meiner hysterischen Geisterjagd durch das Apartment kam ich an Susis Käfig vorbei; Susi dreizehn, um genau zu sein. Die Ratte hatte inzwischen fast drei Jahre auf dem Buckel und war damit älter als jede Susi davor. Sie hockte vor ihrem mit Sägespänen ausgestopften Unterschlupf, putzte sich das schwarz-weiß gescheckte Fell und die rosafarbenen Öhrchen.

Wahrhaftig. Susi hatte aufgehört. Sie turnte nicht länger in ihrem Laufrad herum, sondern schmiegte sich in die Sägespäne und blinzelte mir verschwörerisch zu. Dann machte sie kehrt und wühlte sich unter ihre Behausung, bis nur noch die Schwanzspitze zu sehen war.

Erleichtert atmete ich auf. Der Tag war vorbei, für heute musste ich keine Unglücke mehr erwarten.

Ich schnappte mir einen Eimer und Wischmobb, entfernte die Sauerei im Gang und an meiner Wohnungstür. Morgen würde ich mit den Eltern der kleinen Biester sprechen. Erst vor drei Tagen hatten sie mir eine überfahrene, stinkende Kröte in den Postkasten gesteckt, die ich, noch gestresst von der Arbeit, mitsamt den Briefsendungen in die Tüte mit dem Obst und Gemüse getan hatte. Glauben Sie mir, selbst der größte Hunger löst sich schlagartig in Wohlgefallen auf, wenn Ihnen zwischen Zucchini und Äpfeln zwei schiefe Krötenaugen entgegenglupschen.

Als ich mit dem Aufwischen fertig war, gönnte ich mir drei Achtel Rotwein. Das weckte meinen Appetit. Beschwingt trat ich in die Küche und griff nach den Keksen, die ich heute Morgen gekauft hatte. Es waren mit Schokolade überzogene und sicherlich verboten süße Plätzchen, die mir nach dem heutigen Tag gerade recht kamen.

Als ich den ersten Keks in den Mund schob und zu kauen begann, hörte ich es. Susi hatte wieder zu laufen begonnen. Emsig drehte sich ihr Laufrad, das schabende Geräusch vermischte sich mit dem Knirschen und Mahlen in meinem Mund.

Grandios. Einmal mehr war ich dem Unglück in die Falle gegangen. Ich schloss ergeben die Augen – und auf meiner Zunge explodierte ein Brennen.

Das Abitur war nach dem Tod meiner Mutter hinfällig. In den fünf Tagen bis zu den Prüfungen bekam ich mich gerade so weit in den Griff, dass ich ohne Weinkrämpfe die Treppe hinabwanken konnte. Der Alkohol war in dieser Zeit mal wieder mein bester Freund. Sonst hatte ich nicht viele. Genau genommen gar keinen, der es wert gewesen wäre, erwähnt zu werden. Dies lag daran, dass ich unter Alkoholeinfluss dumme Sachen sagte. Zum Beispiel lustig gemeinte Beleidigungen. Oder ich verplapperte mich bei intimen Geheimnissen.

Wenn ich es recht überlege, hatte ich schon einen Freund, eine treue Freundin sogar. Allerdings war sie nicht menschlich. Mit vierzehn, nachdem ich das erste Mal sternhagelvoll heimgekehrt war, bekam ich von meiner Mutter eine Ratte geschenkt. Ich nannte sie Susi; nach meinem früheren Lieblingsfilm *Susi und Strolch*, aber auch als Anspielung auf die Ratte im Film, die – sehr zu meinem Unmut – als garstiges und hinterhältiges Wesen dargestellt wird. Von Beginn an hegte und umsorgte ich Susi, brachte ihr täglich Leckereien und trug sie regelmäßig mit mir herum. Dennoch lebte sie gerade mal ein halbes Jahr. Dummerweise vergaß ich eines Abends die Käfigtür zu schließen. Am nächsten Morgen war Susi verschwunden. Auf der Suche nach ihr bin ich durch den Garten gestürmt und über Merlin, den pechschwarzen Nachbarskater mit seiner zuckenden weißen Schwanzspitze gestolpert. Das hat mich ziemlich getroffen. Also nicht die Sache mit Merlin oder dem Stolpern, sondern weil das Vieh meine halbzerkaute Ratte auf den Gehweg gespuckt hat.

Wenn ich jetzt daran denke, könnte das der Anfang gewesen sein. Ich meine, wie sollte sich mein Leben positiv entwickeln, wenn ich über einen schwarzen Kater stolpere, der gerade meine einzige Freundin totgebissen hat?

Ich heulte tagelang, bis meine Mutter versprach, mir eine neue Ratte zu kaufen. Das Tier war wie Susi schwarz-weiß gescheckt, besaß ebenso rosafarbene Öhrchen und dieselben kleinen, dunklen Knopfaugen. Ich taufte die Ratte Susi. Susi zwei bekam nach acht Monaten einen aggressiven Hirntumor und starb innerhalb weniger Wochen. Diesmal war es nicht notwendig, meine Mutter lange zu bearbeiten. Am nächsten Tag hockte eine weitere Ratte im Käfig; schwarz-weiß gescheckt, mit rosa Ohren und knuffigen, dunklen

Knopfaugen. Sie schaffte elf Monate. Bei den Vorbereitungen auf eine Prüfung fiel mir das Deutschwörterbuch aus der Hand und zerquetschte Susi drei, die soeben über den Zimmerboden lief. Susi vier kam auf ein volles Jahr und überlebte sogar meine Mutter. Aber nur um ein paar Tage. Ich vergaß, dass die Ratte anwesend war. Eine Woche nach dem Tod meiner Mutter fand ich Susi lang ausgestreckt auf dem Boden des Käfigs. Sie muss wohl verdurstet sein.

Es dauerte eine geschlagene Stunde, bis mein angeschwollenes Gesicht wieder menschlich aussah. Trotz einer Überdosis von Antihistaminika glaubte ich fest daran, nun endlich das Zeitliche zu segnen. Aber daraus wurde vorerst nichts. Zwar brannte mein Mund wie Feuer, ich konnte kaum schlucken und meine Zunge fühlte sich an wie die Haut der überfahrenen Kröte, die ich damals zwischen meinen Einkäufen entdeckt hatte, aber immerhin litt ich nicht unter Atemnot und grässlicher Übelkeit.

Als die Beschwerden abklangen, torkelte ich aus dem Bad in die Küche und schnappte mir die Kekspackung. Auf der Rückseite las ich: *Enthält Nüsse*. Fantastisch. Und ich Dussel hatte mal wieder nicht auf die Zutaten geachtet.

Es war ein schwacher Trost, dass die Kekse in Aktion gewesen waren. Ich hatte nämlich gleich drei Packungen gekauft.

Kurz überlegte ich, die Plätzchen nach und nach an Susi zu verfüttern. Aber wenn ich an das Schicksal von Susi sieben dachte – sie erstickte qualvoll an meinen ersten (und einzigen) selbst gebackenen Honigcräckern – war das keine gute Idee. Daher mussten die Kekse in den Müll und ich ins Bett.

Vor dem Schlafengehen nahm ich ein Schmerzmittel ein; allerdings nicht aufgrund meiner brennenden Mundhöhle, sondern wegen meines Beins. Nach dem Faulschlammausflug vor die Wohnungstür hatte es wieder zu zwicken begonnen. Das Zwicken war einem pulsierenden Schmerz gewichen, der sich vom Oberschenkel bis zur Wade erstreckte. Die letzte halbe Stunde war ich keuchend und stöhnend umhergehumpelt.

Ich setzte mich auf die Bettkante, zog die Socken aus. Es herrschte Stille. Endlich war Susi zur Ruhe gekommen. Mit etwas Fantasie konnte ich sogar ihr Schnarchen vernehmen. Ich blickte auf mein Smartphone, scrollte durch die Gruppen in meinen Kontakten. In der Rubrik *Familie* befanden sich nur drei Einträge. Weder von meinen Großeltern, noch von meiner Tante oder meinem Cousin hatte ich in den vergangenen Jahren etwas gehört. Meine Anrufe waren stets unbeantwortet geblieben. Aus ihrer Perspektive war das vielleicht eine logische Konsequenz der Ereignisse. Aus meiner Sicht durfte ich das Gleiche behaupten: Selbstverständlich hatte ich auch den Rest meiner Familie verlieren müssen.

Ich sank auf das Kopfkissen, blickte zur Decke empor und atmete tief durch. Eigentlich kein übler Tag. Es hätte viel schlimmer kommen können.

Das Abitur musste also warten; und wartet immer noch. Dafür wurde mir das Haus meiner Mutter überschrieben. Und damit ging es erst richtig los. Ich übernahm nicht nur das Grundstück, sondern auch die Schulden in der Höhe von hundertdreiundvierzigtausend Euro. Meine Verwandten sahen nur das Haus, den großen Garten und einen trinksüchtigen Egoisten, der nicht zur Stelle gewesen war, als seine Mutter auf grausame Weise erstickte.

»So ein dummer Junge«, sagte meine Großmutter und schüttelte den Kopf.

»Eine Schande ist das«, betonte meine Tante und wandte den Blick ab.

»Eing'sperrt g'hörst!«, fauchte mein Cousin und funkelte mich an.

Meine Verwandten zogen vor Gericht – und gewannen. Ich musste das Haus verkaufen, in dem ich fünfzehn Jahre meines Lebens verbracht hatte. Als meine Familie, die Bank, der Notar, das Beerdigungsunternehmen und der Schätzgutachter zufriedengestellt waren, blieb mir kein Cent. Aber mir blieben Schulden in der Höhe von dreiundsiebzigtausend Euro. Eine ordentliche Summe für einen Neunzehnjährigen.

Freilich musste nun ein Job her. Was tun ohne Abitur und ohne weiterführende Ausbildung? Ich nahm die erstbeste Stelle, die ich kriegen konnte: Straßenfeger. Das war nicht der ideale Job für mich. Der erste nasskalte Arbeitstag und ich bekam eine Lungenentzündung. Mein nächster Job bestand im Austragen von Zeitungen; auch nicht viel besser.

Es folgten Hilfsmechaniker, Sanitäter, Fließbandarbeiter, Aushilfs-Pizzabäcker, Ladendetektiv, Zoomitarbeiter, die Anstellung in einem Nachtlokal, als Zauberlehrling, bei der Telefonseelsorge – schlussendlich landete ich in einem großen Werbeunternehmen; als Assistent des Abteilungsleiters für Marketing.

Das war die perfekte Ausgangsposition, um all jene niederen Dienste zu verrichten, die niemand sonst tun wollte. Aber ich habe die Zähne zusammengebissen und gearbeitet. Schließlich brauchte ich das Geld.

Hätte ich zu diesem Zeitpunkt geahnt, dass ich auch zehn Jahre später dieselbe Position innehaben und die gleichen sinnfreien Arbeiten erfüllen würde und sich meine Schulden bis dahin nicht verringern sollten – wahrscheinlich hätte ich mir das Leben genommen.

Na gut, das ist gelogen. Ich hätte mich niemals umgebracht. Abgesehen davon, dass ich überzeugter Pessimist bin, bin ich auch ein großer Feigling. Ich habe mich nicht gegen die Anschuldigungen meiner Verwandten zur Wehr gesetzt, nie in der Arbeit aufgemuckt und kein einziges Mal – abgesehen von meinem Kaugummi-Diebstahl in der Schule – etwas Verbotenes oder Illegales getan. Das hätten die perfekten Voraussetzungen für ein unauffälliges, langweiliges und unglückliches Leben sein können; wäre da nicht jener Dienstag Anfang Mai gewesen, an dem mir das Glück zu huldigen begann.

Am Morgen erwachte ich ohne Kopfschmerzen. Ich öffnete die Augen, schloss sie wieder, drückte gegen mein Nasenbein, aber es blieb dabei: kein dumpfes Pochen hinter meiner Stirn, kein schmerzhaftes Ziehen unter meinen Lidern.

Umsichtig setzte ich mich auf, darauf gefasst, jeden Moment von einem Schwall Übelkeit übermannt zu werden. Dann registrierte ich, dass ich mich nicht erinnern konnte – an die horrenden Albträume; an das Gefühl, gefangen und ausgeliefert zu sein; an den schwarzen Schatten, der mich mit rot glühenden Augen verfolgte; an den Empfindungswirrwarr aus Verlust, Trauer und Hilflosigkeit. Hatte ich etwa keine Albträume durchleben müssen?

Ungewöhnlich, dachte ich noch, als ich aufstand, mit den nackten Sohlen auf etwas Hartes, Spitzes trat und mit einem Schmerzenslaut wieder ins Bett fiel.

Das kam davon, wenn man seine eigenen Regeln nicht befolgte. Und meine erste Regel für das Aufstehen lautete: *Check die Lage.* Oft hatte ich dadurch Unglücke vorausahnen können. Aber wenn man keinen Blick auf den Boden und auf Susis Fraßspuren warf – in diesem Fall Walnussschalen – war einem nicht zu helfen.

Ich erhob mich ein zweites Mal, vorsichtiger jetzt, humpelte ins Badezimmer. Ich sah erstaunlich fit aus. Fast wie aus dem Ei gepellt. Keine dunklen Augenringe, keine geplatzten Äderchen, kein verquollenes Gesicht. Auch das war ungewöhnlich. So ungewöhnlich, dass es mich misstrauisch werden ließ. Ich lauschte, aber Susi war still. Auf Zehenspitzen trat ich zum Käfig und lugte in das kleine Holzhäuschen. Meine Ratte blinzelte, gähnte und streckte sich. Dann wandte sie mir den Rücken zu und schlief weiter.

Zugegeben, ich war verwirrt. Susi war immer vor mir wach. Ob das bedeutete, dass es ihr nicht gut ging? Aber krank hatte sie nicht gewirkt. Ich überlegte, inwieweit ihr Verhalten ein positives Zeichen sein mochte, verwarf den Gedanken aber wieder. So etwas sollte ich gar nicht denken. Das lockte Unglücke an. Sie spürten, wenn ich mich sicher fühlte. Dann kamen sie aus ihren finsteren Löchern gekrochen und fielen über mich her; und zwar meistens nicht allein, sondern im Rudel. In dieser Hinsicht sind Unglücke wie Menschen: Zusammen macht alles mehr Spaß.

Ich verpasste den Bus, aber das war nicht weiter schlimm. Seit Jahren brach ich mindestens eine halbe Stunde früher zur Arbeit auf. Oft war ich deshalb zeitig und vor allen anderen im Büro, aber das war mir lieber, als wenn ich zu spät kam und von meinem Chef zur Schnecke gemacht werden konnte.

Heute war ich nicht der Erste im Haus. Katharina aus der Buchhaltung, Ferdinand vom Marketing und auch Eduard waren schon da. Sie alle blickten mich an, fahl und mit den hervorquellenden Augen einer überfahrenen Kröte. Ich vermutete einen unschönen Pflaumenmus-Fleck an meinem Kinn, wollte kehrtmachen und auf die Toilette stürmen, als Eduard hervorwürgte: »Zwieböck ist tot.«

»Sehr witzig«, meinte ich und fand es überhaupt nicht witzig. Normalerweise hielt sich Eduard aus solchen Dingen heraus. Er schloss sich nicht den Gemeinheiten meiner übrigen Kollegen an. Aber offenbar war es mit seiner Zurückhaltung vorbei. Ziemlich unschön, mir vorzugaukeln, dass mein Chef das Zeitliche gesegnet hatte und …

»Es stimmt. Der Anruf kam vor ein paar Minuten. Er wurde gestern Abend tot in seiner Badewanne gefunden.«

»Hä?«

»Zwieböck hat ins Gras gebissen. Den Löffel abgegeben. Ist hopsgegangen.« Eduards Nase und Oberlippe bebten, so wie stets, wenn er nervös war. Ich musste da immer an ein Kaninchen denken.

»Nicht dein Ernst.«

»Todernst.« Eduard grinste schief und schob seine Brille auf der Nase umher. »Um neun ist Betriebsversammlung. Sie schicken jemanden aus der Chefetage, der uns offiziell informieren wird.«

»Halleluja«, sagte ich und stieß pfeifend die Luft aus. »Das sind mal Neuigkeiten.«

»Du solltest wissen, dass Ermittlungen laufen.«

»Ermittlungen?«

»Ja. Die Umstände seines Todes sind noch nicht geklärt.«

»Aha.«

»Nach der Betriebsversammlung werden wir von der Polizei einvernommen.« Eduard warf mir einen wachsamen Blick zu. »Ich hoffe, du hast für gestern Abend ein gutes Alibi.«

In diesem Moment machte es *klick* – das waren die Handschellen, die mir in meiner Vorstellung bereits angelegt wurden. Wer konnte ein stärkeres Motiv haben, Zwieböck umzubringen, als ich? Natürlich niemand.

Die Erkenntnis sickerte in mein Bewusstsein, schön langsam, wie zähes, stinkendes Öl. Das war's dann. Ende der Fahnenstange. Den Rest meines Lebens konnte ich mir an die Wand einer Gefängniszelle malen.

»Was haben Sie gestern zwischen zehn Uhr abends und ein Uhr morgens getan?«

»Ich war daheim, habe etwas getrunken, bin schlafen gegangen.«

»Kann das jemand bezeugen?«

»Ja, Susi.«

»Wer ist Susi?«

»Ähm, meine Ratte.«

»Interessant. Sie behaupten also …?«

»Meine Nachbarin hat mich gesehen.«

»Wann war das?«

»Kurz nach zehn.«

»Und danach?«

»Hatte ich ein Gläschen Rotwein und einen anaphylaktischen Schock.«

»Einen was?«

»Allergische Reaktion. Auf Nüsse.«

»Soso. Kann es sein, dass Sie sich unwohl fühlen? Sie schwitzen wie ein Schwein.«

»Es ist heiß hier, finden Sie nicht auch?«

»Ihren Daten entnehme ich, dass Sie allein leben. Stimmt das?«

»Ja. Meine Freundin hat mich gestern verlassen.«

»Soso. Hatten Sie irgendwelche Aversionen gegenüber Ihrem Chef?«

»Nein, wieso sollte ich?«

»Den bisherigen Gesprächen mit ihren Kollegen entnehme ich, dass Sie von ihm regelmäßig schikaniert worden sind. Stimmt das?«

»*Schikaniert* würde ich nicht sagen. Er war manchmal ein bisschen direkt, das ist alles.«

»Sie hegen also keinen Groll gegen ihn?«

»Freilich nicht. Er war mein Chef.«

»Soso. Gibt es irgendetwas, das Sie mir sagen wollen oder das uns weiterhelfen könnte?«

»Nicht, dass ich wüsste.«

»Gut, Herr Söringen, dann sind wir fertig. Aber waschen Sie sich in Herrgottsnamen das Gesicht, Sie glänzen wie eine Speckschwarte.«

»Natürlich, Herr Inspektor, das werde ich sofort tun.«

Ich erhob mich eilig und versuchte, mir die Erleichterung nicht anmerken zu lassen. Meine Wangen glühten wie Feuer. Vermutlich waren sie rot wie pralle Sommertomaten. Dazu kam, dass meine Unterwäsche durch den Angstschweiß längst durchnässt war und ich dastand wie ein Boxer nach dem Beinahe-k.-o.

»Herr Söringen.« Die dunklen Augen des Ermittlers wanderten meine Gestalt hinab. Er lehnte sich im Stuhl zurück und fuhr über seinen kahlen, braungebrannten Schädel. »Sie haben einen Fehler gemacht.«

Das Herz rutschte mir in die Hose. Doch was hatte ich erwartet? Ich war ein Unglücksrabe, daran ließ sich nicht rütteln. Vermutlich hatte irgendeiner meiner Kollegen behauptet, mich am Tatort gesehen zu haben. Oder auf dem

Ausdruck der englischsprachigen Hausordnung, die womöglich neben meinem toten Chef gelegen hatte, waren meine Fingerabdrücke aufgetaucht. Selbstverständlich schob man mir Zwieböcks Tod in die Schuhe. Vermutlich bekam ich lebenslänglich und durfte mich noch glücklich schätzen, wenn man mich zu einem sadistischen Homo in die Zelle steckte. Ob im Gefängnis Ratten erlaubt waren? Ich hoffte es wenigstens.

Der Polizist verschränkte die Finger. Ein Grinsen wanderte über sein Gesicht.

»Nicht Inspektor. Korrekt lautet es: Kriminalhauptkommissar Magister Peter Schwärzer. Sie können gehen.«

»Wie ist es gelaufen?« Eduard hielt mir einen Becher mit Kakao hin.

»Besser als gedacht.« Ich griff nach der heißen Schokolade und leerte sie in einem Zug. Dabei zitterte meine Hand so stark, dass ich einige Tropfen der braunen Flüssigkeit auf meinem weißen Hemd verteilte. Mein Blutzuckerspiegel musste in den vergangenen Stunden zum Mittelpunkt der Erde abgesackt sein.

»Siehst du, ich hab dir gleich gesagt, es wird halb so tragisch.« Eduard nippte an seinem eigenen Kakao. »Wahrscheinlich war es ja seine Frau.«

»Seine Frau?«

»Jup. Es ist ein offenes Geheimnis, dass Zwieböck sie betrogen hat. Und das nicht nur einmal. Unter Umständen wusste seine Gattin davon und hat ihn beim Föhnen in der Badewanne ein bisschen unterstützt.«

»Oder es war ein Unfall.«

»Genau. Weil Zwieböck so ein netter Mensch war, dass er nur durch ein unvorhersehbares Ereignis aus dem Leben scheiden konnte. Wie ich von Stephan erfahren habe, hatte unser Chef eine heiße Affäre mit Anna, einer Praktikantin.«

»Diese Anna habe ich nie kennengelernt.«

»Ich auch nicht. War eine andere Abteilung. Aber es gibt ein weiteres Gerücht: Angeblich ist Beweismaterial aufgetaucht, wonach Theresa, unsere Praktikantin von letztem Jahr, von Zwieböck vergewaltigt worden ist. Vielleicht steckt hinter dem Tod unseres Chefs ein raffiniertes Frauenkomplott. Oder es war eine von Roberts Intrigen. Der ist schon lange scharf auf Zwieböcks Position.«

»Vielleicht ist er einfach nur in der Badewanne ausgerutscht. Solche Unglücke passieren, glaub mir.«

»Dir mit Sicherheit, aber Zwieböck? Arschlöcher sterben nicht, nicht so. Übrigens haben wir Feierabend.«

»Feierabend? Es ist erst vierzehn Uhr.«

»Stimmt, aber der stellvertretende Betriebschef hat vorhin mit Robert gesprochen und gesagt, dass wir heimgehen können. Die Befragungen sind beendet und sie brauchen etwas Zeit, um die Abteilung neu zu organisieren.«

»Sag mal, Edi, woher kommt es, dass du alle Informationen und jedes Gerücht immer zuerst erfährst?«

Eduard zupfte an den üppigen Haarbüscheln, die aus seinen Gehörgängen ragten. »Die Ohren, mein lieber Walter, die Ohren. Halte sie offen und ich bin mir sicher, auch du wirst das eine oder andere aufschnappen. Hast du Lust, noch etwas trinken zu gehen?«

»Danke für das Angebot, aber nein. Ich muss von gestern Schlaf nachzuholen.«

»Wieder Albträume?«

»Diesmal nicht. Aber ein unruhiger Abend.«

Eduard grinste und klopfte mir auf die Schulter. »Dann sehen wir uns morgen – vorausgesetzt, sie buchten dich nicht doch noch ein.«

Auf dem Heimweg gingen mir zahlreiche Gedanken durch den Kopf. Neben Zwieböcks mysteriösem Ableben und dem plötzlichen, unerklärlichen Juckreiz in meiner Nase (als Ursache stellte sich später eine Kamikaze-Fliege heraus), beschäftigte mich auch das Gespräch mit dem Inspektor – Pardon, dem Kriminalhauptkommissar. Ich hatte von seinen Gesichtszügen lesen können wie aus einem offenen Buch. Er hielt mich nicht für so unschuldig, wie ich es war. Außerdem war mir nicht entgangen, dass er sich eine Notiz gemacht hatte, als ich den Raum verließ. Wahrscheinlich etwas wie *hochgradig verdächtig* oder *das ist unser Mann!* Vielleicht hatte er sich auch notiert: *Herr Söringen mit dem Haartrockner im Badezimmer.*

Vermutlich hätte ich den Zettel am Boden gar nicht entdeckt, wäre ich nicht in Gedanken versunken gewesen. Möglicherweise lag meine Aufmerksamkeit auch daran, dass gleich daneben eine zerbrochene Whiskyflasche lag – ein Cragganmore, wie mein geschulter Blick sofort erkannte. Definitiv seltsam.

Ich bückte mich und hob den Zettel auf. Es war ein Lottoschein. Mit drei Tipps für die morgige Ziehung. Ich sah mich um, öffnete den Mund, um der vermeintlichen Person, der dieser Schein gehören musste, hinterherzurufen und sie auf ihren Verlust aufmerksam zu machen. Aber da gab es niemanden, den ich hätte ansprechen können. Die Straße war leer. Erst fünfzig Meter entfernt, dort, wo die Fußgängerzone begann, eilten einige Passanten vorbei. Keiner sah in meine Richtung.

Ich hatte seit Jahren nicht mehr Lotto gespielt, schließlich war ich nicht dumm. Als Pechvogel sein Geld beim Glücksspiel hinauszuwerfen, grenzte an Verblödung. Ich war zweifellos der Sohn des Unglücks und ein ausgemachter Feigling, aber für besonders bekloppt hielt ich mich nicht; noch nicht, denn insgeheim war ich davon überzeugt, dass ich früher oder später (eher früher) an einem amüsanten Hirnfehler erkranken und meinen Verstand verlieren würde.

Aber noch war es nicht so weit – oder vielleicht doch, als ich meinen Blick auf den Lottoschein richtete. Kein Zweifel, die Quittung war gültig und für die morgige Ziehung ausgestellt.

Ich malte mir aus, was das bedeuten mochte: Ein fieser Scherz mit einer versteckten Kamera? Ein gefälschter Schein, der mir beim Versuch, ihn einzulösen, böse Scherereien einbringen musste? Oder gar der raffinierte Schachzug eines Unglücks und mir knallte jeden Moment ein Blumentopf auf den Schädel.

Ich riss den Kopf empor – doch da war nichts. Kein Blumentopf, kein Dachziegel, nicht einmal ein herabstürzendes Klavier. Bloß eine weiße Schäfchenwolke wanderte über den blitzblauen Himmel. Sie hatte die Form einer Ratte.

Heute war definitiv ein merkwürdiger Tag.

Als ich die Wohnung betrat, begrüßte mich Susi mit einem Homerun. Sie flitzte aus ihrem Häuschen, rechts durch die Sägespäne, schoss die Holztreppe am Käfigrand empor, fegte über den Kirschenast, hangelte sich die Kokosseile hinab, landete in ihrer Futterschüssel und wieselte zu ihrer Behausung zurück. Dann erhob sie sich auf die Hinterbeine und schnupperte interessiert in meine Richtung.

»Du hast recht«, gab ich zu. »Ich stinke nach Angstschweiß. Also entschuldige mich, ich muss in die Dusche.«

Ich riss mir die Kleider vom Leib, verstreute sie im Gang, betrat das Bad, stieg in die Duschkabine – und erstarrte. Der heutige Tag war außergewöhnlich verlaufen. Fast wollte ich sagen *harmlos*. Aber das war eine gefährliche Annahme. Jene Tage, die in den lichten Stunden nicht ordentlich für Wirbel sorgten, holen dies gewöhnlich abends nach. Und ich stand gerade in der Dusche; der perfekte Ort, um wie Zwieböck auszurutschen und mir den Schädel einzuschlagen!

Aber so leicht ließ ich mich von der unsichtbaren Bedrohung nicht fertigmachen. Ich ging in den Sumoringerstand, stützte mich seitlich an der Wand ab und duschte in der Geschwindigkeit eines Faultiers. Dadurch verbrauchte ich zwar dreimal so viel Wasser wie üblich, aber immerhin war ich noch putzmunter, als ich eine halbe Stunde später aus dem Bad trat.

Ich fütterte Susi, nahm sie aus dem Käfig und ließ sie eine Weile frei in der Wohnung herumtollen. Während ich zusah, wie sie eine riesige Walnuss von einem Ende des Zimmers zum anderen schleppte, dachte ich an Susi zehn. Das war ein besonders lebhaftes Tier gewesen. Leider zu lebhaft, denn eines Tages war sie nach einem gewagten Sprung im laufenden Mixer gelandet. Ein unschönes Ende.

Ich bugsierte Susi zurück in ihren Käfig. Sogleich steuerte sie das Laufrad an und kletterte hinein. Als meine Ratte loslegte, stellte ich mich innerlich auf eine mittelgroße Katastrophe ein – so hatte die Unglücksmafia mit Sicherheit den gestrigen Noch-nicht-Wohnungsbrand auf ihrer To-do-Liste.

Doch nichts geschah. Auch nach fünf Minuten, in denen ich gebeugt und mit hochgezogenen Schultern dastand, war ich noch am Leben. Susi stieg aus ihrem Laufrad, richtete sich auf die Hinterbeine auf und schenkte mir ein freches Grinsen.

Na gut, dann eben nicht. Ich trank ein Glas Wasser, räumte den Geschirrspüler aus, putzte mir die Zähne – immer gefasst auf das Unfassbare. Doch der Tag endete, ohne dass sich mein Pensum an unglücklichen Begebenheiten erfüllte.

Erst als ich im Bett lag und die Zimmerdecke anstarrte, fiel es mir auf: Ich hatte heute keinen einzigen Tropfen Alkohol getrunken.

Immerhin zwickte am nächsten Morgen mein Bein. Allerdings nicht so quälend wie gewöhnlich, wenn ich die Einnahme meiner Schmerzmittel vergaß. Um zu verhindern, dass ich demnächst wie ein Beinamputierter herumhopste, warf ich beim Frühstück sicherheitshalber zwei Schmerztabletten ein.

In der Arbeit erlebte ich in Echtzeit, wie sich unsere Abteilung binnen fünfzehn Minuten in einen Bienenschwarm verwandelte. Nicht nur, dass alle Mitarbeiter überpünktlich waren, es trafen auch in rascher Folge drei grobschlächtige Möbelpacker, zwei Elektriker, ein Innenarchitekt und vier Anstreicher ein, die sofort ans Werk gingen und die Bude auf den Kopf stellten.

Die Ursache für den Tumult erfuhr ich wenig später von Eduard. Er zog mich beiseite, als ich gerade mit offenem Mund zwei Malern hinterherstarrte, die das DIN-A0-Nacktposter einer vollbusigen Schönheit aus Zwiebócks Zimmer abtransportierten. Das Bild war mir bei den zahlreichen Stelldicheins im Büro meines Chefs nie aufgefallen.

»Sie krempeln die ganze Etage um«, flüsterte Eduard und nahm seine Brille ab. »Neuer Anstrich, bildhaft wie wörtlich. Robert muss gehen, genauso wie Ferdinand. Ihre Büros werden in Kürze geräumt. Dafür wollen sie Julia zur stellvertretenden Abteilungsleiterin ernennen.«

»Woher weißt du das?«

»Die Augen, mein lieber Walter, die Augen. Habe ein bisschen geguckt, als Magister Freudenreich hier durchgestürmt ist. Der hatte Unterlagen im Arm, die Personalliste.«

»Ja und? Wie hast du das alles so schnell erkennen können?«

»Einige Namen waren durchgestrichen, zwei rot markiert und Julia hatte einen Stern. Der Rest entstammt meiner Kombinierwerkstatt.« Eduard tippte sich an die Stirn.

»Hast du auch meinen Namen gesehen?«

»Hab ich. Du bist einer der rot Markierten.«

Ein kalter Schauer rieselte meinen Nacken hinab. Sofort wühlte sich eine Reihe düsterer Szenarien durch meinen Geist. Aber bevor ich mich verrückt machte, sollte ich vielleicht Eduards Meinung einholen. Mit seinen Augen und Ohren war er der fleischgewordene Big Brother.

»Und das heißt?«, fragte ich.

»Keine Ahnung.« Eduard zog die Augenbrauen hoch. »Bin ich Hellseher oder was?«

Es dauerte zwei Stunden und fünfunddreißig Minuten, bis man mich von meiner inneren Folter erlöste.

»Walter.« Eduard suchte meinen Blick. »Du sollst in den Besprechungsraum kommen.«

»Aber da sind doch …«

»Genau. Die Chefitäten haben ein Meeting.«

»Was soll ich dort?«

»Keine Ahnung. Ich hab's beim Vorbeigehen durch Freudenreichs Sekretärin mitbekommen. Sie wird dich jeden Moment informieren.«

Das Telefon auf meinem Platz klingelte. Es war die Sekretärin und sie sagte genau das, was mir Eduard bereits mitgeteilt hatte.

»Manchmal bist du mir unheimlich, Edi, weißt du das?« Ich musterte meinen Kollegen, erhob mich und strich vergebens über die Falten meines Hemds.

»Die Ohren, mein lieber Walter, die Ohren.«

Es war klar, was mir nun blühte. Der Vorstand würde mich feuern, den letzten Lohn zurückfordern, mein selbst bezahltes Notebook einbehalten, aus der Luft gegriffene Regressforderungen stellen – und mich des Mordes an Zwieböck bezichtigen. Kurz: Ich war so gut wie erledigt.

Bei meinem Eintreten richteten sich sämtliche Augenpaare auf mich. Doktor Flenning, den Personalchef, kannte ich am besten. Er war der Schwiegersohn von Frau Schulz, meiner Nachbarin. Gelegentlich hatten wir auch außerhalb der Arbeit ein paar Worte gewechselt. Daneben saßen drei weitere Personen am Besprechungstisch. Magister Freudenreich, der Vorstandsvorsitzende, Frau Magister Hartwein, die stellvertretende Betriebsleiterin und seine Gnaden Eugen Kohlroß von Niedersulz, der Betriebschef.

»Guten Tag, Herr Söringen.« Doktor Flenning zeigte die Andeutung eines Lächelns. »Bitte, setzen Sie sich.«

Mein Mund war trocken wie ein Kreidefelsen. Ein Glas Wasser hätte ich jetzt nicht abgelehnt. Oder ein Bier. Nein, am besten Whisky. Von mir aus auch Wodka. Hauptsache, die Kreide wurde weggeätzt.

»Möchten Sie etwas trinken?« Flenning deutete auf die erlesene Auswahl hochprozentiger Getränke, die auf einem Tisch an der Seite standen. »Einen fünfundzwanzig Jahre alten Cragganmore vielleicht?«

»Nein, vielen Dank«, hörte ich mich krächzen. »Ein Glas Wasser wäre super.«

Meine Verwunderung potenzierte sich, als Frau Magister Hartwein aufstand, ein Glas mit stillem Mineralwasser befüllte und vor mir abstellte. Ich schätze, ich habe sie angestarrt wie ein Schaf, das den Wolf am Zaun auf- und abgehen sieht.

»Es tut uns aufrichtig leid, was in Ihrer Abteilung vorgefallen ist«, fuhr Flenning fort. »Wir haben inzwischen einige unerfreuliche Dinge erfahren, delikate Überwachungsvideos gesehen und mussten, wie Sie wohl mitbekommen haben, erste Mitarbeiter entlassen. In einem Fall haben wir auch die Polizei eingeschaltet. Es ist erschreckend, was unter Magister Zwieböck vorgefallen ist, welche Schikanen er seinen Untergebenen auferlegt hat – allen voran Ihnen.«

Mein Mund klappte auf und wieder zu, aber ich wusste beim besten Willen nicht, was ich erwidern sollte. Worauf wollte Flenning hinaus? Welchen schrecklichen Fehler hatte ich begangen? Was war die – zweifellos – bitterböse Pointe, die meinen Rauswurf rechtfertigen sollte?

»Uns ist bewusst, dass Sie keinerlei Ausbildung nachzuweisen haben«, betonte Flenning.

Deshalb werden wir Sie feuern, dachte ich und sackte zusammen wie eine fadenlose Marionette.

»Dennoch haben Sie sämtliche Aufgaben, die Ihnen Zwieböck zugeschoben hat, rasch, professionell und mit erstaunlicher Kreativität und Anpassungsfähigkeit bewältigt. Sie haben einen Werbeslogan ins Russische übersetzt, beim Computerausfall letztes Jahr den Monatssaldo im Kopf ausgerechnet, einen Vortrag über soziale Netzwerke in Betrieben gehalten – mit nur einer Stunde Vorbereitungszeit – und einen Kunden davon überzeugt, dass sein Zwergpudel eine eigene Marketingkampagne benötigt. Kurzum: Wir schätzen Ihre Fähigkeiten, Ihre Loyalität und Ausdauer und möchten Ihnen daher die Position des Abteilungsleiters anbieten.«

In meiner Kehle kletterte ein Kichern empor. Jetzt hatte ich doch glatt verstanden, dass sie mich als Abteilungsleiter haben wollten. Allein die Idee war verrückt. Davon auszugehen, dass mir irgendjemand überdurchschnittliche Fähigkeiten zutraute, und glaubte, dass ich eine Führungsperson sein konnte, grenzte an …

Ich hatte mich nicht verhört. Und es war auch kein Witz. Ich sah es in Flennings Blick, in Hartweins belustigt glitzernden Augen und vernahm es an dem Kommentar seiner Gnaden Eugen Kohlroß von Niedersulz: »Ich glaube, Georg, du musst unser Angebot wiederholen.«

»Nein«, flüsterte ich. »Hab verstanden.«

»Sehr schön.« Flenning lehnte sich in seinem Stuhl zurück. »Sofern Sie einwilligen, übernehmen Sie einen Großteil der Aufgaben von Magister Zwieböck, erhalten ein Bruttomonatsgehalt von dreitausendfünfhundert Euro, zuzüglich diverser Sonderzuschläge und Vergünstigungen. Was sagen Sie dazu?«

»Äh …«

»Natürlich ist uns bewusst«, ergänzte Flenning, »dass Sie nach den vergangenen Ereignissen nicht gut auf die Agentur zu sprechen sind. Daher bieten wir Ihnen im Rahmen Ihrer neuen Anstellung eine Woche mehr Urlaub im Jahr sowie die kostenlose Nutzung eines Dienstfahrzeugs, auch für private Fahrten.«

»Nun …«

»Uns ist klar, dass Sie etwas Bedenkzeit brauchen«, fuhr Flenning fort. »Da wir die Umstrukturierung der Agentur rasch abschließen wollen, wäre uns eine Entscheidung bis Ende der Woche recht. Bis dahin erhalten Sie eine außerordentliche Gehaltsprämie über eintausend Euro sowie Essensgutscheine im selben Wert, die Sie selbstverständlich auch behalten dürfen, falls Sie ablehnen.«

»Tja, also …«

»Wenn Sie sonst Wünsche oder Anliegen haben – ganz gleich, was es ist – scheuen Sie sich nicht, mich zu kontaktieren.« Flennings weiße, ebenmäßige Zähne blitzten auf, als er die Lippen zu einem Lächeln verzog. »Übrigens habe ich nichts dagegen, wenn wir uns ab sofort duzen. Ich bin Georg. Es freut mich, Walter, dass wir in einem Team sind.«

Erst als ich den Hausschlüssel in das Schloss meiner Wohnungstür steckte, merkte ich, dass verdammt viel Zeit vergangen war. Nur verschwommen erinnerte ich mich an die letzten Stunden; an die kameradschaftliche, beinahe herzliche Verabschiedung des Vorstands; an Eduards entgeisterten Blick, sein Grinsen und die Glückwünsche von ihm und anderen Kollegen; an Julias Umarmung, die meinte, dass sie mit mir als Vorgesetzten wunderbar zurechtkommen würde; an das Anstoßen in der Betriebskantine und die Sprechchöre, die meinen Namen riefen; und schließlich an den verklärten Heimweg durch die milde Frühlingsbrise.

Ich konnte es noch immer nicht fassen. Niemals zuvor hatte man mir eine Beförderung angeboten, niemals zuvor war ich dermaßen gefeiert worden. Ich verstand die Welt nicht mehr; meine Welt, denn letztendlich durften solche erfreulichen Dinge nicht geschehen, nicht nach den Erfahrungen der letzten Jahre.

Susi starrte mich an. Sie hockte vor ihrem Häuschen und hatte ihre Vorderpfoten um die Gitterstäbe gelegt. Es sah aus, als würde sie mich, meine Erscheinung und mein Auftreten analysieren, so als wäre nicht sie die Ratte, sondern ich. Das Gefühl, beobachtet und wie ein Instrument auseinandergenommen zu werden, verstärkte sich. Es ging so weit, dass ich zwei Schritte zurückwich und um ein Haar davongestürmt wäre.

Hallo?! Susi ist eine Ratte! Ich fasste mich wieder, streckte Susi die Zunge heraus und warf meinen Aktenkoffer in die Ecke. Nach einigen Sekunden hörte ich, wie Susi durch den Käfig huschte und sich anderen Dingen zuwandte.

Eben. Alles nur Einbildung. Susi war keine auf Hyperintelligenz gezüchtete Ratte, kein übersinnliches Wesen, keine verzauberte Wissenschaftlerin, nur ein dummes Tier.

Ich beschloss auszugehen. Das hatte ich seit Ewigkeiten nicht mehr getan. Neben meiner Angst vor Missgeschicken und dramatischen Ereignissen, hatte mich auch das Wissen abgehalten, dass ich in einem Lokal zu trinken begann – und nicht mehr aufhören konnte. Aber heute war mir das egal. Man hatte mir das Angebot meines Lebens unterbreitet und das wollte gefeiert werden!

»Edi, was hast du in den nächsten Stunden vor?«

Meine Stimme musste selbst durch den Lautsprecher des Mobiltelefons ungewohnt euphorisch klingen.

»Sag bloß, du willst fortgehen.«

»Genau. In den *Feuerring*. Kommst du mit?«

»Ehrlich gesagt, Walter, meine Frau … Du weißt doch, wie Sybille ist.«

»Komm schon, ich lade dich ein. Du musst auch nicht lange bleiben. Nur etwas essen und einen Drink, versprochen.«

»Das sagst ausgerechnet du.« Eduards Stimme klang gereizt.

»Ob du es glaubst oder nicht, ich habe gestern keinen einzigen Tropfen Alkohol angerührt.«

»Und das musst du heute wohl nachholen.«

»Nein, im Gegenteil. Ich habe mich jetzt viel besser unter Kontrolle.«

»Das glaubst du nicht wirklich. Aber gut, ich will mal nicht so sein. In einer Stunde vor Ort?«

»Perfekt.«

»Dann bis später.«

Ich überlegte, was ich anziehen sollte und entschied mich für ein elegant-legeres Outfit: dunkle Bluejeans, braune Lederschuhe, hellblaues Hemd und einen weinroten Pullover. Kurz liebäugelte ich sogar mit meinem schwarzen Sakko, aber das ging dann doch zu weit.

Mir kam in den Sinn, dass eine solche Aufmache als Kriegserklärung an jegliche Art peinlicher Missgeschicke verstanden werden konnte. Beispielsweise eigneten sich Hemdkragen perfekt für Rotweinflecken. Enge Jeans waren ideal, um sich seine edelsten Teile einzuzwängen und beim Zurechtrücken von sämtlichen Umstehenden beobachtet zu werden. Likör- oder Sahneflecken wiederum machten sich vorzüglich auf roten Pullis. Ganz zu schweigen davon, dass mir beim Essen stets grüne oder schwarze Speisereste zwischen den Schneidezähnen hängenblieben, selbst wenn mein Gericht diese Farben gar nicht enthielt.

Aber dann schob ich die beunruhigenden Gedanken beiseite. Wenn etwas geschehen sollte, dann passierte es eben.

Ich war nur mit einem Freund verabredet. Sofern ich nicht unerwartet meiner Traumfrau gegenüberstand, brauchte ich mir keine Sorgen zu machen.

»Hier drüben.«

Ich hob den Arm und winkte Eduard zu, der sich suchend im Raum umsah. Es war purer Zufall gewesen, dass ich diesen Tisch ergattern konnte. Der *Feuerring* war gesteckt voll. Als ich das Lokal betreten hatte, war ein Pärchen aufgestanden und der Kellner hatte mich an den frei gewordenen Platz geführt.

Ja, freilich kam mir das merkwürdig vor. Es war eine verdammt glückliche Fügung. Etwas, das in meinem Fall als Ausnahmeereignis gelten sollte. Aber nach den vergangenen zwei Tagen konnte mich nichts mehr erschüttern.

»Du hast dich ja ganz schön herausgeputzt«, stellte Eduard fest, als er sich mir gegenüber am Tisch niederließ.

»Das sagt ausgerechnet der Mann, der im Sakko antanzt.«

»Ich wollte oben ohne kommen, aber da hatte meine Frau was dagegen.«

»Kann ich gut nachvollziehen. Waschbär-Bäuche sind eine Einladung an die Damenwelt.«

Wir grinsten uns zu. Es tat gut herumzublödeln, ohne sich Gedanken darüber machen zu müssen, dass der Chef oder einer seiner Spione lauschten. Insgeheim fragte ich mich, ob der Rauswurf meiner Kollegen damit zu tun hatte, dass sie sich an Zwieböcks Bespitzelungen beteiligt hatten. Aber eigentlich war es mir egal.

»Wirst du annehmen?«, fragte Eduard.

»Annehmen?«

»Stell dich nicht dümmer, als du bist. Ich meine, ob du Abteilungsleiter wirst.«

»Puh.« Ich nahm einen Schluck von meinem Bier. »Ich denke schon.«

»Du denkst? Mal abgesehen davon, dass *denken* in deinem Fall eine mutige Behauptung ist – was lässt dich zögern? Ein solches Angebot bekommst du nie wieder.«

»Ich bin mir einfach nicht sicher, was das alles zu bedeuten hat.«

»Du meinst Zwieböcks mysteriösen Tod und jetzt die unerwartete Offerte der Agenturchefs?«

»Auch. Seit zwei Tagen steht mein Leben kopf. Zumindest ist das mein Eindruck.«

»Verstehe. Weil du ausnahmsweise mal Glück hast, glaubst du, da steckt ein viel größeres Unglück dahinter.«

»So ungefähr.«

»Was kann dir passieren? Wenn du weiter so engagiert arbeitest, können sie dich nicht in die Scheiße reiten; wenn sie das überhaupt vorhaben, was ich nicht glaube. Du bist ein Naturtalent. Ich kenne niemanden, der so rasch mit den unterschiedlichsten Herausforderungen und Aufgaben klarkommt wie du.«

»Danke für das Kompliment. Ich werde mir die Sache durch den Kopf gehen lassen und mich morgen entscheiden.«

»Richtig entscheiden, will ich hoffen.« Eduard wischte sich den Bierschaum von der Oberlippe. »Ich glaube, du wärst ein guter Chef.«

»Du mit Sicherheit auch.«

Eduard lachte laut auf. »Nein, bestimmt nicht. Ich weiß, weshalb ich niemals befördert worden bin und wieso ich in den fünf Jahren, die ich inzwischen in der Agentur arbeite, auch nie darum angesucht habe. Ich höre und sehe zu viel.«

»Stimmt. Du trägst zwar eine Brille, bist aber ein Adler mit Elefantenohren.«

»Da könntest du recht haben. Ein Wunder, dass ich glücklich verheiratet bin.«

Ich registrierte sie erst, als sie mir ein Lächeln schenkte. Dieses Lächeln war auch nicht zu übersehen: warm, innig und erfüllt von Sinnlichkeit. Ich lugte zur Seite, versuchte herauszufinden, ob sie eine andere Person meinen könnte – wie es hätte sein müssen, wäre ich der Walter gewesen, der ich noch vor drei Tagen war. Doch sie blickte mich an, daran gab es keinen Zweifel.

Was Frauen anging, war ich nicht so feige wie sonst im Leben. Das lag an meiner stürmischen Jugend und den Fähigkeiten, die ich mir damals angeeignet hatte. Zwar trennten mich Welten von einem professionellen Aufreißer, aber wenn mich eine Frau interessierte, hatte ich keine Hemmungen zu ihr zu gehen und ein Gespräch zu beginnen.

Doch jetzt hielt mich eine innere Scheu zurück. Die Unbekannte war anders, das spürte ich, anders, als all die Frauen, die ich in den vergangenen Jahren kennengelernt hatte.

Vielleicht lag es aber auch an ihrem unerwartet offenen Lächeln, mir, einem Fremden gegenüber.

»Du wirst beobachtet«, sagte Eduard und spülte den zerkauten Brei aus Reis und Gemüse mit einem Schluck Bier hinunter. »Die brünette Schönheit schräg hinter dir.«

»Ich weiß.« Ich widerstand der Versuchung, mich umzudrehen. »Ist mir schon vorhin aufgefallen.«

»Willst du nicht zu ihr gehen und sie ansprechen?«

»Nein. Ich kann dich nicht hier sitzen lassen, schließlich habe ich dich eingeladen.«

»Kein Problem.« Eduard blickte auf seine Armbanduhr. »Das war der letzte Schluck Bier. Ich habe meiner Frau versprochen, dass ich um neun daheim bin.«

»Na dann. Was das Essen angeht, bist du natürlich eingeladen.«

Eduard erhob sich und klopfte mir kameradschaftlich auf die Schulter. »Das will ich hoffen. Jetzt als Großverdiener werde ich dich öfter zahlen lassen.«

»Noch habe ich mich nicht entschieden.«

»Du wirst den Job annehmen. Das spüre ich.«

»Wenn du das sagst, muss es wohl so sein.«

»Genau.« Eduard grinste und zwinkerte mir zu. »Einen feinen Abend noch – und lass nichts anbrennen.«

»Ich hatte schon Sorgen, du traust dich nicht.«

Ihre dunklen Augen blitzten. Sie musste Mitte zwanzig sein, war also gut zehn Jahre jünger als ich. Außerdem war sie überdurchschnittlich attraktiv. Definitiv nicht die Art Frau, mit der ich normalerweise flirtete.

»Nicht trauen?« Ich zog die Augenbrauen hoch. »Keine Spur. Ich musste nur meinen Freund wegschicken, das ist alles.«

»Der war längst fort und du hast noch immer an deinem Bier genippt.«

Damit war klar, dass sie mich gründlich beobachtet hatte. Ich war nicht so egozentrisch, dass ich glauben würde, meine Attraktivität könnte an die obersten zehn Männerprozent hier im Raum heranreichen. Doch was hatte dann ihre Aufmerksamkeit erregt?

»Zugegeben. Du hast mich verunsichert. In der Regel werde ich nicht auf eine Weise angestarrt, als wäre ich der erste Mann auf der Venus.«

Sie lachte leise. »Nimm dich nicht so wichtig. Ich dachte nur, ich kenne dich von früher.«

»Und?«

»Ich habe mich getäuscht. Also zieh Leine.«

»Ernsthaft?«

»Nein.« Sie lachte wieder. »Ich war nur auf deine Reaktion gespannt.«

»Dann hoffe ich, mein entsetzter Gesichtsausdruck hat dein Mitleid geweckt.«

»Bist du ein Mann oder eine Memme? Mitleid muss man sich verdienen.«

»Du hast recht. Meine Ex ist ohne Abschied verschwunden und hat die teuerste Whiskyflasche mitgehen lassen.«

»Probier's noch einmal.«

»Mein letztes Haustier, eine Ratte, ist an einem Kaugummi erstickt.«

»Einen Versuch hast du noch.«

»Meine Mutter ist die Treppe hinabgestürzt und gestorben. Wäre ich nicht so sturzbesoffen gewesen, hätte ich ihr das Leben retten können.«

»Oh.« Ihr Lächeln verblasste. »Das tut mir leid.«

»Ist schon in Ordnung. Ich war siebzehn, als es passiert ist.«

»Hast du noch immer das Gefühl, die Schuld am Tod deiner Mutter zu tragen?«

»Manchmal. Inzwischen komme ich damit klar. Aber dieses Ereignis hat … einiges ins Rollen gebracht, mein Leben auf den Kopf gestellt.«

»Das kann ich mir gut vorstellen. Vor zehn Jahren habe ich meinen Vater verloren. Das war ein schwerer Schlag. Siehst du die Narbe hier?«

Sie deutete auf ihr linkes Ohr. Erst jetzt fiel mir auf, dass es anders geformt war, als das rechte. Es sah aus, als fehlte an der Oberseite ein Stück.

»Ich wollte mir das Ohr abschneiden. Weil ich mir die Schuld gegeben habe, dass es passiert ist.«

»Das Gefühl kenne ich. Nach dem Tod meiner Mutter habe ich dem Alkohol noch mehr zugesprochen als davor.«

»Sieht man dir gar nicht an.« Sie musterte mich aufmerksam. »Du wirkst nicht wie ein Trinker.«

Ich zuckte die Achseln. »Hatte heute nur ein Bier. Seit einigen Tagen ist vieles anders als sonst.«

»Positive Veränderungen?«

»Eigentlich schon.«

»Klingt gut.« Sie ließ sich in ihren Stuhl zurücksinken und schenkte mir ein Lächeln. In ihrer Blutsverwandtschaft musste es einen asiatischen Einfluss gegeben haben. Ihre Augen waren leicht mandelförmig und auch ihre Gesichtszüge hatten einen fernöstlichen Einschlag.

»Darf ich dich zu einem Drink einladen?«, fragte ich.

Ihr Zögern war keine Koketterie. Ein Schatten huschte über ihr Gesicht. Doch sogleich erhellten sich ihre Züge und sie beugte sich in meine Richtung.

»Zahlst du die beiden Getränke, die ich schon hatte?«

»Gern.«

»Fein.« Sie grinste mich an, erhob sich und griff nach ihrer Handtasche. »Ich muss los. Danke für die Einladung.«

Ich überlegte aufzuspringen und nach ihrer Hand zu greifen, aber meine Scheu hielt mich davon ab. »Du gehst, einfach so?«

»Genau.«

»Dann … danke für die nette Unterhaltung.«

»Gern geschehen.« Sie reichte mir einen Zettel, auf den eine Handynummer gekritzelt war. »Melde dich, wenn du eine Wiederholung willst.«

Am liebsten hätte ich sie gefragt, ob wir gemeinsam durch den Park spazieren wollten. Aber mein Gefühl sagte mir, dass ich sie gehen lassen sollte. Doch eine Sache musste ich noch erfahren.

»Ich weiß nicht einmal, wie du heißt.«

Sie lächelte mir zu, ihre dunklen Augen blitzten. »Anna. Ich heiße Anna.«

Auf dem Heimweg wirbelten die Erlebnisse des Tages durch meinen Geist, als hätte sich mein Gehirn in eine Windhose verwandelt. Besonders ein Name drängte fortwährend in mein Bewusstsein: Anna.

Es gab doch merkwürdige Zufälle im Leben. Anna, die erste Frau, mit der ich Sex gehabt hatte und die ich danach niemals wiedersah. Meine Bekanntschaft aus dem Lokal war eine andere Person, aber doch gab es einige Parallelen. Die brünetten Haare und dunklen Augen. Der Humor und das feine Lächeln. Die Weise, wie sich ihre Nase kräuselte, wenn sie etwas lustig fand. Und ihr Duft.

Die Anna aus meiner Jugend hatte nach Erdbeeren gerochen. Mit einem Hauch von Vanille. So fruchtig, so verführerisch, einfach umwerfend. Dazu die wildherbe Nuance unter der Sonne glühenden Sandes. Keine andere Frau hatte je ähnlich geduftet. Bis heute.

Ich wollte Anna kontaktieren, noch bevor ich in meiner Wohnung anlangte, entschied mich aber dagegen. Besser, ich wartete ein Weilchen und ließ mir meine Faszination nicht anmerken. Das weckte das Interesse der Frauen, ihren Jagdtrieb. Noch nie war es mir so schwergefallen, mich zu gedulden. Mehrmals senkte sich mein Finger auf den Touchscreen des Handys, doch ich blieb standhaft.

Nichts überstürzen, sagte ich mir. *Morgen ist auch noch ein Tag.*

Ich schlief so gut wie seit Ewigkeiten nicht mehr. Keine Albträume, kein unruhiges Hochschrecken in der Nacht, keine Schmerzen im Bein – und nicht eine Spur düsterer Gedanken, die mir den Schlaf rauben konnten.

Susi weckte mich kurz nach Sonnenaufgang. Sie machte so viel Radau wie eine ihrer Vorgängerinnen, Susi elf, nachdem sie mehrere Kaffeebohnen verschlungen hatte.

Ich sprang aus dem Bett, denn ich ahnte Schlimmes. Susi elf war drei Stunden lang wie von der Tarantel gestochen durch den Käfig geflitzt und anschließend tot umgefallen. Ihre Augen waren weit aufgerissen gewesen und vor ihrem Mund hatte Schaum gestanden. Mit Sicherheit kein entspanntes Ableben.

Susi verstummte, als ich ihren Käfig erreichte. Bevor ich mir Sorgen machen konnte, sah ich bereits ihr schnupperndes Näschen, das aus der Holzhütte ragte. Was hatte sie nur angestellt?

Es war gar nicht meine Ratte. Der Lärm setzte erneut ein und kam eindeutig von der Eingangstür. Dann begriff ich, dass jemand rasch und konsequent gegen die Tür trommelte, auf eine Weise, dass es wie eine unrund laufende Waschmaschine klang.

Ich marschierte zum Eingang, spürte, wie mich Schwindel erfasste. Womöglich war das ein Anzeichen für einen Kreislaufkollaps. Hatte ich einmal in der U-Bahn gehabt. Damals war ich von einer Endstation zur anderen gefahren, bis ich mich aufrappeln konnte. Sehr unangenehm.

»Wer ist da?«, fragte ich, als ich an der Tür stand und meine wirr stehenden Haare ordnete.

»Schulz«, erklang eine Frauenstimme. »Ich hab da was für Sie.«

Ich seufzte, zog die Tür auf. Zweifellos hatte meine Nachbarin irgendeine Beanstandung vorzubringen. Oder sie wollte mir vorwerfen, dass ich in ihre Wohnung eingedrungen war und ihrer sündteuren Orchideensammlung mit Pflanzengift den Garaus gemacht hatte.

»Ja, bitte?«

Frau Schulz war noch im Nachthemd. Sie trug ein lustiges Modell in Gelb mit blauen und roten Blüten. Ich glaube, man nennt so etwas Kimono. Außerdem saß auf ihrem Kopf eine Nachthaube. Ich hatte sie noch nie dermaßen unvorteilhaft gesehen. Normalerweise war sie top gestylt und trug makellos sitzende Anzüge, die sie trotz ihrer bald siebzig Jahre jung und schnittig wirken ließen.

»Das hat der Postbote gestern in meinen Briefkasten geworfen.« Frau Schulz hielt mir ein Kuvert hin, auf dem mein Name stand. »Habe vergessen, es Ihnen zu geben. Ich hoffe, es ist nichts Wichtiges.«

»Kann ich mir kaum vorstellen. Aber danke.«

»Gern geschehen. Noch etwas anderes: Ich muss morgen für zwei Tage nach Österreich. Könnten Sie sich um Matilde kümmern? Meine Tochter hat mal wieder keine Zeit.«

Matilde war ein Papagei; ein seltener und ausnehmend lernfreudiger Blaulatz-Ara, wie mir Frau Schulz versichert hatte. Die einzigen Worte, die ich den Vogel bislang hatte sprechen hören, waren *Dummkopf, Arschloch* und *Halt den Mund.*

»Ehrlich gesagt bin ich im Moment …«

»Kommen Sie mir nicht mit Stress in der Arbeit. Der Personalchef Ihrer Agentur ist mein Schwiegersohn, vergessen Sie das nicht. Von ihm weiß ich, dass es Schwierigkeiten gibt.«

»Sie meinen den Tod von …?«

»Auch. Das Meiste betrifft Sie gar nicht. Ich habe Georg ins Gewissen geredet, nur ich fürchte … Jedenfalls hat der Vorstand eine ganze Reihe an Problemen. Davon abgesehen werden Sie sicher ein paar Minuten Ihres Tages entbehren können, Stress hin oder her.«

»Ich habe keinen Stress in der Arbeit«, betonte ich. »Es ist nur …«

»Wunderbar. Danke, dass Sie sich um Matilde kümmern. Es genügt, wenn Sie morgens und abends die Körner nachfüllen und das Wasser auswechseln.«

Gegen diese Frau war nicht anzukommen. Dabei wollte ich ihr bloß verdeutlichen, dass ich es nicht leiden konnte, wenn mich ihr vermaledeiter Vogel beschimpfte. Aber gut, die Fütterung war nicht viel Aufwand.

»In Ordnung, das kann ich machen. Ihre Pflanzen soll ich auch …?«

»Denken Sie nicht mal dran.« Frau Schulz' Nachthaube erzitterte. »Meine Orchideen rühren Sie nicht an. Ich bringe Ihnen den Wohnungsschlüssel heute Abend vorbei.«

Frau Schulz machte kehrt und trippelte zu ihrer Wohnungstür. Das sah witzig aus, mit ihrem langen Kimono. Als besäße sie keine Füße und würde über den Betonboden schweben.

Wie eine Fee, dachte ich und musste grinsen. *Eine Fee, die ein bisschen in die Jahre gekommen ist.*

Ich schloss die Tür und blickte auf das Kuvert in meiner Hand. *Reiseagentur Fernweh*, stand darauf. Ich konnte mich nicht erinnern, Unterlagen angefordert zu haben.

Ich warf den Brief auf den Vorzimmerschrank und marschierte in die Küche. Das Schwindelgefühl hatte sich verstärkt. Ich brauchte etwas Süßes, mein Blutzuckerspiegel musste im Keller sein. Eine Kekspackung glänzte mir entgegen. Ich griff danach, riss sie auf, steckte zwei Plätzchen auf einmal in den Mund, kaute kurz und schluckte. Erst dann realisierte ich, was ich in der Hand hielt: Die Kekse, die ich vor drei Tagen gekauft hatte; jene, die Nüsse enthielten.

Ich erstarrte. Weshalb zum Kuckuck hatte ich die Dinger nicht entsorgt, so wie vorgesehen? Ich raste ins Badezimmer, suchte nach meinen Tabletten. Sie waren nicht auf ihrem Platz. Wo hatte ich sie hingelegt? War die Packung etwa leer gewesen?

Ich spürte ein fieses Brennen in meinem Mund. Kein gutes Zeichen. Mit Sicherheit schwoll meine Zunge dermaßen an, dass sie die Luftröhre verstopfte. Mein Herzschlag musste sich rasant verstärken, bis die Gefäße dem Druck nicht mehr standhielten. Übelkeit und Atemnot würden dazukommen, Panik meinen Verstand fluten. Ich würde sterben, in meiner eigenen Wohnung, qualvoll an einem Nusskeks ersticken! Und das nach all dem, was in letzter Zeit geschehen war.

Ich hätte es wissen müssen. Ausgerechnet das endgültigste aller Unglücke hatte mich erwischt. Sämtliche Ereignisse der letzten Tage waren darauf gedrillt, dass ich nicht mehr an die Kekse dachte, keinen Nachschub von Antihistaminika besorgte, mir die Plätzchen in den Mund stopfte, abgelenkt und nicht bei der Sache.

Die Beine gaben unter mir nach. Ich klammerte mich an das Waschbecken, doch meine Arme wollten mich nicht tragen. Dann hörte ich, wie Susi im Laufrad loslegte, wusste, dass ich verloren hatte.

Was war ich nur für ein hoffnungsloser Dummkopf! Selbst Matilde, der Papagei, hatte das gewusst. War ich tatsächlich davon ausgegangen, ich, Walter Söringen, könnte aus dem Reigen meiner Unglücke entkommen? Nein, diese Alternative gab es nicht.

Ich schloss die Augen und wartete auf den Tod.

Der Tod ließ sich ganz schön Zeit. Als ich nach fünf Minuten noch immer am Leben war, wagte ich einen kurzen Blick und sondierte die Lage. Mein Atem ging schwer, aber er ging. Mein Herz schlug rasch, aber raste nicht. Ich blinzelte auf meine Hände hinab, bewegte die Finger. Ich wackelte mit den Zehen, öffnete und schloss den Mund wie ein Fisch auf dem Trockenen.

Meine Zunge war gar nicht angeschwollen. Ich empfand ein leichtes Brennen im Mund, als hätte ich unreife Ananas gegessen, aber das war schon alles. Auch Übelkeit hatte sich nicht eingestellt. Kein verquollenes Gesicht, keine Atemnot, kein Herzrasen.

Ich setzte mich auf, blinzelte, erhob mich in die Senkrechte. Nicht einmal ein Schwindelgefühl. Was hatte das zu bedeuten?

Ich marschierte in Richtung Küche, setzte bedächtig einen Fuß vor den anderen – eventuell dauerte es heute nur etwas länger, bis die allergische Schockreaktion einsetzte.

Ich erreichte die Küche ohne Probleme, lugte auf die Kekspackung: *34% Dinkelmehl, 17% Vollmilchschokolade, 13% Butter, Rohrzucker, 12% Haselnüsse, 8% Mandeln, Bourbonvanille, Meersalz.* Es waren also in jedem Fall Nüsse in den Keksen und das nicht zu knapp. Offenbar hatte ich nicht allergisch reagiert; und das nach fünfzehn Jahren, in denen ich keine Nuss schief anschauen konnte, ohne mit einem Ohrfeigengesicht herumzulaufen.

Gab es bei Unverträglichkeiten Spontanheilungen? Davon hatte ich noch nie gehört. Vielleicht war die Zutatenliste falsch oder ich hatte ausgerechnet die zwei Kekse erwischt, in denen sich keine Nüsse befanden. Ich schnüffelte an den verbliebenen Plätzchen. Sie dufteten nach Schokolade, Vanille – und nach gerösteten Haselnüssen.

Ich hätte mich sicherlich mehr gewundert, wären die vergangenen zwei Tage nicht gewesen. So schüttelte ich bloß ratlos den Kopf und legte die Keckspackung auf die Anrichte zurück. Als ich mich aufrichtete, blieb mein Blick an der Küchenuhr hängen.

Herrje, bereits halb acht!

So rasch war ich schon lange nicht mehr geduscht und angezogen. Ich spurtete aus der Wohnung und erwischte sogar noch den Bus. Heute freute ich mich auf die Arbeit. Warum? Ich hatte mich entschieden.

In der Agentur angekommen, wählte ich die Nummer von Georg Flenning, dem Personalchef.

»Einverstanden«, sagte ich. »Ich mache den Job.«

»Wunderbar.« Flennings strahlendes Lächeln schien sich auf dem Telefonhörer abzuzeichnen. »Es freut mich, Walter, dass du unser Angebot annimmst. Am besten du kommst in der nächsten Stunde bei mir vorbei, dann klären wir die Formalitäten.«

Ob Sie es glauben oder nicht: Alles ging glatt. Man behandelte mich freundlich und zuvorkommend und der Vertrag enthielt, zumindest meiner unbedarften Meinung nach, weder unlautere Hintertürchen, noch Kleingedrucktes, mit dem ich nicht einverstanden war. Beschwingt marschierte ich zu meinem Arbeitsplatz zurück und begann zu packen – schließlich besaß ich ab sofort mein eigenes Büro.

»Ich wusste es«, sagte Eduard, der mich beobachtete. »Ich habe es gestern an dem Glänzen in deinen Augen erkannt.«

»Dann bist du wirklich Hellseher. Ich habe mich erst heute Morgen entschieden.«

»Ich denke, unbewusst war es dir schon länger klar. Wie ist es gestern mit der dunkelhaarigen Schönheit gelaufen?«

»Wir haben uns nett unterhalten.«

Eduard zog die Augenbrauen hoch. »Das war's?«

»Ich habe ihre Nummer.«

»Und?«

»Ich hab sie noch nicht angerufen.«

»Wieso?«

»Weil ich dachte, ich warte ein bisschen, damit …«

»Hör mal, Walter, du Anmachgenie. Das ist keine Nullachtfünfzehn-Frau. Hab ich auf den ersten Blick erkannt. Die hat Stil. Die hat Selbstbewusstsein. Die hat deinen Namen schon vergessen, bevor sie aus der Tür gegangen ist.«

»Meinst du? Ich glaube, ich habe ihr nicht einmal gesagt, wie ich heiße.«

Eduard stöhnte und griff sich an den Kopf. »Ist nicht dein Ernst.«

»Ich fürchte doch.«

»Dann weißt du ja, was du zu tun hast.«

»Hallo Anna.«

»Wer spricht da?«

»Walter Söringen. Wir haben uns gestern im Feuerring kennengelernt.«

»Stimmt, ich erinnere mich. Du warst der Typ mit dem Sprachfehler.«

»Ich habe keinen Sprachfehler.«

»Dann vielleicht der knackige Kerl mit der Augenklappe?«

»Ich besitze gesunde Augen.«

»Jetzt weiß ich's: Du bist der Glatzkopf mit der Zahnlücke und dem No-mercy-Tattoo am Unterarm!«

Ich fragte mich ernsthaft, ob mich Anna zum Narren hielt oder ob sie wirklich nicht mehr wusste, wer ich war. Mein Ego sagte mir, dass ich ruhig Ersteres annehmen konnte, weshalb ich erwiderte: »Fast. Ich bin der Verrückte, der mutig genug war, dich anzusprechen.«

Sie lachte. »Natürlich. Der mit seiner diebischen Ex und der Kaugummi-Ratte.«

»Genau. Ich habe deine Drinks bezahlt. Das waren die teuersten auf der Getränkekarte.«

»So ein Zufall aber auch.«

»Das war kein Zufall, sondern eiskalte Berechnung. Ich verlange Satisfaktion!«

»Oh, jetzt macht der Herr einen auf gebildet.«

»Morgen um neunzehn Uhr im *Haveli*.«

»Woher weißt du, dass ich indisches Essen mag?«

»Ich bin Hellseher.«

»Wohl eher Angeber.«

»Deine Großmutter stammt aus Indien.«

»Sie kommt aus Tibet. Aber nicht schlecht geraten.«

»Unser Date morgen steht?«

»Das habe ich nicht gesagt.«

»Noch nicht. Aber du wolltest gerade zusagen.«

»Wenn du meinst.«

»Ja, das tue ich. Und du lädst mich ein.«

Anna lachte. »Diese Aussage soll mich dazu bringen, dein Angebot anzunehmen?«

»Genau.«

»Ziemlich frech, Herr Söringen, aber gut. Sie bekommen Ihr Date.«

Mein Herz machte einen kleinen Sprung, aber ich ließ mir nichts anmerken. »Schön. Und komm pünktlich.«

»Ich werde da sein.«

»Ich auch.«

»Wenn du dich traust.«

»Darauf kannst du dich verlassen.«

Als ich abends heimkehrte, bestand meine erste Handlung darin, mich angezogen auf das Sofa fallen zu lassen. Der Tag war anstrengender gewesen als gedacht. Neben Unmengen an bürokratischem Kram hatte ich mich intensiv mit der Ausstattung meines Arbeitsplatzes beschäftigt. Ich hatte Kästen geschleppt, Bücherregale aus- und wieder eingeräumt, Dutzende Bürostühle ausprobiert und meine Pflanzen in das neue Zimmer verfrachtet. Bereits am frühen Nachmittag war mein Energievorrat auf Notreserve gestanden. Dennoch hatte ich auf eine Pause verzichtet, weil zwei Kundenanfragen zu bearbeiten waren. Schlussendlich hatte es eine erste Abteilungsbesprechung gegeben – gespickt mit so vielen neuen Informationen, dass mir der Schädel brummte.

Ich war der Meinung, dass ich mir nach diesem erfolgreichen aber auch fordernden Tag einen Drink genehmigen durfte; vielleicht auch zwei, schließlich hatte ich allen Grund zu feiern.

Grübelnd stand ich vor meiner Auswahl mehr oder weniger erlesener Weine und Spirituosen. Ich griff nach einem Bacardi, stellte ihn wieder zurück, tat dasselbe mit einem Rotwein und einer Flasche Sekt, ohne dass ich einen Tropfen getrunken hätte. Ich hatte überhaupt keine Lust auf Alkohol. Das erste Mal seit Monaten – oder waren es Jahre? – konnte mich nichts begeistern. Noch mehr verwunderte es mich, als ich heißes Wasser aufstellte und mir einen Kräutertee zubereitete. Ganz bestimmt mundete das Gesöff grässlich oder bestenfalls öde. Aber das Gegenteil war der Fall. Ich lächelte, als ich an dem Tee nippte. *Schmeckt ein bisschen so, wie Anna gerochen hat.*

Susi verlangte nach Aufmerksamkeit. Ich hörte es daran, wie sie sich durch die Sägespäne wühlte. Also öffnete ich den Käfig und nahm Susi in die Hand. Sie schnupperte an meinen Fingern. Was sie wohl roch? Bei ihrem Geruchsvermögen musste sie Tausende Düfte wahrnehmen.

Ich setzte Susi auf meine Schulter, gab ihr eine Erdnuss zum Knabbern und schaltete das Radio ein. Soeben verlas der Moderator die Zahlen der gestrigen Lottoziehung: »Die Gewinnzahlen lauten: acht, dreizehn, siebzehn, siebenundzwanzig, vierunddreißig, fünfunddreißig, Superzahl drei.«

Mir fiel der Lottoschein ein, den ich vor zwei Tagen auf der Straße gefunden hatte. Zugegeben, ich hatte ein mulmiges Gefühl, als ich ihn hervorkramte. Eine Art Vorahnung, auch wenn das freilich Blödsinn ist. Aber irgendwie spürte ich, dass da etwas im Busch war. Etwas Großes.

Ich blickte auf den Lottoschein, verglich die Zahlen des letzten Tipps mit denen auf meinem Handydisplay. Ich kontrollierte sie noch einmal. Dann ein drittes Mal. Ein

Glucksen wanderte meine Kehle empor, wollte sich durch meine Lippen zwängen – aber ich schluckte es hinunter. Unmöglich. Das musste ein Fehler sein.

Die kommende Stunde verbrachte ich damit, den Fehler zu finden. Ohne Erfolg. Es gab keinen. Die Lottozahlen waren korrekt, der Lottoschein so echt wie er nur sein konnte und auch das Datum der Ziehung stimmte.

Ich hatte sechs Richtige und damit einen Haupttreffer gelandet. Ich, Walter Söringen, der Inbegriff eines Pechvogels, der rußverschmierte Unglücksrabe, der gefeierte Sohn aller Missgeschicke.

Irgendetwas lief hier gründlich verkehrt.

»Freilich ist der Schein gültig.« Die Dame von der Lottogesellschaft warf mir ein warmes Lächeln zu. »Wieso sollte er es nicht sein?«

»Ich weiß nicht. Das alles wirkt so … unwirklich.«

Wenn ich behaupten würde, eine unruhige Nacht durchlebt zu haben, wäre das stark untertrieben gewesen. Andauernd war ich hochgeschreckt, hatte vom Verlust des Lottoscheins geträumt, von Bankiers mit Haifischzähnen und einem riesigen Staubsauger, der alle gewonnenen Geldscheine verschluckte. Am Morgen hatte ich die Gewinnhotline angerufen und bereits für neun einen Termin erhalten. Jetzt stand ich beim Empfang der Glücksspielgesellschaft, vor mir eine geschminkte Blondine mit betörendem Pfirsichparfum, und realisierte noch immer nicht, was gerade geschah.

Das Lächeln der jungen Frau wurde breiter. »Verstehe. So geht es vielen Gewinnern. Es dauert einige Zeit, bis sie ihr Glück fassen können.«

»Das ist es eben. Ich bin ziemlich das Gegenteil von einem Glückspilz.«

»Dann hat es sich das Glück offenbar anders überlegt.«

Irrte ich mich oder lag in ihrem Blick mehr als rein geschäftliches Interesse? Andererseits wäre das kein Wunder, schließlich sah sie sich einem frisch gebackenen Millionär gegenüber.

»Wie geht es jetzt weiter?«, erkundigte ich mich mit belegter Stimme. »Ich meine, erhalte ich einen Koffer gefüllt mit Hunderteuroscheinen und muss damit durch …«

»Nein, nein.« Die junge Frau lachte und wischte in einer koketten Bewegung eine blonde Strähne aus ihrem Gesicht. »Ich und meine Kollegin«, sie deutete auf ihre Sitznachbarin, »sind bloß für die Administration und Kontrolle der Scheine zuständig. Sie werden in Kürze aufgerufen und führen ein Gespräch mit Herrn Sieböck und Herrn Fallinger von der Gewinnauszahlungsstelle. Die werden Sie über die weitere Vorgehensweise informieren. In der Regel dauert die Bereitstellung des Gewinns ein paar Wochen. Die Summe wird anschließend auf Ihr Konto überwiesen. Sie brauchen sich also keine Sorgen zu machen, dass Sie mit einem Geldkoffer in der Hand überfallen werden.«

»Was mir garantiert passieren würde.«

»Kann ich mir nicht vorstellen.« Sie fuhr mit der Zunge über ihre Oberlippe und warf mir einen männervernaschenden Blick zu. »Bei dem Glück, das Sie haben.«

Ich erzählte niemandem von meinem Gewinn, nicht einmal Eduard. Das erschien mir zum einen nicht ratsam und zum anderen glaubte ich dieses Wunder erst, wenn ich das Geld auf dem Konto hatte; beziehungsweise in dem Moment, wenn mir die eineinhalb Millionen ausbezahlt wurden – oder sogar erst dann, wenn die Scheine zu dicken Bündeln verschnürt auf dem Küchentisch lagen.

Verrückt. Die Welt ist verrückt geworden.

Der Gedanke poppte auf wie Popcorn. Vielleicht hatte gar nicht ich mich verändert, sondern die Welt. Womöglich war eine unheimliche Quantenverschiebung aufgetreten und das vormals Negative hatte sich ins Positive gekehrt. Oder die Viele-Welten-Theorie behielt recht. Demnach gab es unendlich viele Universen parallel zu unserem eigenen. Dort existierten alle nur denkbaren Möglichkeiten und Entscheidungen, was bedeutete, dass ich in irgendeiner dieser Welten verdammt viel Glück haben musste. Hatte ich mein Universum verlassen und war in ein anderes eingetaucht? Wenn dem so war, könnte es jetzt hier auf der Erde zwei Walter Söringen geben – vorausgesetzt, das arme Schwein aus der Glückswelt hatte nicht meinen Platz eingenommen.

Einen Moment lang bereitete mir die Vorstellung diebisches Vergnügen, dass ein glücksverwöhntes Ich schlagartig mit meinem bisherigen Leben konfrontiert sein könnte. Aber natürlich war das Humbug. Mein Verstand war durch die Ereignisse der letzten Tage etwas durch den Wind. Als Nächstes würde ich glauben, dass mich ein göttliches Wesen berührt hatte und es meine Aufgabe war, eine radikale Sekte zu gründen.

Nein. Besser ich blieb der Walter, der ich war. Auch wenn ich mir nicht sicher sein konnte, ob das noch stimmte.

Mein Handy läutete. Es war eine unbekannte Nummer.

»Ja, bitte?«

»Hallo, Walter.«

Die Stimme kam mir vage bekannt vor. »Wer spricht da?«

»Alfred. Dein Cousin.«

Das war ja ein Ding. Von ihm hatte ich seit Jahren nichts mehr gehört. Das letzte Mal, als wir uns begegnet waren, hatte sein Wortschatz in erster Linie aus *Scheißkerl*, *Mörder* und *Säufer* bestanden. Wobei, das stimmte nicht ganz. Es waren ihm auch *Wichser* und die Bezeichnung *notorisch geldgieriger Zwerghirnaffe* ausgekommen.

»Wie geht es dir?«

Moment. Hatte sich Alfred gerade nach meinem Befinden erkundigt? Das erwartungsvolle Schweigen am anderen Ende der Leitung schien das zu bestätigen.

»Ähm, ganz gut, danke. Und dir?«

»Ausgezeichnet. Ich bin vor einem halben Jahr zum zweiten Mal Vater geworden. Melina und ich haben im Herbst geheiratet.«

»Oh, das ist aber schön.«

»Danke. Meine Mutter hat sich auch von ihren Depressionen erholt. Wir haben letztens miteinander gesprochen und festgestellt, dass wir dich viel zu lange nicht mehr gesehen haben. Ich weiß, damals die Sache mit dem Haus ist sehr unglücklich verlaufen. Ich schätze, wir waren dir gegenüber nicht ganz fair. Das tut mir aufrichtig leid. In Wahrheit denkt niemand von uns, dass du Schuld am Tod deiner Mutter trägst. Ich glaube, es waren der Schock und die Emotionen, die da hochgekocht sind. Jedenfalls finde ich es schade, dass wir uns aus den Augen verloren haben. Als Familie sollte man zusammenhalten, denkst du nicht auch?«

»Äh, ja, natürlich.«

»Schön zu hören. Ich soll dich nämlich im Auftrag meiner Mutter zum Essen einladen. Hast du zufällig übermorgen gegen Mittag Zeit?«

»Am Sonntag? Sollte sich einrichten lassen.«

»Das freut mich. Treffen wir uns um zwölf Uhr dreißig bei meinen Eltern. Die Adresse ist Sonnenweg vierundzwanzig – das Haus mit der Windmühle im Garten. Ich bin gespannt, wie es dir in den letzten Jahren ergangen ist. Hoffentlich können wir uns aussprechen und die Vergangenheit ruhen lassen. Du lernst auch meine Tochter Amelie kennen. Sie ist sehr aufgeweckt, also nimm Ohrenschützer mit.«

»Ich glaube, so ein bisschen Geschrei ertrage ich schon.«

»Fein, dann bis Sonntag.«

Ich verabschiedete mich, senkte das Mobiltelefon und starrte ins Nichts. *Okay*, dachte ich. *Es stimmt. Ich bin in ein Paralleluniversum gerutscht.*

»Hier war ich noch nie«, sagte Anna und blickte sich im Restaurant um. »Sieht sympathisch aus.«

»Noch besser ist das Essen«, erwiderte ich. »Sofern man indisch mag.«

»Nur, wenn es nicht zu scharf ist.«

»Du kannst bei der Bestellung angeben, dass du deine Speisen mild haben möchtest. Wenn dir das Essen dann nicht scharf genug ist, knabberst du einfach an mir.«

»Der war billig.«

»Stimmt. Hat sich aber aufgedrängt.«

Anna lächelte. »Hast du reserviert? Ich sehe keinen freien Platz.«

»Natürlich. Es gibt noch einen zweiten Raum.«

Der Kellner führte uns in das hintere Zimmer, das von einer Fensterfront begrenzt wurde und einen Blick in den üppig blühenden Garten bot.

»Oha.« Anna zog die Augenbrauen hoch. »Sogar Kerzen am Tisch.«

»Du wolltest doch ein Candle-Light-Dinner.«

»Davon habe ich nie gesprochen.«

»Aber du hast gesagt, dass du einen schönen Ausblick haben willst. Der Garten ist sogar beleuchtet.«

»Auch davon weiß ich nichts.«

»Jedenfalls lädst du mich heute ein.«

Anna lachte. »Eigentlich sollte ich auf der Stelle kehrtmachen und dich mit deinen Kerzen und dem herrlichen Ausblick auf den Garten allein lassen.«

»So hartherzig bist du nicht.«

»Woher willst du das wissen?«

»Du bist Krankenschwester.«

»Und? Glaubst du nicht, dass es auch kranke Schwestern gibt, so richtig sadistische Hexen?«

Ich zuckte die Schultern. »Möglich. Aber bei dir trifft das nicht zu. Wollen wir uns setzen?« Ich zog einen der Stühle zurück und war erleichtert, als sich Anna niederließ.

Das Essen kam rasch und schmeckte wie immer vorzüglich. Auch Anna war von ihrer Mahlzeit angetan, wie ich an ihren glänzenden Augen erkannte. Nach ein wenig Smalltalk wagte ich die erste Offensive.

»Wieso hast du mich im Feuerring angebaggert?«

»Hab ich nicht.«

»Du hast mir andauernd Blicke zugeworfen.«

»Na und? Vielleicht mache ich das bei allen hässlichen Männern – aus Mitleid.«

»Du hast mir deine Nummer gegeben.«

»Zufall. Ich wollte dir die meiner widerwärtigen Nachbarin zuschieben, aber es war leider der falsche Zettel.«

»Du hast dich auf unser Date eingelassen.«

»Auch hier – pures Mitleid. Ich lade dich zum Essen ein, aber wir sehen uns nie wieder.«

»Verstehe.«

Ich verstand wirklich. Das Glitzern in Annas Augen war mir nicht verborgen geblieben. Es war ein Test. Sie wollte wissen, wie ich reagierte, welche Antworten ich auf ihre Spitzen bereithielt. Erfreulicherweise hatte übertriebene Empfindsamkeit noch nie zu meinen Schwächen gezählt.

»Wenn das so ist«, hob ich an, »möchte ich diesen ersten und einzigen Abend mit dir voll auskosten. Als hässliches Entlein hat man nicht oft die Gelegenheit, mit einer attraktiven und unverschämten Frau auszugehen.«

Anna grinste. »*Attraktiv* und *unverschämt* in einem Satz – Respekt.«

»Man muss die Wahrheit beim Namen nennen. Um ehrlich zu sein: Als ich dich im Feuerring gesehen habe, hast du mir leidgetan.«

»So?«

»Ja. Ich hatte das Gefühl, als ob dir etwas fehlt; und ich glaube, es ist die Süße des Lebens. Deshalb …«

Ich legte ein flaches, quaderförmig verpacktes Geschenk zwischen uns auf den Tisch. Anna beäugte das Präsent misstrauisch, aber mindestens ebenso neugierig.

»Was ist das?«

»Mach es auf.«

Sie griff nach dem Päckchen und entfernte das Schutzpapier. »Eine … kleine Tafel Schokolade. Was für eine süße Überraschung.«

»Falsch. Das ist kein Geschenk zum Anknabbern, sondern eine Trinkschokolade von Zotter. Daraus wird nicht nur Milch mit Kakaogeschmack – es ist ein Getränk der Götter.«

»Woher wusstest du, dass ich heiße Schokolade mag?«

»War nur ein Gefühl. Eine Frau, die mit so spitzer Zunge spricht, ist mit Sicherheit kurz vor einer Unterzuckerung. Wobei – eigene Getränke darf man hier im Restaurant nicht konsumieren. Schade.«

Ich griff nach der Trinkschokolade und schickte mich an, sie in meinen Rucksack zu stecken.

»Moment. Das geht doch nicht.«

»Wieso nicht?«

»Du hast mir ein Geschenk gemacht – und jetzt nimmst du es zurück?«

»Ich kann dir nichts schenken, wenn ich nie erlebe, wie du dir in wohliger Verzückung über die Lippen leckst.«

»Hey, das ist unfair! Ein Geschenk ist ein Geschenk und erwartet keine Gegenleistung.«

»Von Mitleid allein kann ein hässlicher Mann nicht leben.«

Anna fing an zu kichern. »Gut gebrüllt, Löwe.«

»Hier lebst du also.« Anna schlenderte durch meine Wohnung, betrachtete die Bilder an den Wänden und unterzog die Bücher im Regal einer intensiven Musterung.

Ich war nervöser, als ich es mir anmerken ließ. Anna war beileibe nicht die erste Frau, der ich meine Wohnung zeigte, aber die erste, bei der es mir ernsthaft Sorgen bereitete, ob ihr gefiel, was sie sah. Zumindest nach außen hin wirkte sie milde beeindruckt. Sie hatte wohl nicht damit gerechnet, einen aufgeräumten Männerhaushalt vorzufinden.

»Das also ist Susi.« Anna blieb vor dem Käfig meiner Ratte stehen. »Herzige Ohren.«

Susi schnupperte interessiert in Annas Richtung. Ich hoffte, dass meine Bekanntschaft nicht so unvernünftig war, die Finger zwischen die Gitterstäbe zu schieben. Mich hatte Susi – im Gegensatz zu Susi vier, acht und neun – noch nie gebissen, aber andere waren bereits in den Genuss ihrer scharfen Zähne gekommen.

»Susi Nummer dreizehn, um genau zu sein.«

»Dreizehn? Du hattest davor zwölf Ratten mit dem gleichen Namen?«

»Exakt.«

»Warum?«

»Weil ich Ratten mag. Und sie brauchen nicht so viel Zuwendung wie eine Katze oder ein Hund.«

»Nein, ich meine – wieso hast du all deinen Ratten denselben Namen gegeben?«

»Ich mochte mal den Disney-Film Susi und Strolch.«

»Und deshalb hast du nie einen anderen Namen gewählt? Das glaube ich dir nicht.«

Ich zuckte die Schultern. »Dann war's wohl Gewohnheit.«

»Auch das kauf ich dir nicht ab. Hat dich der Tod deines ersten Tieres so mitgenommen, dass du deine Ratte in Erinnerung behalten wolltest?«

»Susi eins wurde von der Nachbarskatze totgebissen. Ich habe vergessen, die Tür des Käfigs zu schließen.«

»Also Schuldgefühle.«

»Kann sein. Außerdem merke ich mir Namen schlecht.«

»Was du nicht sagst. Weißt du überhaupt noch, wie ich heiße?«

»Selbstverständlich. So verkalkt bin ich nun auch wieder nicht, Julia.«

Anna lachte leise. »Unter diesen Umständen wundert es mich ein wenig, dass du befördert worden bist.«

»Hat sicher auch mit Mitleid und Schuldgefühlen zu tun.«

»Klar doch. Deshalb haben Sie dein Gehalt verdoppelt und dich flugs an Hans-Ulrichs Stelle gesetzt.«

»Ähm, ja, sieht so aus.«

Ich war irritiert. Zunächst wusste ich nicht, woran das lag. Dann begriff ich, dass Anna Zwiebösks Vornamen ausgesprochen hatte – so, als hätte sie ihn gekannt. Dabei war mir nicht einmal sein Nachname über die Lippen gekommen, oder etwa doch? Ich verfluchte mein Gedächtnis, das mich immer dann im Stich ließ, wenn ich es gut gebrauchen könnte.

»Magst du jetzt deine Trinkschokolade?«, fragte ich.

»Du meinst das Göttergetränk von Zotter? Ich bitte darum.«

Zehn Minuten später saßen wir auf der Couch und jeder hielt eine dampfende Tasse mit heißer Schokolade in der Hand.

»Duftet köstlich«, sagte Anna und nippte an ihrem Getränk. »Schmeckt auch lecker.«

»Das will ich hoffen. Wenn du jetzt behauptet hättest, das Gebräu taugt nicht mal als Klospülung, hätte ich dich hochkant hinausgeworfen.«

»Was für ein Glück, dass dem nicht so ist.« Anna blickte mich an, ihre Mundwinkel wanderten nach oben.

»Du hast da was«, sagte ich.

»Wie bitte?«

»Auf deiner Lippe.«

»Was meinst du?«

Ich beugte mich vor, berührte mit meinem Zeigefinger ihre Unterlippe und wischte den Schokoladenfleck ab. Wie von selbst wanderte mein Finger zurück und in meinen Mund. Ich saugte kurz daran, dann ließ ich die Hand sinken.

Der Ausdruck in Annas Augen veränderte sich. Ich überlegte, ob das ein gutes oder schlechtes Zeichen sein mochte – als sie sich vorbeugte und mich küsste. Ihre Lippen waren genauso, wie ich erwartet hatte: warm, weich, wie Seide und heißer Marshmallow. Sie schmeckte nach Kakao, nach Vanille, Zimt und einem Hauch von Waldluft. Ich hatte noch nie etwas so Fantastisches gekostet.

Wir rissen uns die Kleider vom Leib, küssten uns in inniger Leidenschaft. Meine Gefühle brandeten empor wie ein Wüstensturm, heiß und köstlich drängte ihre Zunge in meinen Mund. Wir umschlangen uns mit Händen und Füßen, drückten unsere Körper aneinander, als wären wir zwei haltlos durchs Universum taumelnde Planeten.

»Lass mich nicht los«, flüsterte sie. »Nie mehr.«

Das gelang mir zwar nicht, aber ich habe niemals eine Frau so lang umschlungen gehalten und ihren berauschenden Duft geatmet. Hätte ich die Wahl gehabt, ich wäre unter Freuden in ihrer Umarmung gestorben. Aber leider ist das Leben kein Wunschkonzert.

Der Sex war fantastisch. Vielleicht der beste meines Lebens, sicher aber der beste seit einigen Jahren. Wir trieben es am Sofa, auf der Küchenanrichte, später im Bett. Es war berauschend, aber auch unheimlich, wie aphrodisierend Annas Nähe auf mich wirkte. In den ein, zwei Stunden bis wir völlig erschöpft und eng umschlungen im Bett einschliefen, bekam ich von meiner Umgebung wenig mit. Selbst wenn Susi in ihrem Laufrad zu einem Hundert-Meter-Weltrekord gesprintet wäre, ich hätte nicht einmal begriffen, dass ich eine Ratte besaß.

Am nächsten Morgen lagen wir fast genauso da, wie wir eingeschlafen waren. Ich fühlte mich erholt, motiviert und voller Elan.

»Ich mache uns Frühstück«, flüsterte ich Anna ins Ohr und erhob mich. Mein Blick fiel auf die Kommode – und auf das Schreiben, das mir gestern meine Nachbarin vorbeigebracht hatte. Ratlos drehte ich das Kuvert zwischen den Fingern. Von einer *Reiseagentur Fernweh* hatte ich noch nie gehört. Der Name klang in meinen Ohren nicht sonderlich einladend.

Ich riss den Umschlag auf. Das Anschreiben war nur eine Seite lang. Gleich der erste Satz stach mir ins Auge: *Herzliche Gratulation, Sie haben gewonnen!*

Mein erster Gedanke war: *Schon wieder?* Doch dann meldete sich meine Skepsis zu Wort. War dies womöglich ein Betrugsversuch und der Verfasser wollte, dass ich – um den angeblichen Gewinn in Empfang nehmen zu können – einen Geldbetrag auf sein Konto überwies? Als E-Mail bekam ich Derartiges fast täglich, aber mit der Post, das war neu. Vor allem fragte ich mich, woher die angebliche Reiseagentur meine Adresse hatte.

Sehr geehrter Herr Söringen,

Es freut mich Ihnen mitteilen zu können, dass Sie bei unserem Preisausschreiben »Die schönsten Reiseziele der Welt« den ersten Platz erreicht haben. Damit gebührt Ihnen eine zweiwöchige Rundreise durch Tibet, inklusive Flüge, Transfers und Vollverpflegung für zwei Personen. Der Reisetermin kann nach Verfügbarkeit innerhalb der kommenden vierundzwanzig Monate frei gewählt werden.

Um Ihren Gewinnanspruch zu bestätigen, ersuchen wir Sie um telefonische Kontaktaufnahme. Danach erhalten Sie Ihre Gewinnbestätigung und nähere Informationen zur Reise. Gern möchten wir die Gewinner des Preisausschreibens in unserer nächsten Ausgabe von »Fernwehen« vorstellen, und bitten Sie daher um ein Foto und ein paar Worte zu Ihrer Person.

Sollten Sie Fragen haben, scheuen Sie sich nicht, sich an uns zu wenden. Unsere Mitarbeiter sind Montag bis Freitag von 08:00 bis 17:00 Uhr für Sie da.

Herzlichst,

Unfassbar. Ich hatte seit Jahren an keinem Preisaus-schreiben teilgenommen, freilich aus gutem Grund. Handel-te es sich tatsächlich um eine betrügerische Masche? Aber so sah der Brief nicht aus. Er wirkte professionell und seriös. Vielleicht eine skurrile Verwechslung? Das schien mir schon eher vorstellbar.

Ich griff nach meinem Mobiltelefon und wählte die ange-gebene Nummer. Ein Mann mit tiefer, melodischer Stimme meldete sich und erklärte mir, dass alles seine Richtigkeit besaß. Mein Gewinncoupon war vor einigen Monaten im Reisebüro eingetroffen und bei der Verlosung gezogen wor-den, womit ich die Tibet-Rundreise gewonnen hatte. Es ent-standen für mich auch keinerlei Kosten. Ich musste lediglich einen Wunschtermin für die Reise bekanntgeben – die Fir-ma erledigte den Rest. Meine Verpflichtung bestand bloß darin, während des Urlaubs einen Foto- und Reisebericht zu verfassen.

Unter normalen Umständen (also vor der Hundertacht-zig-Grad-Drehung meines Lebens), wäre ich in schales Ge-lächter ausgebrochen, zu offensichtlich war die Lüge, die hinter diesem angeblichen Gewinn stecken musste. So aber zuckte ich nur die Schultern und wandte mich Anna zu.

»Sag mal.« Ich küsste sie auf die Stirn und schenkte ihr ein breites Lächeln. »Du hast nicht zufällig Lust, deine Großmutter in Tibet zu besuchen?«

»Schön, dich zu sehen.« Alfred strahlte mich an. »Du siehst gut aus.«

Er sah auch gut aus. Mein Cousin bewegte sich mit dem Elan eines Zwanzigjährigen, obwohl er die Vierzig bereits überschritten hatte. Sein Gesicht war kantig und ebenmäßig, seine blauen Augen leuchteten hell und klar wie ein Eisberg in der Mittagssonne. Die breiten Schultern und der aufrechte Gang ließen keinen Zweifel daran, dass es sich bei ihm um einen selbstbewussten Siegertyp handelte. Alfred erinnerte mich an jemanden. Keine Ahnung an wen.

»Das ist Amelie«, sagte Alfred und deutete auf das Mädchen neben sich. »Sag Hallo zu Onkel Walter.«

»Hallo.« Die Stimme des Kindes war hell und glockenrein. Dazu seine blonden, schulterlangen Locken und die astronomischen Augen, die jeder Kuh zur Ehre gereicht hätten. Definitiv das perfekte Vorzeigekind, ideal geeignet für einen Haribo-Werbespot oder eine Filmrolle in *Mein Ponyhof*.

»Hallo Amelie«, erwiderte ich und ging in die Hocke. »Wie alt bist du denn?«

»Fünf.« Sie lächelte so entzückend, dass sie damit jeden Gletscher zum Schmelzen gebracht hätte. »Im Juli werd' ich sechs. Und im Herbst geh' ich in die Schule.«

»Die Schule ist toll, die wird dir gefallen.«

»Warst du gern in der Schule?«

»Nicht immer. Aber meistens. Da lernt man viele andere Kinder kennen.«

Zum Beispiel eine dicke Anna, die dich mit ihrem Schokoriegel vergiftet, drang es in meinen Geist. Merkwürdig, dass mir diese Erinnerung ausgerechnet jetzt kam. Amelie hatte, zumindest äußerlich, nichts mit dem Mädchen aus meiner Kindheit gemein.

»Oma und Opa sind schon da«, sagte Alfred und führte mich ins Haus.

»Ich wusste gar nicht, dass sie kommen.« Auch meine Großeltern hatte ich seit Jahren nicht gesehen.

»Sollte eine Überraschung werden.« Alfred warf mir einen prüfenden Blick zu. »Aber ich wollte nicht, dass du ihnen unvorbereitet gegenübertrittst.«

»Verstehe. Wegen meinem Wutanfall damals.«

»Oma geht es für ihre fünfundachtzig Jahre noch recht gut, aber sie hat ein schwaches Herz. Ein leichter Infarkt vor zwei Jahren, dazu immer wieder Herzrhythmusstörungen.«

»Das wusste ich nicht.«

»Deshalb sage ich es dir. Damit du dich nicht aufregst.«

»Habe ich nicht vor.«

»Dann ist ja gut.«

Auch wenn ich nach Alfreds Worten ein wenig Muffensausen hatte, sah ich rasch ein, dass meine Furcht unbegründet war. Meine Tante begrüßte mich ebenso herzlich wie mein Großvater, und meine Oma hatte sogar Tränen in den Augen. Ich bekam ein hervorragendes Drei-Gänge-Menü vorgesetzt und musste unentwegt Fragen beantworten: Wie geht es dir? Was hast du in den letzten Jahren getrieben? Bist du noch mit Natascha zusammen? Nein? Aber es gibt sicher eine neue Liebe, oder? Arbeitest du noch immer bei dieser Werbeagentur? Ehrlich? Gratulation zur Beförderung! Und du hast eine Ratte als Haustier, nicht wahr?

Auch meine Familie erzählte mir Neuigkeiten. Ich erfuhr, dass mein Großvater ehrenamtlich in der Stadtbibliothek arbeitete – und das, obgleich er wie Großmutter die achtzig längst überschritten hatte. Mein Cousin war leitender Entwickler für ein chinesisches Unternehmen, das sich mit der Erforschung von Quanteneffekten beschäftigte.

»Wir haben einen Durchbruch erzielt«, hob er an. »Solange die Experimente nicht abgeschlossen sind, kann ich nichts Näheres sagen, aber es sieht aus, als müssten wir unsere Wahrnehmung der Welt überdenken. Das was wir sehen, ist *eine* Wirklichkeit, aber nicht *die* eine.«

»Was soll das heißen?« Ich spitzte die Ohren. »Sitzen wir in der Matrix fest und werden in Wahrheit von Maschinen kontrolliert?«

Alfred lachte. »Nein, das nicht, aber die Realität, wie wir sie kennen, ist längst nicht alles.«

»Lass dieses neunmalkluge Geschwätz«, fuhr meine Tante dazwischen. »Andauernd erzählst du davon, aber jedes Mal, wenn jemand nachhakt, meinst du, die Forschungen laufen noch. Ich glaube, du übertreibst ein bisschen.«

»Tu ich nicht.« Mein Cousin wirkte ungehalten. »Es ist so, wie ich sage. Wir stehen vor einer Revolution, die dem Beginn des Digitalzeitalters in nichts nachsteht. Weitere Tests werden gerade vorbereitet. Wenn wir es erst geschafft haben, werden wir die Welt verändern; nein, wir werden die Menschen verändern. Niemand wird mehr der sein, der er war.«

Dann kann also ein Unglücksrabe schlagartig zur glückreichsten Person des Planeten werden, dachte ich. *Wie praktisch aber auch.*

Meine Tante ergriff das Wort. »Lieber Walter. Der eigentliche Grund, weshalb wir dich eingeladen haben ist, dass wir uns alle bei dir entschuldigen möchten. Es tut uns leid, wie wir uns nach dem Tod deiner Mutter verhalten haben. Das ist nicht entschuldbar. Besonders mich hat das Ableben meiner Schwester schwer getroffen. Ich habe jemanden gesucht, dem ich die Schuld dafür geben konnte; und wie du gemerkt hast, warst du derjenige. Erst vor einigen Tagen habe ich mit meinen Eltern gesprochen. Sie haben mich dazu ermutigt, dass wir uns aussöhnen, wir alle, als Familie.«

Ich war seltsam ergriffen von den Worten meiner Tante. Gewöhnlich hielt ich mich nicht für sentimental, aber das hier ging mir an die Nieren.

»Ist okay.« Meine Stimme zitterte. »Ich bin euch nicht böse. Wirklich nicht. Wir alle haben Fehler gemacht, ich ebenfalls. Manchmal denke ich noch immer, dass ich Mama auf dem Gewissen habe.«

»Das stimmt nicht.« Alfreds Gesichtsausdruck war ernst. »Wir alle wissen das.«

»Es beruhigt mich, dass ihr das so seht. Und ja, ich verzeihe euch.«

»Danke, Walter, für dein Verständnis.« Meine Tante ergriff meine Hand. »Ich hoffe, dass wir von nun an regelmäßig Kontakt haben. Wenn es irgendetwas gibt, das wir für dich tun können – und ich spreche für uns alle hier –, dann melde dich.«

Gerade als ich mir ernsthafte Sorgen um meine geistige Gesundheit zu machen begann, hörten die Wunder und positiven Fügungen auf.

Wobei, das stimmte so nicht. Aber zumindest die großen Veränderungen waren vorbei. Noch immer hatte ich eine Menge Glück, doch es mischten sich auch unangenehme Ereignisse darunter. Zum Beispiel entpuppten sich meine neuen Aufgaben in der Agentur als Herausforderung. Oder ich verpasste mal wieder den Bus, schnitt mich beim Rasieren und kaufte eine abgelaufene Milch im Supermarkt. Auch mein Bein zwickte jeden Morgen ein bisschen.

Dennoch waren das Peanuts gegenüber meinem bisherigen Leben. Im Grunde schnurrten die folgenden Tage und Wochen dahin wie ein schallgedämpfter Dreihundert-PS-Motor. Nach der Versöhnung mit meiner Familie war es mir, als hätte sich von meinem Herz ein Klumpen Blei gelöst. Ich fühlte mich so frei und unbeschwert wie lange nicht mehr. Das lag vielleicht auch an Anna. Wir sahen uns fast jeden Tag, liebten uns bis zur Ekstase, gingen ins Kino, ins Theater, unternahmen Ausflüge und lachten so viel, dass uns manche Passanten argwöhnische Blicke zuwarfen. Ich hatte keinen Zweifel daran, dass Anna meine Traumfrau war – und dass ich sie eines Tages heiraten würde.

Das sah auch Eduard so. »Ich habe noch nie erlebt, dass du eine Frau auf diese Weise ansiehst. Es ist eine Mischung aus völliger Hingabe, absolutem Vertrauen und auf der Stelle bis zum letzten Haar vernaschen.«

»Danke für den bildhaften Vergleich. Aber es stimmt. Ich kann mich nicht erinnern, dass ich mich jemals in der Nähe einer Frau so wohlgefühlt habe.«

»Du wirst ihr einen Antrag machen.«

»Ist das eine von deinen Prophezeiungen?«

»Sieh es, wie du willst.« Eduard zuckte die Schultern. »Mein Gespür sagt mir, dass ihr zusammengehört. Hast du von der Rattenplage gehört?«

»Rattenplage?« Eduards plötzlicher Themenwechsel irritierte mich.

»Ja, steht überall in den Zeitungen. Heute haben sie sogar einen Beitrag im Fernsehen gebracht. Seit Wochen werden immer mehr Ratten in der Stadt gesichtet, auch tagsüber. So wie es aussieht, sind die Kammerjäger machtlos. Hat das zufällig etwas mit dir und deiner Susi zu tun?«

»Na hör mal. Ich bin doch kein Rattenfänger.«

»War nur 'ne Frage. Hab mir gedacht, bei deiner Affinität zu diesen Tierchen, weißt du vielleicht etwas darüber.«

»Kann sein, dass es dieses Frühjahr mehr Nachkommen gegeben hat. Oder sie finden in der Kanalisation nicht genug zum Fressen.«

»Mathias, unser Arbeitskollege, hat ein Gespenst gesehen.«

»Hä? Wie meinst du das?«

»Sag bloß, du hast auch nichts von den Erscheinungen in der Stadt gehört.«

»Ach so. Ist das dein Ernst? Irgendjemand will irgendetwas gesehen haben und ein Dutzend andere Leute sind auf einmal auch davon überzeugt. Ganz ehrlich, ich halte das für Unfug.«

»Ich meine nur, weil Mathias der bodenständigste Typ ist, den ich kenne. Er war völlig von der Rolle, das kannst du mir glauben. Sein Gesicht hättest du sehen müssen.«

»Na, ich weiß nicht. Haben diese Sichtungen nicht alle in der Nähe von Hochspannungsleitungen stattgefunden? Wenn ich mich nicht irre, hat ein Universitätsprofessor eine wissenschaftliche Theorie zu diesen Geistererscheinungen geäußert.«

»Ja, ich weiß. Trotzdem, irgendwie merkwürdig.«

»Wie kommst du auf diesen ganzen Mist?«

»Tja. Bei meinen Augen und Ohren …«

»Schon klar, verstehe.«

Ich blickte aus dem Fenster des Betriebscafés und schlürfte an meinem Tee. Meine Gedanken wanderten in eine völlig andere Richtung – ich erinnerte mich an das Schicksal meines ehemaligen Chefs.

»Was ist mit Zwieböck?«

»Was soll mit ihm sein? Ich glaube nicht, dass er in der Stadt herumspukt.«

»Nein, ich meine: Gibt es kein Begräbnis?«

»Diese Frage habe ich mir unlängst auch gestellt. Offenbar wurde die Bestattung im engsten Familienkreis durchgeführt.«

»Und keiner weiß was? Ich habe vor ein paar Tagen Julia und Raphael gefragt. Niemand hat davon gehört, dass Zwieböcks Begräbnis schon stattgefunden hätte.«

»Muss es aber. Zumindest wenn Zwieböck ganz klassisch die Radieschen von unten betrachten darf. Also Erdbestattung, meine ich. Spätestens zwei Wochen nach dem Tod ist die fällig. Diesen Zeitraum haben wir längst überschritten.«

»Merkwürdig.«

»Vielleicht hat das mit dem Schamgefühl der Angehörigen zu tun oder Zwieböck war auch privat ein Egozentriker und hat einen abstrusen letzten Willen aufgesetzt. Womöglich wollte er in einem fremden Land und im Rahmen einer besonderen Zeremonie bestattet werden.«

»Kann ich mir nicht vorstellen.« Ich schüttelte verdrossen den Kopf, um die lästigen Gedanken loszuwerden. Im Grunde bekümmerten mich die sterblichen Überreste meines Chefs herzlich wenig. »Wie auch immer. Hast du Lust, Freitagabend mit Anna und mir Essen zu gehen und danach vielleicht ins Kino? Natürlich mit deiner Geliebten, falls du von Sybille Ausgang bekommst.«

»Sehr lustig. Mach so einen Witz nicht vor meiner Frau, sonst entführt sie mich zur Strafe in einen Swingerklub und bindet mich stundenlang an einen Bettpfosten.«

Ich grinste. »Na dann … Aber im Ernst, wollt ihr mitkommen?«

»Wir haben Freitagabend noch nichts vor. Wenn wir für die Kinder einen Babysitter finden, sind wir gern dabei.«

»Schön. Wir freuen uns.«

»Aber nicht, dass du Anna am Freitag einen Heiratsantrag machst.«

»Das habe ich nicht geplant. Wieso?«

»Dann müsste ich eine Packung Beruhigungstabletten mitnehmen.«

»Ach so? Der Antrag würde dir dermaßen nahegehen?«

»Nein. Die Pillen sind nicht für mich, sondern für meine Frau.«

Der restliche Tag und auch die folgenden nahmen den gewohnten, neuglücklichen Verlauf. Mein Leben war perfekt. Ich hatte einen erfüllenden Job, war über beide Ohren verliebt, besaß herzensgute Freunde, eine wohlgesinnte Familie, musste mich mit keinen nennenswerten Schmerzen herumschlagen und trank, wenn überhaupt, nie mehr als mir guttat. Selbst das Wetter schien sich anzupassen: Eine ungewöhnlich stabile Schönwetterphase stellte sich ein und verwöhnte die Stadt tagtäglich mit Sonne und angenehmen Temperaturen.

Und dann, knapp zwei Monate, nachdem mein Leben auf den Kopf gestellt worden war, nahm die Katastrophe ihren Lauf.

Der Beginn war ein Erdbeben. Anna und ich wurden in den Morgenstunden des vorletzten Junitages von der Erschütterung des Untergrundes geweckt. Unser Bett knirschte, im Schrank klapperte das Geschirr und die Lampe an der Decke schwankte sichtbar hin und her.

Mit großen Augen starrten wir uns an. Einen Moment hatte ich die Empfindung, dass irgendetwas nicht *richtig* war, ohne dieses Gefühl konkretisieren zu können – dann verschwand die Empfindung und mit ihr das Erdbeben.

Anna grinste. »Da hat es wohl jemand besonders wild getrieben.«

»Ich glaube, das können wir toppen«, schnurrte ich und nahm Anna in den Arm.

Eine halbe Stunde später läutete ihr Mobiltelefon. Es war Annas Vorgesetzter, der sie darüber informierte, dass sie ab sofort mehr Überstunden und Nachtdienste absolvieren sollte. Der Grund: akuter Personalmangel. Zumindest war es das, was mir Anna nach ihrem Telefonat erzählte. Damals hätte ich nicht im Traum daran gedacht, dass sie mich belügen könnte. Durch mein phänomenales Glück war ich unaufmerksam geworden. Aber natürlich: Ich hätte es ahnen können.

An einem Sonntag ein paar Tage später erhielt ich überraschend Besuch von meinem Cousin Alfred. Anna war soeben zum Nachtdienst aufgebrochen, als es an der Tür läutete.

»Hallo Walter, kann ich hereinkommen?«

Alfred wirkte gehetzt. Sein Blick wanderte unstet hin und her, die Stirn glänzte wie eine frisch geölte Tischplatte. Seine Augen ähnelten noch immer einem Eisberg – allerdings einem, der sternhagelvoll durch ein Nebelmeer trieb. Alfred trug einen zerknitterten Anzug, der wirkte, als hätte er darin geschlafen. Die Haare standen ihm zu Berge wie einem verrückten Wissenschaftler. Obwohl er völlig anders aussah, als bei unserem letzten Zusammentreffen, erinnerte er mich abermals an eine bestimmte Person. Wenn ich nur gewusst hätte, an wen.

»Alles in Ordnung?«, erkundigte ich mich.

»Hm?« Alfreds trübe Augen fixierten mein Gesicht. »Ja, klar, alles bestens. Wie geht's dir?«

»Gut. Was kann ich für dich tun?«

»Wollte nur mal nach dir sehen. Du weißt, wir haben versprochen, jetzt besser auf dich aufzupassen.« Ein schwaches Lächeln erhellte seine Züge.

»Das ist nett von dir. Kann ich dir etwas zu trinken anbieten?«

»Ein Glas Wasser wäre fein.«

Ich ging in die Küche und brachte ihm einen Becher Kraneberger.

Alfred leerte das Glas in einem Zug und atmete tief durch. »Das tut gut. In der Arbeit ist es momentan ziemlich stressig. Wie geht's dir mit Anna?«

»Ausgezeichnet. Wir verstehen uns hervorragend, unternehmen viel zusammen – und im Herbst wollen wir nach Tibet fliegen.«

»Tibet? Das ist aber schön.«

Täuschte ich mich, oder lag ein Funken Verärgerung in seinem Blick?

»Was macht dein Alkoholproblem?«, fragte er.

»Ich würde sagen, es hat sich in Luft aufgelöst.«

»Aha.«

»Nein, ernsthaft. In den letzten Wochen war ich kein einziges Mal betrunken. Nur hie und da ein Bier, ein- oder zweimal ein Gläschen Wein mit Anna.«

»Klingt positiv. Ich wünsche dir, dass es so bleibt.« Alfred holte tief Luft. »Ich muss dann wieder los. Kann ich vorher dein Klo benutzen?«

»Nur zu.«

Während Alfred auf der Toilette verschwand, grübelte ich vor mich hin. Weshalb kreuzte mein Cousin ausgerechnet heute bei mir auf? Was war der Grund für sein desolates Äußeres? Andererseits: Wenn ich mich richtig erinnerte, wollte seine Firma demnächst ein Experiment durchführen, bei dem viel auf dem Spiel stand. Vermutlich hatte Alfred wirklich bloß Stress in der Arbeit. Mit Sicherheit meinte er es nur gut mit mir.

Ja, Sie haben recht: Ich hätte es wissen müssen!

Am nächsten Morgen war Susi krank. Sie schleppte sich durch die Sägespäne, hatte keinen Appetit und ihr Näschen hing so tief, dass sie mit den Barthaaren am Boden streifte. Als sie auch noch zu niesen anfing, wurde mir klar, dass es eine ernste Sache war. Mit fast drei Jahren hatte Susi die Durchschnittslebensdauer ihrer Spezies längst überschritten – erst recht, wenn man berücksichtigte, dass meine Hausratten meist deutlich vor ihrer Zeit das Zeitliche gesegnet hatten.

Ich packte meine Ratte zusammen mit ihrem Holzhäuschen in einen Reisekäfig, stellte ihr eine Menge Leckereien wie Nüsse, frische Apfelspalten und Haferbrei vor die Behausung und brach auf. Die Köstlichkeiten rührte sie nicht an, stattdessen schlief sie die ganze Zeit, bis wir in der Tierklinik anlangten.

»Sieht nach einer viralen Erkältung aus«, meinte der Tierarzt. »Da helfen Antibiotika nichts. Bei dem Alter Ihrer Ratte ist eine Verkühlung lebensbedrohlich. Sie können versuchen, ihr Fenchel- oder Kamillentee zu geben, auch eine Duftlampe mit einem ätherischen Öl wie Eukalyptus kann helfen. Auf alle Fälle sollte sie es warm haben und keinem Luftzug ausgesetzt sein.«

Meine Mundwinkel sackten nach unten. Ich Dummkopf hatte Susi in dem zugigen Käfig durch die halbe Stadt transportiert!

»Kann ich meine Ratte am Heimweg abholen?«, fragte ich. »Bin auf dem Weg in die Arbeit und möchte sie nicht unnötig herumtragen.«

»Kein Problem. Wir haben bis achtzehn Uhr geöffnet.«

Kaum in der Agentur angekommen, rief mich Doktor Flenning zu sich ins Büro.

»Wie geht es dir, Walter? Kommst du mit der Arbeit zurecht?«

»Ja, danke, alles in Ordnung. Aber teilweise sind die Aufgaben eine Herausforderung.«

»Was denn zum Beispiel?«

»Der Abgleich zwischen Einnahmen und Bilanzrechnung. Bei der Kontrolle war ich mir nicht sicher, ob …«

»Da musst du dir keine Gedanken machen, Walter.« Flennings strahlendes Lächeln tat in den Augen weh. »Wird alles doppelt und dreifach überprüft. Frau Magister Hartwein hat mir mitgeteilt, dass die erste Monatsabrechnung tadellos war.«

»Na dann. Außerdem ist mein neuer Computer etwas … eigenwillig. Manchmal kommt es mir vor, als mache er im Hintergrund Dinge, von denen ich nichts weiß.«

Wieder wurde ich geblendet, als Flennings Mundwinkel zu den Ohren wanderten. »Die Technik ist ein Hund. Mach dir mal keine Gedanken. Du erledigst deinen Job hervorragend, ganz wie erwartet. Wir sind sehr zufrieden mit dir.«

Allein die Art, wie Flenning das *sehr zufrieden* betonte, hätte mir verdächtig vorkommen müssen. Aber, wie erwähnt, ich war in jenen Tagen nicht auf der Höhe meines Misstrauens.

Um drei Uhr am Nachmittag hatte ich genug davon, nervös in meinem Büro auf und ab zu marschieren und an Susi zu denken. Ich entschied, das Büro heute früher zu verlassen. Ein paar Vorteile musste die Position als Abteilungsleiter schließlich haben.

»Tschüss, Walter.« Eduard lehnte sich lässig gegen den Türrahmen und grinste mir zu. »Wir sehen uns in einer Woche.«

»Ach ja, stimmt. Rom, nicht wahr?«

»Genau. Ich fliege morgen mit Sybille. Die Kinder bringen wir zu den Großeltern.«

»Was sagt deine Liebhaberin dazu, wenn du mit deiner Frau verreist?«

»Sehr witzig. Warst du schon mal mit Anna im Ausland?«

»Noch nicht. Aber wir planen eine Reise nach Tibet.«

»Wieso ausgerechnet Asien?«

»Annas Großmutter stammt aus China. Außerdem habe ich eine Rundreise gewonnen.«

»Ach, verdammt, Walter.« Eduard zog eine Schnute. »Mittlerweile ist mir dein unverschämtes Glück unheimlich, weißt du das?«

Ich grinste. »Mir doch auch. Aber was soll ich machen? Der Mensch gewöhnt sich an alles.«

»Nur nicht übermütig werden.« Eduard hob warnend den Zeigefinger. »Hätte nicht gedacht, dass ich dir das mal sagen muss.«

Wir grinsten beide.

»Schöne Reise«, sagte ich und umarmte Eduard. »Richte Sybille meine Grüße aus – und auch deiner Geliebten, falls du sie heute noch siehst.«

»Davor werde ich mich hüten. Dir ebenfalls alles Gute.«

Ich eilte aus der Agentur, stieg in den Bus und fuhr Richtung Tierklinik. Per Smartphone kontrollierte ich meinen Kontostand. Er war durchaus erfreulich, aber von den versprochenen eins Komma fünf Millionen Euro der Lottogesellschaft war noch kein Cent eingetroffen. Allerdings hatten die Verantwortlichen betont, dass die Überweisung mehr als sechzig Tage dauern konnte.

Ich betrat die Tierklinik. Susi ging es etwas besser. Sie richtete sich sogar auf die Hinterbeine auf, als ich vor den Gitterstäben in die Hocke ging. Da ein frischer Wind aufgekommen war, beschloss ich, Susi aus dem Käfig zu nehmen und in meinen Hemdsärmel zu stecken. Meine Ratte war das gewohnt, genoss die Wärme und drückte sich an mich.

Beim Verlassen der Tierklinik erhielt ich die Information einer neuen Nachricht in meiner Mobilbox.

»Hallo Walter«, ertönte Eduards Stimme. »Melde dich, wenn du das hier abhörst. Es ist wichtig.«

Ich rief Eduard sofort zurück, aber er hob nicht ab. Nach dem dritten Versuch gab ich auf. So dringend war sein Anliegen offenbar doch nicht.

Mein Telefon läutete, als ich gerade in die Straßenbahn steigen wollte. Ich beschloss, auf den nächsten Zug zu warten, und drückte das Mobiltelefon ans Ohr.

»Herr Söringen, Sie haben einen Fehler gemacht«, erklang eine Stimme.

Es war nicht Eduard. Auch wenn ich erst einmal mit dem Anrufer gesprochen hatte, wusste ich sofort, um wen es sich handelte.

»Kriminalhauptkommissar Schwärzer«, erwiderte ich. »Was verschafft mir das Vergnügen?«

»Kriminalhauptkommissar *Magister* Schwärzer, wenn ich bitten darf. Sie erinnern sich an unser letztes Gespräch vor ein paar Wochen?«

»Natürlich, wie könnte ich das vergessen.«

»Vergreifen Sie sich nicht im Ton, junger Mann.«

»Ich habe doch nichts …«

»Scherze sind nicht angebracht. Die Sache ist ernst. Was haben Sie am Montag, dritter Mai, zwischen zweiundzwanzig Uhr abends und ein Uhr morgens getan?«

»Das habe ich Ihnen doch schon …«

»Beantworten Sie meine Frage.«

»Ich war daheim. Habe mit Frau Schulz, meiner Nachbarin, gesprochen. Etwas getrunken. Hatte eine allergische Reaktion auf Nüsse.«

»Ihre Nachbarin ist tot.«

»Wie bitte?«

»Sie haben mich schon verstanden. Frau Schulz wurde heute Morgen von ihrer Tochter gefunden. Ich kann Ihnen freilich keine Details nennen, aber es sieht nicht nach einem Unfall aus. Darüber hinaus gibt es frappante Ähnlichkeiten zum Fall Zwieböck.«

Es war wie ein Schlag vor den Kopf. Noch gestern Abend hatte ich Frau Schulz zugenickt und ihr ein freundliches Lächeln geschenkt. Und es war wenige Tage her, als ich zuletzt ihren Papagei versorgt hatte. Es mochte sogar sein, dass der Schlüssel zu ihrer Wohnung noch auf meinem Vorzimmerschrank lag. Gar nicht gut.

»Ich habe nichts damit zu tun«, brach es aus mir hervor.

»Wer's glaubt. Ich erwarte Sie innerhalb einer Stunde bei mir im Präsidium. Wenn Sie nicht kommen, ist Schluss mit lustig. Dann lernen Sie mich kennen, Herr Söringen. Aber so richtig.«

Ich hätte am Absatz kehrtmachen und zum Polizeipräsidium fahren sollen. Aber das Gespräch mit dem Kommissar hatte mich verunsichert. Ich wollte mich zuerst sammeln und über das Geschehene nachdenken, bevor ich Schwärzer gegenübertrat – der mit Sicherheit plante, mich ordentlich in die Mangel zu nehmen.

Ich marschierte durch den Stadtpark und grübelte vor mich hin. Susi, die nach wie vor in meinem Hemdsärmel saß, regte sich kaum, als spürte sie meine Erregung und Verunsicherung. Frau Schulz, meine Nachbarin, war also tot. Laut dem Kommissar handelte es sich nicht um einen Unfall. Doch wer sollte der alten Dame etwas Böses wollen? Gut, sie war manchmal eine nervtötende Keifzange, aber das erschien mir lange kein Grund, sie um die Ecke zu bringen. Was hatte Magister Schwärzer gesagt? *Sie wurde von ihrer Tochter gefunden.* Soweit ich wusste, bekam Frau Schulz seit dem Tod ihres Mannes selten Besuch. Ihr Schwiegersohn – Doktor Flenning – hatte ihr öfter seine Aufwartung gemacht als die eigene Tochter. Weshalb war sie ausgerechnet heute aufgekreuzt?

Ich blieb stehen und lauschte.

Es gibt vieles an der Geräuschkulisse einer Großstadt, das man früher oder später nicht mehr mitbekommt. Weil man sich daran gewöhnt und die Geräusche ausblendet. So ergeht es mir beim Straßenlärm, den Durchsagen in den öffentlichen Verkehrsmitteln, dem Rauschen der Parkbäume im Wind – und dem Geschrei mancher Tiere. Sofern nicht gerade ein Köter neben mir am Gartenzaun anschlägt, ist auch das Hundegebell leicht zu überhören. Ähnlich verhält es sich bei den Vögeln in der Stadt, den Tauben und Krähen. Rabenvögel gab es hier im Stadtpark einige. Normalerweise merkte ich nicht, dass sie wie finstere Wächter in den Zweigen saßen und ihre misstönenden Rufe ausstießen. Heute war das anders.

Ich glaube, das lag an Susi. Als der erste Rabe zu krächzen begann, war es, als würde sie von einem Schüttelfrost erfasst. Ich spürte, wie ihr Körper erbebte, wie sie sich an meine Haut schmiegte und versuchte, tiefer in meinen Hemdsärmel zu kriechen. Im ersten Moment dachte ich, dass ihre Verkühlung schlimmer geworden war. Dann fielen mir die Krähen auf.

Es handelte sich um sieben oder acht große, schwarze Exemplare, die zwei Dutzend Schritte entfernt auf den Ästen eines Baumes hockten. Sie machten einen Heidenlärm. Ihr Gekrächze klang wie eine aufgeregte, aggressive Diskussion. Die Krähen stießen mit ihren Schnäbeln vor, schrien sich gegenseitig ins Gesicht, flatterten mit den Flügeln und hopsten auf den Zweigen hin und her.

Einer der Raben stieß sich von seinem Sitzplatz ab, ging in einen Sturzflug und begann über der Wiese zu kreisen. Ihm folgten weitere Krähen, bis ein Mini-Tornado aus schwarzen Flügeln über den Parkboden fegte. Die Raben landeten im Gras. Das Krächzen schwoll an, nahm einen bedrohlichen Unterton an.

Schlagartig musste ich an einen Film aus meiner Jugend denken. Es war der erste Horrorfilm meines Lebens, den ich mit sieben gesehen hatte und dabei vor Angst fast gestorben wäre: *Die Vögel* von Alfred Hitchcock.

Es war eine Ratte. Ich erkannte das Tier, als eine der Krähen vorstieß und sich in der Wiese etwas bewegte. Die Ratte war weiß wie Schnee.

Meine Kinnlade klappte nach unten. Ich spürte nicht mehr, wie sich Susi panisch an mich drückte. Ich merkte nicht, dass mir ein vorbeigehendes Pärchen einen befremdlichen Blick zuwarf. Ich bekam auch nicht mit, wie mir Susis Käfig aus der Hand rutschte und auf den Schotterweg fiel.

Es war nicht wegen der weißen Ratte und der Krähenmeute, die sich anschickte, das Tier in Stücke zu reißen.

Hinter den Vögeln, vielleicht dreißig Meter entfernt, standen zwei Menschen. Sie fielen mir nur deshalb auf, weil sie in Fluchtlinie zu den Krähen standen. Die beiden kehrten mir den Rücken zu, aber die erste Person erkannte ich, als sie den Kopf zur Seite neigte. Es war Anna; Anna, die in der Arbeit und am anderen Ende der Stadt sein sollte. Sie lächelte; lächelte dem Mann neben ihr zu – einem stattlichen Kerl mit breiten Schultern und aufrechtem Gang. Hans-Ulrich Zwieböck.

Ich wusste es, als sich Anna vorbeugte und ihn küsste. Es war mein ehemaliger Chef; jener garstige Mensch, der tot und längst unter der Erde sein sollte.

Die Realität verlangsamte sich. Jede Bewegung war in Sirup getaucht. Das Kreischen der Krähen wich einem lang gezogenen Brüllen.

Vor meinen Augen lief ein Film ab, rasend schnell, wie in Zeitraffer. Alles begann mit meinem einstigen Vorgesetzten. Grinsend stand Zwieböck vor mir, bekleidet mit einem khakifarbenen Nadelstreifenanzug. Er lehnte sich lässig an einen Grabstein, hob den Zeigefinger und bewegte ihn tadelnd hin und her. Auch wenn er nicht sprach, vernahm ich doch seine Stimme in meinem Kopf: *Sie waren ein böser Junge, Söringen.*

Zack. Rechts neben Zwieböck tauchte Eduard auf. Sein Lächeln hing schief und er ließ den Kopf hängen. *Tut mir leid*, hörte ich ihn sagen. *Die Ohren, mein lieber Walter, die Ohren. Und die Augen, Walter, die Augen!*

Zack. Links von Zwieböck erschien Anna. Sie legte einen Arm um seine Schulter, warf ihm einen lüsternen Blick zu. Dann richtete sie die Augen auf mich und die Luft zwischen uns gefror. Da stand keine Liebe in ihrem Blick, nicht einmal Zuneigung. Bloß Abscheu, Häme und Wut waren zu erkennen. *Du hättest mit deiner Mutter sterben sollen*, erklang ihre Stimme. *Jetzt bist du fällig.*

Zack. Meine Arbeitskollegen, gleich hinter Zwieböck. Einige tanzten auf Grabsteinen, andere wälzten sich gackernd im Gras. Sie zeigten mit den Fingern auf mich, hatten Schaum vor dem Mund, kicherten, kreischten und schrien. Mein Cousin und meine Tante erschienen, gafften mich an. *So ein Schwachkopf*, sagte Alfred und schüttelte den Kopf. *Zwanzig Jahre Erfahrung und noch immer dumm wie Stroh.*

Zack. Doktor Flenning tauchte aus der Menschenmenge auf, entrollte eine zwei Meter lange Papierrolle. *Sieh an,*

Walter, donnerte seine Stimme. *Die Abrechnung stimmt aber gar nicht. Mir scheint, du hast zwei Millionen unterschlagen.*

Zack. Eine geschminkte Blondine, die junge Frau von der Lottogesellschaft. *Schade*, meinte sie, kaute schmatzend auf einem Kaugummi und wickelte eine Locke um den Zeigefinger. *Dann muss Ihr Gewinn wohl einbehalten werden.*

Ich habe es übersehen, nicht gehört, vernahm ich Eduards weinerliche Stimme. *Es ist eine Falle, Walter, eine Falle!*

Zack. Vor Zwieböck tauchte ein glatzköpfiger Mann auf – Kriminalhauptkommissar Magister Peter Schwärzer. Er hatte die Arme verschränkt, sein Gesichtsausdruck war ernst. An seiner Hüfte baumelten Handschellen und eine Pistole.

Sie haben einen Fehler gemacht, Herr Söringen, erklang die Stimme des Ermittlers, tief und bedrohlich. *Einen schrecklichen Fehler. Sie hatten Glück.*

Der Film riss ab, schlagartig, als handelte es sich tatsächlich um eine abgelaufene Filmrolle. Die Wirklichkeit nahm ihre gewohnte Geschwindigkeit auf, doch ich stand da wie festgefroren, regte mich nicht, vergaß sogar zu atmen.

Anna und Zwieböck schlenderten davon, ohne mich wahrgenommen zu haben. Dann sah ich das, was kommen musste: Die Krähen stürzten sich auf die weiße Ratte, rissen sie in Stücke. Das Kreischen der Vögel klang in meinen Ohren wie schallendes Gelächter.

Ich, Walter Söringen, war der größte Dummkopf dieses Planeten.

Ich rannte wie nie zuvor in meinem Leben. Na gut, das stimmt nicht, aber zumindest kam es mir so vor. Den Käfig hielt ich eng an mich gepresst, genauso wie Susis kleinen Körper, der an der Haut meines Unterarms schlotterte wie Espenlaub. Susi würde sterben. Ich wusste es. Aber nicht nur sie. Auch ich war so gut wie tot.

Eine Falle, natürlich. Der Eduard meines Unterbewusstseins hatte es begriffen. Wie konnte ich diese Hinterlist übersehen, wie hatte ich glauben können, dass kein böser Zweck hinter all diesen positiven Dingen steckte? Damals, die Sache mit dem Nusskeks, da war mir klar gewesen, wohin die Reise führte. Aber ich hatte meine Erkenntnis ignoriert, weil ich geblendet war von all den Wundern und Schönheiten meines neuen Lebens.

Aber es war gar kein neues Leben. Es war meine alte Existenz mit Camouflage, nichts anderes als ein grausam getarnter Schachzug des fiesen Glücks.

Weshalb hatte es nach Zwieböcks Tod kein Begräbnis gegeben? Weil er in Wahrheit gar nicht tot war. Warum hatte Anna meinen Chef gekannt? Weil sie ein Liebespaar waren. Aus welchem Grund hatte man mich befördert? Weil man für die Unterschlagung von Millionen einen Sündenbock brauchte. Warum war Frau Schulz gestorben? Weil sie von der Unterschlagung wusste und man mir ihren Tod in die Schuhe schieben wollte. Wieso hatte ich im Lotto gewonnen? Um mich zu blenden und in Sicherheit zu wiegen. Weshalb waren mein Cousin, meine Tante und Großeltern so offen zu mir gewesen? Weil sie meinen Untergang hautnah miterleben wollten.

Jetzt ergab alles einen Sinn, alles. Mein schönes, berauschendes Leben explodierte, implodierte, bis nichts mehr übrig blieb, außer einer kleinen, grauen Zelle und kaltem Wasser, das von der Decke tropfte.

In meinem Geist flammte Widerstand auf. So konnte, so durfte es nicht enden! Nicht, solange ich die Wahl hatte.

Meine Füße lenkten mich wie von selbst in Richtung meiner Wohnung. Ich sah das Gebäude und das Fenster im zweiten Stock, meine Zuflucht, die für mich zehn Jahre lang Heimat bedeutet hatte.

Doch damit war es vorbei. Ich durfte nicht hierbleiben. In meiner Wohnung hausten die Unglücke. Genauso wie an meinem Arbeitsplatz und an jedem anderen Ort, den ich kannte. Davon abgesehen waren es die Menschen um mich herum, die Menschen, die ich zu kennen geglaubt hatte, die mich in den Abgrund stürzen wollten.

Ich musste weg. Weit weg. Raus aus Deutschland, raus aus Europa. An das Ende der Welt, dorthin, wo mich niemand kannte und niemand zu finden vermochte, auch nicht mein Unglück.

Zumindest versuchen musste ich es. Nach all dem, was in den vergangenen Wochen geschehen war, konnte ich nicht ruhig dasitzen und die Katastrophe über mich hereinbrechen lassen. Ich wollte kämpfen, bis zum Äußersten gehen, einen letzten, verzweifelten Anlauf unternehmen, um nicht von der Wiedergeburt meines trostlosen Lebens überrollt und vernichtet zu werden.

Klar, die Chancen standen denkbar schlecht. Unter normalen Umständen hätte ich winselnd den Schwanz eingezogen und mich so tief geduckt wie möglich. Aber offenbar hatte ich mich tatsächlich verändert.

Der Mut der Verzweiflung, erklang eine Stimme in meinem Kopf. *Das ist keine Veränderung, das ist erbärmlich.*

Ich stürmte in meine Wohnung, blickte mich um wie ein Reh, verfolgt von einem lodernden Waldbrand. Was sollte ich mitnehmen? Wohin konnte ich gehen?

Flughafen, drang es in meine Gedanken. Dies war der schnellste Weg, das Land zu verlassen. Mit etwas Glück wartete weder Kommissar Schwärzer am Check-in auf mich, noch stand ich auf der Fahndungsliste von Interpol.

Ich lachte kurz und trocken. Hatte ich soeben von Glück gesprochen? Aber auch Galgenhumor konnte ein Ansporn sein. Solange ich nicht zu trödeln begann.

Mein Blick fiel auf die Küchenuhr. Die Stunde, die mir Kommissar Schwärzer zugestanden hatte, war bereits zur Hälfte verstrichen. Je länger ich wartete, desto geringer waren meine Chancen, mich unbehelligt aus dem Staub machen zu können.

In fliegender Hast packte ich Rucksack und Koffer. Es war mehr ein wahlloses Hineinstopfen von Kleidung, Erinnerungsstücken und Hygieneartikeln, als die wohlüberlegte Zusammenstellung eines Reisepakets. Beinahe hätte ich sogar auf meinen Pass vergessen.

Als ich mein Mobiltelefon in die Hand nahm, zögerte ich. Sollte ich das Handy mitnehmen? Jedes Kind wusste, dass man damit geortet werden konnte. Andererseits kam ich mir ohne Smartphone splitterfasernackt vor. Ich entschied mich für einen Kompromiss: Das Handy kam mit, aber ich schaltete es in den Flugmodus und schwor mir, es nur zu aktivieren, wenn es unbedingt nötig war.

Mir fiel ein, dass ich auf keinen Fall mit Kredit- oder Bankomatkarte bezahlen sollte. Abgesehen davon, dass man mein Konto mit Sicherheit sperren würde, wussten die Ermittler, wo ich mich aufhielt. Auch das kannte man aus jedem Agententhriller. Aber Geld benötigte ich in jedem Fall, und das nicht zu knapp, schließlich wollte ich in ein Flugzeug steigen. In meiner Geldbörse fanden sich gerade mal dreißig Euro. Das war viel zu wenig, um …

Natürlich, meine eiserne Reserve!

Ich riss den Kasten im Wohnzimmer auf, kramte in der Lade, bis ich einen gelben, prall gefüllten Socken zu fassen bekam. Darin befanden sich zweitausend Euro – genug, das Land zu verlassen.

Was sollte ich noch mitnehmen? Eine Taschenlampe? – Konnte nie schaden. Ein Taschenmesser? – Auf alle Fälle. Meine Taschenuhr? – Selbstverständlich. Ohne sie besaß ich keine …

Die Uhr meiner Mutter war verschwunden. Ich war mir hundertprozentig sicher, dass sie gestern noch auf dem Nachtkästchen neben meinem Bett gelegen hatte. Jeden Abend nahm ich die Taschenuhr zur Hand, klappte sie auf und betrachtete das Bild meiner Mutter darin. Jeden Morgen warf ich zumindest einen Blick auf das vergoldete Ziffernblatt.

Sie war schon beim Aufstehen nicht da, durchzuckte es meine Gedanken. Und dann: *Alfred!* Er hatte gestern verdammt lange auf der Toilette gebraucht, bevor er sich verabschiedet und die Wohnung verlassen hatte. Es gab keinen Zweifel: Mein Cousin war ein Dieb. Er hatte mein einziges Erbstück und das wichtigste Andenken an meine Mutter gestohlen!

Ich knirschte mit den Zähnen, ballte die Hände zu Fäusten. Doch ich konnte den Verlust nicht ändern, die Uhr nicht zurückholen. Es blieb mir nichts anderes übrig, als ohne sie aufzubrechen.

Wütend und verzweifelt warf ich mir den Rucksack über die Schultern, griff nach dem Koffer und trat aus der Wohnungstür.

Erst als ich in das Taxi Richtung Flughafen stieg, begriff ich, dass ich nicht allein war. Ich hatte weibliche Begleitung. Susi steckte noch immer in meinem Hemdsärmel. Sie hatte sich in der vergangenen halben Stunde mucksmäuschenstill verhalten.

Kurz befürchtete ich Schlimmes, aber dann spürte ich ihre zitternden Barthaare an meiner Haut. Sie schmiegte sich an mich, trat mit ihren Füßchen eine Mulde in den Stoff und schlief weiter. Offenbar fühlte sie sich pudelwohl.

»Ein ... Ticket«, schnaufte ich und klatschte meinen Pass auf den Tresen.

Die junge Dame der Fluggesellschaft zwinkerte mir mit ihren künstlichen Wimpern unschuldig zu. »Ein Ticket – und wohin?«

»Irgendwohin«, brach es aus mir hervor. Im gleichen Augenblick begriff ich, dass diese Aussage ein Fehler war. Wenn ich verdächtig erschien, rief die Flugbedienstete den Sicherheitsdienst – und meine Flucht war vorbei, noch bevor sie begonnen hatte. Aber wohin sollte ich reisen? Jedenfalls musste ich Europa verlassen, das stand fest.

Eine Idee drängte in mein Bewusstsein, eine Erinnerung. Ich hatte nicht nur im Lotto gewonnen, sondern auch eine Rundreise geschenkt bekommen. Die Destination war die erste, die mir vernünftig erschien, also nannte ich sie. Ich brachte sogar ein schiefes Lächeln zustande.

»Ich meine, ich will nach Tibet.«

»Dorthin fliegen wir nicht.«

»Bitte, ich muss unbedingt nach Tibet, so rasch wie möglich!«

»Einen Moment.« Bei der Menge an Schminke im Gesicht der jungen Frau, mussten sich die Runzeln eingraben wie ein Gewitterregen im Wüstensand. »Ich kann Ihnen anbieten, dass Sie mit uns über Dubai nach Neu-Delhi fliegen. Dort müssen Sie sich aber nach einer anderen Fluglinie umsehen, die sie nach Lhasa bringt.«

»Wunderbar, das mache ich.«

»Ich hätte einen Flug in acht Stunden. Wenn Sie den nehmen, sind Sie um …«

»Geht es nicht schneller?«

»Sie können unseren nächsten Direktflug nach Dubai buchen. Der geht in etwas mehr als einer Stunde. Allerdings haben Sie dann dort eine Wartezeit von …«

»Wartezeiten sind kein Problem. Ich nehme den Flug.«

»Businessclass oder Economy?«

»Das Billigere.«

»Möchten Sie einen Fensterplatz?«

»Egal.«

»Haben Sie spezielle Essenswünsche?«

»Nein.«

»Wollen Sie …?«

»Kann ich bitte einfach das Ticket haben?«

Falls die junge Frau durch meine Eile verunsichert war, ließ sie sich nichts anmerken. »Das macht dann sechshundertneunzehn Euro. Zahlen Sie mit Kreditkarte oder …?«

»Ich zahle bar.«

Jetzt zeigte sich doch ein Schimmer von Verunsicherung auf den Zügen der jungen Frau. Aber sie überspielte ihre Zweifel gekonnt, als ich meine Geldbörse zückte und den ausständigen Betrag beglich.

»Danke.« Die Angestellte lächelte ihr professionelles Lächeln. »Der Check-in befindet sich gleich dort drüben. Ein Gepäckstück bis fünfundzwanzig Kilo ist inkludiert. Ein Tier möchten Sie ja nicht mitnehmen, oder?«

Aus unerfindlichen Gründen entgleisten weder meine Gesichtszüge, noch brach ich in Panik aus. Bloß mein Herz sackte ein paar Zentimeter tiefer.

Ich lächelte breit und wahrscheinlich ziemlich dämlich. »Nein, natürlich nicht.«

»Ziehen Sie bitte Ihre Weste aus.«

Die Worte kamen aus dem Mund einer Frau, die aussah, als wäre sie Weltmeisterin im Schwergewichtsheben. Sie überragte mich um fünf Zentimeter. Ihre Haare waren zu einem derart strengen Pferdeschwanz gebunden, dass man vermutlich nur kurz daran ziehen musste, um ihren Skalp in Händen zu halten.

»Natürlich«, murmelte ich und legte meine Weste auf das Förderband.

Während der vergangenen halben Stunde waren immer wieder Gedanken an die Sicherheitskontrolle am Flughafen aufgepoppt. Bislang hatte ich die unliebsamen Eingebungen zurückdrängen können. Doch jetzt stand ich vor den Metalldetektoren, wurde von grimmig dreinblickenden Beamten beobachtet und meine Gedanken ratterten wie ein Maschinengewehr.

Die Sicherheitsleute würden Susi finden, ganz bestimmt. Sie *mussten* sie finden! Das dämliche Gerät brauchte nur zu piepsen, wenn ich hindurchschritt. In diesem Fall würden mich die Beamten filzen und meine Ratte entdecken. Ende der Fahnenstange.

»Sie können jetzt durchgehen.«

Meine Brust fühlte sich an, als wäre sie von einem Eispanzer umgeben. Dennoch setzte ich mich in Bewegung. Ich trat durch den Torbogen des Metalldetektors … und ein helles Pfeifen erklang.

»Kommen Sie hier rüber.« Ein Mann mit Glatze musterte mich von oben bis unten. Er streckte die Hände aus, berührte meine Schultern, fuhr die Oberarme entlang …

»Basti, das war die andere.«

Ein zweiter Beamter zeigte auf den Metalldetektor daneben, durch den zeitgleich mit mir eine ältere Frau getreten war. Der Glatzkopf vor mir ließ die Arme sinken, nickte und deutete mir, meine Sachen vom Förderband zu nehmen.

In fliegender Hast klaubte ich die Weste, meinen Rucksack und das Handy auf und machte mich aus dem Staub. Schweißperlen standen auf meiner Stirn. Ein Glück, dass sich Susi nicht geregt hatte. Ich war davon überzeugt, dass sie nicht schlief, schon seit dem Betreten des Flughafens nicht. Doch Susi schien zu spüren, dass sie sich nicht bewegen durfte.

Als ich mein Gate erreichte, war das Boarding bereits in vollem Gang. In meinem Kopf manifestierten sich die verschiedensten Szenarien einer Last-Minute-Verhaftung, aber die Glückssträhne blieb mir hold. Niemand hielt mich auf und die Flugbediensteten kontrollierten nicht einmal meinen Pass. Selbst mein Rucksack, der die Maße des erlaubten Handgepäcks deutlich überschritt, wurde nicht beanstandet.

Wenige Minuten später sank ich in den Flugzeugsitz. Ich fühlte mich wie ein Schwerarbeiter nach einer Zwölf-Stunden-Schicht. Ich hatte es geschafft. Niemand hatte mich aufgehalten, niemand verhaftet. Irrwitzig und kaum zu glauben, aber ich saß in einer Maschine Richtung Dubai!

Als das Flugzeug abhob und die Landschaft unter mir zusammenschrumpfte, schloss ich erschöpft die Augen. Bevor ich in einen unruhigen Schlummer fiel, blitzte in meinem Bewusstsein ein Gedanke auf: *Du hattest unverschämtes Glück, Walter. Weißt du, was das bedeutet?*

Oh ja, das wusste ich.

Ich erwachte, weil irgendetwas anders war als zuvor. Verwirrt blickte ich mich um, konnte aber nichts Auffälliges entdecken. Das Kabinenpersonal war soeben dabei, Getränke zu verteilen. Mein Blick fiel auf den Monitor vor mir. Wir hatten unsere Reisehöhe erreicht und befanden uns über der nördlichen Adria. Bis Dubai waren es noch mehr als fünf Stunden.

Ich sank in den Sitz zurück und ließ den letzten halben Tag Revue passieren. Während meines überhasteten Aufbruchs hatte ich überlegt, jemandem von meiner Flucht zu erzählen. Die einzige Person, die nach den jüngsten Ereignissen noch in Frage kam, war Eduard. Doch wollte ich ihn nicht in die Sache hineinziehen. Außerdem war ich keineswegs davon überzeugt, dass er meinen Plan für sich behielt. Eduard besaß zwar messerscharfe Augen und ein phänomenales Gehör, aber auch eine große und manchmal übereifrige Klappe.

Mir war auch in den Sinn gekommen, Anna eine Nachricht zu hinterlassen, falls die Sache im Park nur eine abstruse Verwechslung war.

Ich hatte es nicht getan. Viel zu deutlich stand das Bild vor mir, wie Anna Zwieböck geküsst hatte. Unmöglich, dass dies eine Täuschung gewesen war.

Mein Herz brannte, drückte gegen meine Brust, als wollte es platzen. Ich fühlte einen umfassenden, schmerzhaften Verlust, dessen Intensität erst einmal übertroffen worden war: nach dem Tod meiner Mutter.

Aber ich durfte nicht an Anna denken. Ich durfte mich durch ihren Verrat nicht verunsichern lassen. Sie hatte mich benutzt, genauso wie es alle anderen getan hatten: meine Vorgesetzten, meine Familie, meine vermeintlichen Freunde. Jeder Einzelne war involviert und hatte seinen kleinen, hinterlistigen Beitrag geleistet. Ich war in die Falle gegangen und nur durch ein Wunder entkommen; ein Wunder, das sich nicht wiederholen würde.

Mit einem Mal begriff ich, dass ich ein Problem hatte. Gut, ich hatte eine Menge Probleme, aber eines wog im Moment besonders schwer: Susi war verschwunden.

Ich schnellte aus meiner zusammengesunkenen Haltung, saß da wie ein Rekrut vor dem Oberst. Meine Finger krallten sich in meine Jeans. Deshalb also dieses Gefühl, dass sich etwas verändert hatte. Susi war aus meinem Hemdsärmel gekrochen, ohne dass ich es gemerkt hatte; und offenbar auch ohne, dass einem anderen Passagier ihr Rattenschwanz aufgefallen war.

Denk nach, dachte ich. *Wie sagt Eduard immer? Die Augen, mein lieber Walter, die Augen!*

Ich blickte mich mit weit aufgerissenen Kuhaugen um, wie ein Astronaut, der ungeschützt ins Vakuum geriet. *Los jetzt – analysiere, was du siehst!*

Ich befand mich in einem Airbus 330 der neuesten Serie. Die Flugzeugkabine besaß zwei Gänge, zwischen denen Sitzplätze in Viererreihen lagen. Auf den Außenseiten der Korridore waren jeweils zwei Sitzplätze vorhanden. Ich hockte in Flugrichtung links, direkt am Gang, der Platz neben mir war leer. Auf der anderen Seite des Durchgangs flirtete ein Pärchen miteinander, daneben saß ein Mann mit Brille. Fünf Reihen trennten mich von den Toiletten, zehn vom Servicebereich des Kabinenpersonals im hinteren Teil des Fliegers. Zwei Stewardessen befanden sich mit ihrem Servierwagen ein paar Meter entfernt und teilten Getränke aus. Eine ältere Dame erhob sich, um auf die Toilette zu gehen. Zwei Kinder standen auf den Sitzen und wurden von ihren Eltern zurechtgewiesen. Ein Herr im Anzug öffnete das Gepäckfach und zog einen Rucksack hervor.

Ich blinzelte und kniff die Lider zusammen, denn meine aufgerissenen Kuhaugen drohten zu vertrocknen. Nicht die geringste Spur von Susi. Wäre Eduard hier gewesen, er hätte sie bestimmt entdeckt. Keine Ahnung, wie er das mit den Augen gemeint hatte.

Die Ohren, vernahm ich Eduards tadelnde Stimme. *Vergiss nicht auf die Ohren!*

Der Todesschrei einer Frau hallte durch das Flugzeug.

Im ersten Moment musste ich an das Gekreische der Krähen im Stadtpark denken. Aber dann fand ich den quietschenden Schrei der Frau noch um einiges grässlicher.

Eine Flugbegleiterin stolperte hinter dem rückseitigen Vorhang der Kabinenbesatzung hervor. Auf ihrem Antlitz stand nackte Panik.

Oh mein Gott, dachte ich. *Terroristen haben das Flugzeug entführt!*

Ein kleiner, schwarz-weißer Körper sprang zwischen den Beinen der Stewardess hindurch.

Doch kein Terroranschlag. Für ein oder zwei Sekunden empfand ich Erleichterung. Dann realisierte ich, dass es sich um Susi handelte.

Die Flugbegleiterin zog – weiterhin kreischend – ihren viel zu kurzen Rock hoch. Dabei stürzte sie rücklings auf den Schoß eines Mannes, der beide Arme hochriss, als hätte man eine Waffe auf ihn gerichtet. Susi wieselte den Flugzeugkorridor entlang, hüpfte in meine Richtung. Zwei weitere Frauen kreischten, ein Mann trat nach Susi, ohne sie zu treffen. Zahlreiche Menschen erhoben sich, erregte Stimmen hallten durch die Kabine.

Ich wusste, was nun kam. Susi würde in meinen Schoß springen, sich an mich kuscheln und ich durfte das Flugzeug nach der Landung in Handschellen verlassen. Aber nur, wenn mich die hysterisch kreischenden Frauen nicht vorher lynchten.

Susi kam immer näher. Noch fünf Meter. Noch drei. Als ich bereits meinte, das nicht vorhandene Weiß in ihren Augen zu sehen, bog sie unvermittelt Richtung Fenster ab und verschwand unter den Sitzbänken.

»I, eine Ratte!« Die panische Stimme einer Frau. Zwei Flugbegleiter stürmten heran, einer der beiden war mit einem Regenschirm bewaffnet. Ein dicker Mann hinter mir grunzte überrascht und schnellte in die Senkrechte. Dabei entglitt ihm sein Notebook und fiel polternd zu Boden.

In diesem Moment spürte ich ein Zupfen am unteren Ende meiner Jeans. Ich weiß nicht, wie ich die Gelassenheit aufbrachte, aber ich neigte mich nach vorn und streckte einen Arm aus, als wollte ich mein Schuhband richten. Susis warmes Näschen berührte meine Finger. Ich beugte mich noch etwas tiefer, hob die Hand und meine Ratte flitzte in den Hemdsärmel zurück. Unschuldig richtete ich mich auf, warf einen verwirrten Blick in die Runde und kratzte mich mit der anderen Hand am Hinterkopf.

»Wo ist die Ratte?« Neben mir stand der bewaffnete Flugbegleiter. Die Spitze des Regenschirms war auf meine Brust gerichtet. In den Augen des Mannes leuchtete etwas, das mir nicht gefiel. Bestimmt hatte er mich beobachtet. Er wusste, wo sich Susi befand. Ich begriff, dass er meine Ratte töten würde; wenn nicht jetzt, dann spätestens beim Verlassen des Flugzeugs.

Aber noch war Susi nicht tot. Noch konnte ich versuchen, ihr Leben zu retten.

»Ich kann das erklären«, hob ich an.

Drei Sitzreihen vor mir ertönte ein spitzer Schrei. Der Regenschirm samt Flugbegleiter wirbelte herum. Die Augen weit aufgerissen, stürmte der Steward davon, auf das nächste vermeintliche Rattenopfer zu.

Mit gesenkten Lidern blickte ich mich um, aber keiner der Fluggäste warf mir empörte Blicke zu oder deutete mit den Fingern auf mich. Meine Anspannung ließ nach und ich klappte in meinem Sitz zusammen wie ein Taschenmesser. Niemand hatte mitbekommen, wie Susi in meinen Hemdsärmel gekrochen war. Einmal mehr hatte ich unverschämtes Glück gehabt.

Allmählich zeigten die Beschwichtigungen des Flugpersonals Wirkung, das Durcheinander legte sich. Zwar war die Stimmung aufgeheizt, aber da die Ratte verschwunden blieb, verebbte auch die allgemeine Nervosität.

Einige Minuten später erklang die Stimme des Flugkapitäns. »Meine sehr geehrten Fluggäste. Wie Ihnen vermutlich nicht entgangen ist, haben wir ein Parasitenproblem an Bord. Nach Rücksprache mit der Flugsicherung werden wir in Rom einen Zwischenstopp einlegen. Wir möchten uns für die dadurch entstehenden Unannehmlichkeiten entschuldigen. Für Passagiere, die ihre Anschlussmaschinen erreichen müssen, wird ein rascher Weitertransport organisiert. Wir danken für Ihr Verständnis.«

Rom glüht in der Hitze eines Sommertages. Es ist früher Nachmittag, traditionell die Zeit der Siesta, durch die Touristen wirkt die Stadt aber ebenso lebendig wie am Vormittag. Wir schieben uns durch die Menschenmenge in Richtung Petersplatz. Ein Taubenschwarm umkreist uns, wir werden von dem köstlichen Duft aus einer Cafeteria abgelenkt …

Ich blickte vom Reisemagazin auf und durch die Seitenscheibe des Taxis. Es regnete in Strömen. Die Menschen liefen umher, als wären sie bucklige Quasimodos aus Zuckerguss. Immer wieder erzitterten die Fenster des Wagens von der Wucht eines nahen Donnerschlags. Blitze erhellten das Dämmerlicht unter der Gewitterwolke.

Es war die perfekte Witterung, um so richtig in Schlechtwetterlaune zu verfallen. Zwar hatte ich Susi nach der Landung in Rom problemlos aus der Kabine schmuggeln können, aber kurz darauf erfuhr ich, dass der nächste Flug Richtung Dubai erst für morgen Vormittag angesetzt war. Das bedeutete, ich musste die Nacht in der Stadt verbringen; schlechte Aussichten, wenn man meine Situation bedachte. Kommissar Schwärzer hatte mit Sicherheit von meiner Flucht erfahren und die Jagd auf mich eröffnet.

Klar, ich hätte umgehend Fersengeld geben sollen; und wenn das nicht per Flugzeug möglich war, dann eben auf einem anderen Weg. Das Problem dabei: Ich traute mir nicht zu, auf gut Glück Richtung Süden aufzubrechen, ans Meer zu fahren, auf ein Schiff umzusteigen und damit durch den Suezkanal zu tuckern. Außerdem war ich noch nie ein Fan von Bootsfahrten gewesen.

Zudem hielt mich seit dem Vorfall im Flugzeug ein sonderbarer Schwebezustand gefangen. Ich erwischte mich bei dem Gedanken, dass der Kommissar meine Spur verloren haben könnte oder dass im Fall meiner toten Nachbarin vielleicht ein anderer Verdächtiger aufgetaucht war. Ich hatte nicht die geringste Lust, mich in einer Regentonne zu verkriechen und darauf zu warten, dass ein Donnerwetter über mich hereinbrach; wie es momentan der Fall war. Die tobende Gewitterfront mochte ein Vorbote kommenden Unheils sein, schlussendlich waren mir zahlreiche Unglücke auf den Fersen. Aber wenigstens im Moment bekümmerte mich das nicht.

Nach dem Verlassen des Flughafens hatte ich mir ein Langarmshirt, eine Regenjacke und einen Sweater gekauft. Das Hemd, mit dem ich aus Deutschland aufgebrochen war, entsorgte ich im Müll. Susi hatte der Stress im Flugzeug ordentlich zugesetzt, denn sie entleerte Darm und Blase öfter als üblich. Leider konnte ich meine Ratte nicht einfach aus dem Hemdsärmel schütteln. Der Baumwollstoff stank bald so penetrant, dass es mich wunderte, weshalb mich keiner der Sicherheitskräfte am Flughafen zur Rede stellte.

Neben den Kleidungsstücken besorgte ich eine windgeschützte Holzbox für Susi und ließ sie zur Hälfte mit Sägespänen anfüllen. Meine Ratte fühlte sich in ihrer neuen Behausung zwar nicht so wohl wie in meinem Hemdsärmel, aber sie ertrug die Veränderung mit Würde und grub sich ein Tunnelsystem durch die Holzschnitzel.

Da es bereits gegen Abend ging, suchte ich mir ein leistbares Hotel in der Nähe des Flughafens – zumindest war das mein Plan. Tatsächlich gab es in ganz Rom nur noch eine Handvoll Zimmer. Fronleichnam überschnitt sich dieses Jahr mit dem zehnjährigen Jubiläum des Papstes und einem Spiel der Champions League. Fast alle Hotels waren ausgebucht. Schlussendlich musste ich ein Studio in der Innenstadt nehmen, unweit des Petersdoms. Der Preis pro Nacht betrug zweihundert Euro. Wenn ich weiterhin so verschwenderisch mit dem Geld umging, waren von meiner eisernen Reserve bald nur noch ein paar Cent übrig.

Ich sank in den Rücksitz des Taxis, betrachtete die abwärts laufenden Regentropfen auf der Fensterscheibe. Das Display meines Mobiltelefons war schwarz. Ich überlegte, das Gerät einzuschalten. Bis jetzt war ich standhaft geblieben. Vielleicht hatte ich eine Nachricht von Anna erhalten. Doch wenn sich mein Handy ins Netz einwählte, konnte man meine Position feststellen und das wollte ich auf keinen Fall riskieren.

»We're almost there«, sagte der Taxifahrer und hielt kurz darauf am Straßenrand.

Ich hatte überhaupt keine Lust auszusteigen. Es schüttete nach wie vor wie aus Kübeln. Zudem machte ich mir Sorgen um Susi. Ihre Holzkiste war nicht wasserdicht. Immerhin waren es bis zum Hotel nur ein paar Schritte. Der beleuchtete Schriftzug über dem Eingang schimmerte in der Dämmerung wie der Vollmond.

Ich zahlte, riss die Tür auf – und trat in eine zentimetertiefe Wasserpfütze, sodass ein Schwall eisiger Kälte meinen rechten Fuß umspülte.

Erleichterung. Das war alles, was ich empfand. Hier war es wieder, mein altbekanntes Unglück. Seltsam, dass mich seine Anwesenheit freute. Sogar meine Mundwinkel wanderten ein Stück nach oben. Irgendwie war es beruhigend, dass es etwas gab, worauf ich mich verlassen konnte.

Mein Lächeln gefror, als ich den Kopf wandte und dem Tod entgegensah.

Also zuerst erblickte ich bloß einen Mann. Er befand sich fünf Schritte entfernt, trug einen Regenschirm und wollte die Straße überqueren. Der Tod lauerte fünfzig Meter dahinter; in Form eines heranbrausenden Sportwagens. Der Fahrer des Pkw hatte die Kontrolle über sein Fahrzeug verloren. Der Wagen driftete nach links, dann nach rechts – und schoss geradewegs auf den Mann mit Schirm zu.

Ich weiß nicht, weshalb ich dermaßen rasch reagierte und warum mich meine Feigheit nicht zurückhielt. Auf alle Fälle sprang ich aus dem Taxi und hetzte auf den Unbekannten zu. Dieser sah mich erst im letzten Moment, interpretierte mein Herumfuchteln und das gebrüllte »Stopp!« aber falsch, denn er tat einen Satz auf die Straße hinaus.

Ich bekam den Passanten am Arm zu fassen, riss ihn zurück. Durch die Bewegung geriet ich aus dem Gleichgewicht, stürzte rücklings zu Boden – und schnappte nach Luft, als der füllige Körper des Mannes auf meinen Unterleib klatschte.

Im gleichen Moment brauste der Sportwagen nur Zentimeter vor unseren Füßen vorbei. Jetzt endlich kam der Autolenker auf die Idee zu hupen. Das Fahrzeug verfehlte das Taxi um Haaresbreite, geriet auf die andere Straßenseite, knallte seitlich in einen parkenden Minivan und hielt an. Drei, vier Passanten liefen auf den verunglückten Wagen zu. Der Fahrer schien unverletzt, wie man anhand seiner lautstarken italienischen Schimpftirade vermuten konnte.

»Alles in Ordnung?«, fragte ich den Mann zu meinen Füßen, richtete mich auf und betastete meine schmerzenden Oberschenkel.

In dem Blick des Unbekannten stand Verwunderung. Offenbar begriff er nicht, was vorgefallen war. Er starrte auf das demolierte Fahrzeug und den Lenker des Wagens, der herumhüpfte wie Rumpelstilzchen. Dann wandte er den Kopf, musterte meine Gesichtszüge. Erst jetzt leuchtete die Erkenntnis in seinen Augen auf.

»Sie haben mir das Leben gerettet«, meinte er in akzentfreiem Deutsch.

»Hm, ja, scheint so.«

Ich schätzte den Fremden auf etwa sechzig. Er wirkte wohlgenährt und besaß eine dominante Nase, die seinem Antlitz einen herrischen Ausdruck verlieh. Der Unbekannte trug einen dunklen, ungewöhnlichen Anzug, abgeschlossen von einer weißen Halskrause. Es hätte das Kreuz vor seiner Brust nicht bedurft, um zu begreifen, dass ich einem Geistlichen das Leben gerettet hatte. Auch das noch.

Der Mann erhob sich, machte ein Kreuzzeichen und warf einen demutsvollen Blick zu der tiefschwarzen Wolkendecke empor.

»Wie ist Ihr Name?«, fragte er mich.

»Ähm, Söringen. Walter Söringen.«

»Der Herr hat mir einen Schutzengel gesandt. Ich stehe in Ihrer Schuld.«

»Keine Ursache.« Betreten senkte ich den Kopf und starrte auf meine Turnschuhe. Bei jeder Zehenbewegung quoll seitlich Wasser hervor. Darüber hinaus spürte ich, dass sich die Nässe bis zu meinen Boxershorts vorgearbeitet hatte. Zeit, dass ich ins Trockene kam.

»Ich muss weiter«, meinte ich und deutete auf den verlockend leuchtenden Schriftzug des Hotels. »Mein Zimmer wartet.«

»Das ist keine gute Herberge.« Der Geistliche schüttelte den Kopf. »Außerdem viel zu teuer. Wollen Sie nicht bei uns im Vatikan übernachten? Selbstverständlich kostenlos. Das ist das Mindeste, was ich für Sie tun kann.«

»Danke für das Angebot, aber ich muss morgen früh auf.«

»Kein Problem. Wir doch auch. Es ist Fronleichnam. Und ein Jubiläum gibt es auch zu feiern.«

»Um halb neun muss ich am Flughafen sein.«

»Kein Problem«, wiederholte der Geistliche und lächelte. Einer seiner oberen Schneidezähne war kürzer als der andere. »Die Feierlichkeiten starten um acht. Ich werde veranlassen, dass Sie mich davor zur Frühstückstafel begleiten können. Nebenbei – mein Name ist Sebastian. Sebastian Hirscher.«

»Stammen Sie aus Deutschland?«, fragte ich und schüttelte die angebotene Hand.

»Wir sollten uns duzen.« Wieder dieses wissende Lächeln. »Ich möchte meinem Schutzengel wie einem Bruder begegnen. Zu deiner Frage: Allerdings. Ich bin der Erzbischof von München.«

Man könnte annehmen, dass es als glückliche Fügung zu sehen war, einem ranghohen Mitglied der katholischen Kirche das Leben zu retten. Ich war mir da nicht so sicher. Schon als wir zurück ins Taxi stiegen und Sebastian dem Chauffeur unser Fahrtziel nannte – »Via della Stazione Vaticana« –, fühlte ich mich unbehaglich. Zugegeben, das könnte auch daran gelegen haben, dass mir die Kälte in die Glieder gekrochen kam und ich zitterte wie eine Waschmaschine im Schleuderprogramm.

An der Einfahrt zum Vatikan hielten uns zwei Schweizer Gardisten an. Als sie den Erzbischof erkannten, winkten sie uns ohne weitere Kontrolle hindurch.

»Hier drüben ist das Gästehaus, in dem du übernachten wirst.« Sebastian deutete auf einen Gebäudekomplex. »Sogar der Heilige Vater schläft gern hier.«

»Momentan auch?«

»Ja, obwohl seine Residenz im Hauptgebäude zu finden ist. Er mag es, inmitten anderer Mitglieder der Geistlichkeit zu leben. Vielleicht ist er morgen sogar beim Frühstück dabei.«

Inzwischen hatte der Regen nachgelassen, die Gewitterdonner waren verstummt. Eine eigenartige Stille hing über der Stadt, glich dem Schweigen eines Todkranken vor seinem letzten Atemzug. Die hereinbrechende Dunkelheit war dumpf und schwer, senkte sich wie der Mantel eines müden Wanderers über die Vatikanstadt. Ein feuchtwarmer Luftzug brachte den Duft von Yasmin und Rosenwasser. Der beleuchtete Petersdom glänzte und funkelte, schien mehr die fulminante Abstraktion eines Steampunk-Raumschiffs zu sein, als ein christliches Gotteshaus. Auch die Atmosphäre war sonderbar. Sie schmeckte nach alten Zaubern, düsteren Legenden, nach längst vergessenem Gelächter und verlorenen Träumen.

Entschuldigen Sie die blumenhafte Beschreibung. Aber es war wirklich eine unheimliche Stimmung.

Ich nahm mein Gepäck sowie Susis Käfig aus dem Wagen und wir betraten das Gebäude. Nach wenigen Schritten eilte uns ein junger Mann mit einem strengen Kurzhaarschnitt und Segelohren entgegen.

»Eure Exzellenz.« Der Geistliche deutete eine Verbeugung an. »Da seid Ihr ja endlich. Wir haben uns schon Sorgen gemacht.«

»Ausnahmsweise berechtigt«, entgegnete Sebastian und wies auf mich. »Dieser junge Mann hier hat mir das Leben gerettet.«

Die Augen des Geistlichen wurden groß. »Was ist geschehen?«

»Später. Ich brauche ein Zimmer für meinen Lebensretter. Er wird heute hier übernachten.«

»Ich erledige das.« Der Segelohrenmann eilte davon.

Sebastian blickte ihm hinterher. »Antonio ist eine gute Seele. Ich weiß nicht, was ich ohne ihn täte. Erzähl mal, Walter, was verschlägt dich nach Rom? Entschuldige meine Direktheit, aber du wirkst nicht, als würdest du hier Urlaub machen.«

Diese Frage hatte ich kommen sehen. »Das stimmt. Es war ein spontaner Entschluss. Daheim gab es private und berufliche Turbulenzen. Ich brauchte eine Auszeit.«

»Wieso ausgerechnet Rom?«

»Ich mag die Stadt und die Leute. Die Stimmung hier erinnert mich an glückliche Momente aus meiner Kindheit.«

»Bist du gläubig?«

Auch diese Frage hatte ich erwartet.

»Ich bin kein großer Kirchengeher, wenn du das meinst.«

»Man kann auch gläubig sein, ohne regelmäßig dem Gottesdienst beizuwohnen.«

»Na dann. Es ist schon so, dass es mir vorkommt, von einer unsichtbaren Hand beschützt und geleitet zu werden.«

Das war zwar alles andere als die Wahrheit, aber eine Flunkerei schien mir angebracht.

»Mit Sicherheit.« Der Bischof nickte. Sein intensiver Blick ruhte auf mir wie ein Suchscheinwerfer. »Ich habe das längst begriffen. Allein der heutige Abend ist Beweis genug.«

Oder es war bloß ein verrückter Zufall, dachte ich.

Kurze Zeit später kehrte Antonio zurück und bestätigte, dass er für mich ein Zimmer organisiert hatte.

»Der Raum liegt im ersten Stock«, sagte Sebastian. »Er ist unprätentiös aber zweckmäßig eingerichtet.«

»Ich habe keine hohen Ansprüche«, entgegnete ich. »Vielen Dank für deine Mühen.«

»Ich habe zu danken.« Sebastians Lächeln wurde weicher. »Es freut mich, dass ich dich kennenlernen durfte; und das meine ich nicht, weil du mir das Leben gerettet hast. Ich spüre, dass du etwas Besonderes bist.«

Aus dem Mund eines anderen hätten mir diese Worte gerade mal ein Schmunzeln entlockt. Aber durch Sebastians Ausstrahlung wirkte seine Feststellung auf unangenehme Art bedrohlich. Jetzt fehlte nur, dass er mich als Bote Gottes sah; eine Annahme, die bloß damit enden konnte, dass man mich am Scheiterhaufen verbrannte.

Um sechs Uhr läutete mein Wecker – und riss mich aus einem verwirrenden Traum. In der düsteren Vision entführte mich eine Vampir-Anna und steckte mich gemeinsam mit Eduard in eine Kerkerzelle, aus der man nur entkommen konnte, wenn man die Zahlen der nächsten Lottoziehung einem am Kreuz schnarchenden Zwieböck auf den Bauch malte.

Dennoch, so schräg das nächtliche Geisterbild war, es handelte sich nicht um einen Albtraum. Beim Erwachen blieb auch kein unangenehmes Gefühl oder die Empfindung, durch eine gigantische Kartoffelpresse gequetscht worden zu sein. Genau genommen fühlte ich mich ausgesprochen frisch und erholt, direkt euphorisch. Ich brauche Ihnen sicher nicht zu erklären, dass das keine guten Voraussetzungen für den Start in den Tag waren.

Nachdem ich Susi gefüttert, mich geduscht und angezogen hatte, ging ich nach unten in den Speisesaal. Der Raum wurde von einer u-förmigen Tafel eingenommen. Sebastian war bereits da und winkte mir zu, als ich den Raum betrat. Während ich in seine Richtung marschierte, fiel mir ein älterer Herr mit weißer Kappe auf, der sich einige Meter entfernt am Tisch niederließ. Mir kam er seltsam bekannt vor.

»Natürlich.« Sebastian nickte wissend. »Das ist der Heilige Vater.«

»Oh«, meinte ich nur und bemühte mich, nicht in seine Richtung zu starren. Stille Beklemmung erfasste mich. Unsichtbare, alles sehende Augen ruhten auf mir. Der Raum wurde von einer unermesslichen Präsenz erfüllt, die sich …

Na gut, das war übertrieben. Tatsächlich fühlte ich hier im Saal weder etwas Heiliges noch Unheimliches. Es war bloß ein Frühstücksraum mit einem Haufen plappernder, harmlos wirkender Männer, die meisten davon längst nicht mehr in ihren besten Jahren, gezeichnet von ihren Schmerbäuchen und zu wenig Bewegung an der frischen Luft.

Das Essen war vorzüglich. Es gab Tomaten mit Mozzarella und Basilikum, warme Brötchen, verschiedene Aufstriche, Rohschinken, zehn Käsesorten, Joghurt und Müsli, Obst und Gemüse, Nudeln mit Pesto, dazu Kaffee, Kakao und den besten Pfefferminztee, den ich je getrunken habe.

»Schmeckt es?« Sebastian grinste mir zu.

»Aufgezeichnet!«

Ja, ich hätte zuerst hinunterschlucken sollen. »Sehr gut«, ergänzte ich ein paar Sekunden später. »Fehlt nur der Rotwein.«

»Den gibt es nach den Feierlichkeiten am Vormittag. Aber so lange bleibst du ja nicht.«

»Stimmt.« Ich ergriff eines der Gläser am Tisch. »Dann muss ich mir mein Wasser eben selbst in Wein verwandeln.«

Zugegeben, das war ein billiger Scherz. Und angesichts der Umgebung sicher nicht angebracht. Aber hatte ich erwähnt, dass mich eine unerklärliche Euphorie gefangen hielt?

Sebastian und auch andere Geistliche warfen mir irritierte Blicke zu.

»Das ist nichts, worüber man Witze macht.« Die Augen des Erzbischofs wanderten über meine Gesichtszüge. »Wunder sind Zeichen von Göttlichkeit.«

»Ich scherze nicht«, entgegnete ich, hielt mein Wasserglas hoch – eine rote Flüssigkeit schwappte darin.

»Unmöglich.« Sebastian riss mir das Glas aus der Hand, nippte an dem Getränk – und seine Augen weiteten sich. »Wein. Das ist tatsächlich Wein.«

»Freilich ist das Wein.« Ich ergriff ein weiteres Wasserglas. »Noch jemand?«

Vor den verblüfften Augen meiner Zuseher färbte sich auch die Flüssigkeit in dem zweiten Glas rot. Ich reichte den Becher meinem linken Sitznachbar, der erschrocken zurückwich, als hätte ich ihm eine Klapperschlange zugeschoben.

»Wie hast du das gemacht?« Auf Sebastians Zügen arbeitete es. »Los, sag schon. Das ist ein Trick, gib's zu!«

»Nö.« Das Wasser in einem dritten Glas verwandelte sich zu Wein. Ich hob es hoch, sodass es alle sehen konnten. »Noch jemand ein Gläschen?«

»Ein Wunder.« Der Geistliche links von mir rutschte von seinem Stuhl und fiel auf die Knie. »Ein Wunder!«

Mittlerweile konnte ich mir das Lachen kaum noch verkneifen. In meinem Hochgefühl merkte ich nicht, in welcher Gefahr ich schwebte. Nicht alle Blicke wirkten fasziniert. Es gab genug Geistliche, in deren Augen offene Skepsis oder sogar Wut aufblitzte. Zeit, dass ich dieses *Wunder* aufklärte.

»Ich muss gestehen …«

In diesem Moment schnellte ein älterer Herr von seinem Stuhl. Er stand einen Augenblick kerzengerade, das Gesicht todesbleich und verzerrt. Seine Hände hielt er gegen die Brust gepresst. Dann kippte er nach hinten, schlug schwer am Boden auf.

Zahlreiche Geistliche sprangen von ihren Sitzen, eilten auf den Gefallenen zu. Auch ich erhob mich, insgeheim erleichtert, dass mich niemand mehr beachtete. Gleichzeitig nagte Furcht in mir, dass ich und mein Weinwunder etwas mit dem Herzproblem des Geistlichen zu tun haben könnten. Aber das wäre ein schräger Zufall. Mit Sicherheit war es bloß eine harmlose Ironie des Schicksals. Der Mann würde sich gleich wieder aufrichten und seinen Schwindelanfall abschütteln.

Meine Güte, war ich dumm! Einmal mehr hatte ich die Vorboten missverstanden, die Zeichen des Unglücks übersehen. Leider begriff ich das erst, als der herbeigerufene Sanitäter nach zwei Minuten Herzdruckmassage erschöpft innehielt und in die Runde blickte.

»Mi dispiace«, murmelte er. »È morto.«

Nein, ich kann kein Italienisch. Trotzdem rutschte mir das Herz in die Hose. *Er ist tot*, vernahm ich eine hysterisch kreischende Stimme in meinem Kopf. *Abgekratzt, hingeschieden, weg vom Fenster!*

Sauber. Ich hatte einen Geistlichen um die Ecke gebracht.

Vielleicht sollte ich zuerst eine Erklärung nachliefern: Ich hatte freilich kein Wasser in Wein verwandelt. Es handelte sich um einen Zaubertrick. Damals, als ich als Lehrling bei einem Magier angestellt war, hatte ich mir dieses Kunststück angeeignet. Es war der einzige Trick, den ich gut beherrschte, dafür sorgte er stets für Aufsehen. Das Prinzip war simpel: An der Innenseite des Unterarms, knapp hinter den Handwurzelknochen und verborgen durch ein Hemd oder einen Sweater, lag eine schmale, längliche Flasche, gefüllt

mit Rotweinkonzentrat. Ein hautfarbener, dünner Kunst-
stoffschlauch lief entlang der Handinnenfläche bis zur Spitze
des Mittelfingers. Mit der nötigen Übung und dem richtigen Griff um das Glas, konnte man es aussehen lassen, als
würde sich das Wasser in Rebensaft verwandeln.

Freilich schmeckte das Getränk zu mild für richtigen
Wein, aber das fiel kaum jemandem auf. Mein morgendli-
cher Übermut hatte mich dazu bewogen, den Zaubertrick
vorzubereiten – für den Fall, dass sich eine lustige Gelegenheit ergeben sollte. Leider war die Situation völlig aus dem
Ruder gelaufen.

Der Stimmentumult um mich herum betäubte meine
Ohren. Kurz überlegte ich, Reißaus zu nehmen, bevor jemand auf den Gedanken kam, mich für den Tod des Mannes verantwortlich zu machen. Aber dafür war es zu spät. Ich
hing zwischen der Priesterschaft fest, fühlte mich wie eine
Flunder, die von Tunfischen in die Mangel genommen
wurde. Immerhin konnte niemand zur Rechenschaft gezogen werden, bloß weil er …

Mit dem Toten stimmte etwas nicht. Ich sah den liegen-
den Körper nur aus den Augenwinkeln, aber mein innerer
Alarmzeiger schlug an wie ein Hau-den-Lukas. Hastig
drängte und boxte ich mich durch die Menschenmenge,
ging vor dem Leichnam in die Hocke. Ohne Zweifel, das
Gesicht des Verunglückten lief blau an.

Die Instinkte aus meiner Zeit als Rettungssanitäter erwachten. Keine Leiche veränderte sich auf diese Weise.
Weshalb hatte sich niemand mit einem EKG-Gerät vom
Ableben des Priesters überzeugt? Die Reanimation war
durchaus erfolgreich gewesen. Der Mann war nicht tot, sondern …

Ich drehte den Verunglückten auf die Seite, schlug ihm die flache Hand auf den Rücken. Ein Zucken wanderte über seine steifen Glieder, der Körper verkrampfte sich – und der Gefallene spie einen Schwall Nahrungsbrei auf den Boden. Es war eine farbenfrohe Mischung aus Mozzarella, Schinken, Obst, Trauben; und einem Stück Brot, das sich vermutlich in seiner Luftröhre verfangen hatte.

Stille. Um mich herum herrschte solch bedrückendes Schweigen, dass ich mir vorkam, als wäre ich soeben in eine Gruft spaziert. Ich hob den Kopf, aber bereits davor wusste ich, dass mich Dutzende Augenpaare mit Blicken durchbohrten.

Sebastian starrte mich an, als hätte ich soeben den Beweis erbracht, dass Jesus und Maria Magdalena mit den zwölf Aposteln eine Kommune gegründet hatten.

»Walter … Was zum Teufel …?«

Mir fiel eine überaus witzige Erwiderung ein, von wegen Luzifer in einem Gotteshaus und so, aber angesichts der Umstände schluckte ich meine Bemerkung hinunter. Das war auch gut so, denn die Geistlichen wichen vor mir zurück. Auf vielen Gesichtern erkannte ich Fassungslosigkeit.

Ich vergewisserte mich, dass der Verunglückte regelmäßig atmete, und richtete mich auf. Mein affektiertes Lächeln konnte wohl niemanden überzeugen.

»Er war nicht tot.« Meine Stimme klang unrund. Ein bisschen wie Susi acht, als ich ihr auf den Schwanz getreten war. »Also nicht wirklich. Ich habe …«

Ein Schwall Wärme erfasste meinen Körper. Überall war Licht, Sonnenlicht. Ich blinzelte, wandte den Kopf. Durch ein kleines Fenster weit hinten im Saal fiel ein einzelner Strahl der Morgensonne herein. Er beschien ausgerechnet mich und den am Boden hockenden Geistlichen, der verwirrte Blicke in die Runde warf.

Neben der Bestürzung, dem Misstrauen und Unglauben, sah ich in zahlreichen Augen auch etwas, das mir noch weniger behagte: Staunen und Ehrfurcht.

Eine weiße Kappe tanzte inmitten der umstehenden Priester und Bischöfe. Die Finger des Papstes zitterten, als er auf mich deutete. »È successo un miracolo.«

Wie erwähnt verstehe ich kein Italienisch, aber auch ohne Übersetzung erriet ich, was der Heilige Vater mit seiner Aussage meinte. In meinem Geist wirbelten die unterschiedlichsten Strategien durcheinander, wie ich aus meiner misslichen Lage entkommen könnte. Doch eine Idee war unrealistischer als die andere.

Ein Donnerschlag erklang, zerriss die beklemmende Stille und meine gewichtigen Gedankengänge. Erst nach einigen Sekunden begriff ich, dass es gar kein Donner war. Die Glocken des Petersdoms läuteten.

Endlich erkannte ich, was vor sich ging. Das war keine absurde Abfolge von Zufällen, die in den Augen der Umstehenden wie Wunder wirken mussten – es war mein Unglück. Ich konnte zwar nicht sagen, was es mit seinem Vorgehen bezweckte, aber sicherlich nichts Gutes. Es war sonnenklar, dass die Ereignisse in einer Katastrophe gipfeln mussten. Genau genommen hatte das Unglück längst begonnen.

Es war an der Zeit, das zu tun, was ich am besten konnte: Ich wandte mich um und floh.

Als ich aus dem Saal stürmte, vernahm ich hinter mir laute Stimmen und einen anschwellenden Tumult. Ich sah nicht zurück, wollte nicht wissen, was die verwirrten alten Herren jetzt anstellten. Vielleicht debattierten sie darüber, ob sie mich in Seidengewänder hüllen oder doch besser an ein Kreuz nageln sollten.

Ich eilte auf mein Zimmer, klaubte meine Habseligkeiten zusammen, ergriff Susis Käfig, stürzte auf den Gang – als ich erregte und rasch näherkommende Stimmen wahrnahm. Kurz überlegte ich, die Geistlichen mit einem tierischen Gebrüll zu überraschen und mich durch ihre Leibesfüllen hindurchzuquetschen. Dann jedoch machte ich kehrt, stürmte in die andere Richtung.

Auch hier gab es einen Abgang, eine schmale, steile Wendeltreppe. Ich schnaufte wie ein Walross, als ich mit meinem Rucksack, dem Koffer und Susis Käfig in der Hand die Stufen hinabstolperte. So laut wie meine Atemzüge von den Wänden widerhallten, musste man mich noch am anderen Ende des Vatikans hören.

Seltsamerweise erwartete mich am Fuß der Treppe keine Abordnung der Schweizergarde. Niemand war zu sehen. Leider hatte ich auch nicht die geringste Ahnung, wo ich mich befand.

Ich huschte in den nächsten Gang, hoffte darauf, einen Ausgang zu erreichen. Als weitere Stimmen erklangen, stieß ich eine hölzerne Seitentür auf – und wäre fast von zwei Schweizer Gardisten über den Haufen gerannt worden, die mir mit entschlossenen Blicken entgegenstürmten.

»He is on the first floor!«, rief ich ihnen zu und deutete hinter mich.

Entweder meine Aussage überzeugte sie davon, dass ich nicht der Grund für den Aufruhr sein konnte, oder sie hätten mich ohnehin nicht beachtet. Die Gardisten liefen an mir vorbei und verschwanden mit flatternden Pluderhosen um die Ecke.

Ich stieß pfeifend die Luft aus, stolperte weiter – und direkt auf den Petersplatz hinaus.

Ruhig Blut, dachte ich. *Bloß keine Aufmerksamkeit erregen.*

Ich verlangsamte meine Schritte, tauchte in die wuselnde Menschenmenge ein. Es war verdammt viel los. Ich kam nur im Schneckentempo voran. Ein unchristlicher Fluch wanderte über meine Lippen, als mir jemand beinahe Susis Käfig aus der Hand prellte. Gab es hier nirgendwo ein Taxi? Doch, dort, am anderen Ende des Platzes. Ich schob mich durch das Gewimmel, als ich aus den Augenwinkeln eine neue Bewegung wahrnahm.

Sebastian und fünf, sechs weitere Priester standen am Rand der Piazza, blickten über das Menschengewühl. In ihrer Begleitung befanden sich Schweizer Gardisten, zehn, wenn nicht gar fünfzehn Pluderhosenträger. Es war schwer vorstellbar, dass sie mich unter den Tausenden Besuchern ausmachen konnten. Andererseits mochte es bei meinem Glück doch passieren. Geduckt ging ich weiter, erreichte ein Taxi und riss die hintere Tür auf. Ich warf Koffer und Rucksack hinein, zog Susis Käfig an die Brust und ließ mich auf die Rückbank fallen.

»To the airport!«, rief ich dem Fahrer zu.

Der Lenker, ein älterer Herr mit dünnem Pferdeschwanz, warf mir einen halb irritierten, halb misstrauischen Blick zu. Aber er nickte bloß und der Wagen setzte sich in Bewegung.

Ich lugte durch die Heckscheibe des Fahrzeugs. Sebastian stand noch an derselben Stelle wie zuvor. Für einen Moment hatte ich den Eindruck, als würde er dem Taxi mit Blicken folgen. Aber das war sicher nur Einbildung.

Am Flughafen erwartete mich die nächste Überraschung: Niemand verhaftete mich, als ich mein Weiterflugticket nach Dubai abholte. Im Gegenteil, das Personal gab sich überaus freundlich, um nicht zu sagen kriecherisch. Die Dame von der Fluggesellschaft entschuldigte sich für das Missgeschick während des gestrigen Fluges, bot mir einen Snack an und offerierte mir – ohne Aufpreis – einen Sitzplatz in der Businessclass.

Mit diesen angenehmen Überraschungen hatte ich nicht gerechnet. Aber ich hielt meine positive Stimmung auf Sparflamme. Der Weg bis Tibet war weit.

Mir blieben noch knapp zwei Stunden, bis das Boarding begann. Ich hoffte, bis dahin ein wenig entspannen zu können. Susi hatte ich wieder in meinem Hemdsärmel untergebracht, der Käfig war im Koffer verstaut. Meine Ratte wirkte heute erschöpft und antriebslos. Immerhin musste sie nicht mehr niesen. Ich redete mir ein, dass das ein gutes Zeichen war und nicht der Anfang vom Ende.

Ich erkannte die Person erst, als wir uns unmittelbar gegenüberstanden.

»Walter?« Eduards Augäpfel quollen hervor und erinnerten mich an eine gewisse überfahrene Kröte. »Was zum Kuckuck machst du hier?«

Ich war mindestens ebenso überrascht. War mir mein Arbeitskollege nachgereist, um mich vor den dramatischen Entwicklungen in der Arbeit zu warnen? Aber dann fiel mir ein, dass Eduard angekündigt hatte, mit seiner Gattin nach Rom zu fliegen. Nur dass die junge Frau an seiner Seite nicht Sybille war. Ich kannte die Blondine nicht. Allerdings wirkten ihre Gesichtszüge seltsam vertraut.

»Ich dachte, die Sache mit der Liebhaberin war ein Scherz«, meinte ich.

»Das ist Maria, meine Schwester. Sybille musste kurzfristig nach Wien, ihre Mutter ist erkrankt. Wir wollten die Reise nicht verfallen lassen. Außerdem ist meine Schwiegermutter ein humorloser, besserwisserischer, intriganter Drache, der … Jedenfalls beruht unsere Abneigung auf Gegenseitigkeit. Also habe ich einen anderen Reisepartner gesucht. Ich hatte sogar vor, dich zu fragen, aber da du nicht erreichbar warst … Wieso bist du hier?«

»Lange Geschichte.« Ich überlegte, was ich Eduard erzählen sollte, der offenbar keine Ahnung hatte, was sich in den letzten sechsunddreißig Stunden zugetragen hatte.

»Ich bin ein guter Zuhörer.«

»Das glaube ich dir. Es ist nur …«

»Na komm, jetzt mach kein Theater.«

»Wusstest du, dass Zwiebböck gar nicht tot ist?«

»Wie bitte?« Die Überraschung auf Eduards Zügen war echt. »Wie meinst du das?«

»Ich habe ihn im Park gesehen. Mit Anna. Sie haben sich geküsst. Ich bin Opfer einer Intrige, Edi! Flenning und die anderen wollen mir die Unterschlagung von Millionen anhängen. Außerdem hat mich Kommissar Schwärzer angerufen. Meine Nachbarin wurde ermordet. Ich stehe ganz oben auf der Liste der Verdächtigen.«

Eduards Mimik wechselte von Verwunderung über Argwohn zu Misstrauen. »Kann es sein, dass du ein bisschen zu viel getrunken hast, Walter? Ich erinnere mich, dass du solche Verschwörungstheorien schon mal …«

»Ich bin nüchtern, verdammt! Und ich bilde mir das auch nicht ein. Wieso glaubst du, habe ich Hals über Kopf das Land verlassen?«

»Du bist nach Rom geflüchtet. Sehr clever.«

»Das war nicht geplant. Ich fliege nach Tibet weiter.«

»Wieso das?«

Ich zuckte die Schultern. »War eine spontane Entscheidung.«

»Wann geht dein Flieger?«

»In zwei Stunden. Zuerst Dubai und dann Neu-Delhi.«

Eduard pfiff durch die Zähne. »Du schaffst es immer wieder, mich zu überraschen, Walter. Ich hätte nie gedacht, dass du den Mumm besitzt, alles stehen und liegen zu lassen, in ein Flugzeug zu steigen und das Land zu verlassen. Eigentlich hätte ich dir gar nichts zugetraut, das mit mutig sein zusammenhängt.«

»Ich mir auch nicht. Zumindest, wenn ich der Walter vor ein paar Wochen gewesen wäre. Aber der bin ich nicht mehr. Meinem Gefühl nach kann die Sache trotzdem nicht gut ausgehen. Zwischendurch wundere ich mich, dass ich überhaupt noch am Leben bin.«

Eduard seufzte, nahm seine Brille ab und rieb sich den Nasenrücken. »Die Geschichte wird mir langsam unheimlich. Setzen wir uns dort drüben ins Café. Und dann möchte ich sämtliche Details wissen. Besonders die schmutzigen.«

»Du bist verrückt.«

Das waren meine Worte. Eduard saß da, grinste wie ein Honigkuchenpferd und hatte die Arme verschränkt.

»Nicht mehr als du«, entgegnete er.

»Was wird deine Frau sagen?«

»Sie wird es verstehen. Bevor die Kinder gekommen sind, waren wir oft spontan unterwegs.«

»Ich möchte nicht, dass du in die Sache hineingezogen wirst. Zum Schluss hält man dich für mitschuldig.«

»Ich dachte, dein Gewissen ist rein?«

»Ist es auch, aber …«

»Dann mach dir mal keine Sorgen.«

»Was ist mit deiner Schwester? Sie muss ganz allein …«

»Ich kann auf mich aufpassen.« Maria hatte sich bislang nicht an der Diskussion beteiligt. Sie wirkte kaum überrascht, eher gelangweilt, und warf ihrem Bruder einen missmutigen Blick zu. »Eduard war schon immer ein Draufgänger. Dann sehe ich mir Rom eben zusammen mit einem hübschen Italiener an.«

»Wer weiß, Edi, ob du überhaupt ein Ticket bekommst«, wandte ich ein.

»Einen Versuch ist es wert. Wenn es nicht klappt, lasse ich dich allein weiterreisen, versprochen.«

Ich war mir nicht sicher, was ich von Eduards Ankündigung halten sollte. Einerseits freute ich mich darauf, bei meiner Odyssee nicht auf mich gestellt zu sein, andererseits konnte die Angelegenheit für meinen Kollegen ernsthafte Konsequenzen haben. Das lag nicht nur an den bisherigen

Ereignissen, sondern auch an meiner Gegenwart. Ein Unglück kam selten allein – und bei zwei Personen hatten die Gemeinheiten des Lebens doppelt so viele Gelegenheiten, ihre Arglist und Grausamkeit auszuspielen.

»Denk an deine Kinder«, wagte ich eine letzte Offensive. »Was, wenn wir beide ins Gefängnis wandern?«

»Das ist unwahrscheinlich. Die Wahrheit siegt immer.«

Diese Ansicht konnte ich nicht teilen; nicht, wenn ich mein bisheriges Leben bedachte. Korrekt musste es lauten: Eine Lüge gewinnt meistens, vor allem dann, wenn sie gut ist.

»Selbst wenn die Anschuldigungen zurückgezogen werden, kann ich nicht sagen, wie lange ich unterwegs bin. Ob ich nach Deutschland zurückkehre. Ob ich im Himalaya verlorengehe und einsam und verbittert sterbe.«

»Du alter Schwarzseher.« Eduard erhob sich. »Ich begleite dich bis Tibet, dann sehen wir weiter. Los jetzt. Ich muss noch ein Ticket kaufen.«

Ehrlich gesagt: Es lief alles dermaßen reibungslos, dass ich mir vorkam wie in einem romantischen Hollywood-Schinken. Zunächst ergatterte Eduard problemlos ein Ticket. Als er danach mit seiner Frau telefonierte, meinte diese nur, dass er rechtzeitig zum Sonntagsbrunch wieder daheim sein sollte. Bei der Sicherheitskontrolle blieb Susi unentdeckt, am Gate wurden nicht einmal unsere Pässe verlangt und die Businessclass-Plätze waren erste Sahne.

»Hätte nie gedacht, dass ich mal neben dir im Flugzeug sitze.«

Eduard grinste, hatte die Finger verschränkt und seinen Sitz in eine waagrechte Position gestellt. Offenbar bereitete ihm die Sache diebische Freude. Von seiner angeblichen Flugangst, die er mir mehrmals unter die Nase gerieben hatte, war nicht viel zu spüren. Man erkannte seine Unsicherheit nur daran, dass er zuweilen beunruhigte Blicke aus dem Fenster warf.

Mich selbst hielt ein unbestimmtes Gefühl von Nervosität gefangen. Immerhin konnte Susi nicht ausbüxen. Ich hatte Bachblütentropfen auf eine Nuss geträufelt und sie damit gefüttert. Vorhin auf der Toilette war Susi in einen Karton mit Sägespänen übersiedelt. Den Behälter verstaute ich in meinem Rucksack und diesen in der Gepäckablage. Damit war zumindest dieses Problem aus der Welt geschafft.

Eduard warf einen Blick in die Runde. Als er sich unbeobachtet fühlte, neigte er sich zu mir: »Wieso hast du deine Ratte mitgenommen?«

Ich zuckte die Schultern. »Hat sich so ergeben.«

»Du hättest sie daheim lassen können.«

»Dann wäre sie verhungert und verdurstet.«

»Weshalb nicht in ein Tierheim?«

»Hast du mal erlebt, wie dort mit den Tieren umgegangen wird?«

»Du hättest sie auch freilassen können.«

»Ich bitte dich. Susi hätte keine fünf Minuten überlebt.«

»Das habe ich von dir auch gedacht.«

»Was meinst du?«

Eduards Grinsen berührte seine Ohrläppchen. »Dass du abnibbelst, wenn du aus deiner Routine ausbrichst. Aber du lebst immer noch.«

»Danke für dein Vertrauen in meine Fähigkeiten.«

»Gern geschehen.«

Ich warf einen Blick zur Gepäckablage empor, dachte an Susi, die inmitten ihrer Sägespäne schlummerte. »Es war auch so ein Gefühl.«

»Gefühl?«

»Ich habe dir mal erzählt, dass mich Susi vor Unglücken warnt. Mit ihrem Laufrad, weißt du noch?«

»Stimmt, ich erinnere mich. Damals ist mir klar geworden, dass du eine Schraube locker hast. Oder eher mehrere.«

»Aber es ist wahr. Die Sache mit dem Laufrad ist nicht nur einmal passiert, sondern andauernd. Das war einer der Gründe, wieso ich Susi nicht zurücklassen konnte. Außerdem hatte ich das Gefühl, als sollte ich sie mitnehmen. Es ist, als würde mich ihre Gegenwart stärken und vor Missgeschicken bewahren. Für mich ist sie etwas Beständiges, Behütendes. Ein bisschen wie ein kleiner Schutzengel.«

Eduard warf mir einen langen, nachdenklichen Blick zu. »Du bist ein seltsamer Kauz, Walter. Wirklich seltsam.«

Dubai kannte ich nur vom Hörensagen. Ich wusste immerhin, dass es sich bei dem Flughafen um einen der größten weltweit handelte. Das entsprach auch meinem Eindruck, als ich von der Gangway in den Flughafenbereich trat: Unzählige Menschen der verschiedensten Nationen, die in einem ständigen Fluss durch endlos wirkende Terminals wuselten. Hunderte Läden und Geschäfte, welche von angeblich lokalen Produkten bis zu Salzburger Mozartkugeln jeden Ramsch anboten. Gigantische Hallen aus Glas und Stahl, in denen Palmen wuchsen und breite Fahrsteige die Besucher vorwärtskarrten. Fahrerlose, gespenstisch leise Züge – und jede Menge Flugzeuge.

»Hübsch groß, die Anlage.«

Eduard und ich standen vor einem Panoramafenster und blickten auf die zwei Dutzend Großraummaschinen, die die Parkflächen des Flughafens ausfüllten.

»Stimmt«, entgegnete ich. »Das sind lauter A380er.«

»Die doppelstöckigen, vierstrahligen, gigantischen Airbusmaschinen?«

»Genau. Ich hoffe, wir fliegen nicht mit einem dieser Monster nach Neu-Delhi weiter.«

»Wieso? Sie sollen eine Menge Annehmlichkeiten bieten.«

»Kann sein. Aber hast du nicht mitbekommen, welche Probleme bei der Herstellung aufgetreten sind? Die Triebwerke des Fliegers haben versagt, Reifen sind geplatzt, die Flügel bilden dünne Risse aus …«

Eduard warf mir einen strengen Blick zu. »Kannst du deine aufbauenden Worte bitte lassen? Falls du es nicht mitbekommen hast: Ich bin kein Fan des Fliegens.«

»Und trotzdem begleitest du mich. Das heißt wohl, ich muss mich doppelt bei dir bedanken.«

»Ach was. Ich wollte nur wissen, ob ich noch den Mumm zur Spontanität besitze. Du bist mir piepegal.«

»Wenn das so ist, dann tschüss.« Ich drehte mich am Absatz um und marschierte davon.

»Das war ein Scherz«, rief Eduard mir nach.

Ich wandte den Kopf und grinste. »Ich weiß. Aber ich brauche ein Klo.«

Die Toilette war nicht nur für mich von Bedeutung. Ich musste Susi füttern und ihr etwas zu trinken geben, aber das konnte ich nicht in der Öffentlichkeit tun. Meine Ratte lag zusammengerollt in meinem Hemdsärmel, wippte bei jeder Armbewegung hin und her, als läge sie in einer Hängematte. Offenbar gefiel ihr das, denn sie regte sich nicht.

Ich verharrte mitten im Schritt, als ich die Gestalt vor mir registrierte. Ich wollte meinen Augen nicht trauen.

»Sharif? Bist du das?«

Vor mir stand mein ehemaliger Leidensgenosse aus meiner Zeit als Pizzabäcker, den ich das letzte Mal vor fast zehn Jahren gesehen hatte. Er trug die hellbraune Uniform eines dubaiischen Polizisten und starrte mich an, als sehe er ein Gespenst.

»Walter? Was du machen hier?«

»Ähm, Urlaub, denke ich.« Mir fiel auf, wie nervös Sharif wirkte. Gänzlich anders, als ich ihn in Erinnerung hatte. Früher war er vorlaut gewesen, selbstbewusst und nie um einen Scherz verlegen. Doch jetzt wirkte er, als läge ihm etwas auf der Seele; in der Größe und mit dem Gewicht eines Elefanten.

»Wie geht es dir?« Meine Frage klang deplatziert und floskelhaft.

»Walter, du müssen weg!« Sharifs Blick zuckte umher. »Nix gut für dich.«

»Was meinst du? Ist alles in Ordnung?«

Sharifs Augen wurden groß. Er fixierte einen Punkt hinter mir.

Ich wandte den Kopf. Eine Menschengruppe näherte sich. Es brauchte nicht viel Fantasie, um die muskelbepackten, sonnenbrillentragenden Männer in den schwarzen Anzügen als Leibwächter zu identifizieren. Sie umschwirrten einen Trupp von etwa zehn arabisch gekleideten Personen, die meisten davon Frauen. Eine von ihnen stach mir sofort ins Auge. Sie war Ende zwanzig, bildhübsch und hatte als Einzige ihre Haare nicht verhüllt. Die edle Kleidung, ihr Gang und ihre Ausstrahlung ließen keinen Zweifel daran, dass es sich um eine bedeutende Persönlichkeit handelte. Für mich wirkte sie wie eine Prinzessin aus einem Märchen von Tausendundeine Nacht.

Ich wandte mich Sharif zu, wollte ihn fragen, ob er wusste, um wen es sich bei der jungen Frau handelte. Doch meine Worte verklebten irgendwo zwischen Lungenflügel und Stimmlippen. Ich blickte in Sharifs geweitete Augen, registrierte seine Anspannung, sah die Entschlossenheit auf seinen Zügen – und begriff die Heimtücke des Unglücks. Aber da war es schon zu spät.

Als bewährte Reaktion auf meine Erkenntnis hätte ich die Beine in die Hand nehmen und davonstürzen sollen. Aber etwas hielt mich davon ab, vielleicht die Gewissheit, dass es für eine Flucht zu spät war.

Ich streckte meinen Arm nach Sharif aus. Möglicherweise ahnte ich, was vor sich ging, und es handelte sich um einen Anflug von Tollkühnheit; vielleicht sollte es aber auch eine abwehrende Handbewegung werden und ich hatte vor, Sharifs Uniform zu packen und um Gnade zu winseln.

»Zurück!«, brüllte mein ehemaliger Arbeitskollege und trat einen Schritt nach hinten. »Fass mich nicht an!«

Durch die Bewegung öffnete sich seine Polizeiweste. Darunter tauchte etwas auf, das ich in einem Anflug von Naivität für einen Schwimmgurt hielt. Aber, ganz ehrlich, ein Schwimmgurt hier mitten am Flughafen? Dann stellte ich fest, dass es sich bei den Elementen des Gurtes um handgroße Quader handelte, die mit Klebeband umwickelt waren. Außerdem ragten auf einer Seite der Gebilde Drähte hervor, die sich zu einem lustigen, bunten Knäuel verbanden. Die Aufmachung hatte etwas von einem ausgefallenen Faschingskostüm. Leider war der Fasching schon lange vorbei.

»Allahu akbar!«, donnerte Sharif und riss seine Weste auf.

Die umstehenden Menschen erstarrten. Ich vernahm entsetzte, erstickte Laute, spürte die Panik, die in der Flugzeughalle emporkochte. Noch im gleichen Moment fühlte ich eine Bewegung an meinem ausgestreckten Arm. Genauer gesagt: in meinem Hemdsärmel. Susi war in Bewegung geraten. Sie trippelte über den Baumwollstoff, flitzte auf die Manschette zu, zwängte sich hindurch und grinste Sharif keck entgegen. – Gut, ob sie wirklich grinste, kann ich nicht sagen, aber sie muss es wohl getan haben, wenn man die Reaktion meines ehemaligen Arbeitskollegen bedachte.

Sharif riss die Augen auf; falsch, sie quollen aus ihren Höhlen und wollten jeden Moment platzen. Ein gurgelnder Schrei drang über seine Lippen. Er streckte abwehrend die Hände aus, stolperte rückwärts, verlor das Gleichgewicht und kippte nach hinten.

Sharif hatte kein Glück im Unglück; wie auch, in meiner Gegenwart. Sein Hinterkopf knallte gegen den steinharten Untergrund, mit einem Laut, als schlüge ein Sack Maiskörner auf einen Amboss. Sharif stieß einen seufzenden Laut aus, verdrehte die Augen und regte sich nicht mehr.

Mehrere Herzschläge lang herrschte atemlose Stille. Dann brandete ein Seufzer der Erleichterung durch die Flughafenhalle. Stimmen wurden laut, hektische Schritte erklangen, irgendwo ertönte eine Sirene.

Mein Blick ruhte auf Sharif. Ich fühlte weder Beklemmung noch Erleichterung. Ich war bloß mit dem Gedanken beschäftigt, dass ich schon wieder einen Menschen umgebracht hatte.

»Ich will die Wahrheit.« Der Offizier stützte seine Hände auf die Tischplatte und warf mir einen scharfen Blick zu. »Laut Augenzeugen hatte der Attentäter Angst vor Ihnen. Warum?«

Zugegeben, ich fühlte mich nicht wohl in meiner Haut. Doch es war nicht so schlimm wie damals bei dem Verhör durch Kommissar Schwärzer. Ich verspürte keine Furcht, schließlich wusste ich, dass ich unschuldig war. Außerdem empfand ich Erleichterung, weil ich mich geirrt hatte. Sharif war gar nicht tot. Er hatte sich zwar mächtig den Schädel gestoßen, war aber zur Besinnung gekommen, als ihn das Sicherheitspersonal abtransportierte. Das Letzte, das ich von ihm wahrnahm, war sein irrer Blick und ein weit aufgerissener Mund, der »Anne …« murmelte. Wenn ich nicht komplett daneben lag, bedeutete das auf Türkisch *Mama*.

»Ich kenne ihn aus Deutschland. Wir haben mal zusammen gearbeitet.«

Diese Aussage erklärte zwar nicht Sharifs Furcht, aber mehr konnte ich dem Offizier nicht anvertrauen. Auf keinen Fall durfte ich ihm von Susi erzählen. Irgendwie war es mir gelungen, meine Ratte in die Kartonbox zu stecken und den Behälter Eduard zuzuschieben, bevor man mich in Gewahrsam nahm. Andernfalls hätten die Polizisten Susi ohne Zweifel entdeckt. Die Leibesvisitation durch die Beamten dauerte eine geschlagene Minute. Nicht einmal vor meinem Hintern schreckten die Wachmänner zurück.

Ich wusste, weshalb Sharif mit solchem Entsetzen auf Susis Auftauchen reagiert hatte. Während meiner Zeit als Pizzabäcker, als ich gemeinsam mit Sharif in dem winzigen Laden mit seinen beiden glühenden Öfen schuften musste, war einmal eine Ratte durch das Lokal geflitzt. Ich erinnere mich noch heute an den panischen Schrei meines Kollegen und seinen Sprung quer über die Theke, wodurch die frische Pizza an seinen Kleidern kleben blieb und mit ihm zu Boden klatschte. Danach beichtete mir Sharif, dass er seit seiner Kindheit große Angst vor Ratten empfand. Glücklicherweise hatte ich ihm bis dahin nicht erzählt, dass ich selbst ein solches Tier daheim hatte; und selbstverständlich verriet ich es ihm auch später nicht.

»Ich glaube Ihnen nicht.« Die Stimme des Offiziers nahm einen bedrohlichen Unterton an. »Weshalb sollte er Sie fürchten?«

Ich zuckte die Schultern. »Keine Ahnung. Ich habe ihn seit Jahren nicht gesehen.«

»Wir werden das überprüfen.«

Der Offizier erhob sich. Ich wusste, dass er meiner beteuerten Unschuld keinen Glauben schenkte. Wahrscheinlich nahm er zu den deutschen Behörden Kontakt auf – falls er das noch nicht getan hatte. Obwohl ich ahnte, dass meine

Flucht damit zu Ende war und mir ungemütliche Zeiten bevorstanden, blieb ich gelassen. Die Geschehnisse der vergangenen Tage hatten mich emotional abgehärtet; oder auch nur abgestumpft.

Eine Stimme erklang und rief den Offizier aus dem Verhörraum. Ich wartete geduldig, blickte mich interessiert in dem kahlen, völlig uninteressanten Raum um. Nach einer Minute hatte ich genug davon und betrachtete meine Fingernägel sowie die Kerben auf der Tischplatte, die mich unangenehm an Krallenhiebe erinnerten. Nach drei Minuten schloss ich die Augen und versuchte vergeblich, ein Sesamkorn zwischen meinen Backenzähnen hervorzupulen. Ich spürte die Hitze und Schwüle im Raum, registrierte, wie hart und unbequem der Sitz war. Außerdem war ich durstig. Man hatte mir nicht einmal ein Glas Wasser zugestanden.

Dennoch war ich guter Dinge. Es hätte viel schlimmer kommen können. Beispielsweise hätten Sharifs Sprengladungen losgehen können (womit man von mir nur noch ein paar Fleischbrocken gefunden hätte). Auch wäre es nicht verwunderlich gewesen, wenn mich ein Sicherheitsbeamter niedergeschossen hätte, weil er in mir einen Mittäter vermutete. Oder die Augenzeugen wären in ihrer Erregung zu einem wütenden Mob mutiert und hätten Sharif und mich an einer der stattlichen Palmen aufgeknüpft. Ich hatte definitiv ziemliches Glück gehabt. Weshalb auch immer.

Nach fünf Minuten war der Polizeibeamte wieder da. Die strengen, unnachgiebigen Züge des Offiziers hatten sich gewandelt. Auf seinem Gesicht war ein Ausdruck erschienen, der wirkte, als hätte er in eine Zitrone verspeist; oder eher gleich drei.

»Sie können gehen.« Der Offizier deutete auf die Tür.

Ich überlegte, ob das ein makaberer Scherz sein sollte, aber der Polizist wirkte nicht, als würde er im Dienst – oder privat – irgendeine Form von Späßen treiben. Sollte ich nachfragen, was es mit meiner Entlassung auf sich hatte? Besser nicht. Der Offizier hatte etwas von einem Pitbull in einem rosa Body, auf dem *Ich beiße auch ohne Grund* stand.

Ich erhielt meinen Rucksack zurück und ein zweiter Polizeibeamter geleitete mich nach draußen. Mein Herz klopfte mir bis zum Hals. Ich rechnete damit, dass man mich an der nächsten Ecke überfallen, fesseln, knebeln und in eine finstere Kerkerzelle stecken würde. Stattdessen trat ich aus der Polizeidienststelle auf das Gelände des Flughafens hinaus. Der Beamte drückte mir zum Abschied meinen Pass in die Hand, nickte mir zu und verschwand.

Ich atmete tief durch. Obwohl es nur Einbildung sein konnte, hatte ich die Empfindung, als würde die Luftmasse um mich herum schlagartig leichter werden.

Wenige Schritte entfernt erblickte ich eine Menschenmenge, die von zwei Polizisten flankiert wurde. Beide Beamte verneigten sich tief. Offenbar war die Person ihrer Ehrerbietung eine Frau. Sie kam mir bekannt vor. Dann begriff ich, dass es sich um das edle Fräulein und ihr Gefolge handelte, die sich direkt hinter mir befunden hatten, als ich Sharif enttarnte.

Die junge Frau lächelte mir zu, als ich an ihr vorbeischritt. Ich erwiderte ihr Lächeln, senkte aber den Blick, als ich die kalten Augen der Leibwächter registrierte, die jede meiner Bewegungen verfolgten wie ein Falke eine Maus. Ich fragte mich, mit wem ich es zu tun hatte. Zweifellos besaß die Frau eine Menge Einfluss. Ihren Gesichtszügen nach musste sie Araberin sein, stammte womöglich hier aus den

Emiraten. Ich bemühte mich, sie nicht zu beachten. Stattdessen fiel mein Blick auf Eduard, der mir entgegentrat.

»Ich wusste, sie lassen dich frei.« Seine Stimme klang allerdings mehr erleichtert als selbstbewusst.

»Hat zuerst nicht so ausgesehen«, erwiderte ich. »Irgendjemand muss die Polizisten umgestimmt haben.«

»Das war mit Sicherheit die Schönheit dort drüben.« Eduard nickte in Richtung der jungen Frau. »Sie ist die Tochter eines Scheichs.«

Vermutlich hätte mich das nicht sonderlich überraschen sollen, tat es aber doch. »Ernsthaft? Woher weißt du das?«

»Die Ohren, meine lieber Walter, die Ohren.«

Wir entfernten uns einige Schritte und ließen uns auf einer Sitzbank nieder.

»Aber die sprechen doch alle arabisch.«

»Stimmt. Deshalb die Augen, mein lieber Walter. Gemeinsam erkennt man Zusammenhänge, die für Ohren oder Augen allein unsichtbar bleiben. Ich schätze, sie wollte dir dafür danken, dass du ihr das Leben gerettet hast.«

»Habe ich das?«

»Vermutlich. Genauso wie Dutzenden anderen Menschen. Der Sprengstoffgürtel war alles andere als eine Attrappe. Sei froh, dass ich den Presseleuten erzählt habe, dass du heute nicht wieder auftauchst, sonst müsstest du jetzt Rede und Antwort stehen.«

»Wieso sollte ich nicht mehr auftauchen?«

»Weil sie dich als Komplizen verhaftet und in eine Kerkerzelle gesteckt haben.«

»Aber du sagtest doch vorhin …«

»Ich habe den Journalisten einen Bären aufgebunden. Sehr überzeugend, will ich meinen, dafür steht mir eigentlich ein Oscar zu.«

»Danke für deine Hilfe. Jetzt weiß ich, dass es richtig war, dich mitzunehmen.«

Eduard musterte meine Gesichtszüge. »Und? Was machen wir jetzt? Fliegen wir nach Deutschland zurück?«

Ich blickte auf die große Uhr in der Flughafenhalle, rümpfte die Nase, als ich sah, wie spät es schon war. »Unsere Maschine nach Neu-Delhi geht in einer Stunde. Ich habe mir vorgenommen, nach Tibet zu fliegen, und das werde ich auch. Also heb deinen faulen Hintern, es geht weiter.«

Ich schlief ein, kaum dass unser Flugzeug von Dubai startete. Mein Schlummer war tief, so tief, dass ich sämtliche Durchsagen des Kabinenpersonals und sogar das Essen verpasste.

Außerdem träumte ich. Es war ein mehr als ungewöhnlicher Traum. Das lag einerseits daran, dass es sich um keinen Nachtmahr handelte. Andererseits war der Inhalt meiner Vision höchst sonderbar.

Ich hockte auf einer kargen Wiese. Soweit das Auge reichte, gab es nur Grasland und sanfte Hügel, eine eintönige Leere, die erst am Horizont von schneebedeckten Bergen abgelöst wurde. Ein kräftiger Luftzug umwehte mich, neigte die Grashalme, verwandelte die Ebene in ein wogendes Meer. Es roch würzig, ein bisschen nach frischem Popcorn, ein bisschen nach aufgebrühtem Kräutertee.

Links neben mir kauerte Anna. Sie beachtete mich nicht, spielte mit ihren Haaren, blickte in die Ferne.

»Die Welt stirbt, Papa«, flüsterte sie. »Überall lauern Gefahren, nirgends gibt es Sicherheit. Was soll ich tun?«

Auf meiner rechten Seite saß meine Mutter. Sie lächelte, allerdings nicht in meine Richtung. Ihre Aufmerksamkeit galt dem Horizont – oder etwas Unsichtbarem davor, das ich nicht wahrnehmen konnte. Ihre Hände glitten in die Tasche ihres Kleides, zogen einen funkelnden Gegenstand hervor. Es war eine Uhr, eine Taschenuhr; dieselbe, die sie mir geschenkt hatte. Meine Mutter klappte sie auf, blickte hinein. Ein Leuchten erschien auf ihren Zügen, ein rötliches Glimmen, das zu flackern begann und ihr Antlitz unschön verzerrte.

Eilig wandte ich den Blick ab – und sah mich Sebastian gegenüber. Der Erzbischof faltete die Hände, verneigte sich und vollzog ein Kreuzzeichen. Ich hatte den absurden Eindruck, als wollte er mich segnen.

Sebastian verschwand und an seiner Stelle tauchte ein Mann auf, der mir völlig unbekannt war. Er musste um die sechzig sein, besaß lange, mit Silberfäden durchsetzte Haare und hielt einen gewundenen Stab in der Hand. Sein Körper war mit Tierfellen bedeckt.

Der Mann streckte mir den Arm entgegen. Ein Tier hockte auf seiner geöffneten Handfläche. Es war Susi. Sie sprang in die Wiese, lief auf mich zu. Dabei begann sie zu wachsen, wurde größer und größer. Ihr Körper geriet aus der Form, verzerrte und verästelte sich. Gleichzeitig verlangsamte Susi ihre Schritte, bis sie zum Stillstand kam und sich vor mir statt der Ratte ein verkrüppelter, mit kleinen Blättern bedeckter Baum erhob.

Ich begriff, dass es Nacht war. Hatte vorhin nicht die Sonne geschienen? Die Sterne blitzten so hell, wie ich es nie zuvor erlebt hatte. Es war, als wäre der Himmel von unzähligen Diamanten bedeckt. Dazu erstreckte sich ein silbern schimmerndes Band von einem Horizont zum anderen, wand sich über das Firmament wie eine göttliche Schlange.

Um den knorrigen Baum waren Lagerfeuer errichtet. Links und rechts davon ragte je ein doppelmannshoher Felsblock empor. Kühl und majestätisch standen sie da, wie die Monolithen einer längst vergessenen Zivilisation.

Gestalten saßen um die lodernden Flammen, unbekannte und doch seltsam vertraute Menschen. Sie blickten mich an. Aber nicht nur sie sahen in meine Richtung. Auch Anna und meine Mutter hatten sich mir zugewandt. Ihre Züge waren seltsam leer, als befänden sie sich in Trance. Ich hatte die Empfindung, als erwartete man etwas von mir. Nur was konnte das sein?

Am Himmel wuchs eine Sonne empor. Sie glühte auf wie eine weit entfernte Explosion, ließ die Sterne und das Silberband verblassen. Das Licht kam näher, wanderte über das Firmament, wurde heller und heller. Geblendet schloss ich die Augen, aber die Helligkeit drang selbst durch meine geschlossenen Lider. Ich riss die Arme empor, empfand die Wärme, die das Licht ausstrahlte, spürte eine große, mächtige Hand, die meinen Körper ergriff und sich schützend um ihn legte.

Mit einem Mal fühlte ich mich geborgen, beschützt – und frei von allen Ängsten und Sorgen. Zu dumm, dass es sich dabei nur um einen Traum handelte.

Ich erwachte übergangslos. Verwirrt sah ich mich um, konnte nicht sagen, wo ich mich befand. Erst als mein Blick auf Eduard fiel, der kerzengerade neben mir hockte, erinnerte ich mich – wir saßen im Flugzeug Richtung Neu-Delhi.

Dann erkannte ich, dass Eduards Gesicht fahl wie der Tod war. Ich wollte bereits eine vorlaute Meldung schieben (nämlich, dass die Farbe seiner Brille nicht zu seinem Hautton passte), als mir auffiel, dass er nicht der Einzige war, dem das Unwohlsein ins Gesicht geschrieben stand. Auch andere Passagiere sahen aus, als wären sie kurz davor, das Flugzeug vollzureihern. Mein Verstand war durch den intensiven Traum etwas durcheinander. Was konnte vorgefallen sein, während ich …?

Die Turbinen des Flugzeugs heulten auf, der Boden der Kabine erzitterte. Gleich darauf wurde die Maschine durchgeschüttelt wie eine Stoffpuppe im Maul eines Hundes. Becher und Zeitungen schwirrten durch die Luft. Menschen schrien, zwei Stewardessen verloren das Gleichgewicht und mussten sich an Rückenlehnen klammern. Einen Moment sah es so aus, als würde unter den Passagieren Panik ausbrechen – was mich angesichts der Turbulenzen nicht verwundert hätte. Aber das Kabinenpersonal reagierte souverän und gleichmütig; und vergaß auch nicht auf ihr einnehmendes Lächeln. Beruhigende Worte summten durch das Flugzeug, Personen, die sich erheben wollten, wurden auf ihre Sitze zurückgewiesen. Sekunden später ertönte eine Durchsage und wies darauf hin, dass man die Sicherheitsgurte anlegen sollte.

Das Anschnallzeichen über unseren Köpfen erlosch. Irritiert blickte ich auf die Anzeige, fragte mich, ob das ein gutes oder schlechtes Omen war – als das Display erneut aufleuchtete. Ich vernahm ein Würgen, registrierte, dass sich ein Passagier links von mir in eine Brechtüte erleichterte. Wenn ich Eduards tanzenden Adamsapfel bedachte, musste es auch bei ihm demnächst so weit sein.

»Meine sehr geehrten Damen und Herren«, erklang die Stimme des Flugkapitäns. Sein Englisch war so klar, dass sogar ich ihn verstehen konnte. »Über Neu-Delhi hat sich eine Gewitterfront festgesetzt. Wir können dort nicht landen und da unser Treibstoff knapp wird, werden wir nach Mumbai umgeleitet. Geplante Ankunftszeit ist in einer Stunde. Vielen Dank für Ihr Verständnis.«

»Oh mein Gott«, keuchte Eduard. »Noch eine Stunde?«

Ich nahm die Ankündigung und die Änderung des Zielflughafens gelassen. Zuerst Rom, jetzt Mumbai – irgendwann schaffte ich es trotzdem nach Tibet. Im schlimmsten Fall musste ich eben zu Fuß über den Himalaya klettern.

Nach der Landung in Mumbai erfuhren wir, dass es am Flughafen in Neu-Delhi durch die Unwetterfront schwere Schäden gegeben hatte. Der Monsun war dieses Jahr ungewöhnlich früh und intensiv über Indiens Norden hereingebrochen. Man empfahl uns, mit der Bahn oder dem Bus in die indische Metropole weiterzureisen.

»So ein Käse«, mokierte Eduard. »Das dauert beides ewig. Wenn sich alles verzögert, muss ich in Neu-Delhi heimwärts fliegen.«

Aber so ganz glaubte ich Eduards Worten nicht. Ich hatte die Empfindung, als ob sein Durst nach Abenteuer noch nicht gestillt war – trotz oder gerade wegen der unangenehmen Erfahrungen während des letzten Fluges.

Wir entschieden uns für den Bus. Dafür gab es auch einen guten Grund. Ich hatte unlängst das Video einer Zugfahrt in Indien gesehen. Die Bilder der überfüllten Kabinen und halbnackten, schmutzigen Menschen waren mir gut in Erinnerung geblieben. Eine solche Situation wollte ich auf keinen Fall miterleben. Außerdem hatte der Bus den Vorteil, dass ihn die Fluggesellschaft organisierte.

Susi hatte noch immer mit den Folgen meiner Baldrian-Nuss zu kämpfen. Sie war schläfrig, bewegte sich kaum und steckte trotz der vielen neuen Eindrücke und Gerüche nur selten die Nase aus ihrer mit Sägespänen gefüllten Holzhütte. Auf keinen Fall wollte ich die Sache mit dem Baldrian ein weiteres Mal riskieren. Umgerechnet in Menschenjahre war Susi steinalt. Da konnte ein Beruhigungsmittel schnell mal wie ein Sterbehilfe-Narkotikum wirken.

Die Fahrt Richtung Neu-Delhi war zermürbend. Das lag vor allem daran, dass der Bus aus den 1970er Jahren stammte. Weder funktionierte die nachträglich eingebaute Klimaanlage, noch verdiente die Federung des Fahrzeugs mehr als ein *knochenhart*. Wir wurden auf unseren Sitzen hin- und hergeworfen wie Gummibälle. Selbst bei mir, der ich einen robusten Magen besaß, stellte sich nach einer Stunde das erste Gefühl von Übelkeit ein. Eduard starrte die meiste Zeit ins Leere, flüsterte unhörbare Worte und wischte sich den Schweiß von der Stirn.

Das einzig Spannende war die Landschaft. Wir durchquerten endlose Reis- und Baumwollfelder, fuhren durch uralte Wälder, begegneten einer Elefantenherde, Wasserbüffeln und sahen einen Schwarm Flamingos über unsere Köpfe ziehen, der so groß war, dass er die Sonne verdunkelte.

Im Grunde fühlte ich mich nicht unwohl, trotz der Unzulänglichkeiten der Busfahrt und des lauten Geschnatters der Mitreisenden. Vielleicht lag es an dem Gefühl von Abenteuer, den die Fahrt vermittelte. Vielleicht auch an der kribbelnden Vorfreude auf das Kommende, ausgelöst durch die jüngsten Ereignisse; oder an meiner neu erwachten Zuversicht, dass womöglich doch alles ein gutes Ende nehmen würde.

Fragen Sie mich nicht, weshalb mich derart seltsame und gefährliche Gedanken überrollten. Es mochte gut sein, dass es an der schwülheißen, stinkenden Luftmasse lag, die im Bus hin und her wogte wie die abgestandene Flatulenz eines Elefanten.

Die nächste Hiobsbotschaft erhielten wir am Abend: Unser Hotel für die Nacht war aufgrund eines Wasserrohrbruchs unbewohnbar geworden. Kurzerhand wurden wir verlegt – in eine Unterkunft am Rand von Karjan, einer Siedlung im Süden der Großstadt Vadodara. Plangemäß hätten wir noch zweihundert Kilometer weiter Richtung Norden vorstoßen sollen, aber durch die anhaltenden Regenfälle und teilweise

erheblichen Straßenschäden entschieden sich die Verantwortlichen dafür, die Reise für heute zu beenden.

Es donnerte und blitzte, als wir aus dem Bus stiegen und
zu unserem Hotel eilten. Dieses Szenario erinnerte mich unangenehm an meine Ankunft in Rom. Unwillkürlich hielt
ich Ausschau nach Sebastian, aber selbstverständlich war der
Erzbischof nirgends zu sehen.

Das Hotel war mehr eine Herberge und selbst für indische Verhältnisse höchstens der mittleren Kategorie zuzu-
rechnen. Eduard und ich teilten uns ein Doppelzimmer im
ersten Stock, das Ausblick auf die Felder und Wasserläufe
südöstlich der Kleinstadt bot. Dies war aber auch der einzige
positive Aspekt. Die Matratzen waren dermaßen durchgele-
gen, dass ich schon beim Hinsehen Rückenschmerzen bekam, Warmwasser gab es keines und als ich das grubenarti-
ge, fensterlose Duschloch betrat, sauste eine Horde Kakerla-
ken in alle Richtungen davon.

»Alles in Ordnung?«, erklang Eduards Stimme.

Ich muss wohl einen quietschenden Laut ausgestoßen haben – kein Wunder bei diesem appetitlichen Anblick. Aber
ich straffte meine Brust, holte tief Luft und meinte: »Ja. Ich
bin nur angenehm überrascht, dass es hier Klopapier gibt.«

Es genügte völlig, wenn sich einer von uns die gesamte
Nacht lang ekelte und jeden Moment erwartete, unter der
Bettdecke die zärtliche Liebkosung einer eifrig krabbelnden
Schabe zu spüren.

Das Abendessen, das wir im Speisesaal serviert bekamen, war einfach aber schmackhaft. Es gab klassische indische Küche mit Reis, Dal, Fladenbrot und Samosas – alles mild gewürzt, wie uns der Koch auf Nachfrage versicherte.

»Das Linsen-Dal solltest du dir nicht entgehen lassen«, krächzte Eduard und wischte sich die Tränen aus den Augenwinkeln. »Schmeckt wie Pfeffer mit Chili und Ingwer.«

»Sehr verlockend. Aber ich denke, ich bleibe bei meinen Kichererbsen. Mit einem Löffel Reis pro Erbse kann man die Dinger sogar schlucken, ohne innerlich zu verbrennen.«

Immerhin waren die Samosas köstlich und besaßen nur eine leichte Schärfe. Nach fünf Teigtaschen war auch mein grummelnder Magen zufriedengestellt.

Wir zogen uns auf das Zimmer zurück und besprachen den Plan für morgen. Viel gab es allerdings nicht zu klären – die restliche Fahrt nach Neu-Delhi verschlang den gesamten Tag. Geplante Abfahrt war um sechs in der Früh, doch die Metropole würden wir nicht vor zehn am Abend erreichen.

»Wusstest du, dass Ratten in Indien heilig sind?« Eduard blickte Susi hinterher, die über den Boden des Zimmers hopste.

»Nein. Aber dann hält sie zumindest niemand für Ungeziefer.«

»Darauf würde ich mich nicht verlassen. Es gibt zwar einen Tempel, der von Ratten bewohnt wird, aber im Allgemeinen sind die Nager nicht gern gesehen.«

Susi hatte ich bislang vor unliebsamen Blicken bewahren können. Das war umso schwerer, als sie zunehmend aktiver wurde, je mehr die Wirkung des Baldrians nachließ. Mir kam es vor, als wollte sie die erzwungene Ruhe der vergangenen Stunden mit besonders viel körperlicher Aktivität ausgleichen. Hätte ich ein Laufrad dabei gehabt, wäre sie sicherlich stundenlang darin herumgeturnt. Ob sie damit den Dämon des Unglücks herausgefordert hätte? Das wollte ich lieber nicht so genau wissen.

»Hast du von dem Tiger gehört?«, fragte Eduard.

»Welcher Tiger?«

»Der grausame Menschenfresser, der am Rand des Purna Nationalparks zugeschlagen hat.«

»Willst du mir Angst machen?«

»Ach was. Das ist doch viele Kilometer entfernt. Ich habe das nur erwähnt, weil ich Tiger so faszinierend finde. Die Eleganz, mit der sie sich durchs hohe Gras bewegen, die fantastischen gelben Augen, ihr perfekt getarntes Fell, wenn sie sich an ihre Beute heranschleichen …«

»Sagtest du nicht gerade, das Vieh frisst Menschen?«

»Stimmt schon, aber eigentlich wollte ich …«

»Woher weißt du das überhaupt?«

»Du meinst, die Sache mit dem Menschenfresser? Die Ohren, mein lieber …«

»Schon kapiert.« Mein Seufzer klang wie das Schnaufen eines Büffels. »Du musst mir nicht alles weitergeben, was deine Spitzohren in Erfahrung bringen. Mein Schlaf wird auch so unrund genug.«

Eduard warf den Matratzen des Doppelbetts einen vielsagenden Blick zu. »Abhärtung ist alles. Was dich nicht umbringt, macht dich stärker.«

Ich verkniff mir jeden Kommentar; speziell den, dass es meiner Meinung nach kaum einen dämlicheren Spruch gab als diesen.

Ich erwachte vor dem Handywecker, den wir auf fünf Uhr gestellt hatten. Eduard schlief noch tief und fest. Anders Susi: Sie wieselte bereits durch die improvisierte Kartonbehausung und streckte mir ihr zitterndes Näschen entgegen.

»Schon gut«, murmelte ich und rollte mich aus dem Bett. »Wir drehen eine Runde.«

Wie erwartet war mein Rücken von oben bis unten verspannt. Mit zusammengebissenen Zähnen zog ich mich an und schlüpfte in meine Sportschuhe. Ich bugsierte Susi in meinen Hemdsärmel und trat aus dem Zimmer.

Die Dämmerung hatte bereits eingesetzt. Ich trat aus der Hotelanlage auf den Vorplatz und atmete die schwere, feuchte Sommerluft. Es roch nach Regen, obwohl es momentan trocken war. Zweifellos würden wir heute wieder nass werden; oder zumindest der Bus, in dem wir fuhren.

Nachdem ich eine Viertelstunde die Gegend erkundet hatte – ohne etwas Interessanteres als einen ausgebrannten Pkw zu entdecken – kehrte ich ins Zimmer zurück. Eduard war gerade dabei, sich anzuziehen.

»Weißt du, was ich geträumt habe?«, begrüßte er mich.

»Du wirst es mir sicher gleich verraten.«

»Anna und du – ihr habt geheiratet. Und ich war dein Trauzeuge.«

Ein schmerzhafter Stich durchzuckte meine Brust. In den vergangenen achtundvierzig Stunden hatte ich mich bemüht, nicht an meine verräterische Freundin zu denken. Doch jetzt brandeten meine Empfindungen empor wie ein Tsunami. Ich ballte die Hände zu Fäusten, knirschte mit den Zähnen und spürte, wie Tränen in meine Augen drangen.

»Aber wie es aussieht, wird daraus wohl nichts.« Eduard warf mir einen mitfühlenden Blick zu. »Gehen wir spazieren, bevor wir in den Bus steigen? Ich möchte gern, dass sich mein Rückenbrett in eine Wirbelsäule zurückverwandelt.«

Ich nickte, wischte mir die Tränen aus den Augenwinkeln und holte tief Luft. Nein, ich wollte mich nicht von den Erinnerungen an Anna hinunterziehen lassen. Sie war es nicht wert, dass ich ihretwegen Tränen vergoss.

Als wir ins Freie traten, erblickten wir eine Menschenmenge von zwanzig oder dreißig Einheimischen, die sich laut und fröhlich in ihrer Muttersprache unterhielten.

»Was treiben die so früh am Morgen?«, wandte ich mich an Eduard.

Die Augenbrauen meines Freundes wanderten nach oben. »Ist die Frage ernst gemeint?«

»Freilich. Ich dachte, du kannst mir sagen …«

»Zum hundertsten Mal: Ich bin kein Hellseher. Aber vielleicht sind sie anlässlich des Festes Guru Purnimavor auf dem Weg zu ihren Gurus.«

»Na eben.«

»Das war geraten, Dummkopf! Komm, wir gehen durchs Gemüse, damit du wieder zur Vernunft kommst.«

Wir verließen den Vorplatz in Richtung der angrenzenden Felder. Ein erster Sonnenstrahl kitzelte meinen Nacken. Ich blickte zum Himmel empor. Für die Dauer einer halben Sekunde meinte ich etwas am Himmel zu erkennen, das sich quer über das Firmament spannte, fast wie ein …

Im gleichen Moment geriet Susi in Bewegung. Sie wetzte meinen Hemdsärmel empor, wendete vor der Manschette, machte kehrt und drehte sich um sich selbst. Sogleich befürchtete ich, dass meine Ratte den Verstand verloren hatte; wie Susi Nummer neun, die irrsinnig im Kreis rotiert war und sich anschließend den Kopf an einer Mauer eingeschlagen hatte.

Doch meine Sorge wurde hinweggefegt, als ich vor uns einen Schrei vernahm – den Schrei einer Frau. Eduard und ich wechselten einen Blick aus aufgerissenen Augen und absackenden Mündern, dann sprinteten wir los. Ich übernahm die Führung, folgte dem panischen Laut in Richtung eines Feldweges, bog um eine Strauchhecke …

Es waren zwei Frauen und ein junger Mann, die sich furchtsam duckten und vor etwas zurückwichen, das ich erst im zweiten Moment identifizieren konnte. Zunächst hielt ich das dunkelgelbe, schwarz gestreifte Geschöpf für einen Hund – ein verdammt großes und ziemlich kräftig gebautes Exemplar, dessen langer Schwanz sich in Schlangenlinien von links nach rechts bewegte.

Natürlich war es kein Hund. Es war ein Tiger.

Mein erster Gedanke war: *wunderschön!* Und es stimmte. Das Tier war ein Prachtexemplar von einem Tiger. Sein schwarz-orangenes Fell glänzte im Morgenlicht wie Seide. Die Schwanzspitze der Raubkatze funkelte weiß wie Schnee. Stählerne Muskeln spielten unter ihrer Haut, ließen die Kraft deutlich werden, die diesem Geschöpf zu eigen war. Ich begriff, weshalb so viele Menschen Tiger verehrten. Es waren imposante, beeindruckende Kreaturen – leider auch eine der wenigen Lebewesen auf diesem Planeten, die durchaus mal Lust bekamen, Menschenfleisch zu naschen.

Der Tiger wirkte erregt. Seine Schwanzspitze zuckte hin und her, die Ohren waren angelegt und das Fell gesträubt. Dann erkannte ich, dass es sich gar nicht um einen Tiger, sondern um eine Tigerin handelte – kein gutes Vorzeichen; denn, so glaubte ich mich zu erinnern, galten weibliche Tiger als deutlich aggressiver als männliche.

Zuletzt begriff ich, dass ich mich kaum zehn Meter von dem Tier entfernt befand; das war der Moment, in dem mir mein Herz in die Hose rutschte.

Die Tigerin wandte den Kopf, blickte mir direkt in die Augen. Mit einem Mal schienen die drei wehrlosen und zusammengekauerten Menschen vor ihr nicht mehr interessant. Die Jägerin hatte eine neue, lohnenswertere Beute entdeckt – mich.

Irgendwo hinter mir vernahm ich Eduards ersticktes Keuchen. Ich wandte mich nicht um, obwohl alles in meinem Inneren danach schrie, herumzufahren und kreischend davonzustürmen. Doch wenn ich das tat, war ich verloren. Ich endete als Frühstückshappen eines Königstigers und meine letzte Chance verpuffte, Tibet in einem Stück zu erreichen.

Die Tigerin duckte sich. Ein leises Knurren drang aus ihrem Maul. Gelbe Zähne blitzten auf. Sie setzte sich in Bewegung, trabte auf mich zu.

Ich ging langsam in die Hocke, blinzelte heftig in Richtung der Tigerin. Gleichzeitig begann ich zu summen, formte Worte – und sang.

Die Tigerin verharrte, als die ersten Laute aus meinem Mund drangen. Ich bildete mir ein, dass sich auf ihren edlen, unbewegten Zügen Überraschung manifestierte.

Mein Gesang war nicht sehr melodiös und überdies brüchig; aber ich sang eines meiner Lieblingslieder und das war alles, worauf ich mich konzentrierte.

All around me are familiar faces, worn out places, worn out faces. Bright and early for their daily races, going nowhere, going nowhere …

Ich wagte einen Blick zur Seite, bis ich Eduards Gestalt aus den Augenwinkeln wahrnehmen konnte. Mein Freund stand da wie aus Wachs gegossen. Unter anderen Umständen wäre ich über den Ausdruck auf seinem Gesicht in Lachen ausgebrochen: Er erinnerte mich an die starre Mimik der toten Kröte, die damals zwischen meinen Einkäufen hervorgekollert war.

And their tears are filling up their glasses, no expression, no expression. Hide my head I wanna drown my sorrow, no tomorrow, no tomorrow … And I find it kind of funny, I find it kind of sad, the dreams in which I'm dying, are the best I've ever had. I find it hard to tell you, I find it hard to take, when people run in circles, it's a very, very … mad world … mad world.

Das Zucken der Tigerschwanzspitze wurde schwächer, die angelegten Ohren richteten sich auf. Die Tigerin wiegte ihren mächtigen Kopf hin und her, fixierte mich mit ihrem durchdringenden Blick. Falls ihr das Zittern in meiner Stimme auffiel, tat es der Wirkung des Gesangs keinen Abbruch. Die Tigerin gab ein Geräusch von sich, das ein Schnurren sein mochte, dann wandte sie sich um, trabte über den Feldweg und verschwand im Unterholz – genau in jenem Moment, als mein letztes *Mad world* über den Platz hallte.

Sekundenlang herrschte Stille. Ich registrierte die weit aufgerissenen Augen der drei Einheimischen, vernahm zahlreiche, näherkommende Schritte. Hinter mir hob ein Murmeln an, wurde zu einem wilden Geplapper und schwoll zu ohrenbetäubendem Jubel an.

Eduard erschien an meiner Seite, leichenblass, mit einem fassungslosen Ausdruck im Gesicht. Er blickte dorthin, wo die Tigerin verschwunden war.

»Saubere Arbeit, Walter. Ich schätze, du bist gerade zum Tiergott aufgestiegen.«

Was danach geschah, realisierte ich erst, als es vorbei war. Zunächst folgte ein peinlicher Moment, als die beiden Frauen und der junge Mann, die von der Tigerin bedroht worden waren, auf mich zueilten und sich vor mir in den Staub warfen. Dazu plapperten sie unentwegt in ihrer Muttersprache, hoben die Arme und berührten mich an Händen und Beinen.

Der junge Mann trug ein silbernes Amulett um den Hals, das den indischen Elefantengott zeigte. Er löste den Anhänger und drückte ihn mir in die Hand. Als ich ablehnen wollte und mich anschickte, das Amulett zurückzugeben, schüttelte der junge Mann heftig den Kopf und wiederholte mehrmals das Wort *Vishnu*. Dabei vollzog er eine Geste, als würde er sich etwas über den Kopf stülpen. Widerstrebend folgte ich der Aufforderung und hängte mir das Amulett vor die Brust.

Eduard und ich wurden von einer Menschenmenge umringt. Es musste sich um die indische Gruppe handeln, die wir vorhin beim Hotel gesehen hatten. Aufgeregte Fragen prasselten auf uns ein – einige sogar in englischer Sprache, doch aufgrund des Durcheinanders konnte ich kein Wort verstehen. Manche der Inder starrten mich an, als stünden sie dem Leibhaftigen persönlich gegenüber. Kein Wunder also, dass ich mich zunehmend unwohl fühlte.

In diesem Moment tauchte Susi aus meinem Hemdsärmel auf. Während der Sache mit der Tigerin hatte ich völlig auf sie vergessen. Die Ratte hantelte sich in Windeseile meinen Knöchel empor, lief behände über meinen Arm und hockte sich in bester Rattenmanier auf meine Schulter.

Die Menge verstummte, wich zurück. Ein ehrfürchtiges Raunen hob an. Einige der Inder murmelten ein Wort, das wie *Ganesha* klang.

Eduard packte mich am Oberarm und flüsterte mir ins Ohr: »Zeit, dass wir verschwinden. Wer weiß, was die mit einem inkarnierten Gott anstellen.«

Ich verstand zwar nicht, was mein Freund damit meinte, aber folgte Eduard im Laufschritt, der sich durch die Menge hindurchzwängte und zum Hotel zurückeilte. An der Rezeption lief er nach links; in die Gegenrichtung, in die unser Zimmer lag. Als ich die heranstürmenden Menschen hinter uns bemerkte, wurde mir klar, was Eduard mit diesem Täuschungsmanöver bezweckte.

Wir nahmen die Treppe nach oben, auf der anderen Seite wieder hinab und schlichen uns durch den rückwärtigen Garten zu unserem Zimmer. In fliegender Hast packten wir unsere Sachen – auch deshalb, weil es bereits kurz vor sechs war und der Busfahrer mehrmals betont hatte, dass er pünktlich abfahren würde.

Ich schulterte meinen Rucksack und verfrachtete Susi zurück in ihren Kartonbehälter, den ich mit einer Plastiktüte tarnte. Eduard und ich ergriffen unsere Koffer und huschten aus dem Zimmer. Wir nahmen den Hinterausgang, näherten uns dem Bus von der straßenabgewandten Seite. Als wir uns zwischen den anderen Passagieren in das Fahrzeug quetschten, fiel mein Blick auf den Vorhof des Hotels. Die Menschenmenge hatte sich verfünffacht. Mindestens.

Wir nahmen uns Sitzplätze ganz hinten im Bus und warteten gespannt, bis der Fahrer den Motor anließ. Ein erleichtertes Seufzen drang aus meiner Brust, als wir uns in Bewegung setzten und auf die Hauptstraße einbogen.

Eduard blickte aus dem Fenster des Busses, bis das Menschengewühl hinter uns verschwand. Er schüttelte mehrmals den Kopf, wandte sich mir zu und setzte eine gewichtige Miene auf.

»So, mein lieber Walter – und jetzt verklickerst du mir bitte, was du da vorhin mit dem Tiger angestellt hast.«

Na gut, dann muss ich mich eben wieder erklären. Es gab einen Grund, wieso ich so handelte, wie ich handelte. Als ich seinerzeit im Zoo angestellt war, hatte ich mich mit dem Pfleger der Raubkatzen angefreundet.

»Walter«, sagte er eines Tages, »solltest du jemals in die Situation geraten, von einer bösen Miezekatze bedroht zu werden, halte dich an die drei Bs: blinzeln, bücken, pfeifen.«

»Pfeifen schreibt man mit hartem p.«

»Ist doch schnurz. Jedenfalls ist Zurückhaltung das Wichtigste. Auf keinen Fall solltest du dich umdrehen und davonlaufen. Gesang ist noch besser als pfeifen – also, wenn du singen kannst.«

Gut, ich konnte es nicht, aber angesichts meiner Erregung hätte ich niemals einen Pfeiflaut über die Lippen gebracht. Offensichtlich hatte das Lied den gewünschten Effekt erzielt, selbst wenn ich mir sicher war, dass mehr als ein Ton in die Hose gegangen war.

Diese Geschichte erzählte ich auch Eduard, der nur ungläubig den Kopf schüttelte.

»Ehrlich gesagt weiß ich nicht, was ich denken soll. Einen Tiger mit Gesang besänftigen? Das klappt doch nur im Märchen. Andererseits bist du der lebende Beweis, dass es funktionieren kann – auch wenn ich das Gefühl habe, dass du verdammt viel Glück hattest.«

»Meinst du das ernst?«

»Mit dem Glück? Selbstverständlich.« Eduard verschränkte die Arme. »Du musst endlich einsehen, dass sich dein Leben radikal geändert hat. Was momentan bei dir abgeht, ist nicht mehr normal.«

In dieser Hinsicht hatte Eduard zweifellos recht. Ob mir mein Schicksal aber tatsächlich positiv gestimmt war, das wagte ich zu bezweifeln. Zu deutlich standen mir jene Situationen vor Augen, in denen ich mich gründlich in meinem angeblichen Glück getäuscht hatte.

»Du bist jetzt übrigens wirklich ein Gott«, meinte Eduard. »Sie haben dich Ganesha genannt.«

»Wer ist das?«

»Der indische Gott mit dem Elefantenkopf. Du hast sogar ein Amulett von ihm.«

Eduard deutete auf den Silberanhänger des jungen Mannes, den ich um den Hals trug.

»Ganesha steht für Klugheit, Reichtum und Humor«, fuhr Eduard fort. »Außerdem für Glück.«

»Was? Warum gerade dieser Gott?«

»Weil Ganesha auf einer riesigen Ratte reitet.«

»Du machst Scherze.«

Eduards Lippen verzogen sich zu einem Lächeln. »Ehrlich gesagt sind mir die Scherze inzwischen vergangen. Wer will schon einen Gott verärgern?«

Die Sonne war längst untergegangen, als wir Neu-Delhi erreichten. Deshalb bekamen wir von der Stadt auch nicht viel mit, außer dem Lärm, dem dichten Verkehr, den zahlreichen Lichtquellen – und dem strömenden Regen.

Der Niederschlag hatte gegen Mittag eingesetzt und mit kurzen Unterbrechungen bis zuletzt angehalten. Erst als der Bus vor dem Hotel parkte, in dem wir heute übernachten sollten, setzte der Regen aus und wir konnten die Anlage trockenen Fußes betreten.

»Es gibt Warmwasser«, frohlockte Eduard, als er aus dem Bad unseres Zimmers trat. »Und eine richtige Dusche. Das bedeutet, du weißt, wo du mich die nächste halbe Stunde findest.«

»Darf ich dich vorher etwas fragen?«

»Nur zu – einem Gott helfe ich doch gern.«

»Wie war das mit den Ratten? Du hast gemeint, die Tiere sind in Indien heilig.«

»Richtig. Genauso wie Affen, Kühe, Schlangen, Tiger, Pfauen und Elefanten. Fast alle Tiere, die einem Gott zugeordnet sind, werden verehrt.«

»Aber wieso sind Ratten heilig? Ich meine, bei uns in Mitteleuropa ist eher das Gegenteil der Fall.«

Eduard kratzte sich am Hinterkopf. »Genau kann ich es dir nicht sagen, aber ich glaube, dass die Hindus davon überzeugt sind, dass die Seelen verstorbener Menschen in die Körper der Nager inkarniert werden.«

»Du meinst wiedergeboren?«

»Exakt.«

Unwillkürlich musste ich an meine Mutter denken. *Ist es vorstellbar, dass sie …?*

Nein. Mal abgesehen davon, dass ich nicht an Wiedergeburt glaubte, hatte ich meine erste Ratte lange vor ihrem Tod bekommen. Und wenn ich bedachte, wie unrühmlich einige meiner Tiere zu Tode gekommen waren, wollte ich mir gar nicht vorstellen, dass in ihnen die Seele meiner Mutter gelebt hatte.

»So gesehen war die Reaktion der indischen Dorfbewohner nicht verwunderlich«, ergänzte Eduard. »Du besänftigst einen Tiger, trägst ein Amulett von Ganesha und auf deiner Schulter sitzt eine Ratte; da könnte selbst der bodenständigste Mensch abergläubisch werden.«

»Sag bloß, du denkst auch, dass …«

»Nein, Walter, keine Sorge. Ich halte dich bloß für eine Knalltüte, die auf einmal all das Glück serviert bekommt, das ihr jahrelang verwehrt geblieben ist.«

Die Nacht verlief ruhig und traumlos. Ich erwachte mit den ersten Sonnenstrahlen, fühlte mich fit und ausgeruht. Eduard und ich setzten uns zusammen und hielten Kriegsrat.

»Es ist Freitag«, meinte mein Arbeitskollege. »Wenn wir heute einen Flieger nach Lhasa bekommen, kann ich dich begleiten und vielleicht noch mit dir in die Steppe fahren, wenn das dein Ziel ist.«

»Ich weiß nicht, was mein Ziel ist.« Zum ersten Mal, seitdem ich mich für Tibet als Fluchtdestination entschieden hatte, war ich unschlüssig, ob es gut war, die Reise fortzusetzen. Das lag auch daran, dass sich seit gestern Abend ein flaues Gefühl in meiner Magengegend festgesetzt hatte – was vor meinem Lebenswandel ein untrügliches Indiz für ein bevorstehendes Unglück gewesen war.

»Vielleicht genügt es, wenn du in Lhasa in ein buddhistisches Kloster gehst und ein paar Stunden meditierst.«

Ich warf Eduard einen zweifelnden Blick zu. »Meinst du, das hilft? Ich glaube kaum …«

»War nicht ernst gemeint. Wir können auch hinaus in die tibetische Steppe marschieren, bis uns irgendwelche Nomaden aufgreifen und auf einen Buttertee einladen. Aber mal ehrlich: Was erwartest du dir von Tibet? Wie soll dir der Aufenthalt helfen? Willst du dich in die Weiten des Hochlands flüchten, bis sich die Wogen geglättet haben und die Anschuldigungen gegen dich verjährt sind? Oder suchst du dir eine fesche Häuptlingstochter und fängst als Oberschamane ein neues Leben an?«

Bei jeder von Eduards Fragen sackte mein Kopf tiefer gegen meine Brust. Er hatte völlig recht. Was brachte es, wenn ich mich in ein fremdes Land flüchtete, in dem ich niemanden kannte, die Sprache nicht beherrschte und überdies kaum genug Geld besaß, um mir eine Woche lang eine Unterkunft und Nahrungsmittel zu leisten?

»Ich weiß es nicht«, nuschelte ich. »Mein Plan sah nur vor, irgendwie nach Tibet zu kommen. Was danach geschehen soll … Vielleicht habe ich mir die Sache zu einfach vorgestellt.«

»Vielleicht.« Eduard rückte seine Brille zurecht. »Ich fliege gern mit dir nach Lhasa, aber du solltest dir überlegen, was du dort überhaupt willst. Sonst könnten böse Zungen behaupten, dass es genauso viel Sinn macht, zurück nach Deutschland zu fliegen und dir einen guten Anwalt zu nehmen.«

»Meinst du?« Mein Blick streifte Susis Gestalt, die auf ihrer Kartonverpackung hockte und mich regungslos musterte – auf eine Weise, die mir einen Schauer den Nacken hinabjagte. *Ratten sind die Träger der Seelen verstorbener Menschen.* Mit einem Mal kam mir dieser Gedanke nicht mehr lächerlich vor.

»Ich meine nur, dass du dir deinen nächsten Schritt gut überlegen solltest«, betonte Eduard. »Beide Alternativen sind riskant und können böse enden.«

»Ich bin ein Glückspilz, was soll da schiefgehen.« Doch die Worte klangen selbst in meinen Ohren lahm und unaufrichtig. Nach einigen Sekunden des Schweigens und einem weiteren Blick auf Susi, fügte ich hinzu: »Ehrlich gesagt ist mein Abenteuerdurst gestillt. Seit der Sache mit dem Tiger habe ich das Gefühl, als gehe meine Glückssträhne zu Ende.

Da bin ich lieber in vertrauter Umgebung, als in der Fremde.«

»Das heißt, wir fliegen nach Deutschland zurück?«

Ich seufzte tief. »Ja. Fahren wir zum Flughafen. Vielleicht bekommen wir heute noch Tickets. Eine passende Strategie für mein Kreuzverhör kann ich mir unterwegs überlegen.«

Der Flughafen von Neu-Delhi, eigentlich *Indira Gandhi International Airport*, war gerammelt voll mit Menschen. Der Grund lag in den monsunbedingten Verspätungen und Flugausfällen, wodurch zahlreiche Passagiere gestrandet waren. Das Bodenpersonal war mit dieser Situation sichtlich überfordert und wir mussten mehr als zwei Stunden in einer langen Menschenschlange warten, bis wir an einen freien Schalter gelangten.

»What can I do for you?« Die junge Inderin vor uns wirkte, als hätte sie die vergangenen vierundzwanzig Stunden kein Auge zugemacht. Auf ihren Zügen lag ein Lächeln, das Ähnlichkeiten mit dem Gesichtsausdruck eines im Schneesturm erfrorenen Immobilienmaklers besaß.

Wir erklärten der Flughafenbediensteten unseren Wunsch, auf dem schnellsten Weg nach Deutschland zu reisen. Sie tippte eine Weile auf ihrem Computer herum, nickte dann und nannte uns eine Route über Dubai und Frankfurt.

»Your passport, please.«

Ich reichte der jungen Frau meinen Pass – und hätte ihn beinahe fallen gelassen, als Susi in ihrer Pappschachtel zu rumoren begann. Glücklicherweise war es rundherum dermaßen laut, dass niemand das Schaben und Kratzen wahrnahm.

»One moment«, meinte die Flughafenbedienstete und warf mir einen kurzen, undurchsichtigen Blick zu. Dann konzentrierte sie sich auf den Bildschirm, starrte schweigend und ohne zu blinzeln auf den Monitor.

Susi war noch immer in Bewegung. Irgendetwas ließ sie unruhig werden.

Da ich schwerlich nachsehen konnte, was ihr fehlte, spielte ich stattdessen mit dem Anhänger vor meiner Brust. Er gefiel mir inzwischen so gut, dass ich ihn nicht mehr ablegen wollte. Außerdem, wer wusste schon, wenn es sich tatsächlich um Ganesha, den Gott des Glücks handelte, mochte ein Funken seiner Kraft auch auf mich übergehen.

Mein Blick fiel auf Eduard. Er schielte durch seine Brille nach links und rechts, hatte die Ohren gespitzt und den Mund leicht geöffnet. Sein Gesichtsausdruck war so komisch, dass ich beinahe zu kichern begonnen hätte. Aber das Lachen blieb mir im Hals stecken, als ich das alarmierte Glimmen in seinen Augen bemerkte.

Der Kopf meines Freundes drehte sich zur Seite, fast mehr, als es physiologisch möglich sein sollte – eine Bewegung, die mich auf skurrile Weise an eine Eule erinnerte. Eduards Nase flatterte, seine Oberlippe zuckte. Es brauchte nicht viel Fantasie, um sich vorzustellen, wie seine Lauschangriffsohren und die aufgerissenen Adleraugen neue und wenig erfreuliche Informationen auffingen.

»Wir gehen«, sagte Eduard im Flüsterton und packte mich am Oberarm. »Jetzt.«

»Aber …«

Ich kam nicht dazu, darauf hinzuweisen, dass wir noch kein Ticket besaßen, die Frau vom Flughafenpersonal meinen Reisepass hielt und wir uns ganz hinten würden anstellen müssen, wenn wir jetzt aus der Reihe tanzten. Ich konnte gerade noch nach meinem Reisekoffer greifen, dann zog mich Eduard grob beiseite, mitten in einen Pulk wartender Menschen hinein.

»Duck dich«, murmelte er. »Wirf deine Weste über den Koffer und nimm den Rucksack ab.«

Wie zwei greise Männer bewegten wir uns tief gebeugt durch die Menschenmenge. Ein Schwall Adrenalin erfasste meinen Körper, obgleich ich nichts wahrnahm, das wie eine Bedrohung wirkte.

»Edi, was ist los?«, presste ich hervor.

»Sie hat die Sicherheitskräfte alarmiert.« Eduard deutete zurück auf den Ticketschalter.

Durch die dicht stehenden Menschen konnte ich nicht viel erkennen, aber zumindest so viel, dass mir die uniformierten Gestalten nicht entgingen, die im Laufschritt herbeigeeilt kamen.

»Du meinst, die kommen wegen mir?« Ich war schockiert.

»Ist dir nicht der Blick der Inderin aufgefallen, als sie deinen Namen eingegeben hat? Mit ihrer Ausflucht wollte sie dich hinhalten, bis die Security eintrifft. Wie es aussieht, bist du jetzt ein gesuchter Mann, Walter.«

Mein Herzschlag beschleunigte sich und ich realisierte, dass meine Handflächen feucht wurden.

»Was machen wir jetzt? Sie hat meinen Pass.«

»Stimmt.« Eduard nickte nachdenklich. »Möglichkeit eins: Wir machen kehrt, du stellst dich und wirst von der

Polizei in Gewahrsam genommen, bis die deutschen Behörden eintreffen. Möglichkeit zwei: Wir verschwinden von hier und lassen uns etwas anderes einfallen. Die zweite Alternative hat aber nur dann Chancen auf Erfolg, wenn wir den Flughafen sofort verlassen. Durchaus möglich, dass sie gerade dein Foto an sämtliches Sicherheitspersonal und an die Mitarbeiter hinter den Überwachungskameras weitergeben.«

Ich benötigte drei Atemzüge, dann hatte ich mich entschieden.

»Wir hauen ab. Wenn ich mich den Behörden stelle, dann sicher nicht hier in Indien. Ich entscheide, wann es so weit ist.«

»Gut. Setz das hier auf.« Eduard reichte mir eine dunkelgraue Schirmkappe.

»Wo hast du die her?«

»Frag nicht. Aufsetzen.«

»Ich hoffe, das war das erste Mal, dass du etwas geklaut hast.«

»Kopf runter«, blaffte Eduard. Er selbst nahm seine Brille ab und krempelte sich die Ärmel seines Hemds auf. »Und häng dir deinen Rucksack vor die Brust. Ich nehme die Tasche mit Susi.«

Wie bewegten uns mit unserem Gepäck in Richtung Ausgang – rasch, aber nicht übereilt, um keine Aufmerksamkeit zu erregen. Dennoch rechnete ich jeden Moment damit, von einem uniformierten Beamten aufgehalten oder gleich mit einem Schlagstock niedergestreckt zu werden.

»Wir haben es fast geschafft«, raunte Eduard. »Dort vorn ist die Tür.«

Der rettende Ausgang lag nur noch zwei Dutzend Schritte entfernt. Nirgends zeigten sich Sicherheitskräfte und ich rechnete mir bereits gute Chancen aus, das Flughafengebäude unbehelligt verlassen zu können – als ich mitten im Schritt verharrte.

Nein. Das war unmöglich.

»Walter?«, zischte Eduard. »Was zum Teufel …?«

Er folgte meinem Blick und seine Kinnlade klappte nach unten.

Starr wie eine überfahrene Kröte stierte ich auf die beiden Gestalten, die vor den großen Schiebetüren des Flughafens standen und heftig miteinander diskutierten.

Bei der einen Person handelte es sich um Alfred, meinen Cousin. Die zweite war Anna.

Mit vielem hätte ich gerechnet und einiges erwartet, aber das war eindeutig eine Nummer zu verrückt und zu unwahrscheinlich, um wahr sein zu können. Dennoch gab es keinen Zweifel. Es waren Alfred und Anna, die miteinander stritten wie ein altes Ehepaar.

Das kann kein Zufall sein, drang es in meinen Geist. *Was soll ich tun? Flüchten, schreien, mich in eine Ratte verwandeln? Warum ist Anna hier? Was, wenn sie mich entdeckt?*

Die wirbelnden Gedanken lähmten nicht nur meinen Körper, sondern auch meinen Geist. Wenn mich Anna gefunden hatte, mochte auch Zwieböck nicht weit sein – und Kommissar Schwärzer mit einer Spezialeinheit der Bundeswehr.

Ich war verloren, so viel stand fest. Definitiv war dies das Ende meiner Flucht. Letztendlich hatte mich mein Unglück doch eingeholt. Aber hatte ich jemals daran gezweifelt?

Anna wandte den Kopf. Ihr Blick richtete sich auf mich. In rascher Abfolge erkannte ich Misstrauen, Überraschung und schließlich Wut. Anna ließ Alfred links liegen und stürmte auf mich zu.

Eduard packte mich an der Schulter. »Walter, wir müssen weg.« Auf seinen Zügen stand ein Ausdruck, wie ich ihn noch nie gesehen hatte – eine Mischung aus Zweifel, Furcht und Fassungslosigkeit.

Selbst wenn ich die Kontrolle über meinen Körper besessen hätte, ich wäre nicht von der Stelle gewichen. Nur meine Augen folgten Annas Gestalt, wie sie mit raschen Schritten auf mich zutrat, ausholte …

Die Ohrfeige brachte meinen Kopf zum Klingen. Aber sie klärte auch meine Gedanken und löste die Erstarrung, die meinen Körper gefangen gehalten hatte. Ich ließ den Griff meines Koffers los und stolperte einen Schritt zurück, als sich Anna erneut anschickte, nach mir zu schlagen.

»Was soll das?«, murmelte ich mehr überrascht als empört.

»Arschloch!«, fauchte sie mich an und traf meine Magengegend, sodass ich einen weiteren Schritt zurücktaumelte. »Einfach zu verschwinden, ohne Bescheid zu geben, ohne eine Nachricht zu hinterlassen, ohne irgendwas!«

Einen Moment lang war ich verblüfft. Doch dann kochte meine eigene Verbitterung empor.

»Du brauchst reden«, sagte ich mit nur mühsam beherrschter Stimme. »Ich habe dich am Montag mit Zwieböck im Stadtpark gesehen. Ich weiß alles, ihr steckt unter einer Decke! Du kannst mir nichts vormachen.«

Anna zwinkerte, ließ ihre Fäuste sinken und trat einen Schritt zurück. »Hans-Ulrich ist tot.«

»Ha! Du nennst ihn schon wieder beim Vornamen!«

Ein Anflug schlechten Gewissens zeigte sich auf Annas Gesicht. »Mag sein, aber er ist trotzdem tot. Wen auch immer du im Park gesehen hast, Zwiböck war es nicht.«

»Lüg mich nicht an! Ihr seid zusammengestanden und du hast ihn geküsst.«

»Ich habe …« Anna schüttelte verwirrt den Kopf. Dann erhellten sich ihre Züge. »Das war kein Kuss, sondern ein Bussi auf die Wange.«

»Pah! Du kannst dir deine Ausflüchte sparen. Ich weiß genau, dass du und Zwiböck ein Liebespaar …«

»Anna hat recht.« Alfred war ebenfalls herangetreten. Seine Stimme klang müde und schuldbewusst. »Der Mann im Park war nicht dein ehemaliger Chef. Das war ich.«

Jetzt war der Moment gekommen, in dem ich hätte zerplatzen müssen – zu viele dramatische Neuigkeiten in einem zu kurzen Zeitraum. Aber irgendetwas hielt meinen brummenden Schädel zusammen; und die Gedanken darin formten sich sogar zu einer überraschend klaren Conclusio.

»Das warst du«, echote ich und begriff im selben Augenblick, dass es die Wahrheit war. »Nicht Zwiböck.«

Die breiten Schultern, derselbe Haarschnitt, der dominante, aufrechte Gang – ja, von hinten betrachtet war es tatsächlich möglich, Alfred mit meinem ehemaligen Chef zu verwechseln.

»So ist es.« Annas Stimme klang sanft. »Wenn du mir einen Moment zuhörst, kann ich dir alles erklären.«

Das war auch dringend notwendig. Die Fragen brannten wie giftige Schlangen auf meiner Zunge. Da war beispielsweise der Punkt, weshalb mich Anna angelogen hatte; oder wieso sie sich mit meinem Cousin getroffen hatte; warum sie mir gefolgt war – und natürlich, weshalb sie Alfred geküsst hatte, auch wenn es nur ein Wangenkuss gewesen sein mochte.

»Den Moment bekommst du.« Meine Stimme klang brüchig. »Aber ich hoffe, du hast ein paar gute Erklärungen parat.«

»Leute«, erklang Eduards Stimme. »Ich fürchte, wir haben ein Problem.«

Mein Blick wanderte hinter meinen Arbeitskollegen – und erfasste ein halbes Dutzend Sicherheitskräfte, die im Laufschritt herbeigeeilt kamen.

»Raus hier«, stieß ich hervor und ergriff meinen Koffer. Glücklicherweise stellte niemand Fragen und wir hasteten auf den Ausgang zu.

»Wir haben einen Mietwagen«, schnaufte Alfred. »Er steht hinten am Parkplatz.«

Mein Cousin übernahm die Führung. Hintereinander stürmten wir nach draußen.

»Schneller«, keuchte ich und warf einen Blick über die Schulter. Die Sicherheitsleute verharrten vor den Schiebetüren, wirkten unschlüssig, ob sie uns folgen sollten. Doch dann hefteten sie sich an unsere Fersen.

»Hier drüben!«, rief Alfred und öffnete die Türen des Minivans mit der Fernbedienung. Eduard und ich warfen unser Gepäck in den Kofferraum. Mein Arbeitskollege sprang auf den Beifahrersitz, Anna und ich kletterten auf die Rückbank und Alfred übernahm das Steuer.

Der Motor des Wagens röhrte auf und wir setzten uns in Bewegung – im gleichen Augenblick, als vor uns zwei Sicherheitskräfte auf die Fahrbahn sprangen. Alfred hupte energisch und die beiden Männer hechteten zur Seite.

Mit quietschenden Reifen verließen wir den Parkplatz und nahmen die Ausfahrt Richtung Neu-Delhi. Alfred trat das Gaspedal durch und Flughafen wie Sicherheitskräfte blieben hinter uns zurück.

»Wohin fahren wir?« Eduard stierte aus der Heckscheibe des Wagens. »Die haben Walter und unser Fahrzeug sicher zur Fahndung ausgeschrieben.«

»Stimmt.« Ich rieb mir die Schläfen. »Wir müssen den Wagen wechseln.«

»Wieso flüchten wir eigentlich?«, bemerkte Alfred. »Ist es wegen der Geschichte daheim in Deutschland?«

»Ihr wisst davon?« Die Überraschung zeigte sich wohl deutlich auf meinem Gesicht, denn auf Annas Lippen erschien ein bitteres Lächeln.

»Das ließ sich nicht vermeiden«, erwiderte sie. »Die Anrufe und Fragen der Polizei, die Belagerung durch die Medien, dann dieser Kommissar …«

»Schwärzer.«

»Richtig, das war sein Name. Es gab eine Menge Gerüchte, aber niemand wusste Genaueres. Und dann warst du auch noch spurlos verschwunden. Also habe ich mich an Alfred gewandt.«

»Aber woher kennst du …?«

»Später. Wichtig ist momentan nur, dass er mir helfen konnte.«

»Ich habe gute Kontakte«, bemerkte Alfred. »Unter anderem bei der Polizei und beim Flughafenpersonal. Ich habe erfahren, dass du unter Betrugs- und Mordverdacht stehst – und das Land verlassen hast.«

Ich sackte in meinem Sitz zusammen wie ein löchriger Hefeteig. *Betrug … Mord …* Auch wenn es mich nicht hätte überraschen sollen, war ich schockiert. Es war etwas anderes, wenn man *glaubte*, für etwas beschuldigt oder gesucht zu werden und zu *wissen*, dass es so war.

»Ich habe das nicht glauben können«, betonte Anna. »Und Alfred auch nicht. Wir haben beschlossen, dass wir … dir helfen.«

Mir entging nicht das kurze Zögern in Annas Stimme. Aber darauf würde ich später zurückkommen.

»Wir haben herausgefunden, dass du ein Ticket nach Neu-Delhi gebucht hast. Trotzdem war es pures Glück, dass wir uns am Flughafen getroffen haben.«

Glück, pures Glück … Meine linke Hand wanderte zu dem Amulett vor meiner Brust, mit der rechten tastete ich über Susis Kartonbox und spürte die sanfte Berührung ihrer Barthaare, als sie ihren Kopf hervorstreckte. Ob Glück oder nicht – eines war es ganz bestimmt nicht gewesen: Zufall.

»Wohin soll ich fahren?«, warf Alfred ein und reduzierte die Geschwindigkeit des Wagens. »Ich fürchte, sie werden uns bald aufhalten, wenn wir kein anderes Fahrzeug nehmen.«

Mit einem Mal ruhten sämtliche Blicke auf mir. Unangenehm berührt stellte ich fest, dass die anderen von mir eine Entscheidung erwarteten; eine Entscheidung, die ich längst getroffen hatte.

»Ich kann nicht von euch verlangen, dass ihr mich begleitet. Spätestens jetzt lauft ihr Gefahr, verhaftet und eingesperrt zu werden – ihr unterstützt einen gesuchten Straftäter bei der Flucht.«

»Du bist kein Verbrecher.« Anna ergriff meine Hand. »Ich weiß das. Es ist ein Missverständnis und wird sich aufklären. Aber bis es so weit ist, begleite ich dich; und Alfred auch.«

Ich warf meinem Cousin einen fragenden Blick zu. Dieser nickte eifrig – fast schon zu eifrig. Auch diese Reaktion musste ich mir merken.

»Dann fahren wir nach Kathmandu.«

»Kathmandu?« Eduard drehte den Kopf in meine Richtung. »Ich hatte ehrlich gesagt damit gerechnet, dass du wieder nach Tibet willst und nicht nach Nepal.«

»Will ich auch. Aber in Kathmandu findet sich vielleicht eher eine Lösung, wie wir unbemerkt über den Himalaya kommen.«

»Bis nach Nepal sind es mehr als tausend Kilometer«, warf Alfred ein. »Da benötigen wir mit dem Auto sicher fünfzehn bis zwanzig Stunden.«

»Außerdem hat Walter keinen Pass«, kam von Eduard. »Einen Mister Nobody werden sie nicht über die Grenze lassen.«

»Keinen Pass?« Alfred warf mir einen Blick über den Rückspiegel zu.

»Hat mir eine Mitarbeiterin am Ticketschalter abgenommen. Aber vielleicht finden wir einen Weg, die Grenze nach Nepal unbemerkt zu überqueren. Was die Fahrtzeit angeht: Wir wechseln uns am Steuer ab, dann bekommt jeder eine Pause.«

Die anderen wirkten skeptisch, sagten aber nichts. Ich selbst war von meiner Aussage ebenso überzeugt wie davon, dass Gott ein alter Mann mit Rauschebart war und in seiner Freizeit am liebsten *Mensch ärgere Dich nicht* spielte. Doch ich durfte mir meine Unsicherheit nicht anmerken lassen. Unversehens hatte ich das Bild der Tigerin vor Augen, wie sie mit angelegten Ohren und zuckender Schwanzspitze auf mich zugekommen war. Wenn ich in diesem Moment gezweifelt oder der Panik in meinem Geist erlaubt hätte, Gestalt anzunehmen, wäre ich verloren gewesen.

»Dort.« Eduard deutete auf ein Plakat am Straßenrand. »Bei der nächsten Abfahrt gibt es einen Mietwagenverleih.«

»Du kannst dieses Geschnörkel entziffern?«, fragte Anna.

»Edi sieht und hört vieles, das andere nicht verstehen oder gar nicht erst wahrnehmen«, bemerkte ich. »Er ist wie ein Spionagesatellit.«

»Aha.« Anna beäugte meinen Arbeitskollegen von der Seite. »Solange du meine Gedanken nicht lesen kannst.«

Eduard grinste. »Daran arbeite ich noch.«

Wir nahmen die Ausfahrt, stellten unseren Wagen in einer Nebenstraße ab und gingen zu Fuß zu dem Autohändler, den Eduard entdeckt hatte.

»Anna, vermutlich solltest du deinen Ausweis herzeigen und nicht einer von uns«, sagte Alfred. »Du bist vielleicht die Einzige, die noch nicht mit Walter in Verbindung gebracht wird.«

»Das glaube ich kaum.« Anna warf mir einen prüfenden Blick zu. »Aber es stimmt, die Buchung der Tickets nach Neu-Delhi und auch den ersten Leihwagen hast du übernommen. Also meinetwegen.«

Glücklicherweise schluckte der Händler einen Großteil seiner Fragen hinunter, nachdem wir ihm ein paar Tausend Rupien unter die Nase gerieben hatten. Auch akzeptierte er, dass der Wagen auf eine Frau ausgestellt werden sollte, die von drei Männern begleitet wurde. Was er sich bei dieser Konstellation dachte, war sehr deutlich an seinem feisten Grinsen abzulesen.

Wir entschieden uns für einen etwas betagten SUV mit Allradantrieb – für den Fall der Fälle, wie Alfred bekräftigte. In einem Supermarkt deckten wir uns mit Wasser und Lebensmitteln ein, dann verließen wir Neu-Delhi Richtung Osten.

Inzwischen wirbelten unzählige Fragen durch meinen Geist; Fragen, die auf meiner Zunge Blasen warfen, und die ich Anna und Alfred stellen musste. Als wir unsere Erlebnisse der letzten Tage ausgetauscht hatten, war es endlich an der Zeit, die beiden in die Mangel zu nehmen.

»Du hast die Taschenuhr meiner Mutter gestohlen«, behauptete ich an Alfred gewandt, der wieder hinter dem Steuer saß.

»Uhr? Welche Uhr?« Mein Cousin warf mir einen kurzen Blick zu. Er wirkte ehrlich verwirrt.

»Streite es nicht ab. Vergangenen Sonntag, als du mich besucht hast.«

Unvermittelt zeigte sich ein Anflug schlechten Gewissens auf Alfreds Zügen. »Das ist nicht wahr. Ich habe nichts gestohlen.«

»Ach ja? Und wo ist die vergoldete Taschenuhr, das einzige Erbstück meiner Mutter, dann abgeblieben? Die Uhr lag immer am gleichen Platz und nachdem du gegangen bist, war sie fort.«

Alfred schüttelte den Kopf. »Ich war's nicht, das schwöre ich! Als ich am Sonntag vorbeigekommen bin, da wollte ich eigentlich …«

»Ja?«

Alfreds Finger tippten nervös auf das Lenkrad. »Ich wollte dir etwas gestehen.«

»Was denn?«

Anna schaltete sich ein. »Zu gestehen gibt es überhaupt nichts. Alfred und ich hatten mal etwas miteinander, das ist alles.«

»Ihr hattet …?« Meine Augen wurden groß und ich spürte, wie ein Schwall an Empörung und Eifersucht in mir hochkochte.

»Das ist lange her«, erklärte Anna. »Vor deiner Zeit.«

»Wie lange?«

»Drei Jahre.«

Ich wandte mich an Alfred. »Warst du da nicht schon mit Melina …?«

»Ja«, entgegnete Alfred schlicht. »Auch Amelie war schon auf der Welt. Aber in unserer Beziehung … lief es nicht so gut.«

Ich schüttelte verdrossen den Kopf. Mein Blick fiel wieder auf Anna und ich erinnerte mich an einen der Gründe, weshalb ich Deutschland so fluchtartig verlassen hatte.

»Ihr habt euch im Stadtpark geküsst.«

Anna verdrehte die Augen. »Zum hundertsten Mal: Ich habe Alfred ein harmloses Bussi auf die Wange gedrückt. Wir verstehen uns gut, aber …«

»Ah ja. Genau deshalb triffst du dich heimlich mit ihm. Du hast mich angelogen.«

Annas Gesichtszüge zeigten eine Spur von Schuld. Aber wirklich nur eine Spur. »Alfred hat sich bei mir gemeldet, als er erfahren hat, dass wir beide zusammen sind. Er hatte die Befürchtung, dass unsere damalige Affäre bekannt wird.«

»Melina kann sehr nachtragend sein«, ergänzte Alfred. »Ein Rosenkrieg käme momentan sehr ungelegen. In der Firma sind wir in einer heiklen Phase unserer Forschungsarbeiten. Was ich da gar nicht gebrauchen kann, sind Beziehungsprobleme.«

»Alles schön und gut«, meinte ich. »Aber ehrlich gesagt erklärt nichts davon, wieso ihr ohne zu zögern nach Indien geflogen seid.«

»Wie gesagt«, begann Anna. »Wir wollten dir …«

»Kommt mir nicht damit. Ich kauf euch nicht ab, dass ihr nur deshalb aufgetaucht seid, weil ihr mir helfen wollt. Vor allem dir nicht, Alfred.«

Mein Cousin fuhr zusammen. »Aber es ist wahr. Ich habe dich jahrelang schlecht behandelt. Ich bin es dir und mir selbst schuldig, dich zu unterstützen. Erinnerst du dich nicht an unser Familiengespräch? Wir haben versprochen, dir zu helfen, wenn es erforderlich ist.«

Das stimmte allerdings. Dennoch wollte mir die Erklärung nicht einleuchten. Ich hatte das Gefühl, dass Alfreds Aussage vielleicht nicht gelogen, aber sicher nicht die ganze Wahrheit war.

»Was ist mit deiner Firma?«, versuchte ich einen weiteren Anlauf. »Hast du nicht gemeint, ihr seid in einer heiklen Phase eurer Forschungsarbeiten? Und da lässt du alles stehen und liegen und fliegst nach Indien?«

Aus den Augenwinkeln bemerkte ich den Blick, den Anna meinem Cousin zuwarf. Etwas darin irritierte mich. Konnte es sein, dass in ihren Augen Furcht schimmerte?

Alfred bemühte sich zu einem Lächeln. Es erinnerte mich an die starre Mimik einer bestimmten, plattgewalzten Kröte und war deshalb nicht besonders überzeugend.

»Das ist schon richtig«, sagte Alfred mit einem Nicken. »Aber ich frage dich, Walter: Was kann im Leben wichtiger sein als die eigene Familie?«

Offenbar die Affäre mit einer jungen Frau, dachte ich verbissen. Ich lehnte mich in den Rücksitz und ignorierte Annas zaghaften Versuch, nach meiner Hand zu greifen.

Auch wenn ihre und Alfreds Erklärungen stimmig erschienen, war ich mir sicher, dass sie etwas vor mir verbargen. Das gefiel mir nicht, nicht nach dem, was ich durchgemacht hatte. Welche Sache konnte derart schwerwiegend sein, dass man sie nicht beim Namen nennen wollte?

Was mich jedoch am meisten enttäuschte oder eher melancholisch stimmte: Die Beziehung zu Anna war nicht mehr so wie an dem Tag, als ich Deutschland verlassen hatte. Freilich tat ich das Meine dazu, indem ich ihre Annäherungsversuche ignorierte. Dennoch.

Zwischen uns lag eine unsichtbare Barriere; vielleicht nur ein Zaun, vielleicht eine Mauer, vielleicht aber auch ein kilometerbreiter Graben. Und das war etwas, das mich mehr erschreckte, als der weit aufgerissene Rachen einer Tigerin.

Wir fuhren vier Stunden durch, dann machten wir eine kurze Rast und Eduard übernahm das Steuer.

»Susi ist in dem Karton dort drüben?« Anna wartete meine Antwort gar nicht ab, sondern hob die Pappschachtel empor und griff hinein. Ich öffnete den Mund zu einem warnenden Laut – doch statt einem Aufschrei und einer frischen Bisswunde am Finger, hockte auf einmal Susi auf Annas Handfläche und richtete sich auf die Hinterbeine auf. Ich beobachtete, wie Anna die Ratte musterte – und umgekehrt. Es war eigenartig, so hatte ich Susi noch nie erlebt. Normalerweise tat sie diese seltsamen, menschlich anmutenden Dinge nur bei mir.

»Ich mag deine Ratte.« Anna lächelte. »Sie wirkt so … intelligent. Gar nicht wie ein Tier.«

Wie zur Bestätigung reckte Susi ihr Näschen empor und schnupperte. Dann begann sie sich ausgiebig zu putzen, ohne Annas Handfläche zu verlassen.

»Wenn man den Hindus Glauben schenkt, sind Ratten auch keine Tiere«, kam von Eduard. »Zumindest nicht nur. In ihren Körpern wohnen die Seelen verstorbener Menschen.«

»Ach ja?« Anna warf mir einen warmen Blick zu. »Was hältst du von dieser Behauptung?«

Ich zuckte die Schultern. »Manchmal kommt mir Susi tatsächlich vernunftbegabt oder sogar übernatürlich vor. An anderen Tagen wirkt sie wie ein gewöhnliches Tier.«

»Ich möchte ja keine romantischen Hoffnungen zerstören«, erklang Alfreds Stimme, »aber vom wissenschaftlichen Standpunkt her lehnen die meisten Forscher eine Übertragung von menschlichem Verhalten auf Tiere ab. Oft ist unsere Sichtweise nicht objektiv genug; kein Wunder, wir sind auch subjektive Wesen. Wir interpretieren und sehen Dinge, Zeichen und Botschaften in anderen Menschen, in Tieren, der Natur, ja selbst in toten Gegenständen. Das äußert sich ganz lapidar im Aberglauben. Das Problem dabei ist: Wenn wir etwas sehen und *glauben*, dass es sich so darstellt oder auf eine gewisse Weise geschehen muss, ist die Wahrscheinlichkeit hoch, dass es auch eintrifft; oder sich – subjektiv – bestätigt.«

»Und wie soll man feststellen, was objektiv betrachtet real ist und was durch die eigene Überzeugung und Sichtweise manipuliert wurde?«

»Genau dies ist Aufgabe der Wissenschaft; oder war es zumindest.«

»Was meinst du damit?«

Alfred musterte mich mit einem eigenartigen, stechenden Blick. »Ich glaube, bei unserem Familientreffen habe ich das kurz erwähnt. Unsere Forschungen zeigen, dass die Sache mit der einen, absoluten Realität nicht so einfach ist.«

»Und das heißt?«

»Das heißt«, Alfreds Stimme nahm einen ironischen Unterton an, »dass du in Wirklichkeit von dem Tiger gefressen wurdest – und wir alle stehen gerade weinend vor deinem Grab.«

Wir fuhren die Nacht durch, gönnten uns nur wenige, kurze Pausen. Immerhin bekam jeder ein paar Stunden Schlaf, auch wenn der Schlummer auf der Rückbank nicht erholsam zu nennen war. Mit der Morgendämmerung übernahm ich das Steuer, bis mich am späten Vormittag Anna ablöste.

Wir waren nicht mehr weit von der nepalesischen Grenze entfernt und fuhren gerade auf einer Nebenstraße, um einen Platz für unsere Notdurft zu finden, als ein ungewöhnliches, brummendes Geräusch aus der Motorhaube des Wagens drang.

Ui, dachte ich und verkrampfte mich am Beifahrersitz.

»Klingt nicht gut«, meinte Anna.

Das Brummen wurde lauter, wandelte sich in ein trommelartiges Klacken.

Uiui, drang es in meinen Geist und ich sah uns schon am nächsten Baum kleben.

»Klingt gar nicht gut«, konstatierte Eduard.

Aus dem Klacken wurde ein unangenehmes Knistern und Rattern, bis der gesamte Wagen vibrierte.

Uiuiui…

In diesem Moment begriff ich, dass mir dieses Geräusch bekannt vorkam. Als ich vor Jahren bei einem Automechaniker begonnen hatte, war ich zu dem zweifelhaften Vergnügen gekommen, die unterschiedlichsten Brumm-,

Quietsch- und Schabgeräusche im Motorraum interpretieren zu dürfen. Dem Meister und seinen Lehrlingen hatte es unglaublichen Spaß bereitet, mich in die Irre zu führen und anschließend fertigzumachen. Wenn ich nicht völlig danebenlag, handelte es sich bei dem Rattern um …

»Fahr rechts ran«, rief ich Anna zu. »Sofort!«

Anna warf mir einen beleidigten Blick zu, folgte aber meiner Aufforderung und hielt am Straßenrand.

Wir befanden uns einige Kilometer von der nächsten Ortschaft entfernt. Je weiter wir nach Osten vorgedrungen waren, desto mehr hatte sich das Wetter gebessert. Die letzten zwei, drei Stunden waren überwiegend sonnig verlaufen, doch damit war es auch drückend schwül geworden.

Als ich aus dem Fahrzeug sprang und den kühlenden Luftzug der Klimaanlage hinter mir ließ, traf mich die schwülheiße Luftmasse wie eine Ohrfeige. Ich bemühte mich, langsam zu atmen, marschierte um den Wagen herum und öffnete die Motorhaube. Die anderen folgten und traten an meine Seite.

»Was ist los?«, fragte Eduard und lugte an mir vorbei. »Kein Benzin mehr?«

»Ist der Motor defekt?«, mutmaßte Alfred.

»Bin ich zu schnell gefahren?«, kam von Anna.

Ich warf meinen Freunden einen schiefen Blick zu. »Meint ihr das ernst? Der Grund ist doch offensichtlich: Hier, der Keilriemen hängt in Fetzen. Er ist noch nicht ganz abgerissen, deshalb die merkwürdigen Geräusche, aber wenn wir weiterfahren, passiert das mit Sicherheit.«

»Das heißt, wir müssen ihn austauschen.« Eduards Blick wanderte Annas Beine entlang. »Ich glaube, mit einem Strumpf kann man …«

»Ich trage keine Strümpfe, falls das deinen Adleraugen entgangen sein sollte.«

»Außerdem ist das keine gute Idee«, betonte ich. »Nylon ist nicht sehr reißfest und wahrscheinlich wäre ein Strumpf auch nicht lang genug. Besser, wir nehmen etwas anderes.«

Ich ging um den Wagen herum, kramte im Kofferraum und zog den Erste-Hilfe-Koffer hervor.

»Oh, wie süß.« Eduard grinste. »Unser Auto bekommt ein Pflaster.«

»Nicht ganz.« Ich kramte nach dem Verbandsmaterial. »Wir werden es damit versuchen.«

»Und das funktioniert?« Alfred war die Skepsis ins Gesicht geschrieben.

Ich zuckte die Achseln. »Habe es selbst noch nicht getestet, aber damals, als ich in der Werkstätte angestellt war, meinte mein Kollege, Mullbinden sind bei einem gerissenen Keilriemen die beste Notlösung.«

»Du bist Automechaniker?«

»Nein. Nachdem ich gemobbt wurde, die Drecksarbeit erledigen durfte und damit immer wie geteert und gefedert heimgekommen bin, habe ich die Ausbildung abgebrochen.«

»Wie lange hast du durchgehalten?«, fragte Eduard.

»Zwei Wochen.«

»Klingt gut. Also Schraubenschlüssel und Lackpinsel kannst du unterscheiden.«

»Hör auf zu meckern und hilf mir lieber«, sagte ich ungehalten. »Es wird ein hartes Stück Arbeit, den Keilriemen herauszubekommen und die Mullbinde anzubringen.«

Es war nicht nur eine schwierige Aufgabe, sondern eine hundselendige, schmutzige und schweißtreibende Tätigkeit, die wir erst nach mehr als einer Stunde (und unzähligen, nicht jugendfreien Flüchen später) abschließen konnten.

Zuletzt kletterte Alfred auf den Fahrersitz und ließ den Motor an. »Wie sieht es aus?«

Eduard und ich nickten synchron.

»Gut sieht es aus«, betonte ich. »Ich denke, wir können weiterfahren.« *Die Frage ist nur, wie lange.* Aber diesen Kommentar verkniff ich mir.

Bevor ich ins Fahrzeug stieg, warf ich einen Blick in den Himmel empor. Mir war, als schimmerte dort oben etwas silbern, wie ein Band, das sich quer über …

Ich zwinkerte und die Erscheinung verschwand. In meiner Erinnerung regte sich etwas – hatte ich Ähnliches nicht schon vor einigen Tagen gesehen? Damals, kurz bevor ich der Tigerin gegenübergestanden war?

Mein lieber Walter, säuselte eine Stimme in meinem Kopf. *Was hältst du davon, nun doch verrückt zu werden?*

»Abgelehnt«, murmelte ich und stieg in den Wagen.

»Es sind nur noch fünf Kilometer bis zur Grenze«, sagte Eduard und deutete auf ein Straßenschild. »Wenn wir uns etwas einfallen lassen wollen, wie wir ungesehen nach Nepal kommen, sollten wir das jetzt tun.«

Wir standen am Straßenrand, blickten durch die Windschutzscheibe nach Nordosten. Die hügelige Landschaft strebte zusehends in die Höhe und dahinter, sicher noch fünfzig oder sechzig Kilometer entfernt, waren am dunstigen Horizont die ersten Ausläufer des Himalayas zu erkennen.

»Ganz einfach«, meinte ich. »Wir überqueren die Grenze bei Nacht.«

»Klar doch.« Alfreds Stimmlage ließ keinen Zweifel, was er von meinem Vorschlag hielt. »Abgesehen davon, dass wir die Gegend nicht kennen und die Grenze sicher überwacht wird, gelingt uns das auf keinen Fall mit dem Auto. Wir müssten zu Fuß gehen.«

»Dann marschieren wir eben …«

»Was bedeutet, dass wir unser Gepäck zurücklassen müssen, zumindest die Koffer. Außerdem könnte es hier giftige oder gefährliche Tiere geben …«

»Richtig«, warf Eduard ein. »Zum Beispiel eine hungrige Tigerin, die gerade Lust auf saftiges Menschenfleisch hat. Wir sollten also Walter den Vortritt lassen, weil bei seinen Fähigkeiten als Tierbändiger bringt er jede böse Miezekatze dazu, mit verbundenen Augen durch einen brennenden Reifen …«

»Und natürlich«, sagte Alfred mit erhobener Stimme. »Was machen wir dann auf der anderen Seite, ohne fahrbaren Untersatz?«

»Wir klauen uns einen Wagen; oder vier Motorräder, dann können wir einen auf Hells Angels machen.«

»Ah ja. Nach dem Motto: Jetzt ist schon alles egal.«

»Alternativvorschläge sind willkommen. Jedenfalls können wir kaum über die Grenze fliegen.«

»Sagt mal«, warf Anna ein, »kommt euch der Wagen da hinten nicht auch seltsam vor?«

Wir fuhren auf unseren Sitzen herum. Zwanzig Schritte entfernt parkte ein Fahrzeug, das etwa genauso in die Gegend passte wie ein Kampfpanzer in eine Münchner Fußgängerzone. Es handelte sich um eine schneeweiße Limousine mit verdunkelten Scheiben.

Als wir den Wagen musterten, setzte er sich geräuschlos in Bewegung und rollte auf uns zu – fast so, als spürte der Fahrer, dass er beobachtet wurde.

»Nicht gut«, murmelte Eduard. »Gar nicht gut.«

»Duck dich«, flüsterte Alfred mir zu, als die Limousine neben uns hielt. »Das gefällt mir nicht.«

Mir gefiel die Entwicklung noch viel weniger. Ich ahnte, dass es sich nicht um einen Zufall handelte. Wer auch immer in diesem Gefährt residierte, wusste ganz genau, wer wir waren.

Über den Seitenspiegel sah ich, wie sich die Beifahrertür der Limousine öffnete. Ein Mann in einem dunklen Anzug stieg aus dem Wagen.

»Was soll ich tun?«, flüsterte Eduard, der hinter dem Steuer saß. »Losfahren?«

»Nein«, entgegnete ich und richtete mich auf. »Dazu ist es zu spät.«

Der Mann, der eine dunkle Hautfarbe aufwies und den Körperbau eines muskulösen Athleten besaß, näherte sich unserem Fahrzeug. Es brauchte die schwarze Sonnenbrille und das Pistolenholster nicht, um ihn als Leibwächter zu identifizieren. Der Unbekannte deutete Eduard, das Fenster herunterzulassen. Widerwillig folgte mein Arbeitskollege der Aufforderung.

»Herr Söringen?«, fragte der Mann in tadellosem Englisch.

Ich antwortete, ohne nachzudenken: »Das bin ich.«

Die Gestalt strahlte eine solche Präsenz und Überlegenheit aus, dass ich gar nicht auf den Gedanken kam, mich zu verstecken oder zu lügen.

»Bitte steigen Sie in den Wagen. Sie können Ihre Freunde und Ihr Gepäck mitnehmen.”

Ich konnte beim besten Willen nicht sagen, ob diese Worte eine Bitte, eine Aufforderung oder ein Befehl waren. Ich sollte also in die Limousine steigen – aber weshalb? Wer verbarg sich im Inneren des Fahrzeugs? Immerhin handelte es sich nicht um die Polizei; hoffte ich wenigstens.

Alfred packte mich am Arm, als ich mich anschickte, aus dem Fahrzeug zu klettern. »Moment. Willst du das wirklich tun? Wir haben keine Ahnung, was uns erwartet.«

»Ich glaube nicht, dass wir in Gefahr sind«, betonte ich, obwohl meine schweißnassen Hände und mein pochendes Herz anderer Meinung waren. »Außerdem, schätze ich, haben wir keine Wahl.«

Das musste auch Alfred einsehen. Ich griff nach meinem Rucksack sowie der Tüte mit Susis Kartonbox und stieg aus dem Wagen. Der Leibwächter zog die rückseitige Tür der Limousine auf. Zögernd trat ich näher.

»Einen Moment.« Der Mann musterte mich von oben bis unten. »Zeigen Sie mir Ihren Rucksack.«

Widerwillig öffnete ich meinen Ranzen und ließ den Leibwächter hineinsehen. Dieser kniff die Augen zusammen und wühlte mit spitzen Fingern zwischen meiner Unterwäsche und den Müsliriegeln herum.

»Und der Sack?«

Wortlos streckte ich dem Mann die Tüte mit Susis Karton entgegen. Der Leibwächter blickte hinein – und fuhr zurück, als er meine Ratte entdeckte. Mir entging nicht, dass seine Hand in Richtung des Pistolenholsters wanderte.

»Das ist eine Ratte!«

»Das ist *meine* Ratte«, bekräftigte ich. »Sie ist mein Haustier.«

Der Mann wirkte unschlüssig, was er mit mir anstellen sollte – doch da ertönte ein leiser Ruf aus dem Inneren der

Limousine. Der Leibwächter setzte eine starre Miene auf, nickte knapp und trat beiseite.

Das Herz klopfte mir bis zum Hals, als ich mich duckte und in den Wagen kletterte. Meine Augen benötigten einige Sekunden, bis sie sich an das gedämpfte Licht gewöhnt hatten, doch dann öffnete sich mein Mund zu einem erstaunten O.

»Hello«, sagte die Prinzessin aus Dubai und schenkte mir ein strahlendes Lächeln.

Ich hockte auf der geschwungenen Rückbank der Limousine und wusste nicht, wie ich mich verhalten sollte. Meine Freunde waren mir gefolgt, als ich ihnen zugewunken hatte, und saßen nun genauso verwirrt und eingeschüchtert da wie ich.

Die Situation war auch mehr als grotesk. Latifa, so stellte sich die junge Frau vor, behauptete, dass sie mir von Dubai nachgereist war. Ihr Englisch war ausgezeichnet und ich verstand, dass sie mir persönlich danken wollte – schließlich hatte ich am Flughafen Sharif außer Gefecht gesetzt und damit ihr Leben gerettet.

Latifa besaß ebenmäßige, edle Gesichtszüge und lange, schwarze Haare, in die Blüten eingeflochten waren. Am beeindruckendsten aber waren ihre großen, dunklen Augen, die jede Kuh vor Neid hätten erblassen lassen.

An Latifas Seite saß eine weitere Frau, kaum älter als fünfundzwanzig und nahezu ebenso hübsch. Sie hieß Yasmin, war Latifas beste Freundin – und auch so etwas wie ihre Beraterin. Sehr gesprächig war sie zwar nicht, aber offenbar verstand sie mein akzentbehaftetes Englisch, denn immer wieder stahl sich ein Grinsen auf ihr Gesicht, wenn ich mich, so wie gerade eben, zum Narren machte.

»Meine Ratte hat dir das Leben gerettet.«

»Deine Ratte?« Latifas Augenbrauen wanderten nach oben, ein amüsiertes Lächeln erhellte ihre Züge.

»Ja, sie … hat Sharif erschreckt.«

»Dein süßes Haustier mit den putzigen rosa Ohren hat dafür gesorgt, dass der Attentäter k. o. gegangen ist?«

»Hm, sieht so aus.«

»Das heißt, ich habe mein Leben einem Nagetier zu verdanken?«

»Hm, gewissermaßen.«

»Also war sie die Heldin und du der schlotternde Feigling?«

»Hm, kann gut sein.«

»Vielleicht sollte ich deine Ratte als Leibwächterin einstellen – wie war ihr Name? Susi?«

»Hm, ja.« Ich beschloss, die Initiative zu ergreifen und ergänzte: »Du bist eine Prinzessin?«

Latifas Lächeln verblasste. »Zumindest war ich eine.«

»Wie meinst du das?«

»Die Ereignisse am Flughafen waren die ideale Gelegenheit, um das zu tun, was ich schon lange vorhatte: zu fliehen.«

»Fliehen? Ich verstehe nicht …«

Latifas Gesichtszüge wurden ernst. »Mein Vater ist ein mächtiger Scheich und stellt sich nach außen hin als Saubermann und Wohltäter dar. Tatsächlich ist er ein Tyrann, ein Egomane – und Mörder.

»Mörder?« Meine Stimme war nicht mehr als ein Hauch.

Latifa verzog die Lippen. »Ich möchte euch nicht in die Sache hineinziehen. Wer weiß, wie das hier endet. Mein Vater sucht bestimmt schon nach mir.«

Ich warf Yasmin einen Blick zu. »Bist du dir sicher, dass niemand …«

»Sie ist meine beste Freundin, ich kann ihr vertrauen. Genauso wie Ibrahim, dem Fahrer. Wir sind zusammen aufgewachsen. Und Hasan, mein Leibwächter, ist auch mein Liebhaber. Er würde sein Leben für mich geben.«

Eine ungute Ahnung stieg in mir empor. »Und was hast du jetzt vor?«

»Was schon? Ich begleite euch.«

»Oh. Das ist …«

»Ihr wollt nach Nepal, habe ich recht? Ibrahim ist nicht nur ein hervorragender Fahrer, sondern beherrscht auch mehrere Sprachen und ist begnadeter Schauspieler. Ich schätze, wir können euch helfen, die Grenze zu überqueren.«

Ich war mir keineswegs sicher, ob es großes Glück war, dass wir Latifa getroffen hatten, oder unsägliches Pech – und sich mein Unglück bereits in hämischer Vorfreude die Hände rieb.

So oder so konnten wir Latifas Angebot schwer ausschlagen. Noch dazu wollte ich das gar nicht. Mir gefiel die unprätentiöse, gar nicht überhebliche Art der Prinzessin, ihr gebildetes Wesen und ihre Fröhlichkeit – trotz der Umstände, in der sie sich befand.

Wir besprachen uns kurz, aber waren rasch einig, dass wir Latifas Angebot annehmen sollten; nur Anna hatte Bedenken.

»Ich finde, es wäre besser, wenn wir selbst versuchen, über die Grenze zu kommen«, meinte sie. »Je größer unsere Gruppe wird, desto mehr Aufmerksamkeit erregen wir. Außerdem ist die Limousine nicht gerade unauffällig.«

»Mag sein«, entgegnete Eduard. »Aber selbst wenn wir es nach Nepal schaffen, kann unser Wagen jederzeit ins Nirwana eingehen. Ich habe nicht die geringste Lust auf eine waghalsige Tour als Autostopper – die Busfahrt durch Indien war Strafe genug.«

Annas Mimik zeigte zwar keine Begeisterung, doch sie nickte nur und wandte sich ab. Davor warf sie mir einen flüchtigen, aber feurigen Blick zu; und ich verstand, was sie damit ausdrücken wollte: *Wenn du der Prinzessin schöne Augen machst, kannst du was erleben!*

Doch diese unausgesprochene Drohung bekümmerte mich nicht. Solange der Graben zwischen uns keine Brücken ausbildete, brauchte mich Anna nicht so anzusehen, als hätte ich sie gerade mit drei Pornodarstellerinnen auf dem Dach eines Wolkenkratzers betrogen.

Wir ließen unser angeschlagenes Auto dort stehen wo es war und machten es uns in der weißen Limousine gemütlich. Als wir uns in Bewegung setzten, fiel mir auf, wie leise das Fahrzeug war. Das Brummen des Motors war kaum wahrnehmbar.

»Wird der Wagen an der Grenze nicht auffallen?«, äußerte ich Annas Bedenken.

»Wir haben vorgesorgt«, meinte Latifa selbstbewusst. »Das Fahrzeug läuft natürlich nicht auf mich, sondern auf Ibrahim. Er wird auch die Sache mit deinem fehlenden Pass lösen.«

Nach wenigen Minuten kam die Kontrollstelle an der nepalesischen Grenze in Sicht, vor der sich eine Schlange aus Fahrzeugen gebildet hatte. Ibrahim ließ das Fenster zwischen Vordersitzen und Passagierkabine hinunter.

»Hasan und ich haben uns beraten«, sagte er auf Englisch und warf Latifa einen vielsagenden Blick zu. »Wir werden es so darstellen, als wärt ihr vier nicht dabei.«

»Wie soll das funktionieren?« Alfreds Stimme klang zurecht nervös. »Die werden den Wagen sicher kontrollieren.«

»Vielleicht.« Latifa nickte. »Aber sie werden euch nicht sehen. Rückt ein Stück zusammen.«

Die Prinzessin griff in eine längliche Kiste und zog eine dunkle Stoffbahn hervor. Gemeinsam mit Yasmin befestigte sie das selbstklebende, eigenartig schimmernde Material zunächst an der Decke des Wagens, dann an den Wänden und am Boden.

»Das hat Hasan aus dem Depot meines Vaters organisiert«, erklärte Latifa stolz. »Ist ein Prototyp aus amerikanischer Produktion und funktioniert wie ein Tarnmantel.«

»Aber ich kann euch noch immer sehen«, bemerkte Anna.

»Richtig. Von der anderen Seite ist das Gewebe durchsichtig. Aber von meiner Position wirkt es wie die Rückwand des Wagens. Still jetzt, wir sind gleich an der Reihe.«

Eine atemlose Minute später vernahm ich Ibrahims Stimme. Sie klang ungewohnt. Einerseits, weil er eine mir unbekannte Sprache verwendete und andererseits, weil seine Stimme tiefer und herrischer klang als zuvor.

Durch den Tarnmantel und das Fenster konnten wir zwei Uniformierte erkennen, die unseren Wagen in Augenschein nahmen.

»Die sind ja bewaffnet«, hauchte Alfred, der die Maschinenpistolen auf den Schultern der Soldaten entdeckt hatte.

Was hast du erwartet? Dass sie uns an der Grenze mit Tee und Kuchen empfangen? Aber das sagte ich nicht laut.

Yasmin ließ das Fenster hinunter und reichte dem Grenzbeamten ihren und Latifas Pass. Ich hatte den Verdacht, dass es sich nicht um ihre offiziellen Dokumente handelte – was in Anbetracht von Latifas Geschichte wenig verwunderlich gewesen wäre.

Der Beamte lugte in das Innere des Wagens. Sein Blick wanderte über die schwarze Stoffbahn im hinteren Teil der Limousine.

Er sieht uns, schoss es in meinen Geist. *Wenn wir ihn wahrnehmen können, kann er das auch!* Im gleichen Augenblick registrierte ich, wie Susi zu rumoren begann. Der Karton stand zu meinen Füßen, wackelte hin und her, als wäre er zum Leben erwacht und wollte jeden Moment einen grinsenden Springteufel loslassen. Wenn meine Ratte jetzt ein verdächtiges Geräusch produzierte oder sich einbildete, unter dem Zaubertuch nach vorn zu wieseln, sah es schlecht aus.

Ich überlegte, den Überraschungsmoment zu nützen, die Stoffbahn herunterzureißen und brüllend aus dem Fahrzeug zu springen – aber die Wahrscheinlichkeit war groß, dass ich mir dabei eine Gewehrkugel einfing und ein unrühmliches Ende als perforierter Grenzgänger fand.

Der Blick des Soldaten wanderte weiter, ohne uns wahrzunehmen. Er musterte Latifa sehr aufmerksam, dann wich er zurück und winkte Ibrahim zu, weiterzufahren. Der

Chauffeur ließ sich das nicht zweimal sagen und wir setzten uns in Bewegung. Kurze Zeit später verschwand der Grenzposten hinter einem Hügel.

»Puh.« Eduard stieß die Luft aus, als Yasmin den schwarzen Stoff entfernte. »Ich war kurz davor, den Sitzbezug zu versauen.«

Latifa lächelte ihr einnehmendes Lächeln. »Ich habe euch doch gesagt, es wird alles gut gehen. In vier bis fünf Stunden erreichen wir Kathmandu.«

Die Hauptstadt von Nepal war eine lebhafte, laute und nicht besonders saubere Metropole. Daneben verwandelten die fragwürdigen Gerüche und Ausdünstungen, die einem auf der Straße entgegenschlugen, den Magen in eine sich drehende Mischmaschine. Ich war nicht der Einzige, der bei unserer Ankunft in der Stadt unangenehm berührt die Nase kräuselte.

Während der restlichen Fahrt hatten wir die weitere Vorgehensweise besprochen. Der einzige realistische Weg von hier nach Tibet, respektive in die Hauptstadt Lhasa, war per Flugzeug. Aufgrund der Erlebnisse in Neu-Delhi war es nicht ratsam, den offiziellen Weg zu beschreiten und zu versuchen, eine reguläre Maschine über den Himalaya zu nehmen. Daneben besaß ich weiterhin keinen Pass, außerdem waren uns die Vorräte ausgegangen.

»Wir könnten uns aufteilen, bis wir eine Lösung gefunden haben«, schlug Eduard vor. »Jemand besorgt Nahrungsmittel, die anderen strapazieren ihre Lauschorgane und hören sich ein bisschen um. Wir könnten auch versuchen, am Flughafen eine private Maschine zu chartern.«

Latifa nickte und blickte zu ihrem Fahrer. »Ibrahim hat einige Monate in Kathmandu gelebt und spricht fließend Nepali. Ihm gelingt es sicher, die richtigen Kontakte zu knüpfen.«

»In Ordnung, dann begleite ich ihn.«

»Ich kann einkaufen gehen«, sagte Alfred. »Nach der langen Fahrt brauche ich Bewegung.«

»Ich komme mit.« Anna rutschte ein Stück in Richtung meines Cousins.

Ein eifersüchtiges Stechen manifestierte sich in meiner Brust. *Was, wenn sie doch noch etwas miteinander haben?* Ich überlegte, mich den beiden anzuschließen, entschied mich aber dagegen. Vielleicht war es nicht schlecht, eine Zeit lang Annas Nähe zu meiden und zur Ruhe zu kommen.

»Ich werde eine Runde spazieren gehen. Möchte mich jemand begleiten?«

»Wir warten im Wagen.« Latifa deutete auf Yasmin. »Mein Vater hat überall seine Spitzel. Sicher ist sicher.«

»Dann bleibe ich auch.« Hasan ergriff Latifas Hand, was mir prompt einen weiteren Stich versetzte.

Wir setzten Eduard und Ibrahim am Flughafen ab. Alfred marschierte mit Anna in einen Supermarkt, während ich die Innenstadt von Kathmandu erkundete.

Es war Samstagabend und dementsprechend viel los. Touristen wie Einheimische bevölkerten die schmalen Gassen. Mopeds und Motorräder bahnten sich hupend einen Pfad durch das Getümmel. Die Gerüche pulsierten mal wie aufgehende Duftknospen, wenn ich einen Gewürzladen passierte, dann wieder als blubbernde Faulschlammbäder, wenn die Exkremente vor einem Hauseingang die Oberhand gewannen.

Mein erster Eindruck von Kathmandu wurde durch den Trubel und das Durcheinander bestätigt. Es war eindeutig zu laut, zu schmutzig und es gab zu viele Menschen, um sich von einer anstrengenden Autofahrt erholen zu können.

Bald wurde es mir zu viel und ich bog in eine unbelebte Seitengasse ein. Vor dem Schaufenster eines Ladens blieb ich stehen. Holz- und Metallgefäße, geschnitzte Tierfiguren, Masken, Puppen und Stoffe stapelten sich auf Regalen und Stellagen bis an die Decke. Allesamt wertlose Massenware, wie ich vermutete. Mein Blick fiel auf das Schild über dem Eingang: *Karma*, stand dort in verschnörkelten Buchstaben.

Ein Zucken wanderte über meine Mundwinkel. Diesen Laden sollte ich wohl betreten, wenn ich mein Schicksal nicht herausfordern wollte.

Die Klingel an der Tür erinnerte mich an das Krächzen von Matilde, dem Blaulatz-Ara meiner Nachbarin; meiner *toten* Nachbarin, wie mir schlagartig einging.

Mit einem Mal erfasste mich ein mulmiges Gefühl. Irgendetwas war hier faul – und damit meinte ich nicht den muffigen Schweißgeruch, der den Laden erfüllte.

Ich wurde langsamer und verharrte vor einem Regal mit silbernen Amuletten. Was zur Hölle tat ich hier? Ich befand mich als gesuchter Verbrecher am anderen Ende der Welt, spazierte wie ein Tourist durch eine fremde Stadt und betrat einen Laden, der sich *Karma* nannte; und das auch noch allein.

Hinter dem Tresen stand ein älterer Herr mit Mandelaugen, der mir ein schlitzohriges Grinsen schenkte.

»Good evening«, lispelte die Gestalt. »What can I do for you?«

»I'm just looking."

Weshalb erinnerte meine Stimme an das erbärmliche Maunzen eines liebestollen Katers? Und woher kam dieses Gefühl von Unwohlsein, das mit jedem Atemzug an Intensität gewann?

Ich vernahm das Klingeln der Eingangstür hinter mir; ein Klingeln, das wie das Krächzen einer gequälten Seele klang. Meine Vorahnung ließ mich den Kopf wenden – und ich erstarrte.

Es war ein junger Mann, der unter dem Schild mit der Aufschrift *Karma* stand und mich mit glühenden Blicken bedachte. Er besaß einen strengen Kurzhaarschnitt, Segelohren und es handelte sich weder um einen Nepalesen, noch um einen Inder. Genau genommen war mir die Person nicht unbekannt.

Antonio, durchdrang es meine Gedanken. *Sein Name ist Antonio. Er ist der Diener von Sebastian – dem Erzbischof von München!*

Mein Hirn wollte soeben zur Höchstform auflaufen und die verrücktesten Hypothesen formulieren, als ich registrierte, was der Geistliche in Händen hielt. Es war eine schwarze Pistole mit langem Lauf, die er jetzt hob und auf meine Brust richtete.

Ich empfand keine Angst. Bloß allergrößte Verwunderung. Dann vernahm ich hinter mir den quietschenden Schrei des Ladenbesitzers und davoneilende Schritte – von dieser Seite konnte ich keine Hilfe erwarten.

»Du bist kein Heiliger«, stieß Antonio hervor. Die Waffe in seiner Hand zitterte. »Du hast uns belogen und betrogen.«

Ich benötigte mehrere Sekunden, bis ich begriff, wovon der Geistliche sprach. Meine vermeintlichen Wunder im

Vatikan, die Verkettung folgenschwerer Zufälle; eigentlich klar, dass ich dem nicht entfliehen konnte. Mein Schicksal musste mich einholen, so wie es immer geschehen war. Falsch. Mein *Unglück* musste mich einholen.

»Es tut mir leid«, erwiderte ich und staunte nicht schlecht, als ich die Ruhe in meiner Stimme vernahm. »Das war keine Absicht. Und du hast recht: Ich bin auf keinen Fall ein Heiliger.«

»Du wirst büßen für das, was du uns – was du mir – angetan hast«, keuchte Antonio und sein Blick war glasig. Offenbar hörte er meine Worte gar nicht.

»Ähm, wie gesagt, ich bin untröstlich, dass diese obskuren Ereignisse in Rom dazu geführt haben …«

»Sie glauben, dass dich der Allmächtige gesandt hat. Manche halten dich gar für den Erlöser.«

»Das bin ich nicht. Ich …«

»Auch seine Exzellenz glaubt das. Sie suchen dich. Alle suchen dich. Aber ich habe dich zuerst gefunden.«

»Ja, aber ich möchte noch mal betonen …«

»Du hast ihn mir weggenommen!«, stieß Antonio mit weinerlicher Stimme hervor. »Du hast mir Sebastian geraubt! Ich werde nicht zulassen, dass du weiter … Unglück über uns bringst.«

Antonio hob seine Waffe ein paar weitere Zentimeter. In diesem Moment begriff ich, dass er schießen würde – und die Angst schlug zu wie der Prankenhieb eines Tigers. Ich stolperte rückwärts, hob meine Hände zu einer abwehrenden Geste.

Der Knall des Projektils und der Schmerz in meiner Brust kamen gleichzeitig. Ich wurde zurückgeworfen, schlug rücklings am Boden auf. Mein Atem setzte aus, mein Mund öffnete sich zu einem stummen Schrei.

Ich sterbe, realisierte ich und eine unheimliche Ruhe legte sich über meinen Geist. *So plötzlich kann alles enden.*

Ich hatte von Anfang an recht gehabt. Diese ganze verrückte Geschichte war nichts anderes als ein grausames Spiel meines Unglücks – das nunmehr eine letzte, unheilige Allianz mit dem Ende aller Dinge eingegangen war: dem Tod.

Doch meine letzten klaren Gedanken beschäftigten sich weder mit meinem verkorksten Leben, noch mit meinem bevorstehenden Ableben. Hätte ich die Kraft dazu gehabt, wäre ein leises Seufzen über meine Lippen gekommen.

Vergib mir, Anna, dachte ich. *Egal was vorgefallen ist – ich liebe dich!*

Dann umfasste mich Schwärze.

Im Nachhinein betrachtet, wäre dies ein angemessener Tod gewesen: Als gesuchter Mörder auf der Flucht vor der Justiz in einer fremden Stadt von einem gekränkten Gottesdiener erschossen – damit hätte ich es vielleicht sogar auf die Titelseite der *Bild* geschafft.

Aber offenbar war das nicht mein Schicksal; zumindest noch nicht.

Ein rasselnder Atemzug drang in meine Lungen und ich riss die Augen auf. Einen Moment starrte ich verwirrt auf den über mir kreisenden, feuerspeienden Drachen – bis ich begriff, dass es sich um eine Pappfigur handelte, die von der Decke des Ladens in Kathmandu hing.

Aufgrund dieser Erkenntnis kombinierte ich rattenscharf, dass ich erstens noch am Leben war und zweitens nicht viel Zeit vergangen sein konnte. Allerdings half mir das nicht weiter. Ich spürte die Wärme des sprudelnden Blutes, das sich unter meinem Rücken ausbreitete. Meine Rippen brannten wie Feuer und es konnte sich nur um Sekunden handeln, bis ich erneut das Bewusstsein verlor. Es war ein weiterer, garstiger Seitenhieb des Unglücks, das mich dazu bringen wollte, meinen bevorstehenden Tod vollständig zu begreifen.

Aber gut. Wenn es so sein sollte, wollte ich den Tatsachen auch ins Auge sehen.

Ächzend hob ich den Kopf und blickte auf meine Brust. Erst nach zwei oder drei keuchenden Atemzügen wurde mir bewusst, dass etwas fehlte: Blut.

Mein Shirt war hellgrau. Folgerichtig sollte inzwischen ein riesiger, dunkelroter und sich ausbreitender Tintenklecks zu sehen sein. Doch das Einzige, das ich erkennen konnte, war ein ausgefranstes Loch in der Größe einer Walnuss.

Ich stemmte mich hoch. Konnte es sein, dass das Blut nur an meinem Rücken austrat? Die Schmerzen in meiner Brust trieben mir die Tränen in die Augen, aber sie fühlten sich nicht so an, als wären sie die letzten meines Lebens; eher so, als hätte mich ein Pferd mit seinem Huf erwischt – schmerzhaft, aber nicht tödlich.

Ich schob mein Shirt empor, zwinkerte, ließ den Baumwollstoff sinken, hob ihn erneut. *Unglaublich.*

Es war das Amulett; jener Silberanhänger, den mir der junge Mann in Indien als Dank für seine Rettung gegeben hatte. Allerdings sah er nicht aus wie zuvor. Der wuchtige Elefantenkopf von Ganesha, dem Gott des Glücks und der Lebensfreude, war gut einen Zentimeter eingedrückt – und wurde von einem halbrunden Metallprojektil entstellt; der Kugel aus Antonios Waffe.

Ich drehte das Amulett zur Seite. Darunter, direkt über meinem Herzen, zeigte sich ein tiefblauer, rot gesprenkelter Fleck.

Aber das Blut unter meinem Rücken … Es war gar kein Blut. Durch den Sturz war die Plastikflasche in meinem Rucksack undicht geworden und hatte mein Shirt durchnässt. Es gab kein Blut. Nicht einmal einen kleinen Spritzer.

Unglaublich, dachte ich erneut. *So etwas passiert doch nur in einem schlechten Film.*

Ich warf einen Blick zur Eingangstür des Ladens. Sie stand einen Spalt offen. Von Antonio keine Spur. Hoffentlich war er von einem der rücksichtslosen Mopedfahrer überrollt worden.

Ich biss die Zähne zusammen, stützte mich mit den Händen ab und kam stöhnend in die Senkrechte. Die Schmerzen pulsierten in meiner Brust – schlimm, aber erträglich.

Ich vernahm ein Geräusch hinter mir und wandte den Kopf. Der schlitzäugige Ladenbesitzer stand da wie festgewurzelt und starrte mich an, als hätte ich mich in einen fetten, glatzköpfigen Kerl mit Heiligenschein und Lendenschurz verwandelt. Sein Mund war aufgerissen, sodass ich die beeindruckende Sammlung schwarzer Zahnstummel ausmachen konnte.

»Wiedersehen«, murmelte ich, wandte mich dem Ausgang zu und trat gebeugt ins Freie. Aus welcher Richtung war ich gekommen? Ich musste mich sofort zu unserem Treffpunkt begeben und die anderen warnen.

Alle suchen dich, hatte Antonio behauptet. Aber was meinte er mit *alle*? War Sebastian auch hier in Kathmandu?

Hatten die Geistlichen erfahren, dass ich von der deutschen Polizei gesucht wurde? Arbeiteten Kirche und Justiz zusammen? Wie sonst hatte mich Antonio finden können – mitten in einer Großstadt?

Ich wandte mich nach rechts, stolperte auf eine belebte Straße hinaus. Wenn mich meine Erinnerungen nicht trogen, musste ich mich links halten, um …

Wir erblickten uns gleichzeitig. Hatte der Gesichtsausdruck des Ladenbesitzers Bestürzung gezeigt, stand auf Antonios Zügen das pure Entsetzen. Er sah mich an, als würde er ein Gespenst sehen – nicht weiter verwunderlich, hatte er mich doch gerade eigenhändig erschossen.

Da registrierte ich die Gestalten neben Antonio; eine davon kannte ich nur zu gut.

Es war, als spürte Sebastian meinen Blick, denn er wandte den Kopf und sah mir direkt in die Augen. Dies war der Moment, als ich begriff, dass mein Unglück vor allem eines besaß: einen götterarschschwarzen Humor.

Gerade erst erschossen und schon läufst du wieder wie ein Hase auf der Flucht. Das stimmte freilich nicht, beschrieb aber recht gut die Amokfahrt meiner Empfindungen.

Ich stürmte davon, so gut es meine schmerzende Brust erlaubte. Mein Rucksack schlenkerte hin und her, störte meinen Lauf, aber ich weigerte mich, ihn zurückzulassen – die letzten Andenken an mein altes Leben befanden sich darin.

Hinter mir vernahm ich die Rufe der Geistlichen. Ich glaubte sogar Sebastians Stimme aus dem Gewirr herauszuhören, wollte aber gar nicht erst versuchen, ihn zu verstehen. Antonio befand sich an der Seite des Erzbischofs und ich war davon überzeugt, dass er seinen gescheiterten Mordversuch wiederholen würde. Es war unwahrscheinlich, dass mich das Amulett ein zweites Mal retten konnte – Glücksgott hin oder her.

Diesmal kam mir das dichte Gedränge auf der Straße gelegen. Durch meine Verletzung hätte ich ohnehin nicht schneller laufen können. Aber auch meine Verfolger wurden behindert, sodass der Abstand zwischen uns gleich blieb. Allerdings spürte ich schon nach wenigen Schritten ein Ziehen in meinen Lungen, das die Schmerzen überlagerte. Mir war klar, dass ich nicht lange durchhalten, sondern irgendwann zusammenbrechen würde.

Irgendwie schaffte ich es trotzdem bis zum Treffpunkt. Vor mir tauchte Latifas schneeweiße Limousine am Straßenrand auf. Hasan stand an die Beifahrertür gelehnt und aß etwas, das mich im ersten Moment an einen Kindskopf erinnerte – erfreulicherweise war es aber nur ein Burger.

Ich fuchtelte mit den Armen, hielt direkt auf das Fahrzeug zu. Hasan entdeckte mich, senkte seine Mahlzeit und zog die Augenbrauen hoch. Dann wanderte sein Blick die Straße hinab und seine Kaubewegungen erstarben. Er schleuderte den Burger von sich und riss die Fahrertür auf. Drei Sekunden später erreichte ich die andere Seite des Wagens und ließ mich auf den Beifahrersitz fallen.

»Move!«, stieß ich hervor und warf einen Blick auf die Rückbank. Latifa und Yasmin machten große Augen und sahen von etwas auf, das mich an ein Spielbrett von Backgammon erinnerte.

Wo ist Anna?, dachte ich. *Wieso ist sie mit Alfred noch nicht vom Einkauf zurück?* Womöglich waren sie aufgehalten worden – oder Sebastian in die Hände geraten.

Wir können nicht auf sie warten, begriff ich nach einem Blick in den Rückspiegel. Der erste meiner Verfolger war fast heran. Es handelte sich ausgerechnet um Antonio.

Hasan schien meine Einschätzung zu teilen, denn er trat das Gaspedal durch und wir schossen davon. Fahrzeuglenker hupten und einer konnte nur durch eine Vollbremsung verhindern, dass sich sein Wagen eine Sammlung ästhetischer Beulen einhandelte.

»Was ist los?«, stieß Latifa hervor. »Mein Vater?«

»Nein.« Hasan warf mir einen prüfenden Blick zu. »Die Männer verfolgen Walter.«

»Was sind das für Leute?«, wandte sich Latifa an mich, nachdem sie einen Blick aus dem Heckfenster geworfen hatte. »Die deutsche Polizei?«

»Nein«, entgegnete ich kleinlaut. »Geistliche aus dem Vatikan. Ich habe euch doch von der dummen Geschichte in Rom erzählt. Offenbar sind mir einige Priester gefolgt und haben mich aufgespürt.«

»Was wollen die von dir?«

»Ein paar halten mich wohl für einen Götterboten. Andere wollen mich töten. Zumindest einer von ihnen.« Ich ergriff das Amulett vor meiner Brust und zeigte es den beiden Frauen.

Latifa sog scharf die Luft ein. In ihrem Blick spiegelte sich Furcht.

»Das hat dir das Leben gerettet?« Hasan deutete auf den Anhänger, in dem noch immer die flachgedrückte Kugel steckte.

»Sieht so aus.«

»Also hat Eduard recht.«

»Wieso?«

»Du hast eindeutig mehr Glück als Verstand.«

Wir brausten in Richtung Flughafen. Da Anna und Alfred nichts von unserer Planänderung wussten, holte ich mein Handy aus dem Rucksack und überlegte, wen ich anrufen sollte.

»Keine gute Idee«, bemerkte Hasan. »Es wäre unklug, wenn du dein Mobiltelefon benutzt.«

Selbstverständlich hatte der Leibwächter recht. Obwohl sich das Handy in den letzten Tagen durchgehend im Flugmodus befunden hatte, mochte es sein, dass mich meine Verfolger mit seiner Hilfe aufgespürt hatten; zumindest glaubte ich, gelesen zu haben, dass Mobiltelefone auch im Flugmodus Daten versendeten.

Hasan kramte nach seinem eigenen Handy und drückte es ans Ohr.

»Wir treffen uns am Flughafen«, sagte er nach dem kurzen Gespräch mit Alfred. »Hoffentlich sind Ibrahim und Eduard inzwischen erfolgreich gewesen.«

Sie müssen erfolgreich gewesen sein, drang es in meinen Geist. *Wenn nicht, brauche ich mindestens ein Dutzend Ganesha-Amulette, um das hier heil zu überstehen.*

Ich zog mein Shirt aus und betrachtete den knallblauen Fleck über meinem Herzen. Behutsam berührte ich den Bluterguss und tastete meine Rippen ab. Soweit ich es beurteilen konnte, war nichts gebrochen. Dennoch würde mir die Prellung einige Tage zu schaffen machen. Immerhin waren die Schmerzen erträglich; vielleicht auch deshalb, weil mir Yasmin eine Schmerztablette zuschob, die ich widerstandslos schluckte.

Kurze Zeit später hielten wir vor dem Haupteingang des Flughafens. Latifa und Yasmin hatten sich einen Gesichtsschleier übergeworfen – eine reine Vorsichtsmaßnahme, wie Hasan betonte. Ich hatte allerdings den Eindruck, dass er in ernster Sorge um Latifas Sicherheit war. Das konnte ich ihm auch nicht verdenken. Bei unserer Flucht quer durch Kathmandu hatten wir viel Aufmerksamkeit erregt.

Als wir aus dem Wagen stiegen, war keiner unserer Gefährten zu sehen. Anna und Alfred mochten noch einige Zeit benötigen, bis sie bei uns eintrafen; Zeit, die wir nicht hatten.

Wir beschlossen, die Lage im Inneren des Flughafens zu sondieren, betraten die Eingangshalle – und erblickten Ibrahim, der uns entgegeneilte.

»Wir haben jemanden gefunden«, sagte er im Flüsterton. »Einen Privatpiloten, der uns nach Lhasa bringt. Das mit der Passkontrolle können wir umgehen, ich habe zwei Beamte geschmiert. Allerdings …«

»Was?« Mein Herz klopfte.

Ibrahim warf Hasan einen Blick zu. »Der Pilot ist ein wenig seltsam. Aber er ist unsere einzige Alternative.«

Ich spürte, wie Susi in der Box unter meinem Arm zu rumoren begann. Wenn ich das Herumwetzen mit ihren Marathoneinheiten im Laufrad gleichsetzte, konnte das nur bedeuten …

Just in diesem Augenblick geriet ich ins Straucheln und hätte beinahe Susis Karton fallengelassen. Aber wenn Sie erblickt hätten, was ich in dieser Sekunde sah, wäre es Ihnen genauso ergangen.

Am anderen Ende der Halle stand ein Mann mit braungebrannter Glatze, der ein angeregtes Gespräch mit einer Person in Uniform führte. Obwohl ich den Glatzkopf erst einmal gesehen hatte und er sich mindestens fünfzig Meter entfernt befand, erkannte ich ihn sofort. Es handelte sich um Kriminalhauptkommissar Magister Peter Schwärzer.

Ich glaube, der einzige Grund, weshalb ich nicht augenblicklich in Panik ausbrach, war Susi. Irgendwie war es ihr gelungen, ihr Näschen durch ein Loch im Karton zu stecken. Als ich den Kommissar erkannte, spürte ich Susis weiche Barthaare an meinen Fingern; und obwohl dies nur eine flüchtige Berührung war, stieg eine Gelassenheit in mir auf, die völlig im Kontrast zu meiner Situation stand.

Ich wandte mich meinen Begleitern zu und sagte mit ruhiger Stimme: »Seht nicht nach rechts. Der Mann mit Glatze, das ist Kommissar Schwärzer aus Deutschland. Ich bin mir sicher, dass er mich sucht.«

Latifa und Yasmin versteiften sich, während Ibrahims Gesichtszüge erschlafften wie ein Hefeteig in der Kältekammer. Nur Hasan wirkte völlig unberührt.

»Wohin müssen wir?«, wandte er sich an Ibrahim, dessen Blick nervös in Richtung des Kommissars flackerte.

Ibrahim deutete stumm in die entgegengesetzte Richtung und setzte sich in Bewegung.

»Was ist mit Anna und Alfred?« Ich weigerte mich, den anderen zu folgen. »Wir können sie nicht zurücklassen.«

Wie aufs Stichwort traten die beiden durch die Schiebetür des Flughafens. Anna trug einen prall gefüllten Rucksack und Alfred schleppte zwei riesige Stofftaschen. Anna erblickte mich, wandte sich in meine Richtung.

Ich spürte einen Stich in der Brust; und er kam nicht von meinen geprellten Rippen. Ein merkwürdiges Gefühl bemächtigte sich meiner Empfindungen. Ich dachte an meine – quasi – Nahtoderfahrung, an meine Empfindungen nach Antonios Schuss, bevor mich die Ohnmacht umfasst hatte. Ich musste etwas klarstellen, jetzt, bevor es zu spät war.

Ich drückte Latifa Susis Karton in die Hand und trat auf Anna zu. Sie musterte mich unschlüssig, aber ihre Augen waren von einem warmen Glühen erfüllt. Kurzerhand umfasste ich ihren Kopf und küsste sie.

Es war wie ein Sprung ins kalte Wasser, ein Tanz um ein loderndes Feuer, ein Ausbruch höchster Glückseligkeit – und zwar alles gleichzeitig. Anna erwiderte meinen Kuss, drückte sich an mich. Für einen unendlichen Atemzug gab es nur uns beide. Wir trieben durch ein Universum erfüllt von Liebe, eng umschlungen, so eng, dass wir nicht länger zwei Menschen waren, sondern nur ein einziges Wesen, in dessen Brust zwei feurige Herzen schlugen.

»Ich habe dich vermisst«, flüsterte Anna an meinem Ohr. »So sehr.«

»Ich dich auch«, gab ich zurück und musste feststellen, dass meine Stimme wie die lieblichen Laute eines Raben klang. »Egal, was geschehen ist – ich liebe dich, Anna!«

So weit, so schön. Raten Sie mal, was nun geschah.

Mein Blick wanderte über Annas Schulter, strich über die Menschenmenge hinweg. Aus Gründen, die wohl eng mit den Begriffen *Pechvogel* und *Dummkopf* zusammenhängen, blieben meine Augen an einer braungebrannten, glatzköpfigen Gestalt hängen, die in meine Richtung sah – und die im gleichen Moment erstarrte, als wäre sie in einen Schockfroster getreten.

Na toll.

Aber, ganz ehrlich, was hatte ich erwartet?

Immerhin erging ich mich nicht in ausschweifenden Überlegungen, was die beste Taktik sein mochte, um aus dieser misslichen Lage zu entkommen. Ich ergriff Annas Hand und stürmte los, direkt auf Latifa und die anderen zu, die sich ebenfalls in Bewegung setzten. Hinter uns keuchte Alfred, der durch seine Tragetaschen Mühe hatte, mit uns Schritt zu halten.

»Halt!«, vernahm ich Kommissar Schwärzers Stimme. »Bleiben Sie stehen!«

Auf gar keinen Fall, schoss es in meinen Geist. Ich war nicht so weit gekommen, damit ich jetzt kampflos aufgab. Ich beschleunigte meinen Lauf, auch wenn dies das pulsierende Ziehen in meiner Brust verstärkte, und zerrte Anna hinter mir her.

Ein rascher Blick zurück und ich erkannte, dass der Kommissar nicht allein war. Mindestens zwei weitere Beamte begleiteten ihn. Allerdings kamen sie nicht voran; eine Gruppe nepalesischer Uniformierter hatte Schwärzer und seine Kollegen abgefangen. Erleichtert stellte ich fest, dass sich eine lautstarke Diskussion entwickelte.

»Hier rüber«, zischte Ibrahim und führte uns in einen Seitengang.

Vor einer gesicherten Tür stand ein gelangweilt dreinblickender Flughafenmitarbeiter mit Schirmkappe. Als er uns heranstürmen sah, nahm er Haltung an. Sein Blick verriet Unsicherheit.

Ibrahim eilte auf den Unbekannten zu, sprach ihn an. Der Mann schüttelte den Kopf und Ibrahims Augenbrauen schoben sich zusammen. Bevor ich mir Sorgen machen konnte, wechselten einige hochkarätige Geldscheine den Besitzer. Der Flughafenmitarbeiter nickte, zog sich die Schirmkappe tief ins Gesicht und öffnete die Tür mit einer Codekarte. Er warf keinem von uns einen Blick zu, als wir hindurchhuschten.

Es folgte ein schier endloser Gang. Wir bogen nach links ab, passierten eine weitere Tür – und standen im Freien, direkt neben einem fünfzig Meter langen Flugzeughangar. Es musste sich um den Randbereich des Flughafens handeln. In der Nähe war kein Mensch zu sehen und nur zwei kleine, viersitzige Maschinen standen in der rötlichen Abendsonne. Ibrahim führte uns um den Hangar herum, dann betraten wir das Gebäude durch eine Seitentür.

Eduard eilte uns entgegen. Seine Züge wirkten angespannt, aber auch erleichtert.

»Da seid ihr ja. Was sollte der Anruf vorhin und die …?«

»Kommissar Schwärzer ist hier«, unterbrach ich meinen Arbeitskollegen. »Wir müssen los, sofort.«

»Schwärzer? Aber Ibrahim hat behauptet, dass dieser Bischof …«

»Der auch.«

»Wie jetzt?«

»Später. Wir dürfen keine Zeit verlieren. Ist das unsere Maschine?«

Hinter Eduard stand eine zweimotorige Propellermaschine. Sie war das einzige Flugzeug in der Halle und wirkte nicht besonders vertrauenerweckend. Ich erkannte auf Anhieb zwei, drei große Schrammen, an mehreren Stellen waren Klebestreifen angebracht und auf der Windschutzscheibe verteilten sich derart viele tote Insekten, dass man vermutlich mit einem Eiskratzer hätte arbeiten müssen, um sie zu entfernen.

Eine Gestalt kletterte aus der Einstiegsluke des Flugzeugs und trat auf uns zu. Es handelte sich um einen schnauzbärtigen Mann um die sechzig. Auch ohne die Militärmütze, die Stiefel und den verschlissenen Tarnanzug hätte ich erraten, dass es sich um den Piloten handelte.

»Grüezi«, sagte der Mann und sein breites Lächeln entblößte strahlend weiße Zähne. »Ich bin Tim Baumann.«

Tim war Schweizer und mir auf Anhieb unsympathisch. Dies lag, zugegeben, an einer ziemlich banalen Tatsache: Als ich vor Jahren Servierkraft in einem Viersternehotel gewesen war, hatte mir mein Schweizer Vorgesetzter regelmäßig die Hölle heiß gemacht – allein deshalb, weil der alte Sadist Freude daran hatte, andere zu quälen. Sein hämisches Grinsen und die chlorgebleichten Zähne hatten sich in meinem

Gedächtnis festgefressen und erinnerten mich unangenehm an Tims Lächeln.

Aber wie mein Unglück nun mal spielte, waren der schnauzbärtige Pilot und seine Maschine unsere einzige Hoffnung, den Flughafen anders als in Handschellen (oder waagrecht in einem hübschen Plastiksack) zu verlassen. Deshalb unterdrückte ich auch meine Bedenken sowie die aufkommende Unruhe und meinte nach der knappen Begrüßung nur: »Was ist das für ein Flieger?«

Mein Daumen deutete auf das Fluggerät und im gleichen Moment hatte ich eine weitere unangenehme Assoziation: *Die tollkühnen Männer in ihren fliegenden Kisten.* Das war ein Film aus den 1960er Jahren, den ich das erste Mal als kleiner Junge gesehen hatte. Der Bösewicht des Films, Terry-Thomas, trug einen sehr ähnlichen Schnauzer wie Tim – und natürlich, er baute am Ende der Komödie eine respektable Bruchlandung auf einem fahrenden Zug.

Ein liebevoller Ausdruck erschien auf Tims Zügen und er wandte sich seinem Flugzeug zu. »Das isch ne Piper PA-42 Cheyenne. Si heisch Jungfrau, miin großes Baby.«

»Jungfrau?«, entfuhr es Anna.

»Jo. Isch en Bärg in de Schwiiz.«

Ich nickte verständnisvoll.

»Was hat er gesagt?«, flüsterte Alfred mir zu.

»Ein Berg in der Schweiz heißt so.«

»Wie?«

»Na Jungfrau.«

»Aha. Darf dieser Berg nur von erfahrenen Kletterern bestiegen werden oder hat dort einmal eine Jungfrau ihre Jungfräulichkeit …?«

»Habt ihr alles besprochen?«, schnitt ich Alfred das Wort ab und wandte mich Eduard zu. »Ist das Flugzeug bereit?«

»Ich denke schon.« Eduard nahm seine Brille ab und fuhr etwas leiser fort, sodass nur ich ihn verstehen konnte. »Tim war Feuer und Flamme, als wir ihm erzählt haben, dass wir nach Tibet wollen – und zwar unbemerkt. Ich habe das Gefühl, er macht so etwas nicht zum ersten Mal. Bin mir nur nicht sicher, ob das gute Voraussetzungen sind …«

Mein Unwohlsein schwoll an wie eine Tüte Popcorn, aber ich kämpfte das Gefühl zurück. Es gab jetzt nur noch einen Weg – und der lautete nach vorn; beziehungsweise in die Luft.

»Können wir starten?«, fragte ich Tim.

»Mer müesse si üsä schiebe.« Der Pilot zog die Türen des Hangars auf. Sie quietschten unangenehm laut und ich war davon überzeugt, jeden Moment Schwärzers dunkle Glatze heranstürmen zu sehen. Aber draußen zeigte sich keine Menschenseele.

Tim marschierte zur Vorderseite der Maschine und umfasste einen Haltegriff, der über eine Stange mit dem Vorderrad verbunden war.

»Wir sollten ihm helfen«, meinte Eduard und trabte in Richtung der linken Tragfläche. Alfred, Ibrahim und ich folgten meinem Arbeitskollegen. Zu fünft war es kein Problem, das Flugzeug aus dem Hangar und zehn Meter auf das Flugfeld hinauszuschieben.

»Guet, guet.« Tim rieb sich die Hände. »Bin gli fertisch. Ihr chönd scho eua Bagaasch eilaade.« Er kletterte in die Maschine und nahm im Cockpit Platz.

Wir trugen unsere Rucksäcke, Lebensmittel und Koffer zum Flugzeug und verstauten sie ganz hinten in der Maschine. Susis Karton stellte ich auf einen der Sitze. Ich wollte sie in meiner Nähe haben, damit mir nicht entging, wenn sich ihre Gesundheit verschlechterte.

Auch innen wirkte das Fluggerät nicht gerade wie ein 5-Sterne-Jet. Am Boden lag ein Teppich aus Erd- und Essensbrösel, die Sitze waren durchgesessen und verschlissen. Zudem war der Flieger derart niedrig, dass man als groß gewachsener Mann nur gebückt stehen konnte.

»Was verlangt er für den Flug?«, fragte Alfred misstrauisch, dem erst jetzt die Schäden und der desolate Zustand des Flugzeugs auffielen.

»Zwanzigtausend Euro«, erwiderte Eduard.

»Zwanzigtau… Ist der wahnsinnig?!«

»Wahnsinn hin oder her – Latifa zahlt alles.«

Ich schüttelte nachdrücklich den Kopf. »Das können wir nicht annehmen. Zuerst hilft sie uns an der Grenze und jetzt will sie auch noch diesen Wucherer bezahlen. Davon abgesehen wird sie selbst verfolgt und …«

»Es ist gut«, erklang eine Frauenstimme. Latifa war unbemerkt neben uns getreten. »Ich gern zahlen. Nur Geld meines Vater.«

Mir wurde bewusst, dass Latifa Deutsch gesprochen hatte. Diese Prinzessin überraschte mich immer wieder. Sie war um einiges intelligenter, gebildeter und selbstbewusster als ihre Pendants aus Filmen und Märchengeschichten.

»Du sprichst unsere Sprache?«

»Nur bisschen.« Latifa lächelte ihr bezauberndes Lächeln. »Ibrahim hat gelernt.«

Ich spürte eine Berührung an der Hand und wusste sofort, dass es sich um Anna handelte. Ein Gefühl von Wärme erblühte in meiner Brust. Als sich unsere Lippen berührten, kribbelte es in meinen Fingern und Zehen. Einmal mehr schmeckte sie nach Vanille, Zimt und süßer Waldluft. Was für eine Wohltat, sie in meiner Nähe zu haben!

»Alles iistigä!«, brüllte Tim aus dem Cockpit.

»Es geht los«, flüsterte ich Anna ins Ohr und wir lösten uns voneinander.

»Wie bitte?«, murmelte Alfred, der offenbar größte Schwierigkeiten hatte, Tims Schweizerdeutsch zu verstehen.

Ich ersparte mir eine Antwort und schob meinen Cousin auf die Einstiegsluke des Flugzeugs zu. Mein Blick streifte Latifa und ich schenkte ihr ein Lächeln. Wir waren uns nicht unähnlich. Auch sie floh vor einem Schicksal, das sie nicht wollte, stemmte sich gegen eine Gewalt, die ihre eigenen Kräfte weit überstieg. Aber aufgeben kam für sie ebenso wenig in Frage, wie für mich.

Eduard war der Erste, der die kurze Gangway zum Flugzeug emporstieg. Oben angekommen wandte er sich um, grinste breit, öffnete den Mund – dann geschah alles gleichzeitig.

Ich vernahm noch Eduards Worte: »Das wird definitiv …«, als ein lauter Knall ertönte. Ibrahim schrie auf und strauchelte. Eine zweite und dritte Detonation hallte über das Flughafengelände.

Das sind Schüsse, erkannte ich und fuhr zusammen.

Hasan reagierte unfassbar schnell. Er riss Latifa zurück, formte mit seinem Körper einen natürlichen Schutzschild. Mit einem Mal lag eine kleinkalibrige Pistole in seiner Hand.

Zwei, drei dunkle Gestalten bogen um das Ende des Flugzeughangars und stürmten auf uns zu. Ich rechnete damit, dass es sich um Kommissar Schwärzers Männer handelte – doch die Angreifer trugen seltsame, gefleckte Anzüge und schwarze Gesichtsmasken.

Bevor mein Überlebensinstinkt das Kommando übernahm, wurde ich von Hasan zu Boden gestoßen. Gleichzeitig vernahm ich eine kraftvolle Stimme hinter mir: »Hold your fire!«

Auf der anderen Seite des Hangars war ein braungebrannter Glatzkopf erschienen – Kriminalhauptkommissar Magister Schwärzer. In seiner Begleitung befand sich ein halbes Dutzend weiterer Einsatzkräfte, bestehend aus deutschen, aber auch nepalesischen Beamten; und alle hatten ihre Waffen gezogen. Just als ich mich umwandte, wurde einer der Polizisten getroffen und ging zu Boden. Sofort erwiderten die übrigen Beamten das Feuer.

»Scheeeiiiße!«, vernahm ich Alfreds Stimme, der neben mir am Boden kauerte.

Kugeln pfiffen über unsere Köpfe hinweg. Dennoch war mein Geist erstaunlich klar. Ich begriff, dass seit dem ersten Schuss kaum zehn Sekunden vergangen sein konnten. Unsere einzige Chance bestand darin, ins Flugzeug zu steigen. Hoffentlich weigerte sich Tim nicht, zu starten. Dann fiel mir auf, dass ich Anna nirgends entdecken konnte.

Ein Gefühl eisigen Schreckens jagte durch meinen Körper. Ich riss den Kopf herum, blickte zur Seite – Anna lag direkt hinter mir. Auf ihrem Gesicht zeigte sich Schmerz. Ihre linke Handfläche war rot von Blut.

Furcht kochte in mir empor. Ich konnte das Gelächter des Unglücks hören – und seine frostigen Hände spüren, die meinen Nacken und mein Herz umfassten. Ich musste etwas tun, irgendetwas, bevor …

»Steigt ein!«, brüllte Eduard durch die Kakofonie donnernder Pistolenschüsse. Er stand im Inneren des Flugzeugs und winkte uns hektisch zu.

Ich begriff, dass Tim die Motoren der Maschine gestartet hatte. Mit einem tiefen Brummen waren die Propeller zum Leben erwacht und drehten sich immer schneller.

Hasan packte mich am Unterarm und zog mich auf allen vieren in Richtung Gangway. Ich wollte mich befreien, wollte schreien, mich Anna zuwenden – als ich sah, dass sie direkt neben mir robbte.

Latifa kroch die Einstiegsluke empor. Hinter ihr folgten Ibrahim und Alfred. Das Hemd des Fahrers war blutgetränkt. Er besaß kaum die Kraft, sich die vier Stiegen emporzuziehen. Auch Yasmin erreichte die Gangway. Sie wirkte unverletzt, aber ihre Züge zeigten bodenlosen Schmerz – und ihr Blick war auf Ibrahim gerichtet.

»Weiter«, brüllte mir Hasan ins Ohr und stieß Anna und mich auf die Treppe des Flugzeugs zu. »Ich muss was erledigen.«

Einkauf im Duty-free-Shop, drang es in mein Bewusstsein. Sogar im Angesicht des Todes hatte ein Teil meines Ichs seinen schwarzen Humor nicht verloren.

Hinter Anna krabbelte ich die Gangway empor wie ein unförmiger Käfer. Eine Kugel fauchte an meinem Ohr vorbei und ich zog ebenso instinktiv wie unsinnig den Kopf ein. An der Einstiegsluke wurde ich von Eduard in Empfang genommen, der mich an den Armen packte und ohne viel Federlesen in die Flugzeugkabine zog.

»Wo ist Hasan?«, stieß Latifa hervor. Ihre dunklen Haare standen wirr vom Kopf ab und in ihren Augen brannte die Furcht.

Wir blickten durch die Tür nach draußen. Hasan stand schräg hinter dem Flugzeug. Ihm gegenüber befand sich ein groß gewachsener, kräftig gebauter Mann im Tarnanzug. Der Unbekannte hatte seine Gesichtsmaske abgelegt und enthüllte markante, arabische Züge, die Hasans Antlitz nicht unähnlich waren.

Die beiden tanzten; zumindest war das mein erster Eindruck. Dann begriff ich, dass es sich um einen Zweikampf handelte; in einer Geschwindigkeit und Perfektion, wie ich es im realen Leben noch nie gesehen hatte. Die Gegner deckten sich mit Schlägen ein, wirbelten umher, blockten ab, duckten sich – es sah aus wie die perfekte Choreografie aus einem chinesischen Martial-Art-Blockbuster.

Da landete Hasan einen gewichtigen Treffer und sein Gegner ging zu Boden. Anstatt nachzusetzen, wirbelte Hasan herum und war mit vier großen Schritten an der Gangway.

»Starten!«, brüllte er, noch bevor er die Treppe emporgesprungen kam.

Tim schien nur auf dieses Kommando gewartet zu haben, denn die Motoren heulten auf und das Flugzeug setzte sich in Bewegung. Hasan stolperte in die Kabine, spannte seine mächtigen Muskeln und schloss die Einstiegsluke der Maschine.

Wir legten rasch an Geschwindigkeit zu. Bereits nach wenigen Augenblicken hätte uns kein laufender Mensch einholen können – aber uns verfolgte auch niemand. Ein allgemeines Aufatmen wanderte durch die Kabine, als die Schüsse verstummten und der Flugzeughangar aus unserem Blickfeld verschwand.

»Hinsetze!«, rief Tim. »Werd en wilda Start.«

Sekunden später verebbten das Vibrieren und Rumpeln der Maschine und der Flughafen von Kathmandu blieb unter uns zurück.

Sofort nach dem Start begab ich mich an Annas Seite.

»Ist nur eine Schürfwunde«, beruhigte sie mich und deutete auf ihr Knie. Zu Beginn des Schusswechsels war sie gestürzt und hatte sich das Bein aufgeschlagen. Das Blut auf ihrer Hand stammte ebenfalls von dieser Verletzung – und sah nach mehr aus, als es tatsächlich war.

Alfred hatte eine stark blutende, aber ebenso harmlose Wunde im Schläfenbereich davongetragen. Hasan war trotz seines Zweikampfes mit ein paar Prellungen und einem Streifschuss am Oberarm davongekommen. Die Pistole hatte er wieder in seinem Holster untergebracht. Er wich Alfreds Frage aus, weshalb er damit nicht auf seinen Gegner geschossen hatte.

Am schlimmsten stand es um Ibrahim. Eine Kugel hatte ihn seitlich im Bauchbereich getroffen und war hinten wieder ausgetreten.

»Schaut nicht so betrübt«, keuchte er, als wir ihn mit sorgenvollen Blicken bedachten. »Is' halb so schlimm.«

Hasan fand einen Erste-Hilfe-Koffer im Flugzeug. Anna bestand darauf, dass sie als Krankenschwester die Wunde versorgen sollte. Ibrahims Aussage stimmte nicht ganz, aber zumindest war kein großes Blutgefäß oder ein Organ verletzt worden, sodass die Gefahr, dass er innerlich verblutete, gering war.

Es gelang Anna, die Blutung zu stoppen, aber die Züge des Fahrers waren grau wie der Tod. Er musste grausame Schmerzen durchleben. Anmerken ließ er sich nichts. Jedes Mal, wenn wir ihn auf seinen Zustand ansprachen, quälte er die Lippen zu einem Lächeln und meinte bloß, dass er schon Schlimmeres überstanden hatte.

»Was waren das für Leute, die uns angegriffen haben?«, wandte ich mich an meine Gefährten. »Weshalb haben sie sich mit Schwärzers Männern angelegt?«

Latifa seufzte leise. »Es tut mir leid. Ich hätte es wissen sollen.«

Eduard kratzte sich am Kinn. »Es waren die Männer deines Vaters, richtig?«

»Das ist leider wahr.« Latifa nickte. »Kaleb, ihr Anführer, mit dem Hasan am Schluss gekämpft hat, ist Vaters rechte Hand – und ein skrupelloser Schläger und Mörder. Irgendwie hat mein Vater erfahren, dass ich hier bin. Vielleicht haben sie uns schon länger verfolgt.«

»Ich dachte, ihr seid vorsichtig gewesen«, warf Alfred ein.

»Die Arme meines Vaters sind lang, sehr lang. Er hat sogar meine kleine Schwester in Großbritannien aufgespürt. Sie wurde entführt und zurück nach Dubai gebracht. Er hat sie eingesperrt. Sie darf kein Sonnenlicht mehr sehen und wird unter ständigem Drogeneinfluss gehalten. Wenn er mich erwischt, könnte es noch schlimmer enden – und zwar auch für die Menschen, die mich begleiten. Am Flughafen wollten mich die Männer meines Vaters lebend fangen, sonst wären wir schon tot. Aber ich bin mir nicht sicher, ob es jetzt auch noch so ist. Vielleicht wäre es besser, wir trennen uns.«

»Kommt nicht in Frage«, hörte ich mich sagen. »Du hast uns geholfen. Außerdem gefällt mir der Gedanke gar nicht, dich deinem Vater auszuliefern.«

Latifa lächelte schwach. »Ich glaube nicht, dass du etwas daran ändern könntest. Je größer die Gruppe, in der ich mich bewege, desto eher findet er mich.«

»Ich schlage vor, dass wir darüber diskutieren, wenn wir in Lhasa sind«, meinte Alfred. »Im Moment müssen wir alle das Land verlassen.«

»Kann es sein, dass wir schon woanders sind?« Anna lugte aus einem Fenster nach draußen. »Wir landen.«

»Was?«, sagten Eduard und ich gleichzeitig. Zwei Sekunden später klebten wir wie Mücken an den Fensterscheiben.

Anna hatte recht. Wir befanden uns nur noch hundert Meter über dem Boden und sanken weiter. Allerdings war weit und breit keine Landebahn zu sehen. Unter uns erstreckte sich ein Wechselspiel aus Feldern und Waldstücken. Davon abgesehen waren wir vor kaum einer halben Stunde gestartet – viel zu wenig, um den Himalaya zu überqueren und nach Tibet zu gelangen.

»Tim, was soll das?«, rief Eduard in Richtung Cockpit.

»Mer müesse abe.« Der Schweizer umklammerte das lenkradähnliche Steuerhorn des Flugzeugs.

»Was heißt das, wir müssen runter?«

»Isch en Inlandflug. Ämel offiziell. Sunsch hät mer nid starte chönne. Ich muesch tüüfer gaa u en anderi Weg nimä. Isch länga, aber sechera, scho wägen dem Radar. Dieschen Weg chennt niemer.«

Eduard nickte verständnisvoll, während Alfred bloß der Mund offen stand. »Kann mir bitte irgendwer übersetzen, was Tim gerade …«

»Wir müssen im Tiefflug über den Himalaya«, schaltete ich mich ein. »Offiziell verlassen wir das Land gar nicht.«

»Na hervorragend. Das heißt, wir werden demnächst auch vom nepalesischen Militär gejagt, oder wie?«

Dieser Gedanke war mir auch gekommen. Allein die Sache am Flughafen in Kathmandu musste die staatlichen Behörden auf uns aufmerksam gemacht haben. Die Frage war, ob sie schneller die richtigen Schlüsse zogen, als wir über den Himalaya entkommen konnten.

Aber, hey, was machte ich mir Sorgen? Bei einem Glückspilz wie mir an Bord konnte gar nichts schiefgehen.

Während uns Tim im Kurvenflug durch die stetig ansteigende Tallandschaft steuerte, versuchten wir zur Ruhe zu kommen. Viele Alternativen für andere Tätigkeiten hatten wir auch nicht, da der Platz in der Kabine beschränkt war. Es gab nur unsere acht Sitze, hinten etwas Stauraum und die Toilette. Zwischen den ramponierten Stühlen war kaum genug Platz, sich hindurchzuzwängen, auch an ein aufrechtes Stehen war nicht zu denken. Ein Glück, dass ich nicht an Klaustrophobie litt, sonst hätte ich inzwischen hyperventiliert, wäre in Schweiß gebadet gewesen – oder hätte durch eine Panikattacke das Flugzeug zum Absturz gebracht.

Was noch nicht ist, kann ja noch werden, sagte eine böse Stimme in meinem Kopf.

Immerhin hatten sich die Schmerzen rund um meinen Bluterguss nicht verstärkt. Eigentlich handelte es sich bloß um ein lästiges Pochen und Ziehen. Ich konnte wahrlich von Glück reden – und ja, natürlich klang das seltsam –, dass ich nicht schlimmer verwundet worden war.

Anna und Latifa schliefen bald ein, nur Yasmin blieb wach und bedachte Ibrahim mit sorgenvollen Blicken. Der verletzte Fahrer war ebenfalls eingeschlummert, allerdings hatte er wohl keine erholsamen Träume. Seine Gesichtszüge zuckten, Speichel lief ihm aus dem Mundwinkel und immer wieder ballten sich seine Hände zu Fäusten, als würde er im Traum zwei Brocken Knetmasse bearbeiten.

Hasan hantierte schweigend an seiner Pistole herum. Sein Gesichtsausdruck war derart grimmig, dass ich es nicht wagte, ihn auf den Vorfall am Flughafen anzusprechen. Alfred hatte die Augen geschlossen und wirkte entspannt, während Eduards Antlitz einen verdächtigen Gelbstich besaß. Dazu flatterten seine Nasenflügel und auch die Oberlippe erzitterte in bester Kaninchenmanier – wie es aussah, würde ich nicht der Erste sein, der in Panik geriet.

Mein Blick wanderte ins Cockpit. Tim bewegte das Steuerhorn der Maschine bedächtig nach links und rechts. Dazu pfiff er eine Melodie und wippte mit seinem Bein auf und nieder, als befände er sich in einer Bar und wartete auf seinen Drink.

Da ich nicht müde war, nahm ich Susis Karton zur Hand und öffnete die Verschlussklappe. Sofort sauste meine Ratte nach draußen, eilte über den Arm bis zu meiner Schulter, wo sie sich aufrichtete und einen Blick in die Runde warf. Für einen Sekundenbruchteil war ich mir sicher, dass sie zufrieden nickte – aber das musste freilich Einbildung gewesen sein.

Susi machte kehrt, lief den Arm hinab und schnupperte an meinen Fingern.

»Hast du Hunger, meine Kleine?« Ich prüfte, ob sich in meiner Hosentasche noch Nüsse befanden, als ich neben mir eine Bewegung wahrnahm.

»Vielleicht mag sie die.« Yasmin lächelte und hielt mir eine Tüte mit Pistazien hin. »Sind ungesalzen.«

»Danke.« Ich klaubte eine Nuss heraus. »Ich schätze, die schmecken ihr.«

Susi schnüffelte einen Moment an der Frucht, dann griff sie danach und begann sie in Windeseile zu verputzen.

»Die sind aus dem Palast von Latifas Vater«, sagte Yasmin und ein Schatten wanderte über ihre Züge.

»War es wirklich so schlimm, wie die Prinzessin behauptet?«

»Nein. Es war schlimmer.« Yasmin kaute auf ihrer Unterlippe. »Latifa hatte als Prinzessin noch das eine oder andere Privileg, aber wir Dienstmädchen … Viele Männer in Dubai sehen Frauen nicht so, wie ihr Europäer das tut. Wenn wir Glück haben, werden wir nur herablassend behandelt. Im Palast war es üblich, dass man uns bedroht und geschlagen hat. Sind wir nicht folgsam gewesen – etwa, weil wir im Internet eine verbotene Seite wie Wikipedia aufgerufen haben – hat man uns verhört und eingesperrt, manchmal tagelang. Wir durften uns nicht einmal waschen. Die Zellen waren klein, es gab keine Toilette und kein Bett. Ich habe es gehasst, mich nicht reinigen zu können, bin mir wie besudelt vorgekommen. Dazu die Schmähungen und körperlichen Züchtigungen … Aber viele Mädchen bei uns kennen nichts anderes. Erst durch Latifa und unseren Kontakt zu gebildeten Menschen habe ich erfahren, dass es auch anders geht; und der Umgang mit Männern sehr schön sein kann.«

Yasmins Blick wanderte in Ibrahims Richtung.

»Liebst du ihn?« Ich deutete auf den unruhig schlafenden Fahrer, dessen Finger zuckten, als stünde er unter Strom.

Ein Anflug von Scheu wanderte über Yasmins Züge. »Ist es so offensichtlich?«

»Na ja, du lässt kaum den Blick von ihm.«

»Kann schon sein. Aber es geht ihm auch miserabel. Wenn ich nur daran denke, er könnte …« Yasmin brach ab und senkte den Blick.

»Er steht das durch.« Ich packte eine ordentliche Portion Zuversicht in meine Stimme. »Sobald wir in Lhasa sind, bringen wir ihn in ein Krankenhaus. Ich glaube nicht, dass Ibrahim der Typ ist, der sich von einer Schusswunde in die Knie zwingen lässt.«

»Das stimmt. Er hat einen unglaublich starken Willen.«

»Deshalb hast du dich auch in ihn verliebt.«

»Vielleicht.« Yasmin lächelte verschmitzt. »Aber es ist nicht nur das. Ibrahim ist anders. Er wirkt zwar manchmal streng, aber besitzt jede Menge Humor.«

»Nicht so wie Hasan.«

»Stimmt. Der ist etwa so spaßig wie eine Steinskulptur.«

Wir grinsten uns zu – als ein unschön blubberndes Geräusch erklang. Ich wandte den Kopf; und sah gerade noch, wie der rechte Propeller des Flugzeugs zum Stillstand kam.

»Uh-oh«, vernahm ich Tims Stimme. »Nid guet.«

Eduard schrak hoch und warf einen wirren Blick in die Runde. »Hu? Was ist …?«

Der Blick meines Arbeitskollegen streifte den rechten, nicht mehr funktionstüchtigen Propeller und seine Augen verwandelten sich in Teetassen.

»Schlächts Timing«, kam von Tim. »Gaaanz schlächt.«

Ich blickte aus dem Fenster und verstand sofort, was der Pilot mit dieser Aussage meinte. Die rötlichen Sonnenstrahlen der untergehenden Sonne beleuchteten eine atemberaubende Kulisse aus majestätischen, schneebedeckten Berggipfeln. Das Problem dabei: Wir befanden uns mittendrin, nur wenige Hundert Meter oberhalb einer bläulich schimmernden Gletscherzunge. Links und rechts der Flugmaschine erhoben sich mächtige Bergkämme. Schneekristalle und Wolkenfetzen wurden vom Wind darüber hinweggetrieben. Wohin man sich auch wandte, gab es nur Schnee, Eis und scharfkantige Felsen. Es sah nicht so aus, als könnte man hier irgendwo eine Notlandung versuchen.

»Wir stürzen ab.« Eduards Stimme klang wie ein schlecht geöltes Metallscharnier. »Wir werden alle sterben …«

»Achtung!«, rief Tim und riss noch im selben Augenblick am Steuerknüppel. Das Flugzeug vollzog eine scharfe 180-Grad-Wendung. Ich hörte Alfred einen Fluch ausstoßen, sah, wie Yasmin zu Boden ging. Instinktiv griff ich nach Susis Karton und konnte gerade noch verhindern, dass meine Ratte samt ihrer Behausung durch die Kabine segelte.

Die Maschine flog nun in die entgegengesetzte Richtung; und verlor dabei an Höhe.

»Ich muesch de Turbine händisch starte.« Tim erhob sich von seinem Sitz. »Walter, du flügscht wiiter.«

»Was?« Ich fiel aus allen Wolken – was demnächst durchaus Realität werden konnte. »Ich kann nicht fliegen.«

»Doch, du chascht. Chum u setz di.«

Tim packte mein Handgelenk, zog mich ins Cockpit und drückte mich auf den Pilotensitz. Meine Hände wanderten wie von selbst zu dem lenkradähnlichen Steuerhorn der Maschine.

»Eifach Richtung halte.« Tim klopfte mir aufmunternd auf die Schulter. »Bin gli weder da.«

Ich vernahm Annas Stimme hinter mir, wagte es aber nicht, mich umzuwenden. Stattdessen hockte ich steif und aufrecht wie ein Besenstil, meine Hände umklammerten das Steuer, mein Blick war starr nach vorn gerichtet – und auf die lotrechte Felswand wenige Kilometer vor uns.

Wir werden zerklatschen wie eine Fliege. Bereits jetzt befanden wir uns eindeutig *unter* der Oberkante der Felswand; und wir sanken weiter.

Auf einmal war Alfred an meiner Seite. »Du musst ausweichen«, stieß er hervor.

»Tim hat gesagt, ich soll …«

»Scheiß drauf, was Tim gesagt hat! Willst du, dass wir an der Felswand zerschellen?«

Wie Popcorn, dachte ich. *Das Geräusch wird wie Popcorn klingen.*

Ich verscheuchte den wenig hilfreichen Gedanken, spürte, wie der Schweiß meinen Nacken herablief und meine verkrampften Finger zu schmerzen begannen.

»Auf den anderen Seiten sind die Berge noch höher«, erwiderte ich. »Wenn Tim die Turbine nicht zum Laufen bekommt, dann …«

Ich ersparte mir eine Ausformulierung des Satzes. Alfred musste kein Hellseher sein, um unser *Wenn-dann*-Schicksal zu erraten.

»Wir könnten notlanden.« Alfreds Stimme klang nicht überzeugt.

»Auf einem Gletscher? Schon mal von Spalten, Schneehügeln und Eisschollen gehört?«

»Wir landen im Tiefschnee – zum Beispiel dort drüben am Berghang.«

»Selbst wenn das klappt, was dann? Kein Mensch weiß, dass wir hier sind. Tim hat gesagt, dass niemand die Route kennt. Wir werden erfrieren oder …«

»Besser später sterben, als jetzt«, erklang Annas Stimme hinter mir. Sie wirkte erstaunlich ruhig. »Ich bin bei Alfred. Wir müssen eine Notlandung versuchen.«

»Aber ich kann doch gar nicht …«

»Klar kannst du fliegen. Du kannst alles. Du bist ein Multitalent. Ich glaube an dich, Schatz!«

Annas letzte Worte gaben den Ausschlag. Bedächtig drehte ich das Steuer nach rechts – sofort spürte ich, wie sich das Flugzeug in die gewünschte Richtung bewegte; allerdings viel zu schnell.

»Langsam, Walter, langsam«, stieß Alfred hervor.

»Weiter runter«, kam von Anna. »Sonst sind wir zu hoch.«

»Lenk nach links.« Das war Alfred.

»Die Nase nach unten.« Anna.

»Links, verdammt!« Alfred.

»Du musst …«

»Links …«

»Hör auf …«

»Schei…!«

Mit einem blubbernden Geräusch erwachte der tote Propeller zum Leben.

Einen Moment lang versteifte ich mich noch mehr als zuvor. Was, in drei Henkers Namen, sollte ich nun tun?

Gedankenblitze fegten durch mein Bewusstsein. Hollywoodfilme. Flugzeugfilme. Der Flugsimulator, den ich einmal ausprobiert hatte. Ich erinnerte mich an das Gefühl, als ich die virtuelle Maschine gesteuert hatte – und traf eine Entscheidung.

Mehr Schub, dachte ich, griff nach dem schwarzen Hebel rechts von mir und drückte ihn nach vorn. Die Propeller heulten auf. Ich drehte das Steuer, wir bewegten uns nach links. Vor uns tauchte die Felswand auf – vielleicht fünfhundert Meter entfernt. Wir befanden uns ohne jeden Zweifel unterhalb der schneebedeckten Oberkante.

»Was tust du?«, keuchte Alfred. »Wir müssen …«

»Festhalten!«, brüllte ich und zog das Steuer an mich heran. Die Nase des Flugzeugs neigte sich nach oben. Ich spürte die Vibrationen, die das Flugzeug erfassten. Auf der Konsole vor mir leuchtete ein rotes Lämpchen auf. Einen Sekundenbruchteil später erklang ein hoher, durchdringender Piepton.

Die Oberkante der Felswand kam immer näher. Sie flog direkt auf uns zu – na gut, wir flogen darauf zu.

Dreihundert Meter.

Zweihundert.

Hundert.

Es war knapp. Zu knapp. Ich vernahm einen erstickten Laut neben mir, fühlte meinen Herzschlag so deutlich wie Hammerschläge. Mit einem Aufschrei zog ich das Steuer einen weiteren Zentimeter an mich heran. Ich stieß eine unverständliche Verwünschung aus, hoffte auf ein Wunder, kniff die Augen zusammen …

Das donnernde Geräusch der Propeller verdreifachte sich, als wir in einer wirbelnden Schneewolke kaum einen Meter über die Felskante hinwegschossen. Windböen ließen die

Maschine erzittern. Ein weiteres, rotes Lämpchen blinkte hektisch vor mir am Steuerpult – aber wir hatten es geschafft. Aus unerfindlichen Gründen war ich noch immer am Leben.

»Sehr guet«, erklang Tims Stimme hinter mir. »Das hät ich nid besser mache chönne.«

Mühsam löste ich meine verkrampften Finger vom Steuer und atmete tief durch. Tim und Alfred klopften mir anerkennend auf die Schulter. Mit zitternden Knien erhob ich mich, wandte mich um.

In Annas Augen spiegelten sich meine eigenen Empfindungen – Erleichterung, Erschöpfung und Freude. Aber das alles wurde bei ihr von einem weiteren Gefühl überlagert: grenzenlose Zuneigung.

Anna lächelte, umarmte und küsste mich. »Mein Held«, murmelte sie an meinem Ohr. »Ich wusste, dass du es schaffst!«

Nach einem Helden fühlte ich mich nicht gerade. Eher wie ein schlaffer Mehlsack, der kurz davor stand, untenherum etwas Flüssigkeit zu verlieren.

Ich verließ das Cockpit und trat in die Kabine. Hasan nickte mir zu, auf Latifas und Yasmins Zügen stand Bewunderung. Auch Ibrahim war wach, streckte den Daumen nach oben und klatschte zweimal in die Hände.

Eduard erhob sich von seinem Sitz und wankte auf mich zu. Ich schätze, seine Gesichtsfarbe war im Moment heller als der frisch gefallene Schnee unter unseren Füßen.

»Nie wieder«, keuchte er. »Ich steige nie wieder in ein Flugzeug. Ihr seid doch alle wahnsinnig.«

Tim, der es sich wieder im Pilotensitz bequem gemacht hatte, wandte den Kopf und grinste breit. »Aber, aber - hesch schlächti Luune?«

Der restliche Flug verlief so ereignislos, dass mir beinahe langweilig war. Aber nur beinahe, denn ich brauchte gewiss nicht noch mehr Nervenkitzel.

Die schneebedeckten Berggipfel blieben hinter uns zurück und ich erwartete, dass vor uns eine endlose, von sanften Hügeln durchzogene Steppenlandschaft erschien; denn genau so stellte ich mir die tibetische Hochebene vor. Doch vorerst gab es nur noch mehr Berge – nicht länger von Eis und Schnee bedeckt, aber weiterhin mehrere Tausend Meter hoch mit scharfen Spitzen und lotrechten Bergkämmen.

Tim flog nach wie vor sehr tief und warf immer wieder Blicke nach unten. Vermutlich wollte er sich in der voranschreitenden Dämmerung orientieren – wobei ich mir schwer vorstellen konnte, dass inmitten der zerklüfteten Landschaft Anhaltspunkte zu finden waren.

Eduard, der sich inzwischen etwas erholt hatte, tastete sich ins Cockpit und wechselte ein paar Worte mit Tim.

»Wir landen in der Nähe von Tingri«, erklärte er uns nach dem Gespräch. »Das heißt, wir fliegen nicht bis Lhasa, das wäre in der Nacht zu gefährlich.«

»Das können wir nicht tun«, empörte sich Yasmin. »Ibrahim muss ins Krankenhaus.«

»Mir geht's gut«, keuchte der Araber und schnitt eine Grimasse. »Die eine Nacht stehe ich locker durch.«

»Nein.« Auf Yasmins Zügen zeigte sich Verbitterung. »Was ist, wenn es dir plötzlich schlechter geht? Wir haben nicht die Mittel, um dich …«

»Es ist in Ordnung.« Ibrahim fasste nach Yasmins Hand und schenkte ihr ein Lächeln. »Wenn wir weiterfliegen, bringt ihr euch alle in Gefahr. Ich werde durchhalten, versprochen.«

Yasmin wirkte nicht überzeugt, aber sie schwieg und senkte den Blick. Mir entging nicht, dass sich ihre Wangen rosa gefärbt hatten.

»Gut.« Eduard nickte erleichtert. »Morgen kurz vor Sonnenaufgang geht es weiter.«

Die Landung erfolgte mit dem letzten Schimmer des Tageslichts. Sie war holprig, aber nicht so schlimm, wie ich befürchtet hatte. Tim hatte eine ebene Fläche am Ende eines Tals ausgemacht, auf der er, so seine Aussage, bereits mehrmals gelandet war.

Wir standen auf einer Wiese mitten im Nirgendwo. Ein heftiger Wind blies aus Richtung der Berge durch das Tal, ließ das Flugzeug nach links und rechts schwanken, als befänden wir uns auf See. Weder zeigte sich etwas Aufregenderes als Gras und ein paar Sträucher, noch waren irgendwo die Lichter der Zivilisation zu erkennen.

Tim stellte die Motoren ab. »Mer werde im Flüger schlafe. Nid vill Platz, aber wärmer als dusse.«

Niemand widersprach. Allein der Gedanke, bei diesem Sturm und ohne ein schützendes Dach über dem Kopf in einem frostigen, menschenleeren Land unter dem freien Himmel zu schlafen, hatte wenig Erbauliches.

»Wenn ihr uff de Aabee muescht, bitte im Freien erledige.«

»Wie bitte?« Diesen Kommentar hatte auch ich nicht verstanden.

Tim zog eine Schnute und deutete mit dem Finger auf die Ausstiegsluke. »Toilette. Draußen.«

»Ich muss mal«, sagte Latifa und erhob sich.

»Das trifft sich gut.« Anna lächelte. »Ich komme mit.«

»Ich auch.« Yasmin blickte von Ibrahim auf, dem sie den blutgetränkten Verband entfernt und einen neuen angelegt hatte.

»Soll ich euch begleiten?«, fragte Hasan. »Nur zur Sicherheit.«

Latifa zog die Augenbrauen hoch. »Wir sind drei stolze, selbstbewusste Frauen. Uns kann nichts passieren.«

»Aber …«

»Nein, Hasan.« Latifa stolzierte auf ihren Liebhaber zu und küsste ihn auf die Wange. »Wir brauchen keinen Mann, der uns beim Pinkeln zusieht.«

Als ich erwachte, war es vor den Fenstern des Flugzeugs bereits hell. Routinemäßig suchte ich nach Susis Karton, hob ihn hoch und blickte hinein. Meine Ratte blinzelte mir zu, gähnte demonstrativ und drehte sich auf die andere Seite. Sie hatte eindeutig eine bessere Nacht gehabt als ich. Mein Rücken schmerzte und hinter meiner Stirn saß ein fieser Zwerg, der auf eine Trommel in der Größe eines Trampolins einhieb. Die Kopfschmerzen hatten begonnen, als ich das dritte Mal von Eduards Schnarchen geweckt worden war.

Auf dem Sitz neben mir schlief Anna. Ihr Kopf war zur Seite geneigt und ihre offene Handfläche zeigte nach oben.

Es sah aus, als erwarte Anna, dass jemand ihre Hand nahm und sie festhielt.

Ich unterdrückte den Impuls, genau das zu tun, denn ich wollte Anna nicht wecken. Behutsam erhob ich mich und zwängte mich zwischen unseren Sitzen hindurch – als Anna die Augen aufschlug und mir ein Lächeln schenkte.

»Ich habe von uns geträumt«, murmelte sie. »Wir sind zusammen im Bett gelegen.«

»Klingt verlockend. Besonders das Bett.« Ich grinste und streckte meine steifen Glieder, soweit das in der Enge der Kabine möglich war.

Eduard hockte in dem Sitz hinter mir. Er war wach und nickte mir zu, sah allerdings nicht besonders erholt aus. Latifa, Yasmin, Alfred und Ibrahim schliefen noch. Tim und Hasan waren nicht zu sehen, allerdings stand die Ausstiegsluke offen und die Gangway war heruntergeklappt.

Da ich dringend aufs Klo musste, zwängte ich mich nach vorn und stieg die Treppe hinab ins Freie.

Ein kühler Wind zerrte an meinen Kleidern. Die Sonne war noch nicht aufgegangen, aber der Himmel strahlte bereits in einem makellosen Azurblau; sah man von dem silbernen Band ab, das sich quer über das Firmament …

Ich blinzelte und der Eindruck verblasste. Da war kein heller Schimmer, kein eigenartig verschwommenes *Etwas*, das sich wie eine Schliere flüssigen Quecksilbers über den Himmel spannte. Ich wusste, dass mir dieses Phänomen nicht zum ersten Mal begegnete. Aber ich weigerte mich, darüber nachzusinnen.

Solange es wieder verschwindet, habe ich nicht völlig den Verstand verloren, dachte ich und wandte mich ab. *Augen schließen. Durchatmen. Augen öffnen.*

Ich drehte mich langsam im Kreis. Viel gab es aber nicht zu entdecken. Ich sah Gras, Stauden, Felsen und noch mehr Felsen. In einiger Entfernung waren auch zwei, drei verkümmerte Büsche zu erkennen. Jedenfalls gab es nirgends Hinweise auf menschliche Bewohner. Ein kurzer Blick in den Himmel zeigte mir, dass dort auch kein Silberband mehr schwebte.

Tim stand neben seiner Maschine, hielt einen Pinsel und einen Topf mit schwarzer Farbe in der Hand. Er hatte den Kopf schiefgelegt und betrachtete den großformatigen Schriftzug an der Außenseite des Flugzeugs.

»Was tust du da?«, fragte ich und trat näher.

Tim stellte den Topf ab und lächelte verschmitzt. »Ich hab de Nummer geändert. Sunsch hät mer en Problem.«

Ich verstand, was der Pilot meinte. Jede Flugmaschine trug auf ihrem Rumpf ein individuelles Luftfahrzeugkennzeichen, bestehend aus Nummern und Zahlen. Damit war es in allen Ländern eindeutig identifizierbar – was in unserem Fall eine schlechte Voraussetzung für die Weiterreise gewesen wäre.

»Die werden merken, dass es der falsche Code ist«, gab ich zu bedenken.

Tim schüttelte den Kopf. »Ich hab zwee Nummern. Miin Name isch jitz Hans Zimmer.«

So war das also. Mit Tim hatten wir uns einen ausgefuchsten Betrüger eingefangen. Je nachdem, wo er gerade unterwegs war, wechselte er seinen Namen und die Kennung des Fliegers. Für besonders raffiniert hielt ich dieses Vorgehen aber nicht. Genau genommen wunderte es mich, dass er mit dieser Methode noch nicht geschnappt worden war – selbst für meine laienhaften Augen wirkte der gemalte

Schriftzug wenig überzeugend. Aber Tim würde schon wissen, was er tat.

Hasan näherte sich vom Heck des Flugzeugs, begrüßte mich und kletterte zurück in die Maschine. Beiläufig registrierte ich, dass in seiner Hosentasche ein Mobiltelefon steckte – als ob er hier mitten in der Ödnis eine Verbindung zustande bringen könnte.

Ich hielt vergeblich Ausschau nach einem größeren Strauch und entschied dann, mein Geschäft einige Dutzend Meter entfernt hinter einem Felsen zu verrichten. Als ich zurückkehrte, waren auch die anderen erwacht. Ibrahim sah nicht gut aus. Auf seinem Gesicht stand kalter Schweiß und seine Augen wanderten ruhelos durch die Flugzeugkabine, als suche er etwas, könne es aber nicht festmachen.

»Er hat Fieber und sein Puls ist erhöht«, stellte Hasan fest. »Vielleicht hat er eine Blutvergiftung.«

»Das ist zu früh«. Anna schüttelte den Kopf. »So rasch bekommt man keine Blutvergiftung. Die Verletzung ist gerade mal zwölf Stunden alt. Vielleicht war sein Immunsystem geschwächt und die Wunde hat die Infektion verstärkt.«

»Er muss sofort ins Krankenhaus.« Yasmins Blick flackerte. »Bitte, starten wir!«

Fünf Minuten später erwachten die beiden Propeller des Flugzeugs knatternd zum Leben. Tim beschleunigte, wir rumpelten über die Wiese – und befanden uns wenig später auf dem direkten Weg nach Lhasa, der Hauptstadt Tibets.

»Was ist? Wird er wieder gesund?« Yasmin sprang von ihrem Stuhl und eilte auf die Ärztin zu.

Die junge Chinesin hatte dunkle Ringe um die Augen, aber sie lächelte matt.

»Es sieht gut aus«, lispelte sie auf Englisch. »Wir haben die Entzündung in den Griff bekommen und es wurden keine Organe verletzt. Vermutlich kann er das Spital in wenigen Tagen verlassen.«

»Kann ich … können wir ihn sehen?«

»Er hat ein Beruhigungsmittel bekommen und schläft. Momentan sollte er nicht gestört werden, damit sich sein Körper auf die Genesung konzentrieren kann.«

Ich spürte, dass es Yasmin in den Fingern juckte, die Ärztin beiseitezuschieben und in das Krankenzimmer zu stürmen. Doch sie nickte nur, wandte sich um und holte tief Luft.

»Wie es aussieht, können wir hier nicht viel ausrichten. Wie geht es jetzt weiter?«

Diese Frage hatte ich mir bereits gestellt, als wir vor mehr als drei Stunden am Flughafen von Lhasa gelandet waren. Bis jetzt war alles verblüffend problemlos verlaufen. Tim hatte es irgendwie hinbekommen, dass wir den Flughafen ohne Passkontrolle verlassen konnten; seine kryptische Wortmeldung ließ mich vermuten, dass er bei einem Bekannten einen Gefallen eingefordert hatte. Danach war es Hasan auf wundersame Weise gelungen, innerhalb von nur zehn Minuten einen Kleinbus zu organisieren, in dem wir alle Platz fanden – auch Tim, der es sich nicht nehmen ließ, uns zu begleiten. Der Pilot empfahl uns ein Privatkrankenhaus im Zentrum von Lhasa, das zwar schweineteuer, aber auch das modernste Spital im Umkreis von vielen Hundert Kilometern war. Nach Anzahlung einer beträchtlichen Summe Bargeld wurde Ibrahim umgehend behandelt. Ein paar weitere Geldscheine verhinderten, dass irgendjemand dumme Fragen stellte – zum Beispiel, wie sich Ibrahim die Schusswunde zugezogen hatte.

Nach Yasmins Frage wandten sich alle mir zu. Sogleich ergriff mich Unwohlsein. Konnte nicht Latifa die Initiative übernehmen? Oder meinetwegen Eduard, der war doch immer so vorlaut. Im Moment hatte ich nicht den blassesten Schimmer, wie wir weiter vorgehen sollten.

»Ähm.« Ich kratzte mich verlegen am Kopf. »Wie wäre es, wenn wir uns beraten – aber in einer angenehmeren Umgebung als hier im Krankenhaus?«

Mit diesem Vorschlag erkämpfte ich mir ein paar Minuten Galgenfrist. Wir ließen Ibrahim in der Obhut der Krankenpfleger und versammelten uns in einem Teehaus ein paar Straßen entfernt. Latifa schien zu spüren, dass ich nicht gerade vor Entschlossenheit sprühte, und ergriff das Wort.

»Ich bin nach wie vor der Meinung, dass wir uns trennen sollten. Meine Nähe ist eine Gefahr für euch. Außerdem ist es leichter, zu viert unerkannt zu bleiben, als wenn wir in einer größeren Gruppe reisen.«

»Mag sein«, erwiderte Alfred. »Aber bevor wir eine solche Entscheidung treffen, sollten wir uns überlegen, welche Alternativen wir überhaupt haben.«

»Wir könnten uns den Behörden stellen.«

Gut, das kam von mir. Auch wenn ich diese Wortmeldung lieber in die Kategorie *Ausrutscher* eingeordnet hätte, empfand ich den Gedanken aufzugeben schon lange nicht mehr als abwegig.

»Ja, klar.« Eduard verdrehte die Augen. »Nach all dem, was wir durchgemacht haben.«

»Eben. Wir haben viel durchgemacht. Meine Abenteuerlust ist erschöpft. Außerdem – ich wollte nach Tibet, das habe ich erreicht. Mehr sah mein Plan nie vor. Also kann ich genauso gut das Handtuch werfen.«

»Was redest du für Stuss.« Diesmal war es Anna, die mir widersprach. »Du wirst wegen schweren Betrugs und sogar Mordes gesucht! Kommissar Schwärzer ist deinetwegen nach Nepal gereist – allein das zeigt, wie ernst die Sache ist. Davon abgesehen: Was werden die Geistlichen unternehmen? Ich erinnere mich gut daran, dass einer von ihnen versucht hat, dich zu töten.«

Sofort manifestierte sich ein Bild aus meinen Erinnerungen: Antonio, wie er mit erhobener Pistole vor mir stand, den Finger am Abzug.

Wer konnte schon sagen, ob ich in Deutschland in Sicherheit war? Noch dazu war Sebastian, Antonios Vorgesetzter, der Erzbischof von München. Womöglich besaßen er und die katholische Kirche großen Einfluss auf die Justiz. Vielleicht konnten sie meiner sogar habhaft werden, wenn ich in einer fensterlosen Kerkerzelle des Hochsicherheitstraktes hocktc und gerade gegen Susi im Pokern verlor.

»Na gut«, lenkte ich ein. »Das stimmt natürlich. Aber, ganz ehrlich, ich bin ratlos, wie es weitergehen soll. Ich meine, soll ich versuchen, mich im tibetischen Hochland zu verstecken? Eine neue Identität, eine neue Existenz aufbauen? Oder immer weiter flüchten, in der Hoffnung, dass die, die mich suchen, irgendwann aufgeben? Ich glaube nicht, dass ich so leben kann. Jede Alternative klingt für mich nach

Unglück; wenn nicht sofort, dann später irgendwann. Ich möchte nicht in Angst leben, nicht paranoid werden, weil ich hinter jedem Baum einen Verfolger vermute.«

Anna seufzte. »Du übertreibst, Walter. Es geht hier nicht um dein restliches Leben, sondern um den Moment und vielleicht die nächsten Tage. Ich bin davon überzeugt, dass sich die Anschuldigungen gegen dich als haltlos erweisen und auch diese Priester einsehen werden, dass du weder der Teufel noch der wiedergeborene Gottessohn bist.«

»Genau«, ergänzte Eduard. »Vor allem sollte sich inzwischen auch im Vatikan herumgesprochen haben, dass der nächste Messias eine Frau ist.«

»Solche Kommentare sind nicht hilfreich«, tadelte Anna. »Um auf unser Problem zurückzukommen – ich habe einen sehr konkreten Vorschlag, was wir jetzt tun. Wir fahren zu meiner Großmutter, wie wir es geplant haben.«

»Geplant?« Ich wurde hellhörig. »Aber …«

»Du hast eine Rundreise durch Tibet gewonnen. Dein Vorschlag war, dass wir dabei auch meine Großmutter besuchen.«

»Stimmt. Weißt du denn, wo sie wohnt?«

Anna kramte in ihrem Rucksack und hielt mir einen mit Zahlen bekritzelten Zettel hin.

»Hä? Was soll das sein?«

»Das sind Koordinaten, Dummkopf«, kam von Eduard. Er nahm mir den Zettel aus der Hand und griff nach seinem Handy. »Moment, das haben wir gleich … Ah ja, hier ist es. Gar nicht weit weg, zweihundertfünfzig Kilometer. Die Koordinaten liegen im Niemandsland südlich von Nagqu. Allerdings ist dort kein Ort eingezeichnet.«

»Meine Großmutter gehört einem Nomadenstamm an«, erklärte Anna. »Die haben keinen festen Wohnsitz.«

»Ach so?« Eduards Augenbrauen wanderten nach oben. »Weshalb sollten wir sie dann bei diesen Koordinaten finden?«

Anna wirkte verunsichert. »Sie war zumindest mal dort. Ich kann mich an den Moment erinnern, als sie mir den Zettel gegeben hat. Damals war ich noch ein halbes Kind. Es war das letzte Mal, dass ich sie gesehen habe. Großmutter hat gemeint, wenn ich sie jemals suchen sollte – an diesem Ort könnte ich sie finden.«

»Hm.« Eduard wiegte den Kopf. »Ich bin mir nicht sicher, ob es eine gute Idee ist, auf gut Glück ins Nirgendwo zu fahren.«

»Hast du einen besseren Vorschlag?«

»Vielleicht. Wir könnten …«

»Mir gefällt Annas Vorschlag.« Noch während ich die Worte aussprach, wusste ich, dass ich mich entschieden hatte. »Die Koordinaten sind wenigstens ein Ziel, das wir anfahren können. Ist dort niemand, dann überlegen wir uns etwas anderes. Aber so bleiben wir in Bewegung und unseren Verfolgern voraus. Das ist natürlich nur meine Meinung. Es steht euch frei, nach Hause zu fliegen. Ich möchte nicht, dass sich irgendwer von euch weiter in Gefahr …«

»Lass das Gesülze«, unterbrach mich Eduard. »Du klingst wie der Heilige, der du nicht bist. Ich begleite dich.«

»Ich meine ja nur. Vermutlich wird die Reise gefährlich und …«

»Das ist sie längst. Ich wurde fast von einem Tiger gefressen, bin in einen Schusswechsel geraten und um ein Haar mit einem Flugzeug am Mount Everest zerschellt. Was mich angeht, ist die Entscheidung klar: Ich komme mit dir.«

»Aber dein Job und deine Familie …«

»Ach was.« Eduard vollzog eine wegwerfende Handbewegung. »Für den Sonntagsbrunch bin ich ohnehin zu spät und meine Frau kennt mich. Sie wird sich nicht unnötige Sorgen machen. Was den Job angeht: Ich glaube kaum, dass es bei den momentanen Turbulenzen in der Firma Konsequenzen hat, wenn ich ein paar Tage nicht zur Arbeit erscheine.«

»Ich bin bei Eduard«, hob Alfred an. »Solange du nicht in Sicherheit bist, Walter, bleibe ich an deiner Seite. Das bin ich dir schuldig.«

Irrte ich mich oder wechselte mein Cousin einen vielsagenden Blick mit Anna? Ich hatte weiterhin das Gefühl, als verbargen die beiden etwas vor mir. Vielleicht konnte ich Alfred in die Mangel nehmen und die Wahrheit aus ihm herausquetschen. Wenn er schon immer betonte, mir etwas schuldig zu sein, sollte er auch den Mumm besitzen, mir reinen Wein einzuschenken.

»Ich cha euch zu de Choordinaten bringe«, sagte Tim. »Ohne Mehrchosten.« Er zwinkerte mir zu.

»Klingt gut. Ich glaube, dieses Angebot nehmen wir an.« Ich wandte mich an Latifa. »Was ist mit euch? Bleibst du bei deiner Entscheidung?«

»Ja.« Latifa nickte bestimmt. »Es tut mir zwar ehrlich leid, weil ich euch alle sehr lieb gewonnen habe, aber es ist besser so. Wir müssen allein weiterreisen.«

»Was wirst du jetzt tun?«

»Ich kann mich weder den Häschern meines Vaters stellen, noch zurück zu ihm. Das will ich auch gar nicht. Ich ziehe den Tod vor, als dass ich noch einmal in den goldglühenden Käfig gesteckt werde. Davon abgesehen kann ich mir vorstellen, dass mich mein Vater inzwischen tot sehen will. Sobald es Ibrahim besser geht, holen wir ihn aus der

Klinik und flüchten nach Europa. Dort möchte ich untertauchen – vielleicht in Frankreich oder Spanien.«

Ich nickte, konnte aber nicht verhindern, dass mich Traurigkeit erfasste. Mir war die resolute Prinzessin in der kurzen Zeit unserer Bekanntschaft ans Herz gewachsen. Hoffentlich gingen ihre Pläne auf und ihr grausamer Vater fand niemals heraus, wo sie sich befand.

»Wir sollten aufbrechen«, meinte Alfred. »Besser jetzt als später. Sicher ist sicher.«

»Einverstanden. Latifa, Yasmin, Hasan – ich wünsche euch alles Gute.«

»Danke, euch auch.« Latifa erhob sich, trat um den Tisch herum und umarmte mich. »Es war mir eine Freude, dich kennenzulernen. Du bist ein ganz besonderer Mensch.«

Ich spürte, wie Anna neben mir unruhig wurde, aber ich lächelte bloß und erwiderte Latifas Umarmung. Die beiden Frauen lösten ganz unterschiedliche Gefühle in mir aus. Latifa war wie eine gute Freundin, aber Anna meine Lebensgefährtin; und jene Frau, die ich aus ganzem Herzen liebte.

»Nun gut.« Alfred erhob sich und streckte Hasan die Hand entgegen. »Ich wünsche euch einen sicheren Flug und das Allerbeste für die Zukunft.«

»Nein.« Hasan schüttelte bedächtig den Kopf. »Wir werden nicht fliegen.«

Latifa zog die Augenbrauen zusammen. »Wieso nicht? Überlegst du ernsthaft, mit dem Auto …?«

»Nein, das ist es nicht. Aber wir müssen hierbleiben. Und warten.«

»Warten? Worauf denn?«

Hasan legte die Hände auf seine Schenkel und lächelte ein freudloses Lächeln. »Auf deinen Vater.«

Im ersten Moment waren wir alle davon überzeugt, dass Hasan einen unpassenden Scherz gemacht hatte. Leider war der Araber nicht der Typ, der auf Kalauer stand. Ich war mir sogar ziemlich sicher, dass Hasan keine Witze erzählen konnte, nicht einmal so banale Späße, wie von den beiden Tomaten, die eine Straße überquerten. Vermutlich endete bei ihm jede Pointe in einer Tragödie – und aus dem Tomatensaft wurde echtes Blut.

»Was meinst du?«, hauchte Latifa und trat einen Schritt zurück. »Wieso …?«

Auf einmal lag die Pistole in Hasans Hand; und zwar so, dass nur wir die Waffe sehen konnten, aber die Gäste an den umliegenden Tischen nichts davon mitbekamen.

»Schön ruhig bleiben«, knurrte Hasan. »Jeder, der glaubt, den Helden spielen zu müssen, fängt sich eine Kugel ein. Seht ihr das schwarze Rohr vor der Mündung? Das ist ein Schalldämpfer. Bevor irgendwer begreift, was vor sich geht, kann ich euch alle erschießen und unerkannt das Weite suchen. Also setzt euch wieder hin und haltet den Mund.«

Wir folgten schweigend – schockiert und zutiefst bestürzt darüber, was soeben geschah.

»Hasan …« Latifas Stimme brach. »Was …?«

Der Leibwächter wedelte mit seiner freien Hand, als würde er eine Fliege verscheuchen. »Ich tue es nicht gern, wirklich nicht. Ob du es glaubst oder nicht, aber du bedeutest mir sehr viel. Nur hat mir dein Vater ein Angebot unterbreitet, das ich nicht ausschlagen konnte.«

»Du … du hast mich verraten.«

»Gewissermaßen gebe ich deinem Vater nur sein Eigentum zurück.«

»Eigentum?!«, brauste Latifa auf. »Du verdammter Huren…!«

»Zügle dein Temperament, Prinzessin.« Die Mündung der Pistole deutete nun direkt auf Latifa. »Kaleb hat gemeint, dass dein Vater auch zufrieden ist, wenn er deine Leiche zurückerhält. Aber das war für mich keine Option. Ich habe nur unter seinem heiligen Versprechen zugestimmt, dass dir nichts geschieht.«

»Du … du …« Latifa hatte ihre Fäuste geballt und ließ sie nun erschöpft sinken. »Deshalb hast du in Kathmandu nicht auf Kaleb geschossen.«

»Korrekt. Und dank Satellitentelefon sind wir regelmäßig in Verbindung gestanden. Ich habe Kaleb heute Morgen über unser Ziel informiert, als ihr noch geschlafen habt. Er wird jeden Moment hier eintreffen.«

»Was hat dir mein Vater versprochen?«, zischte Latifa. »Ein Vermögen? Einen Harem? Ein Schloss? Nein, eine Insel. Du hast mir mal erzählt, dass das dein großer Traum ist; eine eigene Insel zu besitzen.«

Hasan war das Thema sichtlich unangenehm. »Das tut nichts zur Sache. Bleibt ruhig sitzen, sonst muss ich meine Drohung wahrmachen.«

»Mischt.« Tims Augen wurden groß und er fixierte einen Punkt hinter Hasan. »Mer kriege Gesellschaft.«

Hasan zuckte unmerklich zusammen. Er wandte den Kopf, drehte die Pistole eine Spur zur Seite …

Tims dampfende Teetasse wurde flügge; soll heißen, der Schweizer fegte sie mit einer Handbewegung vom Tisch und direkt in Hasans Schoß. Sein Schrei und Tims Ausruf »Lauft!« kamen gleichzeitig. Der Schweizer sprang über den

Tisch, prallte gegen Hasan und beide fielen hinterrücks auf den Boden. Mit einem Klacken prallte die Pistole gegen ein Tischbein und kullerte zur Seite.

Meine Instinkte übernahmen das Kommando. Ich packte Anna, wollte auch nach Latifa greifen – aber sie hatte sich bereits umgewandt und stürmte voraus. Aus den Augenwinkeln sah ich, dass Eduard mir folgte, flankiert von Yasmin und Alfred. Wir fegten über den Platz, stießen Passanten beiseite und stürmten in eine belebte Straße.

Walter, du Genie, erklang eine Stimme in meinem Kopf. *Wieso hast du dir nicht die Pistole geschnappt? Jetzt wird Tim sterben.*

Sei still, fauchte ich zurück. *Falls du es nicht begriffen hast: Ich bin in Panik, da trifft man keine rationalen Entscheidungen.*

Was du nicht sagst, höhnte mein Unglück.

»Stopp«, keuchte Anna, als wir um die zweite Ecke liefen und hielt mich am Oberarm zurück. »Anhalten.«

Prustend und schnaufend sammelten wir uns vor einem Hauseingang. Weder Hasan noch Tim waren uns gefolgt. Zumindest konnten wir sie nirgends entdecken. Nervös beäugten wir die fremden Menschen um uns herum. Viele warfen uns verwunderte Blicke zu, aber Feindseligkeit war nirgends zu entdecken.

»Wir müssen zurück.« Anna hielt sich die Seite. »Tim braucht unsere Hilfe.«

»Dafür ist es zu spät«, behauptete Alfred. »Hasan hat ihn längst überwältigt und die Waffe wieder an sich genommen. Wir dürfen nicht umkehren.«

»Wir müssen zum Wagen.« Eduards Nase und Oberlippe bebten, als stünden sie unter Strom.

»Unser Gepäck.« Ich nickte. Dann fiel mir noch ein Grund ein, weshalb ich dem Kleinbus einen Besuch abstatten musste: Susi. Ich hatte sie ausnahmsweise nicht mitgenommen, sondern im Fahrzeug gelassen, da der Wagen in der angenehm temperierten Tiefgarage des Krankenhauses stand.

»Dort wird uns Hasan zuerst suchen.« Latifas Blick wanderte unstet von links nach rechts. Ich sah, wie glasig ihre Augen waren. Sie musste geweint haben.

»Deshalb werden wir zuerst beim Wagen sein«, betonte Eduard. »Wenn ich mich nicht täusche, ist das Krankenhaus nur zwei Straßen weiter.«

»Hasan hat die Autoschlüssel.« Yasmins Blick flackerte. »Und Ibrahim ist noch im Spital.«

Alfred stieß einen Fluch aus und trat gegen einen leeren Getränkekarton.

»Ich kann das Fahrzeug öffnen.« Latifas Blick wurde hart. »Um Ibrahim kümmern wir uns später. Zuerst zum Wagen.«

Ich wollte losstürmen – und hielt inne. Dreißig Schritte entfernt ging eine Gestalt. Ich sah sie nur von hinten, die Häuser warfen tiefe Schatten und es dauerte gerade mal zwei Sekunden, bis die Person hinter einer Biegung verschwand. Dennoch war ich fest davon überzeugt, mich nicht getäuscht zu haben: groß, dürr, ein militärischer Kurzhaarschnitt und auffällige Segelohren – Antonio.

Unmöglich, selbstverständlich, aber das änderte nichts an meiner Überzeugung. Er war hier. Mein verhinderter Mörder. Um es erneut zu versuchen. Um sein begonnenes Werk zu vollenden.

»Wartet«, stieß ich hervor. »Wir müssen da lang.« Ich deutete auf eine Seitengasse links von uns.

Eduard blinzelte hektisch. »Nein, der kürzeste Weg …«

»Antonio.« Meine Stimme klang rau. »Ich habe ihn gesehen.«

»Du meinst den Geistlichen, der …?«

»Ja, er war dort vorn. Gerade eben.«

»Das kann nicht sein«, stieß Alfred hervor. »Das ist …«

»… unmöglich, ich weiß. Aber ich bin mir zu sicher, um ein Risiko einzugehen. Hier lang.«

Ich ergriff Annas Hand und stürmte voran, vertraute darauf, dass die anderen uns folgten.

»Rechts«, schnaufte Eduard. »Bei den Gojibeeren.«

Wir eilten an einem dicken Chinesen vorbei, der einen Bauchladen randvoll mit roten Beeren trug, bogen in eine große und deutlich belebtere Straße ein.

Die jüngsten Ereignisse hatten wohl meine Auffassungsgabe und Reaktionsfähigkeit beeinträchtigt, denn ich übersah einen klein gewachsenen Mann, rempelte ihn an und stieß ihn zu Boden. Ich murmelte eine Entschuldigung, wollte weitereilen – als der Unbekannte den Kopf hob und zu mir aufblickte.

Es gibt keine Zufälle, dachte ich noch, bevor meine Kinnlade ungehindert der Schwerkraft folgte und sämtliche Gedanken zerstoben wie ein Mückenschwarm.

Ich kannte den Mann. Ich wusste, wer er war. Ich hatte ihm das Leben gerettet – vor wenigen Tagen und eintausendfünfhundert Kilometer entfernt.

Es handelte sich um den jungen Inder, der mir aus Dankbarkeit für meine Tigerbändigung sein Amulett geschenkt hatte – jenen Anhänger, den ich um den Hals trug und der mir in Kathmandu das Leben gerettet hatte.

Dies war der Moment, in dem ich endgültig begriff, dass etwas nicht mit rechten Dingen zuging. Klar, manchmal gab es verrückte Zufälle, irrwitzige Schicksalsschläge und absonderliche Fügungen – niemand wusste das besser als ich. Aber dies alles hier … Nein, das war zu unwahrscheinlich und gleichzeitig zu auffällig, um den normalen Naturgesetzen gehorchen zu können. Hier hatte jemand – oder etwas – seine fiesen Finger im Spiel.

Na so was. Die Stimme in meinem Kopf kicherte. *Wer mag das wohl sein?*

Der junge Mann riss die Augen auf. Ein spitzer Schrei entrang sich seiner Kehle. Dann stieß er mehrere, unverständliche Wörter aus – in einer Lautstärke, die jedem Riesen zur Ehre gereicht hätte.

Bevor ich meine Bestürzung überwinden konnte, fiel der Inder auf seine Knie und hob huldvoll die Hände.

»Ganesha«, stieß er hervor – und küsste die Spitzen meiner Sportschuhe.

Als wäre das noch nicht genug, wandten zahlreiche Personen in der Menge die Köpfe und blickten mich an. Es handelte sich durchwegs um unbekannte Gesichter, doch hatte ich die verstörende Ahnung, dass sie mich kannten. Es waren viele Menschen. Verdammt viele. Und alle besaßen indische Gesichtszüge.

Was zur Hölle geht hier ab?, durchfuhr es meinen Geist.

Ein Murmeln hob an, wurde lauter und lauter, schwappte auf mich zu. Mir gefiel dieses Geräusch nicht. Es klang wie ein gewaltiger Brecher, kurz bevor er herabstürzte und alles zermalmte, was sich in seiner Bahn befand.

Da fiel mein Blick auf die Gestalten am Ende der Straße, kaum fünfzig Meter entfernt. Es handelte sich nicht um Inder, auch nicht um Chinesen oder Tibeter. Die Menschen, ausschließlich Männer, waren dunkelhäutig, ihre Gesichtszüge scharf geschnitten mit buschigen Augenbrauen und großen Nasen. Zwei der Männer waren mir nicht unbekannt. Einer davon war Hasan. Daneben stand Kaleb – der mörderische Handlanger von Latifas Vater.

In diesem Augenblick hatte ich einen meiner seltenen geistigen Lichtblicke. Ich reckte die Brust und deutete in gebieterischer Weise auf unsere Verfolger.

»Diese Männer«, brüllte ich in Englisch und so laut, wie ich konnte, »wollen mich töten. Stoppt sie!«

Die Reaktion der Dutzenden, wenn nicht Hunderten Inder um mich herum übertraf meine kühnsten Erwartungen. Einer nach dem anderen wandte sich in die Richtung, in die mein Finger zeigte. Auch der junge Mann vor mir erhob sich, die Augen in betörter Verzückung geweitet. Als er die Araber am anderen Ende der Straße erblickte, verdüsterte sich sein Gesichtsausdruck. Abermals stieß er Worte in einer fremden Sprache aus, die von den umstehenden Indern aufgegriffen und immer lauter wiederholt wurden. Sekunden später wälzte sich ein Mob auf Kalebs Schlägertruppe zu, die mit einem Mal ziemlich verloren wirkte.

»Weiter«, raunte ich und eilte voran. Innerhalb von Sekunden war die Straße vor uns fast menschenleer.

»Was ist, wenn Kalebs Männer das Feuer eröffnen?«, stieß Anna hervor.

»Werden sie nicht; nicht hier, in der Stadt.« Dummerweise war ich keineswegs so von meinen Worten überzeugt, wie ich tat.

»Walter«, keuchte Eduard, der neben mir lief. »Was in … drei Teufels Namen … ist gerade passiert?«

»Wenn ich das wüsste.« Ich schüttelte hilflos den Kopf. »Mir kommt es vor, als … gerät die Welt aus den Fugen.«

Immerhin lag Eduard mit seiner Einschätzung richtig. Das Krankenhaus war tatsächlich nur einen kurzen Sprint entfernt. Wir liefen die Rampe in die Tiefgarage hinab, eilten auf unseren Kleinbus zu. Außer uns war niemand zu sehen. Mein Gemütszustand stieg um ein paar Millibar, als mir bewusst wurde, dass noch keine Schüsse gefallen waren. Ob Kaleb und seine Männer die Flucht ergriffen hatten?

»Yasmin, du hältst die Umgebung im Auge.« Latifa wickelte sich ihre Weste um den rechten Ellbogen – und schlug mit einer raschen Bewegung das Fahrerfenster des Kleinbusses ein. Mit der anderen Hand griff sie dann drinnen und entriegelte den Wagen.

»Wow.« Ich starrte Latifa an. »Machst du das öfter?«

»Holt eure Sachen, los«, herrschte uns die Prinzessin an.

Ich griff nach meinem Rucksack, dem Koffer und Susis Karton. Ich spürte, dass meine Ratte im Inneren rumorte und lugte hinein. Susi blickte mich an. Ihre dunklen Knopf-augen funkelten.

Beeilung, stand in ihrem Blick. *Ihr habt nicht viel Zeit.* War die Stimme der Ratte soeben in meinem Kopf erklungen? Nein, alles nur Einbildung. Aber wer konnte mir das noch verübeln.

»Seht euch um, ob ihr einen Wagen findet, bei dem die Schlüssel stecken«, sagte Latifa. »Wir brauchen ein anderes Fahrzeug.« Sie schulterte ihren eigenen Rucksack und hob einen großen Koffer aus dem Kleinbus.

»Das ist zwecklos«, bemerkte Alfred. »Niemand ist heut-zutage noch so dumm, dass er …«

»Gefunden!«, rief Eduard und winkte uns heran. »Der Wagen ist nicht abgeschlossen und der Schlüssel liegt am Beifahrersitz.«

Mein Arbeitskollege öffnete die Tür eines grauen Pick-ups und lugte hinein. »Sieht nicht besonders bequem aus, aber ich schätze, wir dürfen nicht wählerisch sein.«

Eduard warf sein Gepäck auf die Ladefläche des Wagens, sprang auf den Fahrersitz und drehte den Zündschlüssel. Der Motor des Fahrzeugs erwachte brummend zum Leben.

»Sieht gut aus, der Tank ist fast voll. Alles einsteigen!«

Wir verstauten unser Gepäck im Wagen und quetschten uns ins Fahrzeuginnere. Zu viert würde es auf der Rückbank eng werden, aber Eduard hatte recht – wir mussten unsere Ansprüche zurückschrauben.

Latifa blickte zu Yasmin, die stocksteif neben dem Pick-up stand. »Worauf wartest du? Wir müssen los!«

»Ich komme nicht mit«, presste Yasmin hervor. »Ich kann Ibrahim nicht im Stich lassen.«

»Niemand wird ihm etwas tun. Kaleb und seine Männer wollen nur mich.«

»Er ist ganz allein hier, verletzt und kennt niemanden. Wir können ihn nicht zurücklassen. Ich bleibe.«

Zwei, drei Sekunden tauschten die beiden Frauen einen intensiven Blick. Es war Latifa, die die Augen senkte und einen tiefen Seufzer ausstieß.

»Ich verstehe dich«, murmelte sie. »Sehr gut sogar.«

Latifa sprang aus dem Wagen und umarmte Yasmin. Ich sah, wie Tränen über die Wangen der beiden Freundinnen liefen. Beinahe hätte ich auch zu weinen begonnen. Aber nur beinahe.

Auch wir anderen verabschiedeten uns von Yasmin. Latifa drückte ihr ein Bündel Geldscheine in die Hand, dann wandte sie sich um und kletterte schluchzend in den Wagen zurück.

Eduard stieg auf das Gaspedal und der Pick-up rumpelte los. Ich hockte mit Anna und Latifa auf der maroden Rückbank, sah durch die Heckscheibe nach hinten.

Yasmin stand einsam und verloren zwischen den geparkten Fahrzeugen, blickte uns hinterher. Ich hatte die düstere Ahnung, dass wir sie niemals wiedersehen würden – zumindest nicht lebend.

»Hast du eine Ahnung, wo wir lang müssen?«, fragte Alfred vom Beifahrersitz, als wir aus der Tiefgarage auf die Straße hinausholperten.

Eduard rückte seine Brille zurecht, beugte sich nach vorn, sodass er mit der Brust fast das Lenkrad berührte. Sein Blick flog über die Häuserfronten und die spärlichen Beschriftungen, die für mich nur eine Ansammlung wirrer Symbole waren.

»Rechts«, murmelte Eduard mehr zu sich selbst als zu uns und bog ab. Nach einigen Hundert Metern wandte er sich links, dann wieder rechts – auf mich machte dies alles einen willkürlichen Eindruck.

»Bist du dir sicher …«, hob Latifa an, verstummte aber, als vor uns ein großes Straßenschild auftauchte, das ausnahmsweise nicht nur chinesische Schriftzeichen enthielt, sondern auch das lateinische Wort *Nagqu* zeigte.

»Na bitte.« Eduard grinste triumphierend. »Ich wusste es.«

»Wie machst du das?« Alfred schüttelte verwundert den Kopf. »Kannst du Chinesisch?«

»Nein.«

»Was ist dann dein Geheimnis?«

»Die Augen, mein lieber Alfred, die Augen.«

Wir verließen Lhasa auf der Nationalstraße 109 Richtung Westen. Die ersten Minuten hüllten wir uns in bedrücktes Schweigen. Es gab vieles, das uns beschäftigte, vieles, worüber wir nachdenken mussten.

In meinem Fall war das nicht nur Hasans Verrat und die Akkumulation unmöglicher Begegnungen, sondern auch eine unbestimmte Furcht vor dem Kommenden. Die Antwort, die ich Eduard vor Kurzem gegeben hatte, drückte auf meine ohnehin stark angeschlagene Zuversicht: *Es ist, als gerät die Welt aus den Fugen.*

Genau dies war meine Empfindung. Ich hatte nicht länger das Gefühl, als wäre das Unglück nur hinter mir her und würde jede Gelegenheit nutzen, um mir zu schaden; nein, das, was dahinterstand, war größer. Die Absonderlichkeiten der letzten Tage konnten nicht rational und nicht mit meinem unglückseligen Schicksal erklärt werden. Etwas Bedeutsames hatte begonnen und steuerte auf einen bestimmten Endzweck hin. Ich hätte meine Seele darauf verwettet, dass dieses Ziel mit sehr viel Schmerz verbunden war – besonders für mich.

Allerdings hatte es wenig Sinn, Hypothesen und Vermutungen aufzustellen, wenn man nicht wusste, was der Kern der Sache war. Wieder einmal blieb mir nichts anderes übrig, als abzuwarten und das Beste zu hoffen – denn zumindest die Hoffnung konnte mir mein Unglück nicht nehmen.

»Sie werden uns verfolgen«, sagte Latifa nach einer Weile. »Hoffentlich hat niemand gesehen, welchen Wagen wir genommen haben. Sind eure Mobiltelefone ausgeschaltet?«

Anna und ich nickten synchron, aber Alfred hatte es mit einem Mal sehr eilig, in seiner Tasche zu kramen. Als er sein Handy gefunden und deaktiviert hatte, warf er uns einen schuldbewussten Blick zu.

»Ich hab's seit Kathmandu nicht benutzt«, entschuldigte er sich. »Also, bis auf das Checken meiner E-Mails …«

Latifa verzog die Lippen. »Hoffentlich war das kein Fehler. Aber das merken wir früh genug.«

»Bleibt unser Plan wie besprochen?«, kam von Eduard. »Ich meine, weil Hasan weiß, was wir vorhaben.«

»Er hat die Koordinaten nicht«, sagte Anna und verschränkte die Arme. »Es ist einfacher, eine Nadel im Heuhaufen zu finden, als uns in der tibetischen Steppe.«

»Vielleicht hat Hasan ein fotografisches Gedächtnis und kann sich die Koordinaten in Erinnerung rufen.«

»Nein, das hat er nicht.« Latifa blickte gedankenverloren aus dem Seitenfenster des Wagens. »Er war unfähig, sich drei Zahlen zu merken. Und er hatte eine Rechts-links-Schwäche.«

Latifa sprach von Hasan in der Vergangenheit. Ich betrachtete ihre Gesichtszüge, erkannte aber weder Kummer noch Wut. Bloß ein bitterer Zug um ihre Lippen ließ erahnen, wie sehr sie der Verrat ihres Liebhabers mitgenommen hatte.

»Wie lange fahren wir noch, bis wir die Koordinaten erreichen?«, warf ich ein, um das Thema zu wechseln.

Eduard blickte auf sein Mobiltelefon. »Fünf Stunden. Angeblich.«

»Du benutzt dein Handy hoffentlich im Flugmodus?«

»Selbstverständlich. Nur GPS ist aktiviert, das ist sicher.«

»Klar. Todsicher.«

Drei Stunden später verließen wir die Nationalstraße und bogen nach Osten ab. Die Berge waren beständig niedriger geworden und schließlich abgeflacht. Inzwischen präsentierte sich Tibet so, wie ich es von Beginn an erwartet hatte: In alle Himmelsrichtungen erstreckte sich ein Meer aus Gräsern und Stauden, die tibetische Steppe.

Zunächst ging es einige Kilometer eine schlecht asphaltierte Straße entlang, dann wechselten wir auf einen geschotterten Weg.

»Bist du sicher, dass wir richtig sind?«, bemerkte Alfred und klammerte sich an den Haltegriff über seinem Kopf.

»Nein, bin ich nicht«, knurrte Eduard.

»Aber ich dachte, die Augen …«

»… können nur sehen, wenn auch etwas da ist. Noch dreißig Kilometer, dann haben wir die Koordinaten erreicht. Gut, dass wir einen Pick-up geklaut haben. Wenn die Straße aufhört, können wir einfach durchs Gemüse fahren.«

Genau das war auch notwendig, denn eine Viertelstunde später endete auch die Schotterstraße. Alfred, der inzwischen das Steuer übernommen hatte, bremste ab und hielt an. Links von uns befanden sich einige baufällige und augenscheinlich unbewohnte Gebäude. Im Übrigen gab es keine Anzeichen auf menschliche Aktivität.

»Fahren wir weiter?« Alfred warf einen skeptischen Blick in die Runde. »Ich glaube nicht, dass wir bei den Koordinaten etwas anderes finden, außer noch mehr Steppe.«

»Selbstverständlich fahren wir weiter«, sagte Anna barsch. »Meine Großmutter hat sich etwas dabei gedacht, als sie mir den Zettel gegeben hat.«

»Ich gebe zu bedenken, dass das ein Weilchen her ist«, kam von Eduard. »Inzwischen könnte sie auch auf einer Fidschiinsel in einer Kokos-Hängematte liegen.«

»Stimmt. Aber es ist der einzige Anhaltspunkt, den wir haben. Oder wollt ihr umkehren?«

Wortlos startete Alfred den Wagen und fuhr weiter. War die Schotterstraße schon in schlechtem Zustand gewesen, wurden wir jetzt hin- und hergeworfen wie Pingpong-Kugeln.

»Ka… kannst du ein bi…bisschen langsaaamer fahren?«, brach es aus mir hervor.

Alfred drosselte die Geschwindigkeit und das Geholpere wurde etwas erträglicher. Eine schmerzhafte Stunde später taten uns allen die Hinterteile und Schenkel weh – aber noch immer war weit und breit kein Anzeichen einer menschlichen Siedlung zu erkennen.

»Drei Kilometer«, stieß Eduard hervor. »Ich hoffe, bei den Koordinaten ist wirklich mehr, als ein paar Büschel Gras. Mein Akku ist gleich leer.«

»Moment.« Anna warf einen konzentrierten Blick durch die Frontscheibe des Wagens. »Seht ihr das? Dort, schräg vor uns.«

Am Horizont waren eine Ansammlung flacher Hügel und mehrere knorrige Bäume zu erkennen. Auf der Fläche grasten Weidetiere, offenbar Yaks und Ziegen. Davor erhob sich etwas, das verdächtige Ähnlichkeiten mit einem Zeltlager besaß.

»Du meinst, das könnte es sein?«, fragte ich zweifelnd.

»Wieso nicht? Ich sagte doch, dass meine Großmutter einem Nomadenstamm angehört.«

»Wenn niemand eine bessere Idee hat«, hob Alfred an, »fahre ich jetzt auf die Zelte zu.«

»Gut.« Latifa krallte ihre Finger in den Stoff der Rückbank. »Aber fahr um Himmels willen langsam und halte außerhalb des Lagers. Wir wollen die Bewohner nicht erschrecken.«

Als wir näherkamen, sahen wir einige Menschen, die zwischen den Zelten umhergingen. Sie bemerkten unser Fahrzeug, zeigten sich aber weder überrascht noch besonders interessiert. Die meisten taten so, als existierten wir gar nicht.

Alfred parkte hundert Meter vor den ersten Zelten und stellte den Motor ab. Ich spürte, wie sich mein Herzschlag beschleunigte, als ich aus dem Wagen stieg. Die Sonne stand bereits tief im Westen. Ich hoffte, dass wir hier richtig waren. Vermutlich gab es angenehmeres, als eine Nacht im Freien der tibetischen Steppe zu verbringen.

Ich klemmte mir Susis Karton unter den Arm und folgte Anna, die zielstrebig voranging, direkt auf das größte Zelt zu, das sich in der Mitte des Lagers befand.

Vor uns, am Rand des Camps, stand eine Frau und blickte uns entgegen. Sie war alt, sicherlich siebzig, aber in ihren Augen glitzerte etwas Jugendliches, das mir auf unheimliche Weise vertraut erschien.

Anna blieb stehen und sog scharf die Luft ein.

»Schatz, alles in Ordnung?« Alarmiert eilte ich an ihre Seite.

Anstelle einer Erwiderung stieß Anna einen Laut der Freude aus und stürmte auf die alte Frau zu.

»Großmutter!«, rief sie und warf sich in ihre Arme.

Annas Großmutter besaß lange, weiße Haare, die ihr weit über die Schultern hinabfielen. Ihr zerfurchtes Gesicht wirkte überraschend europäisch, zumindest waren die mongolischen Züge bei ihr nicht so ausgeprägt wie bei anderen Mitgliedern des Stammes.

»Anna, meine Liebste«, sagte die alte Frau und lächelte, wobei sie eine Reihe braun verfärbter Zähne erkennen ließ. »Es ist schön, dich wiederzusehen, *Nyima Tashi*.«

»Das ist Pema Shenyen Tsomo, meine Großmutter«, sagte Anna. »Ihr könnt sie Pema nennen.«

»Es freut mich, die Gefährten meiner Enkelin kennenzulernen.«

Annas Großmutter sprach Deutsch, sogar fast dialektfrei. Sie begrüßte der Reihe nach jeden von uns mit größter Herzlichkeit. Weder ihre Mimik noch ihre Wortwahl ließen erkennen, dass sie von unserem Erscheinen überrascht war.

»Ihr seht abgekämpft aus. Kommt mit, die Sonne geht bald unter und ihr seid bestimmt hungrig und durstig.«

Pema führte uns zu einem Zelt am Rand des Lagers, schlug die Plane am Eingang beiseite und ließ uns eintreten. Am Boden waren Felle und Kissen aufgelegt, auf einem hölzernen Tisch in der Mitte standen Schalen mit Nüssen, Trockenobst und mehrere Tassen.

»Einen Moment, ich bin gleich zurück.«

Mir fiel auf, dass es genau fünf Felllager waren, die am Boden verteilt lagen – und auch exakt fünf Teetassen. Ob das Zufall war?

»Sie hat uns erwartet«, stellte Eduard fest.

»Wie meinst du das?«

»Hast du ihren Blick nicht gesehen? Und die Reaktion der übrigen Bewohner nicht bemerkt? Niemand war überrascht, dass wir aufgetaucht sind. Ich habe zwar nicht den blassesten Schimmer, wie das möglich ist, aber aus irgendeinem Grund wusste Annas Großmutter, dass wir heute hier eintreffen werden.«

»Pema ist eine beeindruckende Frau«, murmelte Anna. »Ich kann mich noch erinnern, wie sie einmal bei uns in Deutschland zu Besuch war. Damals hatte ich Streit mit meiner Mutter und bin davongelaufen. Ich habe mich auf einem Spielplatz hinter einer Hecke versteckt. Auf einmal ist Großmutter vor meinem Unterschlupf gestanden und hat gesagt, dass ich herauskommen soll. Nur von außen konnte man nicht erkennen, dass jemand hier ist. Später habe ich sie danach gefragt – aber Großmutter hat nur gemeint, dass sie meine Anwesenheit gespürt hat.«

»Das klingt mehr beängstigend als beeindruckend«, stellte Alfred fest.

Pema kehrte zurück. Sie trug ein Tablett mit einer dampfenden Kanne Tee und wurde von zwei jungen Frauen begleitet, die Fladenbrot, gedünstetes Gemüse, Reis und Fleisch auf dem Tisch abstellten. Die Frauen warfen uns scheue Blicke zu, dann verschwanden sie wieder nach draußen.

Annas Großmutter schenkte den Tee ein und reichte jedem von uns eine Tasse.

»Der riecht aber eigenartig«, kommentierte Alfred, als er an seiner Schale schnupperte.

»Das ist traditioneller Buttertee.« Anna nickte ernst. »Schmeckt nicht jedem, aber ihr solltet ihn trinken, wenn ihr die Gastfreundschaft des Stammes nicht verletzen wollt.«

Alfred verzog das Gesicht, aber wie alle anderen setzte er die Schale an die Lippen.

Ich fand den Tee durchaus genießbar. Der Salzgehalt war etwas ungewohnt und natürlich schmeckte das Getränk buttrig, aber der darunterliegende Kräutersud gab dem Tee eine wilde, herbe Note. Mir kam es fast so vor, als könnte ich durch diesen Trank die Ursprünglichkeit der tibetischen Steppe schmecken.

Alfred tat sich mit dem Tee am schwersten. Sein Adamsapfel wanderte nach oben und unten, er schluckte krampfhaft, hustete, wischte sich eine Träne aus den Augen.

»Schmeckt gut«, stieß er hervor und quälte sich zu einem Lächeln.

»Oh, ich vergaß.« Anna grinste. »Meine Großmutter ist euch nicht böse, wenn ihr den Tee nicht trinkt. Sie weiß, dass er für mitteleuropäische Gaumen ungewohnt ist.«

»Das sagst du erst jetzt?«, empörte sich Alfred und stellte seine Tasse hastig am Tisch ab.

Latifa lachte und trank demonstrativ einen weiteren Schluck. Auch sie schien der ungewohnte Geschmack nicht zu stören.

»Ihr könnt auch gewöhnlichen Kräutertee haben.« In Pemas Augen glitzerte der Schalk ihrer Enkelin. »Aber jetzt greift zu. Ihr seid gerade rechtzeitig aufgetaucht, der Braten ist noch heiß.«

»Woher wusstest du, dass wir kommen?«, brach es aus Anna hervor.

Die alte Frau lächelte geheimnisvoll. »Wenn man Augen und Ohren offenhält, nimmt man einiges wahr, das andere niemals bemerken.«

»Meine Worte«, murmelte Eduard und schüttelte verwirrt den Kopf. »Aber eine solche Vorahnung funktioniert weder mit Augen noch Ohren.«

»Das ist richtig. Dafür gibt es andere Möglichkeiten der Wahrnehmung. Aber jetzt esst, denn wenn auch nur ein Krümel übrig bleibt, bin ich wirklich böse.«

Es war die erste ausgiebige Mahlzeit seit zwei Tagen und die beste seit mehreren Wochen. Ich merkte, wie hungrig ich war, und langte wie alle anderen kräftig zu. Pema leistete uns eine Weile Gesellschaft, dann ging sie nach draußen um, wie sie sagte, bei den Vorbereitungen der Abendzeremonie mitzuhelfen.

»Sie hat dich bei der Begrüßung seltsam genannt«, sagte ich in Annas Richtung und schob mir ein Stück Fladenbrot zwischen die Zähne. »Irgen'wasch von Nimataschi.«

»*Nyima* heißt Sonne oder Tag«, erklärte Anna und lächelte. »Und *Tashi* bedeutet Glück. So hat sie mich früher auch schon gerufen. Es ist natürlich nicht mein richtiger Name.«

»Aber sehr passend. Du bist ja auch ein kleiner, strahlender Sonnenschein.«

Anna knuffte mich in die Seite. »Lass das *klein* weg und es geht in Ordnung.«

»Meinetwegen. Dann eben feuriger Sonnenschein.« Ich grinste und küsste Anna auf den Mund.

»Damit kann ich leben.« Anna biss spielerisch auf meine Unterlippe.

»Hilfe.« Ich zuckte zurück. »Du bist aber hungrig.«

Annas Augen funkelten. »Nicht nur nach Essen.«

Die nächste halbe Stunde verbrachten wir damit, uns ordentlich die Bäuche vollzuschlagen. Ich ließ Susi aus ihrer Behausung, die herumflitzte, als wäre sie von einer Tarantel gestochen. Augenscheinlich gefiel es ihr hier, denn sie schnupperte interessiert an jedem Kissen, an jedem Quadratzentimeter Zeltplane – und fischte sich eine gedörrte Pflaume und einige Nüsse vom Tisch.

Die beiden jungen Frauen tauchten ein weiteres Mal auf und füllten das Fleisch und Gemüse nach, obgleich wir dankend behaupteten, genug zu haben. Der Anblick von Susi schien sie nicht zu irritieren – die nächste Überraschung. Ich hatte schon erlebt, dass Frauen kreischend das Weite gesucht hatten, wenn sie Susis Rattenschwanz oder ihre rosafarbenen Öhrchen bemerkten.

Wir ließen uns gerade satt und zufrieden zurücksinken, als Pema zurückkehrte. »Fein, ihr seid schon fertig. Habt ihr noch Kraft für die Abendzeremonie? Sie dauert nicht lange. Danach zeige ich euch, wo ihr schlafen werdet.«

»Großmutter«, begann Anna. »Ich will nicht unhöflich sein, aber wir …«

»Ja, ich weiß, ihr werdet verfolgt.« Pema zeigte auch diesmal weder Überraschung noch Verunsicherung. »Bei uns seid ihr sicher. Heute wird uns niemand mehr stören. Und morgen bleibt genug Zeit, von euren Erlebnissen zu berichten.«

Pemas Stimme war dermaßen überzeugend und bestimmt, dass niemand einen Einwand wagte. Nur Eduard murmelte Unverständliches.

»Das ist deine Ratte, Walter, nicht wahr?« Pema streckte die Hand aus. Susi schnupperte kurz an ihren Fingern, dann sprang sie auf Pemas Handfläche, wieselte ihren Arm empor und ließ sich auf ihrer Schulter nieder.

»Ähm, ja, das ist sie.« Ich war konsterniert. Das hatte Susi noch nie getan. Gewöhnlich war sie fremden Personen gegenüber mehr als misstrauisch. Beinahe fühlte ich so etwas wie Eifersucht in mir aufsteigen.

Annas Großmutter lächelte, nahm Susi von ihrer Schulter und setzte sie auf den Boden. »Seid ihr bereit für die Abendzeremonie?«

»Müssen wir … irgendetwas tun?« Alfred wirkte verunsichert.

»Keine Sorge. Wir werden ein Feuer entzünden, singen und tanzen, ihr erhaltet Geschenke und den Göttern wird ein Opfer dargebracht.«

»Hoffentlich kein Menschenopfer«, kam von Eduard.

Pema warf ihm einen Blick zu. »Nein. Bei uns werden nur vorlaute Schafsköpfe geopfert.«

Das Feuer wurde im Zentrum des Lagers entzündet – und zwar genau in jenem Moment, als die Sonne hinter den grasbewachsenen Hügeln im Westen unterging. Alle Mitglieder des Stammes hatten sich um die Flammen niedergelassen. Mir fiel auf, dass es mehr Frauen als Männer gab; und nirgends Kinder zu sehen waren. Ich sprach Anna darauf an, aber auch sie konnte mir nicht sagen, woran das lag.

Pema trat an das Feuer heran. Obwohl niemand davon gesprochen hatte, gewann ich immer mehr den Eindruck, dass sie die Anführerin des Stammes war. Die übrigen Mitglieder folgten ihren Anweisungen ohne zu zögern. Ich konnte mir gut vorstellen, dass Pemas Rang an ihrer beeindruckenden Fähigkeit der Vorahnung lag.

»Ich werde zu Ehren unserer Gäste auf Deutsch sprechen«, sagte Annas Großmutter. »Dolkar Norbu wird für die anderen übersetzen.«

Pema wandte sich an mich und meine Gefährten. »Wir freuen uns, dass ihr heute unsere Gäste seid. Ihr wisst bereits, dass wir eure Ankunft erwartet haben. Mit eurem Erscheinen kündigt sich Großes an; Großes, das aber auch Gefahr birgt. Euch ist vielleicht aufgefallen, dass nur Erwachsene anwesend sind. Die Kinder halten sich bei einem befreundeten Stamm auf. Einige unserer Männer haben sie hingebracht und kehren morgen zurück.«

Ich warf Anna und Eduard beunruhigte Blicke zu. Von welcher Gefahr sprach Pema? Während Annas Augen gebannt an den Lippen ihrer Großmutter hingen, zuckte Eduard bloß die Schultern. Mein Blick wanderte zu Latifa – sie wirkte erregt, aber gefasst – und zu Alfred. In seinen geweiteten Augen erkannte ich Furcht.

»Mehr möchte ich an dieser Stelle nicht sagen, darüber sprechen wir morgen. Wir werden jetzt mit der Abendzeremonie beginnen. Wenn ihr möchtest, könnt ihr euch dem Gesang und Tanz anschließen.«

Zwei der am Boden sitzenden Frauen hoben Trommeln empor und begannen sie in einem gleichförmigen Takt zu schlagen. Kurz darauf folgten Rasseln und ein hölzernes Saiteninstrument, das wie eine mittelalterliche Laute klang.

Pema erhob ihre Stimme zu einem eigentümlichen, fremdartigen Gesang, den nach und nach die übrigen Mitglieder des Stammes übernahmen. Die Melodie erinnerte an ein Mantra, besaß aber Strophen und eine wechselnde Dynamik. Der Gesang berührte mein Innerstes, entspannte und erregte mich gleichermaßen. Unwillkürlich begann ich mich im Takt der Trommeln zu wiegen, schloss die Augen und summte vor mich hin.

Ich spürte eine Hand an meiner Seite. Anna lächelte, als sich unsere Finger umschlossen. Gemeinsam genossen wir das Gefühl des Beisammenseins, der Gemeinschaft und die magisch betörende Musik.

Inzwischen hatte die Nacht Einzug gehalten. Sterne blitzten am klaren Himmel auf. Funken des Feuers wirbelten empor, verbanden sich mit den Diamanten des Himmelszeltes, tanzten umher wie feurige Kometen. Ein Seufzen drängte über meine Lippen, als all die Anspannung und sämtliche Sorgen von mir abfielen. Dieser Moment im Hier und Jetzt war so umfassend, so einnehmend, dass ich alles andere vergaß.

Ich wollte zufrieden die Augen schließen, als ich eine Bewegung über mir wahrnahm. Genauer gesagt weit über mir, irgendwo zwischen den funkelnden Sternen.

Ich sah genauer hin. Unvermittelt war da ein heller Streifen am Firmament, ein silbernes Band, das sich quer über den Himmel spannte. Ein tiefes, kaum wahrnehmbares Brummen hob an. Die Luft fühlte sich wärmer an als zuvor und auf der Zunge lag der bittere Geschmack von Grapefruitsaft und rohem Kakao.

Das Band wurde größer, breiter, dehnte sich aus wie Öl auf einer Wasserfläche. Gleichzeitig nahm seine Helligkeit zu, es strahlte, als wäre es von Licht durchdrungen. Das Silber gerann zu einem Spiegel – einem durchlässigen Spiegel. Ich sah das Zeltlager, das Feuer, um das wir saßen; aber auch etwas anderes, eine leere, vom Wind bewegte Grasebene. Und daneben – oder dazwischen? – leuchtete ein mondbeschienener See, flackerten Mündungsfeuer von Gewehren, heulte ein Rudel Wölfe, spie ein Vulkan Feuer, wirbelte Sand über eine Düne, reckten sich Wolkenkratzer in Richtung Himmel, trieb ein roter Planet durch das All, duckte sich ein Dschungel unter einem Gewittersturm, verbrannte die Sonne den nackten Erdboden, stürmte ein Mob auf eine Festung zu, starb ein Mann in den Armen einer Frau … *ein Mann, der mein Gesicht trug!*

Ich spürte, wie sich meine Muskeln verkrampften. Weder konnte ich meine Augen von dem atemberaubenden, verstörenden Anblick abwenden, noch war ich zu irgendeiner Regung imstande. Ich hockte, starrte und glaubte, den Verstand zu verlieren. Nein, vermutlich hatte ich ihn bereits verloren.

Eine Stimme an meinem Ohr, seltsam fern und doch ganz in der Nähe. Eine bekannte, vertraute Stimme. Sie wurde kräftiger, drängte sich zwischen mich und das groteske Schauspiel über meinem Kopf. Meine Stirn schmerzte. Schweiß perlte meine Wangen hinab. Übelkeit stieg in mir auf und …

»Walter!«

Ein Aufschrei. Der Schrei einer Frau.

Anna!

Das Silberband über mir stob auseinander wie eine Fata Morgana. Ich japste, kämpfte sitzend um mein Gleichgewicht und stürzte bäuchlings in die Wiese.

»Schatz?! Schatz, hörst du mich?«

»Klar un deutlisch«, nuschelte ich.

»Walter?« Das war Eduards Stimme. »Was ist passiert?«

»Das Band … Es is… misch … waschloswobin…?«

Ich verstummte, weil ich begriff, dass ich nur unverständliches Zeug von mir gab. Nach einigen Sekunden spürte ich kräftige Arme, die mich stützten. Ich zwinkerte, rieb mir die Augen – mein erster Blick suchte den Himmel. Doch da war kein Band. Dort war nichts, bis auf die Sterne, die mir hämisch zugrinsten.

Ich ächzte wie ein alter Mann, richtete mich mit Hilfe von Anna und Eduard in eine sitzende Position auf. Direkt vor mir hockte Pema. Sie wirkte nicht überrascht, allerdings gehörig neugierig.

»Was hast du gesehen?«, fragte sie leise.

Ich holte tief Luft. »Da war ein Band am Himmel. Ein Silberband. Es war überall und hat … es hat sich in einen Spiegel verwandelt. Ich habe uns gesehen, das Lager … aber auch andere … Orte. Da war eine Wüste, eine Stadt, Menschen … Es war alles … gleichzeitig und überall.«

»Die Anderwelt.« Pema nickte. So wie sie die Worte aussprach, gab es keinen Zweifel. »Du hast sie gesehen.«

»Anderwelt? Ich verstehe nicht …«

»Das musst du nicht. Noch nicht. Nur so viel möchte ich dir sagen, dass es ein Zeichen war – das Zeichen, worauf wir gewartet haben.«

Erst jetzt merkte ich, wie still es geworden war. Keine Musik, kein Gesang. Sämtliche Augen ruhten auf mir. Ich sah erwartungsvolle, erregte Blicke. Aber auch Anzeichen von Furcht.

»Was hat das zu bedeuten, Pema? Bitte, ich begreife nicht, was …«

»Du wirst morgen alles erfahren. Ich bin nicht die richtige Person, dich über dein Schicksal aufzuklären.«

»Mein Schicksal? Aber …«

Pema lächelte mit großmütterlicher Güte. »Ich verstehe, wie du dich fühlst. Aber glaube mir, es würde dir nicht helfen, wenn ich dir jetzt verrate, was ich weiß. Einer der Anderen wird morgen zu dir sprechen, einer, der dich leiten und begleiten kann.«

»Ich habe auch mich selbst gesehen«, flüsterte ich. »Mich, wie ich sterbe. In Annas Armen.«

Anna ließ einen erstickten Laut vernehmen und warf sich mir um den Hals.

»Du bist hier, Walter, hier – und du lebst! Was auch immer du gesehen hast, es war nicht real, verstehst du? Dieser Moment, jetzt, so wie wir zusammen sind, das ist wahr, das ist dein und unser Leben!«

So gern ich Anna glauben wollte, fiel es mir enorm schwer, die vorherigen Bilder auszublenden. Sie hatten so real gewirkt, so *wirklich*.

Dann fiel mein Blick auf Alfred. Mein Cousin war mir nicht so nahe gekommen wie die anderen, stand sogar hinter Latifa. Aber seine Augen waren unverwandt auf mich gerichtet. Was ich in ihnen las, erschütterte mich fast so sehr, wie der Anblick der miteinander verwobenen Welten am Firmament.

Erstens *verstand* Alfred, was mit mir geschah. Zweitens *wusste* er, was es bedeutete. Und drittens sagte sein Blick, dass es für mich keine Hoffnung gab.

Nach einigen Minuten hatte ich mich so weit unter Kontrolle, dass wir die Abendzeremonie abschließen konnten. Die Mitglieder des Stammes tanzten einen Kreistanz, dem sich auch Anna und Latifa anschlossen. Danach wurden gebackene Süßspeisen und Geschenke verteilt.

Meine Freunde erhielten geschnitzte Holzfiguren in Tierform. Bei Anna war es ein Hase, Eduard bekam einen Adler, Alfred einen Bären und Latifa nahm einen Fuchs entgegen. Nur mir reichte man nichts. Mehr verwundert als enttäuscht warf ich Pema einen Blick zu.

Annas Großmutter nickte sacht und lächelte. »Dein Geschenk hast du bereits bei dir.«

»Mein Geschenk? Aber …«

Pemas Blick ruhte auf meinem Rucksack, der neben mir am Boden lag. Verwirrt nahm ich ihn zur Hand und musterte ihn unschlüssig. Hatte Pema die mir zugedachte Holzfigur in einem unbeobachteten Moment in den Ranzen geschoben?

Ich würde gern behaupten, dass es ein schräger Zufall war – aber daran glaubte ich schon lange nicht mehr. Meine Hand wanderte wie von selbst zu der kleinen, linken Außentasche, öffnete sie und griff hinein. Ich spürte Taschentücher, eine Packung Zahnseide, einen Kugelschreiber, Kaugummis – und ganz unten etwas Hartes, Rundes. Ich zog den Gegenstand hervor, hielt ihn ins Licht des flackernden Feuers.

Mit Glupschaugen beäugte ich die vergoldete Taschenuhr zwischen meinen Fingern. Ich klappte den Deckel zur Seite – und das strahlende Antlitz meiner Mutter leuchtete mir entgegen.

»Das kann nicht sein«, murmelte ich. »Ich dachte, ich habe sie verloren.«

»Ist das die Uhr deiner Mutter?«, fragte Anna. »Die, von der du geglaubt hast, dass Alfred sie gestohlen hat?«

»Ja, das …« Ich schüttelte ungläubig den Kopf. »Das ist sie, definitiv. Nur habe ich nicht den blassesten Schimmer, wie …«

»Ohne dir Alzheimer unterstellen zu wollen«, kam von Eduard, »aber vielleicht hast du die Uhr bei deiner kopflosen Flucht aus Deutschland in den Rucksack gesteckt? Unbewusst, meine ich.«

Ich zuckte hilflos die Schultern. Konnte das sein? War es möglich, dass ich in meinem Dussel die Uhr irgendwohin getan, aber dies nicht mitbekommen hatte? Doch welche Erklärung sollte es sonst geben?

»Deine Mutter ist wunderschön.« Latifa blickte über meine Schulter. »Sie sieht aus wie ein Engel.«

»Na ja, das war sie auch. Irgendwie.«

Erinnerungen überschwemmten meinen Geist. Unangenehme Erinnerungen. Ich sah, wie mir meine Mutter Kamillentee einflößte, während ich verkatert im Bett lag; ich vernahm ihren schweren Atem, als sie mich aus meinem Erbrochenen hob und ins Badezimmer trug; ich hörte ihre energische, unnachgiebige Stimme, als sie mich vor der Schuldirektorin verteidigte – und ich spürte ihre liebevolle Berührung an der Wange, die ich, wie jedes Mal, mit einer ärgerlichen Handbewegung beiseiteschob.

Tränen lösten sich aus meinen Augenwinkeln und tropften zu Boden. Niemals hätte ich eine solche Mutter verdient. Sie hatte alles für mich gegeben; und war letztendlich sogar für mich gestorben.

Erst jetzt wurde mir bewusst, dass mich Anna in den Arm genommen hatte. Ich roch ihren Duft, die fruchtig-wilde Mischung aus Erdbeeren, Vanille und Wüstensand, vernahm ihre Herzschläge und ihre ruhigen, tiefen Atemzüge. Das alles und ihre Nähe gaben mir Kraft, linderten meinen Schmerz. Ich wischte mir die Tränen aus dem Gesicht und küsste Anna auf die Wange.

»Danke, dass du für mich da bist«, flüsterte ich.

Annas Blick hielt mich gefangen. Sie lächelte und drückte in inniger Vertrautheit meine Hand.

»Es wird Zeit, dass wir schlafen gehen«, sagte Pema. »Morgen wird ein langer Tag. In dem Zelt dort hinten sind die Toiletten, es gibt auch fließendes Wasser. Bitte geht sparsam damit um. Warmwasser haben wir ohnehin nicht, also werdet ihr euch nicht lange duschen wollen.«

Pema wandte sich Alfred und Eduard zu. »Dolkar Norbu führt euch zu eurem Zelt. Ich hoffe, es ist in Ordnung, wenn ihr zu zwei schlaft.«

»Ich werde Eduards Schnarchattacken überleben«, meinte Alfred lapidar.

»Prinzessin Latifa«, sagte Pema. »Ich fürchte, wir haben kein freies Zelt, das wir dir zur Verfügung stellen können.«

»Woher …?« Latifas Augenbrauen wanderten zusammen. Bisher hatte niemand von uns erwähnt, dass sie eine Prinzessin war.

»Wenn es nicht allzu viele Umstände macht«, fuhr Pema ungerührt fort, »kannst du bei meinen beiden Urenkelinnen schlafen. Sie sind brave Kinder und werden deinen Schlaf nicht stören.«

»Ähm, ja, das ist kein Problem.« Eine leichte Röte stieg in Latifas Wangen. Das hatte ich bei ihr noch nie erlebt. Offenbar war ich nicht der Einzige, den Annas Großmutter aus der Fassung brachte.

Pema wandte sich Anna und mir zu. »Euch beide führe ich persönlich zu eurem Liebesnest.«

Jetzt war es an Anna, rot zu werden. »Großmutter, was soll das?«

»Was ist? Willst du leugnen, dass Walter dein Liebhaber ist?«

Anna suchte nach einer passenden Erwiderung, aber bevor sie etwas sagen konnte, wanderte Pemas prüfender Blick über mein Gesicht und meinen Körper. Instinktiv versteifte ich mich – und hatte das Gefühl, als könnte Annas Großmutter bis auf den Grund meiner Seele blicken.

»Ich muss mich korrigieren. Nicht dein Liebhaber. Der Mann, den du heiraten wirst.«

Niemals hätte ich nach diesem nervenaufreibenden und verstörenden Tag damit gerechnet, aber: Es war eine herrliche Nacht!

Anna und ich zogen uns in das Zelt zurück und liebten uns in ungezügelter Leidenschaft. Es war, als wüssten wir beide, dass morgen alles vorbei sein konnte, und wollten das Jetzt, den Moment, den wir gemeinsam hatten, in vollen Zügen genießen. Der Sex war atemberaubend, Annas Nähe so intensiv wie niemals zuvor. Am liebsten hätte ich sie für immer festgehalten, wäre mit ihr verschmolzen, um ihr so nahe zu sein, wie irgendwie möglich.

»Ich liebe dich«, flüsterte ich Anna ins Ohr. »Ich liebe dich über alles.«

»Ich dich auch.« Annas Stimme klang zart und weich wie der Gesang eines Engels. »Egal was geschieht, ich werde dich immer lieben.«

Gegen Mitternacht, als das Lager längst in eine schläfrige Stille gefallen war, schlummerten auch wir ein – und erwachten erst, als uns aufgeregte Rufe weckten.

Ich blinzelte, hob den Kopf. Es musste früh am Morgen sein, denn die Sonne schien fast waagrecht in das Zelt hinein. Anna lag eng an mich gepresst, ihr nackter Körper schimmerte hell und verführerisch. Sofort spürte ich, wie sich zwischen meinen Beinen etwas regte, aber die Rufe von draußen konnte ich nicht ignorieren.

»Was ist los?« Anna richtete sich auf. In ihren Augen stand leise Furcht. »Ist etwas passiert?«

»Keine Ahnung. Wir sollten nachsehen.«

Schweren Herzens entließ ich Anna aus meiner Umarmung. Wir zogen uns an, traten aus dem Zelt in die kühle, erfrischende Morgenluft. Die Ursache für den Tumult war rasch gefunden. Mehrere Männer waren mit Pferden und einem alten Jeep im Lager eingetroffen und wurden von den Frauen ausgelassen begrüßt.

Ich erkannte Pema in der Menge, die uns ebenfalls entdeckte und auf uns zutrat. »Gut, dass ihr wach seid. Wollt ihr euch frisch machen, bevor es losgeht?«

»Ich will nicht unhöflich sein«, hob ich an, »aber uns verfolgen bösartige Menschen, die …«

»Ich weiß.« Pemas Stimme klang sanft. »Vertraut mir. Momentan seid ihr nicht in Gefahr. Ich glaube, wir können euch weiterhelfen. Kommt in zehn Minuten in das Zelt des Häuptlings, das ist das große in der Mitte des Lagers.«

Gegen Pemas Überzeugungskraft gab es kein Ankommen, also fügten wir uns. Anna und ich erledigten unseren Toilettengang und führten eine Katzenwäsche durch, bevor wir durch die geschwungenen, bestickten Planen in das Innere des Zeltes traten. Neben Eduard, Alfred, Latifa und Pema hockten zwei alte Frauen, ein Mädchen und drei greise, knochige Männer auf den Fellen am Boden.

Eduard begrüßte mich mit einem breiten Grinsen, während Alfreds Blick undurchsichtig blieb. Latifa schielte zu Anna und mir, auf ihren Zügen lag Wehmut. Ich vermutete, dass wir sie an ihre glückliche Zeit mit Hasan erinnerten.

»Setzt euch«, sagte Pema und deutete uns, neben ihr Platz zu nehmen. »Wir sind fast vollzählig und können in Kürze … Ah, da bist du ja.«

»Hallo allerseits«, erklang eine tiefe, Deutsch sprechende Stimme hinter uns.

Eine eigentümliche Gestalt war unter dem Zelteingang erschienen. Der Mann musste mittleren Alters sein, aber sein ungepflegter Vollbart und die Narben auf seinem Gesicht ließen ihn deutlich älter wirken. Er trug die Haare schulterlang, silberne Fäden glänzten darin. Seine Kleidung schien allein aus Tierfellen und -häuten zu bestehen. Ich erkannte den Schweif eines Fuchses, eine halbe Adlerschwinge, Bärenklauen und Hasenohren. Außerdem hielt der Mann einen gewundenen Holzstab in der Hand, von dem Steine, Kugeln und geschnitzte Symbole herabhingen.

Ich hatte noch nie einen Schamanen gesehen, aber wusste sofort, dass dieser Mann meiner Vorstellung eines urzeitlichen Heilers bis ins Detail entsprach. Außerdem empfand ich einen Hauch von Erinnerung, ein Gefühl des Wiedererkennens, als wäre mir der Mann nicht unbekannt.

Ich spürte, dass sich Anna neben mir versteifte. Ihre Augen wurden groß, ihre Lippen bebten. Mit einem Mal hatte ihr Gesicht sämtliche Farbe verloren.

Ein trauriges Lächeln erschien auf den Zügen des Schamanen, als er seinen Blick auf Anna richtete.

»Es ist schön, dich zu sehen«, sagte er leise.

Annas Mund öffnete sich, schloss sich wieder – dann drang ein einzelnes Wort über ihre Lippen, das den Schmerz eines ganzen Lebens enthielt.

»Papa …«

Seltsamerweise verspürte ich keine Verwunderung. Es war, als hätte etwas in mir geahnt, dass es hier am Ende der Welt ein Zusammentreffen zwischen Anna und ihrem verschollenen Vater geben musste. Es mochte aber auch sein, dass mich die Ereignisse der vergangenen Tage abgestumpft hatten. Um mich zu überraschen, hätten derzeit grünhäutige Orks an mir vorbeilaufen müssen, die ausgelassen den Jägerchor aus Webers Freischütz trällerten.

Anna rappelte sich auf, trat einen Schritt auf ihren Vater zu. Ich bemerkte, dass sie schwankte, wollte sie stützen, aber Anna schob meinen Arm beiseite. Ihr Blick war unverwandt auf ihren Vater gerichtet.

»Du bist verschwunden«, murmelte sie tonlos. »Von einem Tag auf den anderen. Ich habe mir die Schuld daran gegeben, weißt du das? Ich habe geglaubt, unser Streitgespräch am Vortag hat dich dazu gebracht, mich zu verlassen.«

Tränen glitzerten in Annas Augen. Sie schob ihre langen Haare zurück, berührte ihr linkes Ohr; jenes, an dessen Oberseite ein Stück fehlte.

»Mama wollte das nicht glauben. Sie hat gedacht, du bist tot; entführt oder einer Gewalttat zum Opfer gefallen. Aber du bist einfach gegangen. Ohne Abschied, ohne Nachricht. Du bist nach Tibet geflohen, zu deiner Mutter.«

Annas Blick richtete sich auf Pema. »Du hättest es uns sagen können, du hättest es *mir* sagen können! Weißt du, was ich durchgemacht habe?« Anna ballte die Hände zu Fäusten.

Pema erhob sich. Auf ihren Zügen stand Schmerz, aber auch ein unbeugsamer Wille. »Ich konnte es dir nicht sagen. Ich durfte es nicht.«

»Wieso *durftest* du es nicht?!« Annas Augen glühten. »Was hat dich – oder Papa – daran gehindert, Mama und mir die Wahrheit zu sagen? Warum sollten wir nicht erfahren, dass es ihm gut geht?«

»Weil du dann niemals hierhergekommen wärst.«

»Natürlich wäre ich gekommen!«, empörte sich Anna. »Ich hätte den ersten Flieger genommen und wäre notfalls zu Fuß …«

»Du hättest ihn nicht mitgebracht.«

»Mitgebracht? Wen mitgebracht?«

»Walter.«

Gut, *das* war eine Überraschung! Ich spürte, wie sich mein Puls beschleunigte und aberwitzige Fragen durch meine Gehirnwindungen jagten. Die Sache mit Annas Vater war Jahre her. Wie sollte seine Mutter wissen, dass Anna und ich zusammenkommen würden? Konnte es sein, dass Pema unsere Liebe vorausgesehen hatte? Nur weshalb war dann Annas Vater sang- und klanglos von der Bildfläche verschwunden? Und was hatte die ganze Sache überhaupt mit mir zu tun?

Sämtliche Blicke waren auf mich gerichtet. Unangenehm berührt starrte ich auf die Spitzen meiner Sportschuhe. Ich wollte etwas sagen, wollte Fragen stellen, aber meine Kehle war wie zugeschnürt.

»Glaub mir, Anna«, sagte ihr Vater und ein tiefer Schatten legte sich auf sein Gesicht. »Wenn ich die Wahl gehabt hätte, ich wäre niemals von euch fortgegangen.«

»Du hattest die Wahl«, stieß Anna hervor. »Jeder hat die Wahl, immer und überall. Du hast mich … verlassen und bist …«

Ein Schluchzen entrang sich ihrer Kehle. Annas Vater war mit zwei Schritten bei seiner Tochter und nahm sie in den Arm. Sie erwiderte die Geste der Zuneigung, drückte ihr Gesicht tief in die Felle vor seiner Brust. Nach kurzer Zeit wurde ihr Schluchzen leiser, sie löste sich von ihrem Vater und wischte sich die Tränen von den Wangen.

»Wir werden dir alles erklären.« Die Stimme des Schamanen war ruhig. »Es ist kein Zufall, dass wir hier und jetzt beisammen sind. Es gibt keine Zufälle. Nicht mehr.«

Die letzten Worte von Annas Vater jagten mir eine Gänsehaut über den Rücken. Warum, zum verlausten Kuckuck nochmal, hatte ich die bestimmte Ahnung, dass die ganze Sache verdammt viel mit mir und meinem verkorksten Leben zu tun hatte?

Wir ließen uns wieder am Boden nieder. Auch Annas Vater nahm auf den Fellen Platz. Obwohl seine Position im Kreis keine Besonderheit aufwies, hatte ich doch den Eindruck, als wäre er der unangefochtene Anführer.

Pema warf einen Blick in die Runde. »Nun wisst ihr, dass Lhaje Gyatsho Tsomo Annas Vater ist. Vor seinem Schritt in die Anderwelt war er unter dem Namen Michael Tsomo bekannt. Er wurde in Deutschland geboren und ist dort aufgewachsen, doch schlussendlich haben ihn das Schicksal und seine Herkunft eingeholt.«

Pema schwieg einen Moment. Die junge Tibeterin neben uns übersetzte ihre Rede für die Ältesten.

»Ihr habt sicher eine Menge Fragen«, fuhr Pema fort. »Jetzt ist der Moment, sie zu stellen.«

»Warum bist du fortgegangen, Papa?« Annas Stimme klang gepresst und ich spürte den Schmerz, der in ihren Worten lag.

»Ich hatte eine Vision«, entgegnete der Schamane, »eine Vision der Anderwelt. Ich habe die Zukunft gesehen, eine erschreckende Zukunft. Und ich konnte einen Pfad wahrnehmen, einen Weg, den ich gehen musste. Ich habe verstanden, dass es meine Bestimmung ist, zu meinen Wurzeln zurückzukehren und Schamane des Stammes zu werden.«

»Wie …« Ich schluckte schwer. »Wie hat die Vision der Anderwelt ausgesehen?«

»Es war ein göttliches Silberband am Himmel, durch das die Zeiten und Welten hindurchgeschimmert haben.«

Latifa warf mir einen überraschten Blick zu, während Eduards Miene zu sagen schien: *Wenn das hier überstanden ist, sind wir alle reif für die Klapse!*

»Ernsthaft?« Meine Stimme klang ein bisschen wie das Piepsen einer Maus. »Genau das habe ich auch gesehen.«

»Warum hast du uns nicht davon erzählt?«, fuhr Anna ihren Vater an. »Wir hätten dir geglaubt, wären mit dir gegangen …«

Es war Pema, die das Wort ergriff. »Michael hat gesehen, dass einer kommen wird, der das erschreckende Zukunftsszenario abwenden kann. Er wird die Anderwelt wahrnehmen können und er wird von vier Tieren begleitet – einem Fuchs, einem Bären, einem Adler und einem Hasen.«

Ich sah, wie Latifa zusammenfuhr und Eduards Augen groß wurden. Mit zittrigen Händen griff Anna in ihre Hosentasche und zog die geschnitzte Holzfigur hervor, die sie gestern bei der Abendzeremonie erhalten hatte. Sie besaß die Form eines Hasen.

Pema lächelte schwach. »So ist es. Auf euch fünf haben wir gewartet.«

Anna blickte von der Holzfigur zu ihrer Großmutter auf. »Aber weshalb konntet ihr uns nicht sagen …«

»Michael hat noch mehr gesehen«, unterbrach sie Pema. »Der Mann, der die Zukunft verändern kann, trifft nur dann hier, an diesem Ort der Entscheidung ein, wenn wir dein Leben, dein Schicksal, nicht beeinflussen, in keiner Weise. Das ist der Grund, weshalb wir uns nicht gemeldet haben und du nicht erfahren durftest, dass Michael noch lebt.«

»Mein Schicksal …« Anna schüttelte den Kopf. »Deshalb also die Koordinaten. Du hast sie mir gegeben, ein paar Wochen, nachdem Papa verschwunden ist. Also war es meine einzige Aufgabe, Walter hierher zu führen?«

»Nein.« Die Stimme des Schamanen klang hart. »Es war nur eine deiner Aufgaben. Aber vielleicht die wichtigste.«

Ich sah, dass Anna wieder zu zittern begann und nahm sie in den Arm. Sie ließ es geschehen, schloss erschöpft die Augen. Ich verstand durchaus, was in ihr vorging. Die jüngsten Ereignisse mussten ihr Weltbild auf den Kopf gestellt haben; wie es mir selbst vor nicht allzu langer Zeit ergangen war.

»Also gut.« Meine Stimme klang nicht so beherrscht, wie ich es mir gewünscht hätte. »Mal angenommen, das alles entspricht der Wahrheit; was könnte das für eine erschreckende Zukunft sein? Weshalb – und wie? – soll ich etwas dagegen ausrichten können?«

»Deine erste Frage kann ich beantworten«, entgegnete Michael. »Uns droht das Ende der Welt, wie wir sie kennen.«

»Na klar.« Eduard stieß scharf die Luft aus. »Das Ende der Welt. Jetzt erzählt ihr uns gleich, dass Walter der neue Messias …«

Mein Arbeitskollege verstummte, als ihn der Blick des Schamanen traf. Michael besaß wie Annas Großmutter eine unsichtbare Autorität, eine unterschwellige Macht, gegen die es kein Ankommen gab.

»Auf welchem Weg du die Katastrophe abwenden kannst, weiß ich leider nicht«, sprach Michael weiter. »Dieses Wissen besitzt nur du.«

»Aber … Ich habe nicht mal die geringste Ahnung, woher die Veränderungen in meinem Leben gekommen sind. Wie soll ich da …«

»Du bist hier.« Michaels Worte klangen wie in Stein gemeißelt. »Allein das ist Beweis genug. Ich weiß, dass du uns retten kannst.«

»Aber retten wovor? Gut, mein Leben geht momentan etwas den Bach runter und ihr seid womöglich auch in Gefahr, aber das hat doch keine Auswirkungen auf die restliche Welt.«

»Alles ist miteinander verknüpft«, entgegnete Michael. »Wir befinden uns in einem ständigen Strom aus Lebensadern, die sich gegenseitig beeinflussen. Du bist die zentrale Schraube, die alles zusammenhält, das Rädchen, das zwischen Chaos und Reinigung entscheiden kann.«

»Du meine Güte«, entfuhr es Eduard – doch er senkte eilig den Blick, als ihn Michaels funkelnde Augen trafen.

Zugegeben: Ich war mehr als überfordert. Genau genommen mussten meine Gesichtszüge inzwischen die Form eines riesigen Fragezeichens angenommen haben.

»Okay, Moment.« Ich hob abwehrend die Hände. »Einen Schritt zurück. Vor nicht mal drei Monaten war ich der geborene Pechvogel. Dann hat sich schlagartig alles geändert und ich habe mich in einen Glückspilz verwandelt. Aber vor ein paar Tagen ist mein Leben außer Kontrolle geraten. Eine verrückte Begebenheit jagt die nächste. Ehrlich gesagt kann ich darin kein Muster erkennen, nichts, das mir sagt, dass ich mehr bin, als ein gefälschtes, vierblättriges Kleeblatt, das jetzt von seinem gnadenlosen Unglück verfolgt wird.«

»Ist dir in letzter Zeit etwas Schlimmes passiert?«, fragte Pema.

»Schlimm? Wie meinst du?«

»Als deine Glückssträhne zu Ende gegangen ist – gab es seitdem ein fatales Ereignis?«

»Eines? Dutzende!«

»Was denn zum Beispiel?«

»Ich wurde verdächtigt, mit einem Selbstmordattentäter unter einer Decke zu stecken.«

»Augenscheinlich hast du gute Argumente für deine Unschuld vorgebracht.«

»Ich habe geglaubt, dass mich Anna betrügt.«

»Was sie nicht hat.«

»Mich wollte ein Mann erschießen.«

»Offensichtlich ist es ihm nicht gelungen.«

»Aber fast! Und ein Tiger wollte mich fressen.«

»Scheint, als wäre ihm der Appetit vergangen.«

»Ich bin in einen Schusswechsel geraten.«

»Und hast unverletzt überlebt.«

»Außerdem sind wir um ein Haar mit dem Flugzeug abgestürzt!«

Pema erwiderte nichts mehr. Sie lächelte auf eine sehr eigentümliche Weise. Beschämt senkte ich den Blick. Wie konnte ich der alten Frau nur klarmachen, dass mir mein

Unglück folgte wie ein Bluthund? Nur weil bislang alles gut gegangen war, musste es nicht so bleiben.

»Ich glaube, wenn du tief in dich gehst, wirst du merken, dass das keine glücklichen Zufälle waren.« Michael hatte die Augen geschlossen und wand seinen Stab zwischen den Fingern. »Du wirst beschützt.«

»Beschützt? Von wem?«

»Auf der einen Seite sind deine Gefährten, die dich vor Gefahren bewahrt haben. Aber du wirst auch von dem mächtigsten Spirit begleitet, den es gibt.«

»Spirit?« Mein Herz klopfte. »So etwas wie ein Schutzengel?«

»Ja. Es ist der Geist deiner Mutter.«

Ich machte den Mund auf – und wieder zu, schüttelte den Kopf, rieb mir den Nasenrücken, kniff die Augen so fest zusammen wie ich konnte.

Der Geist meiner Mutter? Nein, das war zu verrückt, um wahr sein zu können!

»Sie ist ständig in deiner Nähe, begleitet dich schon viele Jahre. Seit dem Wandel vor einigen Wochen lässt sie kein Unglück mehr an dich heran.«

Unwillkürlich wanderte meine Hand zu der vergoldeten Uhr in meiner Hosentasche. Ich zog sie hervor, öffnete sie, betrachtete das lächelnde Bildnis der Frau.

Konnte das die Erklärung sein? War es möglich, dass mir meine Mutter auf unsichtbare Weise Beistand leistete? Etwas in mir *wollte* diesen Worten Glauben schenken, hoffte, bat darum, dass es tatsächlich so war. Aber dann gab es noch eine andere, fiese Stimme, die bloß meinte: *Die erste Finte des Unglücks: Lass dein Opfer glauben, du kannst ihm nichts anhaben.*

»Nein«, brach es aus Alfred hervor, der sich bislang ungewohnt schweigsam verhalten hatte. »Die ganze Sache hat nichts mit Schicksal, Unglück oder Geistern zu tun. Es ist Wissenschaft, pure Wissenschaft.«

Ich war nicht der Einzige, der meinem Cousin verwunderte Blicke zuwarf.

»Was meinst du damit?«

Alfred holte tief Luft. »Das alles hier – und insbesondere deine Probleme, Walter – sind meine Schuld.«

Im ersten Moment war ich der festen Überzeugung, dass sich Alfred bloß einen dummen – und mehr als unangebrachten – Scherz erlaubte. Aber ein Blick in seine Augen genügte, um mir zu verdeutlichen, dass er seine Worte todernst meinte.

Michaels Augenbrauen wanderten nach oben. »Das ergibt keinen Sinn.«

Alfred lachte kurz und humorlos. »Natürlich ergibt es keinen Sinn. In der Quantenmechanik kommt man mit menschlicher Logik nicht weit.«

Annas Blick flackerte. »Alfred, wieso …?«

»Ich muss es ihm sagen«, unterbrach sie mein Cousin. »Erst recht nach dem, was ich hier gehört habe. Vielleicht lagen wir ohnehin falsch und es spielt keine Rolle, ob er es erfährt oder nicht.«

»Was erfährt, verflucht?!« Ungezielte Aggression kochte in mir empor. Was sollte das wieder bedeuten? Welche schicksalhaften Informationen hatten mir Alfred und Anna vorenthalten?

»Du erinnerst dich daran, was ich dir über meine Arbeit erzählt habe?«, sagte Alfred ruhig.

»Klar, du hast ja oft genug damit geprahlt. Irgendwas mit Quantenphysik und weltbewegenden Erkenntnissen.«

Alfred verzog das Gesicht. »Ich fürchte, du liegst richtiger, als du denkst. Leider sind die Phänomene der Quantenmechanik nur schwer in die Alltagssprache zu übersetzen, aber ich will euch zumindest einen kleinen Einblick geben, damit ihr die Hintergründe versteht. Konkret geht es um die Überlagerung von Quantenzuständen.«

Alfred holte tief Luft. »Die Überlagerung – oder Superposition – meint, vereinfacht gesprochen, dass sich ein Elementarteilchen an mehreren Orten *zugleich* aufhalten kann. Es verhält sich dabei wie eine Welle. Der tatsächliche Ort des Auftretens kann nur über Wahrscheinlichkeiten ausgedrückt werden. Erst durch den Vorgang der Messung, der Wechselwirkung mit der Umgebung, kollabiert die sogenannte Wellenfunktion und wir erhalten ein eindeutiges Ergebnis, wo sich das Teilchen befindet. Im Prinzip bedeutet das: Von den vielen *möglichen* Orten, an denen sich ein Teilchen befinden kann, kristallisiert sich einer als *wahr* oder *real* heraus. Die restlichen Varianten verpuffen ins Nichts – zumindest ist das eine Interpretation. Es gibt aber auch einen anderen Ansatz und der nennt sich Viele-Welten-Theorie.«

»Davon habe ich gelesen«, hörte ich mich sagen. »Das bedeutet wohl, ich bin in ein paralleles Glücks-Universum gerutscht.«

Alfreds Gesichtszüge zuckten. »So einfach ist es nicht. Die Viele-Welten-Theorie geht davon aus, dass kein Kollaps stattfindet. Das heißt, sämtliche Möglichkeiten bleiben bestehen, aber nur eine nehmen wir als real wahr. Die anderen Varianten laufen parallel dazu weiter – allerdings in neu entstandenen Universen, die nicht miteinander interagieren können. Spinnt man den Gedanken weiter, kann man sich vorstellen, dass es durch die fortwährenden Wechselwirkungen zwischen Quanten unendlich viele Realitäten gibt und sämtliche denkbaren – und undenkbaren – Möglichkeiten existieren; nur eben für uns nicht wahrnehmbar. Und hier kommen wir zum Kern der Sache: Ich habe mit meiner Forschungsgruppe einen Weg gefunden, wie unterschiedliche Universen miteinander interagieren können.«

»Gerade hast du behauptet, das geht nicht«, kam von Eduard.

Alfred nickte knapp. »Richtig. Laut den Gesetzmäßigkeiten der klassischen Quantenmechanik darf kein Austausch stattfinden. Hier kommt Einsteins allgemeine Relativitätstheorie ins Spiel – und die Gravitation. Diese entsteht durch Energie und Masse. Wenn sie so stark wird, dass selbst Licht nicht mehr entweichen kann, bilden sich schwarze Löcher. Unsere Vermutung war, dass diese extremen Gebilde, in denen Raum und Zeit anderen Gesetzmäßigkeiten folgen, den Schlüssel für den Zugang in parallele Realitäten darstellen.«

»Ihr habt ein … schwarzes Loch erzeugt?«

»Ich bevorzuge den Begriff Singularität. Aber ja, das haben wir. Es wurde nach jahrelanger Vorbereitung in einem Hochsicherheitslabor am unterirdischen Testgelände von CERN erschaffen. Der sichtbare Teil war kaum größer als eine Erbse. In seinem Einflussbereich war die Zeit verlangsamt, ist beinahe zum Stillstand gekommen. Über eine raffinierte Versuchsanordnung konnten wir das Unmögliche messen: Mehrere Realitäten zur gleichen Zeit! Natürlich nur auf Ebene der Elementarteilchen, aber nichtsdestotrotz eine weltbewegende Erkenntnis. Und dann ist der Effekt in den Makrokosmos übergeschwappt.«

Alfred senkte den Kopf. »Wir wissen noch immer nicht, was genau passiert ist. Die Strahlungs- und Energiewerte sind emporgeschnellt. Das schwarze Loch hat geflackert – und war auf einmal doppelt vorhanden. Die Luft hat sich verändert, aber nicht nur in der abgeschotteten Kammer der Singularität, sondern auch außerhalb. Mit einem Mal war alles von silbrigen Schlieren durchzogen. Dann haben wir die Schatten gesehen; Mitarbeiter, die sich übergangslos woanders befunden haben oder an mehreren Orten zugleich. Der Raum war im selben Moment von Menschen erfüllt und menschenleer, es war gleichzeitig hell und dunkel, heiß und kalt, ohrenbetäubend laut und gespenstisch leise …«

Ich spürte, wie mir Alfreds Erzählung einen Schauer über den Rücken jagte. Sollte dies das Ende sein, das uns bevorstand? Der Verlust jeglicher Realität und ein Abgleiten in das Chaos verschwimmender Welten?

»Wir haben das Experiment abgebrochen, alles heruntergefahren. Doch uns ist vorgekommen, als wäre es nicht in allen Realitäten so geschehen. In einer Wirklichkeit ist die Singularität angeschwollen, in einer anderen hat es ausgesehen, als würde der Raum von einem Erdbeben zerstört. Dann ist das schwarze Loch kollabiert. Von einem Augenblick auf den anderen war alles wie zuvor und so, wie unsere Realität sein sollte. Mit einer Ausnahme: Jiang Li, mein leitender Techniker, war wie vom Erdboden verschluckt.«

Alfred verstummte und eine lähmende Stille breitete sich im Inneren des Zeltes aus. Mit brüchiger Stimme machte sich die junge Tibeterin daran, die Rede meines Cousins für die Ältesten zu übersetzen.

»Uns war klar, dass wir Mist gebaut hatten«, sagte Alfred mit tonloser Stimme. »Wir hatten die Befürchtung, dass es bei der Interaktion der Universen zu einer Kettenreaktion gekommen war, die sich weiter aufschaukeln könnte – was einer Auslöschung unserer Realität gleichkäme. Aber alles schien normal; bis auf Jiangs Verschwinden natürlich. Wir haben umfangreiche Recherchen betrieben, doch es blieb dabei: keine überraschenden Veränderungen oder unerklärlichen Phänomene am CERN oder irgendwo sonst auf der Welt. Einige glaubten, dass es doch einen Wandel gegeben hatte, den wir aber nicht wahrnehmen konnten, da wir alle Teil dieser Realität waren. Andere waren davon überzeugt, dass die Sache noch einmal glimpflich ausgegangen war. Auch ich glaubte daran, oder hoffte es zumindest. Leider habe ich zu spät erkannt, dass es doch eine Veränderung gegeben hat und sich eine Menge sonderbarer Begebenheiten um eine einzige, mir nicht unbekannte Person konzentrieren.«

»Lass mich raten.« Meine Kehle war rau und trocken. »Diese Person bin ich.«

»So ist es.« Alfred seufzte tief. »Ich habe herausgefunden, dass sich dein Leben ausgerechnet am Tag unseres Experiments um hundertachtzig Grad gedreht hat. Aber es haben sich nicht nur Dinge verändert, von denen du weißt. Deine Alkoholsucht ist verschwunden – aber auch von Hunderten Menschen in deiner Umgebung. Im gesamten Landkreis gab es einen dramatischen Umsatzeinbruch bei alkoholischen Getränken; und das ist erst der Anfang. Über Süddeutschland bilden sich seit Wochen Wetteranomalien – die längste Schönwetterperiode seit Aufzeichnungsbeginn. Mehrere schwache Erdbeben sind aufgetreten; und das Epizentrum lag jedes Mal in deiner Nähe. Daneben gab es eine Reihe an

Geistererscheinungen in der Stadt. Augenzeugen haben behauptet, Schatten zu sehen, wo keine hätten sein sollen, menschliche Schatten. Dann die Sache mit deinem Vorgesetzten. Wusstest du, dass er nie begraben wurde, weil seine Leiche spurlos verschwunden ist? Und natürlich: Das ehemalige Haus deiner Mutter ist in sich zusammengebrochen. Über Nacht war es baufällig geworden, als hätte jahrzehntelang niemand darin gewohnt.«

Mein Herz pochte und ich spürte, dass meine Finger zitterten. Die Sache nahm immer groteskere aber auch beängstigendere Züge an. Doch konnte es wirklich sein, dass all diese Abnormitäten mit meiner Person zusammenhingen?

»Ein weiteres Beispiel ist die massive Rattenplage. Sie ist nur in der Stadt und im Umland aufgetreten; wenigstens zu Beginn. Vor rund zwei Wochen habe ich gelesen, dass es weltweit zu einer Zunahme an Rattensichtungen gekommen ist.«

»Und das soll etwas mit mir zu tun haben? Nur weil ein paar Ratten …«

»Es hat in deiner Umgebung angefangen. Aber du hast recht, lassen wir diesen Punkt beiseite. Was viel dramatischer ist: Mehrere Personen sind spurlos verschwunden.«

»Du meinst …«

»Zwei davon waren Arbeitskollegen von dir. Dann der Arzt, bei dem du wegen deines Beines in Behandlung warst. Und deine Ex-Freundin Claudia.«

Ich wollte etwas erwidern, irgendetwas, wollte Alfred fragen, wie er zu diesen Informationen gekommen war, aber mein Kopf war mit einem Mal leer wie ein Ballon.

»Ich befürchtete, dass die Beamten die Zusammenhänge verstehen würden, vor allem nach dem Tod deines Chefs. Das war einer der Gründe, weshalb ich dich vergangenen

Sonntag besucht habe. Außerdem wollte ich dir die Wahrheit sagen – darüber, was wir mit unserem Experiment angerichtet haben. Aber ich habe es nicht getan, aus Furcht, dass sich die Ereignisse dadurch weiter aufschaukeln könnten. Wenn ich früher begriffen hätte, was vor sich geht, vielleicht wäre es möglich gewesen … irgendetwas zu tun, wobei ich keine Ahnung habe, was. Meine waghalsige Theorie – oder eher Hoffnung – war es, dass du unbewusst Entscheidungen triffst, die zu einer Trennung der Realitäten führen. Denn das ist mir inzwischen klar geworden: Unsere Welt ist nicht länger allein. Andere Realitäten beeinflussen die unsere, und du, Walter, stehst genau an diesem unsichtbaren Kreuzungspunkt, weshalb auch immer. Letztendlich ist dies der Grund, weshalb wir alle hier versammelt sind. Und auch das, was wir von Pema und Michael gehört haben – alles hängt mit unserem außer Kontrolle geratenen Experiment zusammen.«

»Moment«, wandte Michael ein. »Meine Vision der Anderwelt ist Jahre her. Da gab es euren Versuch noch nicht und Walter war ein Pechvogel.«

Alfred nickte. »Darüber habe ich mir auch den Kopf zerbrochen. Dann ist mir eingefallen: Wenn man die Überlegungen der Viele-Welten-Theorie konsequent zu Ende denkt, spielt Zeit keine Rolle. Die Wirkung kann vor der Ursache erfolgen, zumindest auf unsere Realität bezogen. Ich glaube, genau das ist hier geschehen. Vermutlich gibt es unzählige andere Fälle, die alle irgendwie mit Walter in Verbindung zu bringen sind. Die meisten Ereignisse haben sich aber in den letzten Wochen zugetragen.«

»Ich habe so viele Dinge gesehen«, murmelte Pema. »Vorausgesehen. Und Michael auch. Wie ist das zu erklären?«

Alfred zuckte die Schultern. »Ich weiß es nicht. Aber ich bin mir sicher, dass es wenig mit Geistern und Schicksal zu tun hat. Möglicherweise könnt ihr Blicke auf die Zeitlinie unserer Realität werfen und Schattenbilder aus anderen Universen wahrnehmen. Aber wir waren es, die mit unserem Experiment die Mauern der Realität eingerissen haben, wir haben die Welt an den Abgrund geführt.«

Ich schluckte. Alfreds Worte klangen so … endgültig. Tief in meinem Inneren spürte ich, dass mein Cousin die Wahrheit gesprochen hatte und dass vieles – vielleicht nicht alles – so war, wie er behauptete.

»Vor einigen Tagen habe ich Anna alles erzählt«, fuhr Alfred fort. »Sie hat mich davon überzeugt, dir auf deiner Flucht zu folgen. Ich war zuversichtlich, dass ich meinen schrecklichen Fehler gutmachen könnte. Aber ich fürchte, ich habe mich geirrt. Meine einzige Hoffnung besteht in dem, was ich von Pema, Michael, aber auch von dir, Walter, gehört habe. Es sieht für mich so aus, als versuchen die Welten selbst, eine Lösung zu finden und die verschwommenen Realitäten zu trennen. Deshalb die verrückten Ereignisse der letzten Tage und deshalb kumulieren sich auch so viele abstruse Zufälle.«

»Aber was bedeutet das?«, murmelte ich. »Wie wird es weitergehen, was können wir tun?«

»Ich weiß es nicht.« Alfreds breite Schultern sanken nach vorn. »Mit etwas Glück renkt sich alles von allein ein; gut, mit sehr viel Glück. Es könnte aber auch sein, dass du einfach verschwindest, so wie mein Techniker – und mit dir die ganze Welt.«

»Grandios.« Eduard rieb sich die Stirn. »Also brauchen wir nichts Geringeres als ein Wunder.«

»Michael und ich haben uns oft darüber unterhalten, wie wir den Auserwählten unterstützen können«, sagte Pema. »Vielleicht ist darunter etwas, das hilft, unsere Realität zu stabilisieren.«

»Wir müssen alles versuchen«, betonte Alfred. »Am besten, wir starten sofort. Ich fürchte, uns bleibt nicht viel Zeit; falls man angesichts der Umstände überhaupt von *Zeit* sprechen kann.«

Ich erhob mich, atmete tief durch. »Machen wir das. Aber zuerst brauche ich ein paar Minuten für mich.«

»Soll ich dich begleiten?« Anna warf mir einen mitfühlenden Blick zu.

»Nein. Ich muss nachdenken, in mich gehen. Vielleicht fällt mir etwas ein, das uns weiterhilft. Außerdem ist es die letzte Gelegenheit, mit mir ins Reine zu kommen, bevor … wer weiß was geschieht.«

Aber das kannst du dir doch denken, sagte die fiese Stimme in meinem Kopf. *Du erhältst das, was dir nach deiner Odyssee zusteht: sehr viel Schmerz und ein armseliges Ende.*

Ich trat aus dem Zelt ins Freie und atmete tief durch; so tief, dass mich Schwindel erfasste. Mit schlotternden Knien klammerte ich mich an einen Holzpfosten und starrte sekundenlang ins Leere. Ein unbedarfter Beobachter musste mich für einen Alkoholiker halten; womit er vor wenigen Wochen noch goldrichtig gelegen wäre.

Ich verscheuchte die drängenden Gedanken, die in mein Bewusstsein krochen, richtete mich auf und hob den Blick. Fast erwartete ich, das ominöse Silberband am Firmament zu erspähen. Doch der Himmel strahlte klar und rein, nicht eine Wolke zeigte sich von hier bis zum Horizont. Das Licht der Vormittagssonne tauchte die Steppe in eine Mischung aus Ocker, saurem Zitronengelb und einem düsteren Graubraun, das die Schatten entlang der Hügelkämme erfüllte.

So, mein lieber Walter – und was jetzt?

Das war eine mehr als berechtigte Frage. Leider glaubte ich nicht daran, dass mir die göttliche Erleuchtung einen Besuch abstatten würde und ich eine Lösung für unser klitzekleines Problem mit dem Armageddon finden könnte. Ich hatte das Zelt verlassen, weil ich das Gefühl gehabt hatte, nicht mehr atmen zu können. Die Luft war wie flüssiger Teer in meine Lungen gedrungen und hatte mich zu Boden gedrückt – ein paar Sekunden länger, und ich wäre für immer in meiner sitzenden Position festgewachsen.

Die Bewegung fiel mir nur deshalb auf, weil sie sich deutlich von allen anderen Eindrücken in meinem Gesichtsfeld unterschied. Da gab es Fähnchen auf den Zelten, die in der sanften Brise flatterten; eine Gruppe Frauen, die mit Weben und Stricken beschäftigt waren; Grashalme, die sich im Wind neigten; einen Hund, der an einem Felsbrocken schnüffelte; Schatten, welche die Zeltwände entlanghuschten und die Form von Menschen …

Nein, da waren keine Schatten, schon gar keine in menschlicher Gestalt. Aber da war ein kleines Tier, das vielleicht zwanzig Schritte entfernt durch die Wiese hopste.

Selbstverständlich handelte es sich um Susi.

Für mehrere Sekunden starrte ich verwundert auf den schwarz-weißen Körper meiner Ratte, der in schöner Regelmäßigkeit in der Wiese auftauchte; nämlich immer dann, wenn sich Susi in bester Springmaus-Manier in die Luft katapultierte. Offenbar war es meiner Ratte gelungen, aus ihrer Behausung zu entkommen. Gewöhnlich agierte sie in unbekanntem Terrain äußerst vorsichtig und wagte sich nur dann ins Freie, wenn ich mich in ihrer Nähe befand. Und selbst wenn dies geschah, vermied sie jedes auffällige …

Ich brauchte weitere drei Sekunden, bis ich es begriff: Susi *wollte*, dass ich sie bemerkte. Sie bewegte sich deshalb auf eine völlig rattenuntypische Art, weil sie wusste, dass das der einzige Weg war, um von mir entdeckt zu werden.

Susi ist eine Ratte, beharrte der rationale Teil meines Verstandes. *Sie ist kein Mensch, sie denkt und handelt nicht wie einer. Was immer du glaubst zu sehen …*

Es gibt keine Zufälle!

Der Gedanke war derart übermächtig, dass ich sofort reagierte. Mit raschen Schritten eilte ich auf Susi zu. Ich musste sie einfangen, denn es war notwendig, dass sie an unserer Besprechung teilnahm. In meinem Geist erstarkte die Gewissheit, dass Susi eine bedeutsame Rolle in dem Chaos verworrener Welten zukam.

Meine Ratte dachte nicht daran, sich schnappen zu lassen. Es war, als hätte sie nur darauf gewartet, dass ich mich in ihre Richtung bewegte. Sie stellte ihr Gehopse ein und wieselte davon, aus dem Zeltlager hinaus in Richtung der südlich gelegenen Hügel.

Ich beschleunigte meine Schritte, doch auch Susi legte einen Zahn zu. Ich hatte noch nie gesehen, dass sie sich so rasch bewegte. Genau genommen wusste ich von keiner Ratte, die auch nur annähernd so schnell laufen konnte (bis auf Speedy Gonzales; doch bei ihm handelte es sich um eine Zeichentrickmaus). Vermutlich war Susis astronomisches Tempo, rein logisch betrachtet, gar nicht möglich. Andererseits – was war momentan schon logisch?

Ich rannte los, folgte meiner Ratte, die pfeilschnell den Hügelkamm emporschoss. Schon nach wenigen Dutzend Schritten keuchte und schnaufte ich wie ein Mops im Hochsommer. Ich hatte definitiv zu wenig Kondition. Falls ich trotz Alfreds ernüchternder Zukunftsprognose mit dem Leben davonkam, nahm ich mir fest vor, mehr Sport zu treiben. Ich wollte nicht länger das Gefühl haben, ein träger Fleischklops auf zwei Beinen zu sein.

Susi sprang zwischen den vereinzelt stehenden Felsen hindurch und verschwand hinter dem Hügelkamm. Kurz blitzte in mir der Gedanke auf, dass ich kehrtmachen und meine Freunde informieren sollte. Aber bis ich wieder hier eintraf, mochte meine Ratte den Himalaya überquert haben.

Ich erreichte die Anhöhe, schnappte nach Luft und hielt mir die Seite. Dort vorn war Susi, nur zehn Meter entfernt. Also weiter, den Abhang hinab, vorbei an mannshohen Felsbrocken, direkt auf die Senke zu, in der ein einsamer, verkrüppelter Baum stand.

Eine Erinnerung drängte in mein Bewusstsein und ich wurde langsamer, je näher ich dem Talboden kam. Auch Susi bremste sich ein. Sie verhielt wenige Meter vor dem Baum, richtete sich auf ihre Hinterbeine auf. Zögernd trat ich näher – als meine Ratte den Kopf wandte und mich ansah.

Mir fiel es wie Schuppen von den Augen. Ich kannte diesen Platz, ich kannte diesen Baum. Es war der Ort aus meinem Traum.

Es erschien mir wie eine Ewigkeit, dabei war es erst wenige Tage her: Auf dem Flug nach Dubai – oder war es Mumbai gewesen? – hatte ich geträumt; von einem knorrigen, mit kleinen Blättern bedeckten Baum, der inmitten einer Steppenlandschaft stand. Genau diesem Baum sah ich mich nun gegenüber. Allerdings stimmte der Ort nicht zur Gänze mit dem Bild aus meinem Traum überein. Wenn ich mich recht erinnerte, waren da zwei Felsen gewesen. Wie Monolithen hatten sie am Rand des Platzes …

Die Realität erzitterte. Es war, als rolle eine unsichtbare Welle durch die Wirklichkeit. Für einen Moment blitzten zwei mächtige, doppelmannshohe Felsblöcke am Rand meines Sichtfelds auf. Kühl und majestätisch standen sie da, wirkten auf natürliche Weise erodiert, aber gleichzeitig von einer fremden, längst ausgelöschten Zivilisation erschaffen.

Die Monolithen waren nicht die einzige Erscheinung. Schatten flackerten auf und vergingen, menschliche Schatten. Am Boden hockten Gestalten, darunter meine Mutter und Anna. Zwischen den beiden – saß ich; oder jemand, der wie Walter Söringen aussah. Ein Mann trat auf mein zweites Ich zu; ein Riese mit Vollbart, Fellkleidung und gewundenem Stab in der Hand.

Lagerfeuer loderten um den Baum. Es roch nach Asche und Blut, die Luft schmeckte metallisch. Ein tiefes Brummen erfüllte die Luft, ein Geräusch, das jede Zelle des Körpers in zitternde Ekstase versetzte. Am Himmel erstreckte sich das Silberband, heller und unermesslicher als jemals zuvor. Für den Bruchteil einer Sekunde hatte ich eine Ahnung – nein, die Gewissheit – was ich tun konnte, wie das drohende Ende und die Vernichtung unserer Realität verhindert werden konnte.

Dann war es vorbei. Es geschah ohne großen Knall, ohne eine weitere, unsichtbare Welle oder sonstige Spezialeffekte. Keine Monolithen, keine Gestalten, kein Feuer – und kein Silberband am Himmel.

Pfeifend stieß ich die Luft aus. Wie verrückt konnte es noch werden? Und was waren das für Gedanken gewesen? Ich hatte geglaubt, eine Lösung zu sehen, einen Weg aus der Misere.

Mit zittrigen Fingern kramte ich nach meiner Taschenuhr, klappte sie auf. Ich starrte auf das Bildnis meiner Mutter und formulierte in Gedanken einen Satz: *Mama, wenn du wirklich bei mir bist – was soll ich tun?*

Susi hatte keine Entscheidungsschwierigkeiten, denn sie sprang an mir vorbei und flitzte in Richtung Lager; immerhin deutlich langsamer, als auf dem Herweg. Da weder eine glockenhelle Stimme zu mir sprach, noch feiste Engelsgestalten erschienen, wandte ich mich um und folgte meiner tierischen Begleiterin. Vermutlich war es das Beste, die Beobachtung mit meinen Freunden zu teilen. Vielleicht hatten Alfred, Pema oder Michael eine Idee, was zu tun war.

Ich folgte Susi den Hang empor, trat um einen Felsen herum – und wäre um ein Haar mit einem verwahrlost wirkenden Mann zusammengestoßen, der förmlich vor mir aus dem Boden wuchs.

Der Fremde roch unangenehm nach Schweiß und Urin, hatte auffällig abstehende Ohren und starrte mich mit geweiteten, blutunterlaufenen Augen an. In der rechten Hand hielt er einen funkelnden, reich verzierten Dolch.

Falls Sie es noch nicht erraten haben: Ich sah mich Antonio gegenüber.

Bevor ich meine Überraschung überwinden und irgendwie reagieren konnte, gab mir Antonio einen Stoß und presste mich gegen den Felsen.

»Du bis' vielleich' kugelfest«, brabbelte er. »Aber was is' mit 'nem Messer, hä?«

Seltsamerweise empfand ich keine Furcht. Ich unternahm auch keinen Versuch einer Gegenwehr. Stattdessen ratterten meine Gedanken wie eine Druckerpresse.

Wie kommt Antonio hierher? Warum habe ich ihn nicht schon vorher gesehen? Wie hat er mich gefunden? Wenn er hier ist, was ist mit Sebastian – und Kalebs schießwütiger Meute?

Jetzt bekam ich es doch mit der Angst zu tun. Allerdings weniger um mich, als um meine Freunde, die ahnungslos unten im Zelt hockten und keine Gefahr vermuteten. Ich musste Antonio ablenken, ihn überwältigen – nur wie?

Der Geistliche schien meine Überlegungen zu spüren, denn er verstärkte den Druck auf meine Brust und presste seinen Unterarm in meine Kehle.

»Denk nich' mal dran«, keuchte er. »Einmal hattest du den Teufel an deiner Seite. Aber ich habe mir den Segen des Allmächtigen geholt – du musst sterben, Dämon!«

»Dämon?«, japste ich. »Ich hab' nix getan.«

»Oh, ich weiß alles.« In Antonios Augen flackerte ein unstillbares Feuer. »Deine Morde in Deutschland. Dein Zusammenleben mit Ratten, den Ausgeburten Satans. Dein Versuch, gute Menschen zu blenden und zum Bösen zu bekehren – allen voran Sebastian. Du bist nicht der wiedergeborene Heiland, wie manch irregeleitete Seelen glauben. Du bist das gestaltgewordene Böse, das die Welt in den Abgrund reißen will!«

Augenscheinlich stand es um Antonio noch schlimmer als das letzte Mal. Er hatte vollends den Verstand verloren. Leider bedeutete das auch, dass es mir kaum gelingen konnte, ihn mit netten Worten oder einem Plausch über gehäkelte Spitzendeckchen zur Vernunft zu bringen.

Ich versuchte, Antonios Unterarm wegzuschieben – als vor meinem linken Auge der verzierte Dolch aufblitzte.

»Ich werd' dich aufschlitzen«, faselte Antonio. »Deine Augen ausstechen und an deine dämonischen Rattenfreunde verfüttern. Ich werd' dich richten, in Gottes Namen, und du wirst in die Hölle fahren, wo du hingehörst!«

Mit jedem Wort verstärkte Antonio seinen Griff. Der Dolch näherte sich meinem Hals. Ich bekam kaum noch Luft. Sterne tanzten vor meinen Augen. Warum fühlten sich meine Beine so schwach an? Weshalb drangen meine Gedanken wie durch zähen Sirup?

Ich darf ... nicht ...

Ein Schatten flog über mich hinweg. Er war kaum größer als eine geballte Faust – und landete mitten in Antonios Gesicht.

Der Geistliche kreischte auf und prallte zurück. Er riss den Arm empor, um Susi zu packen, doch die hatte sich bereits wieder abgestoßen und landete zwischen seinen Füßen.

Erstaunlicherweise reagierte ich nicht nur umgehend, sondern auch richtig. Mein Bein schnellte nach oben und traf Antonio in die Weichteile. Der Geistliche stieß ein Quietschen aus, ließ seinen Dolch fallen und klappte zusammen.

Keuchend rang ich nach Luft, stützte mich auf meine Oberschenkel. *Verfluchte Scheiße, das darf doch alles nicht wahr sein!*

Eine Berührung an meinem Fuß ließ mich zusammenzucken. Susi blickte zu mir auf. Ihre rosa Öhrchen waren steil emporgereckt, die Barthaare vibrierten.

Walter, beeil dich!, erklang eine Stimme.

Dann stand meine Mutter vor mir. Sie trug das Kleid von dem Abend ihres Unfalls. Ihre Gesichtszüge waren wehmütig, aber ihre Augen strahlten so hell, wie in jenen raren Momenten, in denen ich sie zum Lachen gebracht hatte. Sie streckte die Hände aus, berührte meine Wangen. Es waren keine menschlichen Finger, die sich auf meine Haut legten. Ihre Berührung fühlte sich an wie die Liebkosung einer Engelsfeder.

Das Bild verblasste, meine Mutter verschwand.

Ich bückte mich, hob Antonios Dolch auf und rannte los.

Weit kam ich allerdings nicht. Ich hatte vielleicht zwanzig Schritte zurückgelegt, als schräg vor mir eine Gestalt am Hügelkamm erschien, eine weibliche Gestalt. Sie stolperte auf mich zu, ihre Züge offenbarten Furcht und Schrecken.

»Walter!« Latifa beschleunigte ihre Schritte, verlor das Gleichgewicht und stürzte zu Boden. Zwei Sekunden später war ich an ihrer Seite und half ihr auf.

»Wo warst du, verdammt?«, fuhr sie mich an. »Wir haben dich überall gesucht!«

»Ähm, ich war gleich dort hinten.« Ich deutete auf die Senke und den knorrigen Baum in der Mitte.

»Blödsinn«, entfuhr es Latifa. »Dort bin ich selbst vorbeigegangen, als wir … Aber das ist jetzt nicht wichtig. Kaleb hat uns gefunden! Er ist …«

»Moment.« Eine düstere Ahnung kroch in mir empor. »Wie spät ist es?«

»Kurz nach Mittag – aber was ich sagen wollte …«

»Ich war mehrere Stunden fort?«

Latifa warf mir einen irritierten Blick zu. »Ja, was glaubst du denn?«

Ich riss den Kopf empor, blinzelte in die Sonne, die hoch über uns stand. Zweifellos. Es musste Mittag sein.

»Das kann nicht sein«, murmelte ich. »Ich war fünf Minuten unterwegs, vielleicht zehn.«

»Erzähl keinen Mist! Es war acht, als du aus dem Zelt …« Latifas Augen weiteten sich. »Die Zeit verändert sich. Wie es Alfred gesagt hat.«

Mein Schädel pochte. Ich hatte das Gefühl, als müsste mein Gehirn jeden Moment zu Brei gekocht aus den Gehörgängen quillen.

Ein Stöhnen ließ mich herumfahren. Hinter uns kam Antonio schwankend auf die Beine.

»Wir müssen los.« Ich packte Latifa am Arm und zog sie auf den Hügelkamm zu.

»Nicht diesen Weg.« Latifa hielt mich zurück. »Da gibt es keine Deckung. Wir müssen uns von der Seite nähern, sonst sehen uns Kaleb und seine Männer.«

»Kaleb ist im Lager?«, entfuhr es mir.

Latifa verdrehte die Augen. »Davon rede ich doch die ganze Zeit. Sie sind aufgetaucht, als wir die Suche nach dir abgebrochen und uns versammelt haben. Ich war gerade auf der Toilette, konnte mich hinten aus dem Zelt schleichen. Dann habe ich dich gesehen, wie du aus dem Lager zum Hügelkamm gelaufen bist.«

»Nein, das muss Antonio gewesen sein.« Ich deutete auf die gebeugte Gestalt des Geistlichen, der sich soeben neben den Felsblock erbrach.

Latifa schüttelte vehement den Kopf. »Das warst du. Hundertprozentig.«

»Kaum. Aber egal. Was ist mit den anderen?«

»Ich weiß es nicht. Wahrscheinlich hat sie Kaleb gefangenengenommen und versucht herauszufinden, wo ich bin.«

Ich dachte an Anna. Bange Furcht überzog meine Gedanken mit einem eisigen Hauch. Mit Mühe kämpfte ich das Gefühl zurück.

Konzentriere dich, Walter. Nur mit klarem Verstand kannst du ihr helfen!

»Wo müssen wir lang?«

Latifa deutete nach links. »Dort gibt es Büsche und Felsen. Trotzdem sollten wir …«

Für einen Atemzug verblasste das Sonnenlicht. Ich bildete mir sogar ein, Sterne am Firmament blitzen zu sehen. Das gleißende Silberband spannte sich quer über den Himmel und in seinem Flirren …

Ein Ruck ging durch die Wirklichkeit, als würde eine Filmrolle einrasten. Die Sonne kehrte zurück, alles war wie zuvor.

»Was war das?« Latifa starrte mich mit aufgerissenen Augen an.

»Nichts Gutes«, sagte ich grimmig. »Die Zeit läuft uns davon. Ich fürchte, sie ist schon im Galopp.«

Die Angreifer, zehn, zwölf bärtige und schwer bewaffnete Gestalten, hatten die Bewohner des Lagers gefangen genommen und in zwei Gruppen geteilt. Die Tibeter mit Pema und Michael waren neben dem Häuptlingszelt zusammengetrieben worden und hockten dicht gedrängt am Boden. Anna, Eduard und Alfred saßen einige Schritte entfernt neben einer Gestalt, die ich als Kaleb identifizierte. Im Gegensatz zu den Stammesmitgliedern waren unsere Freunde an den Händen mit Stricken gefesselt.

Wir waren unbemerkt den Hügel hinabgeschlichen und von einem Zelt zum Nächsten gehuscht. Uns kam zugute, dass sich die Angreifer nicht um potenzielle Eindringlinge kümmerten und am Rand des Lagers nur eine Wache postiert hatten.

Susi war immer in unserer Nähe geblieben. Sie hatte uns begleitet wie eine stumme Leibwächterin, war mal vor und mal hinter uns durch die Wiese getrippelt.

Nun kauerten wir zwischen einer Zeltplane und der feuchten Kleidung auf einer Wäscheleine, vielleicht zehn Meter von unseren Freunden entfernt. Obwohl sie fast in Reichweite waren, schien uns ein halbes Universum zu trennen; was im Moment vielleicht zutreffender war, als ich mir eingestehen wollte.

Susi war die Zeltplane emporgeklettert, bis sie sich in Kopfhöhe befand und einen Rundumblick auf die Szenerie hatte. Gerade putzte sie sich mit ihren Vorderpfoten das Gesicht, als ginge sie die ganze Sache nichts an. Aber meine Ratte konnte mir nichts vormachen. Ich wusste, dass sie alles mitbekam und bereits einen Plan schmiedete, wie wir unsere Freunde befreien und alle entkommen konnten.

Vor wenigen Wochen hätten mich solche Gedanken dazu veranlasst, mich selbst in eine Anstalt einzuweisen. Aber dafür war es leider zu spät. Ein sorgenfreies Leben in einer weißen Gummizelle durfte ich mir nicht mehr erhoffen.

Eine weitere Gestalt erschien in unserem Blickfeld und trat auf Kaleb zu. Es war Hasan.

»Keine Spur von ihr«, sagte Latifas ehemaliger Liebhaber. »Wir haben sämtliche Zelte durchsucht.«

Ich bemerkte, wie sich Latifa neben mir spannte. Beruhigend legte ich ihr eine Hand auf den Arm. Ich hoffte, dass Latifas Temperament nicht mir ihr durchging. Unser Befreiungsversuch war noch vor seinem Beginn zum Scheitern verurteilt, wenn die Prinzessin aus unserem Versteck sprang und sich auf Hasan stürzte.

Kaleb nickte und wandte sich an meine gefesselten Freunde. »Ihr mir sagen müsst, wo sie ist, wenn ihr leben wollt.«

Das Englisch des Arabers war nicht besonders gut. Zudem klang seine Stimme wie ein Dosenöffner.

Anna, Eduard und Alfred blieben stumm. Ihre Blicke waren gesenkt, aber sie wirkten erstaunlich gefasst.

»Ihr solltet den Mund aufmachen«, sagte Hasan und trat näher. »Es gibt eine Menge Methoden, euch zum Reden zu bringen. Und reden werdet ihr, glaubt mir. Ist die Prinzessin vielleicht bei Walter? Konnte es das Luder nicht erwarten und hat ein Stelldichein mit diesem Rattenfreund?«

Anna riss den Kopf empor und spuckte Hasan ins Gesicht. Der muskulöse Araber zuckte nicht mit der Wimper, sondern wischte sich nur beiläufig den Speichel von der Wange.

»Ich sehe schon, ich muss deutlicher werden.«

Hasan packte Anna am Arm und zog sie in die Senkrechte. Meine Freundin stieß eine Verwünschung aus, wand und drehte sich im Griff des Hünen. Hasan holte aus und versetzte Anna eine Ohrfeige. Das harte, klatschende Geräusch vernahmen wir bis in unser Versteck.

Jetzt war ich es, der mit aller Macht gegen den Wunsch ankämpfen musste, hinter der Zeltplane hervorzustürmen und Hasan mit wirbelnden Fäusten zu bearbeiten. Es war klar, dass ich keine Chance gegen den Leibwächter hatte, aber ich konnte auch nicht zusehen, wie er Anna misshandelte! Ich musste etwas tun, vielleicht …

Unvermittelt kam Bewegung in die gelangweilt umherstehenden Bewaffneten. Jemand rief etwas auf Arabisch, weitere Rufe folgten. Maschinenpistolen wurden entsichert, klackend neue Munition eingeschoben. Ein paar Männer formierten sich, bewegten sich geschlossen auf den Rand des Lagers zu – und hielten inne.

Jetzt erkannte auch ich die Ursache für die plötzliche Erregung. Mehrere Gestalten näherten sich dem Zeltlager und traten auf die Bewaffneten zu. Die Krieger zögerten, senkten dann aber die Waffen und eskortierten die Neuankömmlinge in die Mitte des Lagers. Allen voran schritt eine füllige, aber nichtsdestotrotz Ehrfurcht gebietende Gestalt, deren dominante Nase die Luft zerteilte wie eine Streitaxt.

Es war Sebastian.

Was mich zutiefst beeindruckte, war die Sicherheit, mit der sich der Erzbischof dem Zentrum des Lagers näherte. Eine Aura unwiderstehlicher Macht umgab ihn. Es erhob auch keiner der Araber eine Waffe gegen ihn – wobei das auch daran liegen mochte, dass Sebastian eine Soutane trug und unbewaffnet war.

Begleitet wurde der Erzbischof von fünf weiteren Männern. Zwei davon wirkten fast so selbstsicher wie Sebastian, die anderen drei waren deutlich jünger. Zumindest einer von ihnen schien kurz davor, sich aus Angst die priesterliche Kleidung zu versauen.

Ich erkannte erleichtert, dass Hasan Anna losließ und sie zurück zu Eduard und Alfred stieß. Meine Freundin warf dem Leibwächter einen glühenden Blick zu. Ihre Lippen waren zu schmalen Schlitzen zusammengepresst, als sie sich neben Eduard in die Wiese setzte. Mein Herz brannte und ich wäre am liebsten zu ihr gelaufen und hätte sie in den Arm genommen. Aber das war im Moment vermutlich keine gute Idee.

Kaleb erhob sich und erwartete Sebastian und seine Begleiter. Der Araber deutete eine Verbeugung an und legte ein verkniffenes Lächeln auf seine Züge. Dann sagte er in seinem schlechten Englisch: »Meine Grüße. Ich bin Kaleb bin Raschid Al Gossaro. Mit wem habe ich das Vergnügen?«

»Mein Name ist Sebastian Hirscher. Ich bin Erzbischof von München in Deutschland und offizieller Gesandter des Oberhaupts der katholischen Kirche in Rom. In meiner Begleitung befinden sich seine Exzellenz Mario Garcia Cortez, der Erzbischof von Barcelona, mit seinem Gefolge, sowie der Kardinalstaatssekretär des Heiligen Vaters, Josef Lazlo.«

Kaleb zog die Augenbrauen hoch. Ich nahm an, dass dies für seine Verhältnisse bereits ein Übermaß an Gefühlsregung war.

»Was verschafft uns die Ehre eines so hohen christlichen Besuchs, mitten in der tibetischen Steppe?«

»Mit Verlaub«, erwiderte Sebastian kühl, »ich habe nicht den Eindruck, als wäre Ihre Gegenwart weniger überraschend. Die Frage könnte ich also zurückgeben. Da mich Ihre Angelegenheiten ebenso wenig etwas angehen, wie Sie meine, möchte ich umgehend auf den Grund unseres Erscheinens zu sprechen kommen. Ich habe hier …« Sebastian griff in die Tasche seiner Soutane, worauf nun doch zwei, drei Gewehrmündungen auf ihn gerichtet wurden.

Der Erzbischof verzog verärgert das Gesicht. Seine Hand kam wieder zum Vorschein und hielt einen versiegelten Brief in der Hand.

»Der ist für Sie«, sagte Sebastian und streckte ihn Kaleb entgegen. »Er wurde von Ihrem Herrn, Scheich Muhammad bin Sahid Al Hussein unterzeichnet und sichert mir und meinen Begleitern Ihre uneingeschränkte Unterstützung zu.«

Kalebs Augenbrauen wanderten noch höher. Wortlos nahm er den Brief entgehen, riss ihn auf und entfaltete das einseitige Dokument. Er überflog den Text, nickte und hob den Kopf. Es war unverkennbar, dass ihm die Anordnung in dem Schreiben nicht gefiel.

»Gut. Wie kann ich Ihnen behilflich sein?«

»Wir werden Ihre ausländischen Gefangenen mit uns nehmen«, sagte Sebastian und deutete auf Anna, Eduard und Alfred. »Insbesondere haben wir Interesse an Walter Sö-ringen. Wo ist er?«

Ein schmales Lächeln erschien auf Kalebs Zügen. »Das wissen wir nicht. Die Person, die für uns von Bedeutung ist, befindet sich auch nicht bei uns.«

»Um wen handelt es sich?«

»Latifa bin Sahid Al Hussein, die Tochter des Scheichs.«

»An ihr haben wir kein Interesse. Aber wir benötigen Walter Söringen. Wenn er nicht hier ist, müssen Sie ihn finden.«

Auf einmal geriet Susi in Bewegung. Ich fuhr zusammen, als meine Ratte die Zeltplane hinabwieselte, ins Gras sprang und vor unserem Versteck wieder auftauchte. Sie blickte zu Kaleb und Sebastian, dann wandte sie ihre dunklen Knopfaugen mir zu. Ich war davon überzeugt, dass sie mir mit den Armen gedeutet hätte, ihr zu folgen, wenn sie dieser Bewegung mächtig gewesen wäre.

»Sie will, dass ich mich stelle«, flüsterte ich Latifa zu.

Die Prinzessin nickte, nur um gleich darauf den Kopf zu schütteln. »Eigentlich ist das verrückt – einer Ratte zu vertrauen.«

»Hat bis jetzt ganz gut funktioniert.«

»Du musst allein gehen. Wenn mich Kaleb oder Hasan sehen, ist es aus.«

»Ich hoffe, Sebastian sagt die Wahrheit.« Mein Hals kribbelte, dort, wo mich Antonio in den Würgegriff genommen hatte. War es möglich, dass auch der Bischof meinen Tod wollte? Nein, das konnte ich mir nicht vorstellen.

»Wenn ich hinübergehe, werde ich verlangen, dass wir sofort aufbrechen. Ich glaube, die Geistlichen werden uns nichts tun. Wir warten außerhalb des Lagers auf dich und treffen uns dort.«

Latifa nickte, schenkte mir einen warmen Blick und drückte meine Hand. Dann huschte sie hinten aus unserem Versteck und auf das nächstgelegene Zelt zu.

Ich atmete tief durch, schloss für einen Moment die Augen. *Auf in die Höhle des Löwen!*

Wobei, in der Höhle befand ich mich längst. Außerdem handelte es sich nicht bloß um ein Raubtier, sondern um mehrere. Es musste also lauten: *Auf zwischen die Pranken des Löwenrudels!*

Grandios. Das klang sehr viel positiver.

Ich erhob mich, trat zwischen den hängenden Kleidungsstücken auf Kaleb, Sebastian und meine Freunde zu – als die Realität einen weiteren Riss bekam.

Erneut war es eine unsichtbare Welle, die durch die Wirklichkeit raste. Für einen Augenblick empfand ich Schwindel und hatte das Gefühl, als würde ich in die Länge, Breite und eine unbekannte Tiefe gezogen. Der Himmel über mir zuckte, als handle es sich um verzögert abgespielte Bilder einer Filmkamera.

Eigentümliche Geräusche hoben an und verklangen. Es roch nach brennendem Kiefernholz und Wüstenhitze, nach einem Gewitter, das so nahe war, dass der Blitz jeden Moment neben mir einschlagen musste. Menschliche Schatten entstanden aus dem Nichts – und über mir erblühte der Schimmer des Silberbands.

Die Schatten hatten nicht nur humanoide Gestalt, sie wirkten alle gleich. Es waren Abbilder derselben Person, die neben mir herschritten. Ich sah mich selbst, fünfmal, zehn- oder hundertmal. Eine Version meines Ichs hinkte, eine andere trug Susi auf dem Arm, eine dritte stützte eine unbekannte Person, eine weitere wurde von einer Pistolenkugel in die Brust getroffen, zurückgeschleudert und … Der Moment dehnte sich, die Zeit kam zum Stillstand. Das Ich aus der anderen Wirklichkeit wandte mir den Kopf zu, hing, von der Zeit gefesselt, waagrecht über dem Erdboden.

»Beweg dich«, flüsterte ich mir zu. »Beweg dich und beende deinen Traum.«

Ich, mein reales Ich, zuckte zusammen. Für einen Atemzug spürte ich einen eisig kalten Hauch, den Hauch des Todes. Ein allumfassender, körperloser Schmerz fegte durch mich hindurch – und mich erfasste der Sog der Zeit, die schlagartig ihre gewohnte Geschwindigkeit aufnahm.

Dann war es vorbei.

Die Wirklichkeit rastete auf eine, *meine* Realität ein – und ich marschierte direkt auf ein halbes Dutzend erhobener Maschinenpistolen zu.

Kurz war ich unschlüssig, ob ich gerade das Richtige tat, aber erstens kam dieser Gedanke etwas spät und zweitens erkannte ich überschwängliche Freude auf Annas Zügen – und halb getrocknete Tränen auf ihren Wangen. Allein ihretwegen gab es kein Zurück. Ich durfte nicht zulassen, dass ihr Hasan noch einmal Schmerzen zufügte; auch wenn das bedeutete, mein Leben zu riskieren.

Ich lugte zu den gefangenen Tibetern. Michaels Antlitz war regungslos, während Pemas Lippen ein ermutigendes Lächeln formten. Auf Alfreds Zügen erkannte ich Erleichterung, Eduard sah aus, als hätte er ein Gespenst gesehen, Sebastian wirkte zufrieden und auf Hasans Gesicht manifestierte sich Unmut.

»Wen haben wir denn da«, sagte Latifas ehemaliger Liebhaber, die Hand an seinem Pistolenholster. »Den verschollenen Rattenfreund.«

Erst jetzt wurde mir bewusst, dass ich Susi nirgends erblicken konnte. Vor wenigen Sekunden war ihr kleiner Körper noch zwischen den Grashalmen aufgeblitzt. Doch sie hatte bestimmt einen Grund, sich nicht zu zeigen.

»Es ist schön, dich zu sehen, Walter.« Sebastian trat auf mich zu. Er schien zu überlegen, wie er mich begrüßen sollte, und beließ es bei einem freundlichen Nicken. »Ich fürchte, es gab einige … Missverständnisse, die wir ausräumen sollten.«

»Wenn du Antonio meinst«, ich hob den Dolch des Geistlichen empor, »der hat vorhin versucht, mir mit diesem Messer die Kehle aufzuschlitzen.«

Ein Schatten huschte über Sebastians Züge. »Hast du ihn getötet?«

»Natürlich nicht. Ein Tritt zwischen die Beine hat genügt.«

Sebastian seufzte, wobei ich mir nicht sicher war, ob dies aus Erleichterung oder Trauer geschah. »Es tut mir aufrichtig leid. Antonio ist eine irregeleitete Seele.«

»Seltsam. Das hat er von dir auch behauptet.«

»Wie gesagt, es ist an der Zeit, dass wir uns ausgiebig unterhalten. Aber nicht hier und unter diesen Umständen.«

Sebastians Blick streifte Hasan und Kaleb. Es war unverkennbar, was er von ihnen hielt.

»Ich komme mit dir«, gab ich zurück. »Wenn uns meine Freunde begleiten dürfen.«

»Selbstverständlich. Auch sie stehen unter dem Schutz des Heiligen Vaters.«

»Wo ist Latifa?«, fuhr Hasan mich an.

»Keine Ahnung.« Meine Stimme klang trotziger als geplant. »Aus unerfindlichen Gründen hat sie wohl keine Lust, euch Gesellschaft zu leisten.«

Hasan knurrte und baute sich vor mir auf. »Mach dich nicht über uns lustig, Rattenfreund. Hast du sie getroffen? Hat sie sich versteckt? Sag schon, sonst …«

»Sonst was?« Obwohl sich mein Puls merklich beschleunigte und mir angesichts von Hasans Muskelbergen das Herz in die Hose rutschte, erwiderte ich den Blick des Leibwächters ohne zu blinzeln.

»Calm down«, sagte Kaleb und warf Hasan einen strengen Blick zu. Dann wandte er sich Sebastian zu. »Ihr könnt gehen, sobald wir Latifa gefunden haben.«

»Was soll das heißen?« Sebastian richtete sich auf, die einschüchternde Aura um seine Gestalt pulsierte. »Ich habe euch das Schreiben eures Herrn gezeigt. Ihr habt uns uneingeschränkt zu unterstützen!«

Kaleb verzog keine Miene. »Korrekt. Aber es ist von übergeordneter Bedeutung, dass wir Latifa finden. Deshalb bleibt ihr, bis wir sie haben.«

Sebastian wollte auffahren, aber Kaleb wandte sich bereits an zwei der Bewaffneten. »Youssef, Sobhy – ihr nehmt den Wagen und durchkämmt die Gegend. Hier gibt es so gut wie keine Deckung. Wenn Latifa auf der Flucht ist, findet ihr sie. Mohammed, du wirst …«

Kaleb brach ab, hob den Kopf und lauschte. Ich vernahm es ebenfalls; ein Geräusch, das unnatürlich rasch lauter wurde und fast wie ein …

Mit einem ohrenbetäubenden Knattern schossen zwei schwarze Helikopter über den Hügelkamm auf der Westseite des Lagers und brausten auf uns zu.

Hasan wirbelte herum, hechtete an Kalebs Seite, der etwas brüllte, das keiner verstand. Die Krieger liefen durcheinander, suchten Deckung unter Zeltplanen und hinter den abgestellten Fahrzeugen. Sebastian und seine Gefährten drängten sich zusammen wie eine verängstigte Schafherde – und niemand achtete auf mich.

Ich eilte zu meinen Freunden, durchtrennte mit Antonios Dolch ihre Fesseln und nahm Anna in den Arm. Mein erster Gedanke war, die Flucht zu ergreifen, doch diese Idee ließ ich wieder fallen. Es war unwahrscheinlich, dass wir ohne Sebastians Unterstützung weit kamen. Zudem mochte es gut sein, dass die Waffen des einen oder anderen Arabers gerade etwas locker saßen.

Es dauerte nur wenige Sekunden, dann waren die Helikopter heran. Die Rotoren der Maschinen wirbelten Sand und Staub auf. Von einer Sekunde zur nächsten sank die Sichtweite auf wenige Meter. Die Sturmböen brachten zwei Zelte aus dem Gleichgewicht. Sie stürzten in sich zusammen, mindestens einer der Araber wurde darunter begraben.

Die Staubfahnen hoben sich und das Donnern der Helikopter verebbte, als die Maschinen nördlich des Lagers zu Boden gingen. Noch bevor die Kufen der Hubschrauber in der Wiese aufsetzten, sprangen die ersten Gestalten aus den Helikoptern. Sie trugen Kampfanzüge, Helme und Gesichtsmasken und hielten vollautomatische Waffen im Anschlag. Rasch formierten sich die gut zwei Dutzend Krieger und rückten auf das Zeltlager vor.

Mir fiel auf, dass ich noch keine Schüsse vernommen hatte. Instinktiv hatte ich angenommen, dass sich eine wilde Schießerei etablieren musste, so wie man es aus niveauvollen Hollywoodfilmen kannte. Aber bislang waren niemandem die Nerven durchgebrannt.

Die Angreifer bildeten einen lockeren Halbbogen und verhielten vor den ersten Zelten. Hinter ihnen verklang das Dröhnen der Helikopterturbinen, als die Maschinen in den Leerlauf gingen. Zwei Personen traten vor, senkten die Waffen und zogen sich die Gesichtsmasken vom Kopf.

Einer der Männer hatte schmale Mandelaugen und fernöstliche Gesichtszüge – vermutlich ein Chinese – der andere war Europäer. Genauer gesagt handelte es sich um einen Deutschen.

»Herr Söringen, Sie haben einen Fehler gemacht!«, brüllte Kriminalhauptkommissar Magister Peter Schwärzer.

Wieder ein Ruck durch die Wirklichkeit. Auf der einen Seite tobte ein erbitterter Schusswechsel zwischen Kalebs und Schwärzers Männern; in einer anderen Realität fauchte ein riesiges, rot glühendes Etwas vom Himmel herab; in einer dritten war das Lager verlassen, die Zelte niedergebrannt und kein Mensch zu sehen; auf einer weiteren Ebene der Wahrnehmung packte ich Anna, riss sie empor und drängte sie zusammen mit Eduard und Alfred aus dem Lager. Wir näherten uns der Senke mit dem seltsamen Baum; jener Senke, die eine weitere Dimension ausfüllte, welche sich immer weiter aufblähte, eine Realität nach der anderen verschluckte und schließlich …

Ich schwankte, als die Wirklichkeit auf eine einzige zusammenschnurrte. Übelkeit stieg in mir auf und mein Kopf schmerzte wie bei einem mittelmäßigen Kater. Wieso hielt ich Anna nicht mehr im Arm? Weshalb befand ich mich auf einmal drei Schritte entfernt?

Gerade vernahm ich Schwärzers Stimme: »Legen Sie Ihre Waffen nieder. Wir sind in der Überzahl.«

Fast gleichzeitig war da Eduards piepsige Stimme. »Walter? Was war das gerade?!«

Hinter Eduards Brillengläsern loderte Panik. Ich begriff, dass mein Arbeitskollege das Gleiche – oder zumindest etwas Ähnliches – wahrgenommen haben musste, wie ich. Weder Anna, Alfred, noch einer der Araber wirkten verstört; zumindest nicht so, als hätten sie einen Blick in aufklaffende Parallelwelten erhascht.

»Sie haben hier keine Entscheidungsbefugnis«, brüllte Kaleb in Schwärzers Richtung.

Ich registrierte, dass die Finger des Arabers über den Griff seiner Maschinenpistole glitten. Mit Kalebs Beherrschung stand es wohl nicht zum Besten. Es fehlte nur ein lautes Husten und die Sache musste in einem Gemetzel enden.

»Ich nicht.« Der Kommissar deutete auf seinen chinesischen Partner. »Aber er. Es handelt sich um Kommandant Tian Zhang, stellvertretender Leiter der Sondereinsatzstelle der chinesischen Behörden in Tibet. Wenn Sie sich kampflos ergeben, garantieren wir Ihnen freies Geleit über die Grenze.«

Alfred riss die Augen auf, stierte auf die Gestalt an der Seite des Kommissars.

»Das gibt's nicht«, murmelte er. »Das ist völlig unmöglich.«

»Was?« Eduards Augen flackerten. »Kannst du die anderen Welten auch sehen?«

Alfred schien ihn gar nicht zu hören. »Jiang Li. Das ist er. Mein Cheftechniker. Der verschwundene Forscher aus meinem Team.«

»Lassen Sie die Waffen fallen!«, donnerte der wiederauferstandene Wissenschaftler, der kein Wissenschaftler war.

Die Elitesoldaten hinter Schwärzer und dem Chinesen hoben ihre Maschinenpistolen, richteten sie auf die Araber, die ihrerseits keine Anstalten unternahmen, die Waffen sinken zu lassen.

Damit das hier ein gutes Ende nimmt, braucht es ein Wunder, schoss es durch meinen Geist. *Oder eine Parallelwelt mit sehr viel Glück.*

Beiläufig registrierte ich, dass Pema und Michael verschwunden waren. Überhaupt wirkten die Stammesmitglieder nicht mehr so zahlreich wie zuvor. Dabei gab es in der Nähe nichts, wo man sich verstecken konnte. Es war, als hätten sich einige Tibeter in Luft aufgelöst.

In diesem Moment fiel mir die Stille auf. Zwar war noch immer das gedämpfte *Flapp-flapp* der Helikopterblätter zu vernehmen, aber darüber hinaus waren die erregten Stimmen, die hektischen Schritte und das angespannte Keuchen verstummt. Schlussendlich begriff ich, dass alle lauschten; auf ein näherkommendes Trommeln, Pfeifen und vielstimmigen Gesang, dessen Klang durch die trockene Mittagsluft ins Lager getragen wurde.

»Was zum Henker …«, murmelte Hasan und blickte zum ostseitigen Hügelkamm.

Der Gesang, die Rufe und das Trommeln wurden lauter. Es hörte sich an, als näherte sich uns ein fahrender Jahrmarkt oder frivoler Faschingsumzug.

Sekunden später erschienen Menschen auf dem Hügelkamm; Dutzende, Hunderte Menschen. Sie strömten den Hang hinab wie eine Woge zweibeiniger Ameisen, drängten auf das Lager zu.

Ich konnte keine Gesichter erkennen, wusste nicht, wer diese Menschen waren; bis ich die Gestalt identifizierte, die an der Spitze der Meute ins Lager stürmte und eine Fahne mit dem Abbild des indischen Gottes Ganesha schwenkte.

Sie haben verdammt noch mal recht: Hier ging es ganz und gar nicht mit rechten Dingen zu!

Bevor ich meine Verwirrung überwinden konnte, zerbrach die Wirklichkeit.

Es war ähnlich wie die Male zuvor – und doch gänzlich anders. Man kann es sich wie eine Geisterbahn vorstellen, die durch ein Spiegelkabinett fährt; nur dass jeder Spiegel ein anderes Bild zeigt, eine andere Geschichte erzählt.

Diesmal gab es keine Schatten und keine Unterscheidung zwischen *hier* und *dort*. Die Grenzen verwischten, jede Wirklichkeit schien völlig real und zum Greifen nah. Was ich sah, hörte, roch und fühlte, bannte mich zur Bewegungslosigkeit. Es war, als explodiere meine Wahrnehmung, als würde ich jede Empfindung in den unterschiedlichen Welten gleichzeitig verspüren, jedes meiner Schicksale im selben Moment durchleben.

Das einzig Einende war das Silberband: Über all den Szenarien leuchtete und wand es sich am Himmel, brummte wie ein zufriedener Grizzlybär. Doch es war nicht länger auf das Firmament beschränkt, sondern durchdrang den gesamten Raum, sämtliche Ebenen und Realitäten. Dazu war es abwechselnd Tag, dann wieder Nacht, die Zeit lief mal wie im Zeitraffer, dann bewegten sich alle Akteure, als wären sie Spielfiguren in einem behäbigen Schattentheater.

Das Chaos und die Überladung der Sinne lähmten meinen Geist. Es gab kein Entkommen, keine Stille, keinen Raum für einen klaren Gedankengang – nur die Woge der Vielfältigkeit, das Verspüren von Allumfassheit und gleichzeitig Nichtigkeit. Hätte ich die Wahl gehabt, ich hätte alles darum gegeben, dass dieser brodelnde Irrsinn schlagartig zum Stillstand kam und irgendwer ein dickes, fettes ENDE in die unvermittelte Leere meines Ichs malte.

Immerhin: Es war naheliegend, dass der Wahnsinn dieser multiplen Realitäten früher oder später zur Vernichtung des Universums führen musste. Irgendwann ballte sich alles zu einem gigantischen Konglomerat aus ineinander verwobenen Welten und Möglichkeiten und verging in einem ziemlich großen Knall. Klar, das war nicht mein bevorzugtes Ende, aber immerhin war es eins.

Dummerweise – oder eher *unglück*licherweise – musste man die Zeit in diesem Realitätenchaos relativ betrachten. Es war gleichzeitig gestern und morgen, jetzt und irgendwann, was bedeutete, dass das potenzielle Ende nur theoretisch eines war und erst nach einer Ewigkeit eintreten konnte. Was so viel hieß wie: nie.

Aber glücklicherweise hatte mein Unglück die Rechnung ohne Susi gemacht.

Unversehens hockte sie auf meiner Schulter; in einer, *unserer* Realität. Das Chaos um mich herum geriet in Bewegung, gab meinen Körper und Geist frei. Es war, als flossen die Wirklichkeiten auseinander, trennten sich um eine undefinierbare Spanne aus Zeit und Raum, gerade groß genug, dass man *hier* und *dort* unterscheiden konnte. Aber noch immer lagen sie dicht beisammen, so dicht, dass ein Schritt, ein Quantensprung genügte, um in eine beliebige Realität zu wechseln.

Und genau das tat ich. Ich weiß nicht, woher dieses Wissen kam, ob es an Susi lag oder schon immer in mir geschlummert hatte. Genauso wenig kann ich sagen, *wie* ich es zustande brachte.

Ich drehte mich nach links – abrupt änderte sich die Szenerie. Die heranstürmenden Inder waren verschwunden und ich sah mich Hasan gegenüber, der Anna vor sich auf den Boden presste und ihr die Mündung seiner Pistole an den Hinterkopf hielt.

»Bring mir Latifa«, fauchte der Araber und in seinen Augen glomm Mordlust. »Sonst töte ich sie.«

Anna wimmerte. Sie hob den Kopf, blickte mich an. Blut klebte auf ihrem Gesicht. Ihre aufgerissenen Lippen formten unhörbare Worte.

Der Anblick traf mich wie ein Faustschlag. Ich schwankte, spürte Panik und Entsetzen in mir aufsteigen, trat einen Schritt vorwärts …

Die ersten Inder waren fast heran. Sie trugen keine Schusswaffen, aber einige hielten Säbel und Kurzschwerter in der Hand. Singend und kreischend jagten sie auf uns zu, eine Masse aus Hunderten Menschen, und noch immer stürmten weitere über den Hügelkamm.

Kaleb brüllte einen Befehl.

Mündungsfeuer aus einem halben Dutzend Maschinenpistolen blitzte auf. Menschen schrien, wurden zurückgeschleudert. Andere sprangen über die Gefallenen hinweg, schwangen ihre Schwerter und stürzten sich auf die ersten Verteidiger. Ich taumelte rückwärts …

»Schützt den Erlöser!«, donnerte Sebastian und stellte sich mit ausgebreiteten Armen vor mich. »Ihm darf nichts geschehen!«

Ein Schuss erklang. Sebastian wurde getroffen, fuhr zusammen, schwankte, aber stürzte nicht. Stattdessen versuchte er, sich noch größer zu machen, stieß einen gutturalen Schrei aus …

Kommissar Schwärzer versetzte Kaleb einen Faustschlag mitten ins Gesicht. Der Araber taumelte zurück, fing sich jedoch und trat nach Schwärzers Schienbein. Mit einem Aufschrei ging der Kommissar zu Boden. Kaleb zückte ein Messer, warf sich auf Schwärzer, der im letzten Moment eine Zeltstange zu fassen bekam, mit der er Kalebs Waffe abfing. Die Gegner rollten über den Boden …

Antonio hob die Pistole in seiner Hand, warf mir ein hässliches Grinsen zu. »Das war's dann, Dämon. Ab in die Hölle mit dir!«

Der Geistliche betätigte den Abzug. Ich wurde zurückgerissen, spürte einen grausamen Schmerz in der Brust …

»Ich halte das nicht aus«, schrie Eduard, ging in die Knie und griff sich mit beiden Händen an den Kopf. »Das ist … unerträglich! Meine Augen, meine Ohren! Walter, tu endlich etwas, bevor …«

Alle liefen durcheinander, panische Rufe erfüllten die Luft. Die Zelte brannten lichterloh. Es war hell, unfassbar hell, heiß, so furchtbar heiß! Es roch nach Feuer und Rauch, nach brennendem Asphalt und glühendem Metall.

Am Firmament war eine neue Sonne aufgegangen; ein monströser, feuerroter Ball, der sich in unheimlicher Stille mehr und mehr aufblähte, Flammenzungen in alle Himmelsrichtungen spie, sich auf uns herabsenkte …

Anna stand hoch aufgerichtet, ihr Fellumhang flatterte im Wind. Sie griff an die beachtliche Wölbung ihres Unterbauches, strich zärtlich darüber hinweg. In der anderen Hand hielt sie ein Schwert und setzte die Spitze auf Alfreds nackte Brust. Mein Cousin kniete vor einem Loch im Boden; ein Loch, so schwarz, dass kein Lichtstrahl daraus entkommen konnte.

Alfred blinzelte nicht, sein Gesicht war ohne Regung.

»Du musst sterben, Weltenzerstörer«, flüsterte Anna.

»Es wird ein Junge«, erwiderte mein Cousin. »Wir nennen ihn Walter.«

Anna holte aus und stach die Klinge …

Die Sterne blitzten am Himmel, rote und grüne Polarlichter tanzten zwischen dem endlosen Silberband durch den Äther. Das ferne Brummen wurde lauter, der bittere Geschmack im Mund intensivierte sich.

Eine trostlose Ebene zog sich in alle Richtungen, weder Gras noch sonstige Vegetation bedeckte die sandige Einöde. Nirgendwo gab es Anzeichen von Leben, bis auf …

Drei Tiere liefen auf mich zu – ein Hase, ein Bär und ein Fuchs. Über ihnen kreiste ein Adler, der einen hellen Schrei ausstieß, die Flügel anlegte …

»Du warst ein schlimmer Junge«, tadelte Latifa und packte Hasan am Ohr. »Zur Strafe musst du in den Wäscheschrank.«

Ein hoher, reich verzierter Raum. Tische, Stühle, Kissen am Boden, Schalen sowie Becher mit Essen und Getränken.

»Nicht in den Schrank«, winselte Hasan und seine Muskelberge erzitterten. »Dort wohnen Gespenster!«

»Daran hättest du vorher denken müssen.« Latifa schüttelte unnachgiebig den Kopf. »Jetzt ist es zu spät.«

Jäh erschien Pema an meiner Seite. »Walter.«

»Bitte, ich verspreche auch, dir nie wieder in die Augen zu sehen.«

»Walter!«

»Ich glaube dir nicht. Ein, zwei Tage im Wäscheschrank werden …«

»Walter!« Pema packte mich an der Schulter. Ihr Blick bohrte sich in den meinen – und mein Geist klärte sich.

»Was …?«

»Hör mir genau zu.« Pemas Stimme klang wie bröckelnder Fels. »Du tust genau das, was ich dir sage, egal, was es für Auswirkungen hat.«

»Aber …«

Annas Großmutter zog an meinem Arm …

»Was stehst du noch immer tatenlos herum?« Hasan warf mir einen wütenden Blick zu. »Glaubst du, ich meine es nicht ernst?«

Anna lag vor ihm am Boden. Die Mündung der Pistole zeigte auf ihren Hinterkopf.

»Weitergehen«, sagte Pema, trat hinter mich und schob mich auf Hasan und Anna zu.

»Sie … sie ist deine Enkelin«, stammelte ich.

»Ja, das ist sie.«

Anna blickte mich an. Tränen perlten ihre Wangen hinab. »Walter, bitte …«

Ich musste stehen bleiben. Ich durfte nicht weitergehen. Pema drängte mich unerbittlich voran.

»Ich warne dich.« Hasans Blick verdunkelte sich. »Finde Latifa, sonst …«

Stehen bleiben!

Nein, weitergehen!

Bleib stehen!

Geh weiter!

Hasan drückte ab.

Mein Schrei erstarb auf meinen Lippen, als wir in unsere Wirklichkeit zurückglitten und ich gegen Anna stieß, die wie Eduard und Alfred mit offenem Mund den heraneilenden Indern entgegenblickte.

»Großmutter?« Anna blinzelte verwirrt, als sie hinter mir Pema entdeckte. »Wie …?«

»Walter, nimm sie an der Hand. Anna, greif nach Eduard und Alfred – los!«

Ich packte Anna und auch sie folgte umgehend den Worten ihrer Großmutter. Susi hopste von meiner Schulter, lief über meinen Arm zu Anna hinüber, von dort zu Eduard und weiter zu Alfred, bei dem sie auf den Boden sprang.

»Hey, ihr da.« Hasan hatte sich von der Meute der heranstürmenden Inder abgewandt, trat auf uns zu, seine Pistole erhoben. »Was wird das, wenn es fertig ist?«

»Egal, was geschieht«, schärfte uns Pema ein. »Auf keinen Fall loslassen.«

Sie setzte sich in Bewegung.

Ein scharfer Wind blies uns ins Gesicht, der Himmel war von Wolken verdeckt. Es roch nach Feuer, Rauch und heißem Metall. Die Planen der Zelte flatterten, Stammesmitglieder eilten im Lager hin und her. Von Kalebs Männern, den Indern, Sebastian oder Kommissar Schwärzer keine Spur.

Alfred versteifte sich, als er realisierte, wo wir uns befanden. Um ein Haar hätte Eduard seine Hand verloren.

»Weitergehen«, befahl Pema – und ich tat den nächsten Schritt.

Die Südseite des Lagers. Vor uns der Hügelkamm, der zu der Senke führte. Hinter uns erklangen Schüsse.

Kommissar Schwärzers und Kalebs Männer lieferten sich ein Feuergefecht, von den Indern war nichts zu sehen. Schräg hinter uns, vielleicht dreißig Schritte entfernt, eilte Sebastian mit seinen Begleitern heran.

»Walter, stopp!«, rief der Erzbischof und in seiner Stimme schwang Verzweiflung mit. »Nicht dorthin, du musst mit uns kommen!«

Ich erblickte Hasan auf der gegenüberliegenden Seite, der so schnell rannte, dass er uns in wenigen Sekunden erreichen musste. In seinen Augen glühte eine Mischung aus Bosheit, Hass und unbeugsamem Willen.

Wieder ein Schritt.

Wie standen auf dem Hügelkamm, vor uns lag die Senke mit dem verkrüppelten Baum. Aus dem Lager hinter uns erklangen Schreie, doch es fielen keine Schüsse mehr.

Ich drehte mich zur Seite – und erblickte Hasan, der den Abhang emporgelaufen kam. Sein Gesicht war vor Anstrengung mit roten Flecken überzogen und sein Keuchen klang wie das Hecheln eines Hundes. Doch auf seinen Zügen stand grimmige Entschlossenheit.

Ich hob den Fuß.

Die beiden steinernen Monolithen standen am Rand der Senke, stumm und unnachgiebig, als müssten sie in jeder, und nicht nur dieser Realität vorhanden sein. Mehrere Lagerfeuer waren um den Baum in der Mitte errichtet, helle Flammen züngelten empor. Einige Mitglieder des Stammes hockten am Boden, blickten uns entgegen.

Michael trat auf uns zu, dick in Felle gepackt und seinen gewundenen Stab in der Hand. Ich erinnerte mich an meinen Traum im Flugzeug – es war eindeutig Annas Vater gewesen, den ich gesehen hatte.

»Setzt euch«, sagte der Schamane und deutete auf die Feuer. »Beeilung.«

Ich registrierte eine Bewegung aus den Augenwinkeln, wandte den Kopf. Es war Susi, die durch die Wiese sprang. Doch sie eilte nicht auf uns zu. Meine Ratte lief von uns fort, auf die Anhöhe und das dahinterliegende Lager zu.

»Susi!«, rief ich – und ließ Pemas und Annas Hand los.

Ich stand auf dem Abhang zwischen Hügelkamm und Lager, blickte auf den Zeltplatz hinab. Mir blieb keine Zeit, mehr zu erkennen, denn Hasan wuchs drei Schritte vor mir aus dem Boden und stürmte in vollem Lauf auf mich zu.

Immerhin war er mindestens genauso überrascht, wie ich. Es gelang mir gerade noch, mich zu ducken, als Hasan bereits heran war und mich zu Boden stieß. Durch den Aufprall verlor auch er das Gleichgewicht, flog kopfüber über mich hinweg und verschwand aus meinem Gesichtsfeld.

Schnaufend rollte ich mich zur Seite und erhob mich auf die Knie. Hasan lag regungslos und mit dem Gesicht nach unten in der Wiese – aber er war nicht allein. Begraben unter seinen Muskelbergen erkannte ich die hagere Gestalt eines Mannes mit Segelohren. Auch Antonio gab kein Lebenszeichen von sich.

Mit bebenden Knien stand ich auf. Das Silberband wogte über den Himmel, die Realität erzitterte, als in dem silbrigen Glanz neue Risse entstanden und immer mehr Wirklichkeiten hindurchschimmerten.

Ich setzte mich in Bewegung, lief den Abhang empor. Ich musste zurück in die Senke, zu meinen Freunden, musste darauf hoffen, dass …

Unvermittelt hatte ich die Empfindung, beobachtet zu werden. Ich hielt an und wandte mich um. Eine weitere Gestalt eilte den Hang empor. Es war Latifa.

»Ich wusste, dass du es bist, Walter«, keuchte sie und umarmte mich stürmisch. »Wir müssen zurück ins Lager. Kaleb und seine Männer haben uns überfallen und …«

»Die anderen sind in Sicherheit«, erwiderte ich – obgleich ich laute Schreie aus dem Lager vernahm und für einen Augenblick sogar glaubte, Anna zu erkennen.

»Was? Aber Kaleb hat …«

»Gib mir deine Hand.«

Latifa zögerte einen Moment, dann umfasste sie meine ausgestreckten Finger.

Ich tat einen Schritt.

Wir betraten die Senke. Es herrschte Nacht. Auf den Seiten ragten die beiden steinernen Monolithen empor. Die flackernden Lohen der Lagerfeuer warfen groteske Schatten auf die zerfurchte Rinde des Baumes. Einen Herzschlag lang waren es menschliche Gestalten, die in fliegender Hast über die Borke huschten.

Latifa löste sich von mir. Wie in Trance schritt sie auf die sitzenden Frauen und Männer zu, ließ sich neben ihnen zu Boden gleiten. Michael war der Einzige, der aufrecht stand. Sein Blick war auf eine Person gerichtet, die in der Mitte des Halbkreises hockte.

Diese Person war ich. Ich wusste es, empfand so, als würde ich selbst dort sitzen. Meine Mutter saß rechts neben mir, Anna auf der anderen Seite. Daneben kauerten weitere vertraute Gestalten. Ich erkannte Alfred, Eduard, Pema, ein paar Mitglieder des Nomadenstammes und sogar unseren waghalsigen Piloten Tim, der mit versonnener Miene in eines der Feuer starrte.

Es roch nach Asche und Blut, die Luft schmeckte metallisch. Das wohlbekannte, tiefe Brummen erfüllte die Luft, ein Geräusch, das jede Zelle des Körpers in zitternde Ekstase versetzte. Am Himmel erstreckte sich das Silberband heller und unermesslicher als jemals zuvor. Für den Bruchteil einer Sekunde hatte ich eine Ahnung – nein, die Gewissheit – was ich tun konnte, wie das drohende Ende und die Vernichtung unserer Realität …

Die Senke hob sich. Es geschah von einem Moment auf den anderen und absolut geräuschlos. Jäh breitete sich die endlose Hügellandschaft der tibetischen Steppe vor uns aus – nur am Horizont waren im Licht des wogenden Silberbandes die schneebedeckten Gipfel des Himalayas zu erkennen.

Meine Mutter zog etwas hervor; eine funkelnde Taschenuhr, jene Uhr, die sie mir geschenkt hatte und in der sich ihr Bildnis befand.

»Die Welt stirbt, Papa«, flüsterte Anna und blickte zu Michael empor. »Überall lauern Gefahren, nirgends gibt es Sicherheit. Was soll ich tun?«

Alles gleicht meinem Traum, fiel es mir wie Schuppen von den Augen. *Es war von Anfang an mehr als eine Vision meines Unterbewusstseins. Es ist die Realität – die eine, alles entscheidende Realität!*

Aus der Nacht wurde Tag, als am Himmel eine neue Sonne entflammte. Ein feurig glühender Punkt erglomm über unseren Köpfen, wurde hell und gleißend. Mit ihm geriet das Silberband in Bewegung, wogte hin und her, das Brummen wandelte sich in ein Zischen.

Mit einem Mal war meine Mutter verschwunden. Einen Herzschlag später erhob sich Anna – und verwandelte sich in einen Hasen, der auf den Baum in der Mitte zuhoppelte, über eines der Feuer sprang; und sich in Luft auflöste. Im gleichen Moment erloschen auch die Flammen.

Eduard stand auf – ein mächtiger Adler breitete die Schwingen aus, schoss auf ein zweites Feuer zu. Auch dieses ging aus, als der Greifvogel spurlos verschwand.

Latifa war die Nächste. Ein sandfarbener Fuchs sprang über eine weitere flackernde Lohe; und Fuchs wie Feuer verwandelten sich in eine davonstiebende Rauchwolke.

Als sich Alfred erhob, wusste ich bereits, was geschehen würde. In Gestalt eines Bären tappte mein Cousin mitten in ein weiteres Lagerfeuer, das mit ihm verschwand.

Jetzt blieb nur noch ein einziges, das größte der Feuer. Direkt vor den Flammen hockte Susi. Sie hatte sich auf die

Hinterbeine aufgerichtet und regte sich nicht. Ihre schwarzen Knopfaugen waren auf mein sitzendes Ich gerichtet.

Das Glühen am Firmament nahm an Intensität zu. Hitze drang zu uns herab, von der Spitze des Baumes stiegen Rauchfahnen empor. Silberfäden krochen über die Hügel, tasteten sich immer näher. In den Schlieren sah ich mich selbst, schimmerten Welten, verbargen sich Möglichkeiten, krochen unendliche Realitäten an uns heran.

Steh auf!, dachte ich verzweifelt und starrte meinem zweiten Ich Löcher in den Rücken. *Wenn du es nicht tust, werden wir alle …*

Beweg dich und beende deinen Traum!

Klar. Es war so einfach.

Ich löste mich aus meiner Erstarrung, sprang an meinem zweiten Ich vorbei, lief auf Susi und das verbliebene Feuer zu. Meine Ratte blickte mich an – und für einen Moment war ich davon überzeugt, dass sie lächelte. Dann wandte sich Susi um und verschwand. Der Himmel explodierte in Feuer und Hitze, als ich mich abstieß und in die Flammen sprang.

Die Zeit hielt an. Die Flammen gefroren. Das unermessliche Silberband umwehte mein Gesicht, festgesetzt im zeitlichen Nullpunkt.

Nur ich selbst war nicht gelähmt – und die Flammen des Himmels. Sie stiegen herab, ließen sich in den Zweigen des Baumes nieder. Ich trat an den Stamm heran; ein Stamm, der silbern pulsierte.

Da begriff ich, dass an dieser Stelle der Ursprung lag, der Ausgangspunkt des silbernen Bandes. Von hier erstreckte es sich zum Himmel und überallhin, wollte alles berühren und in sich aufnehmen. Ich umfasste den Stamm des Baumes und mit ihm die Essenz des Silberbandes, hieß das Feuer des Himmels willkommen.

Die Welt ging in Flammen auf.

Ich trieb durch die Unendlichkeit, durch Welten, Gedanken und unverständliche Quantengebilde. Leicht wie eine Feder glitt ich an jeden beliebigen Ort, kannte keine Hindernisse, nahm keine Grenzen wahr. Ich fühlte mich frei und gleichzeitig geborgen, empfand Freude an meiner schlichten Existenz, an jedem Bild, das mir begegnete. Raum und Zeit blieben bedeutungslos, alles war jetzt und überall, ein vermeintliches Chaos, das mir dennoch völlig klar und verständlich schien.

Im Nachhinein betrachtet, habe ich vermutlich halluziniert. So ist mir in Erinnerung geblieben, dass ich Eduard erblickte, der auf Susi ritt und dabei ein Lied trällerte, dessen Text ungefähr folgendermaßen ging: *Ohne Augen, ohne Ohren, ist die ganze Welt verloren. Nimm die Brille ab und guck – hui, da hat die Welt ihr Glück!*

Daneben hatten Anna und ich ein Stelldichein in einer Geisterbahn mit herzigen Plüschmonstern, ich sah Hasan, der sich mit Antonio ein Ohrfeigenduell lieferte und Sebastian, der grinsend und splitterfasernackt auf einer rosafarbenen Wolke an mir vorbeischwebte.

Vielleicht wollen Sie wissen, ob ich eine Instanz wahrgenommen habe, unermesslich und allumfassend, ein Wesen von unerreichbarer Größe, das manche als *Gott* bezeichnen würden.

Dazu kann ich nur sagen: Das Größte, das mir in meiner Vision begegnet ist und an das ich mich erinnern kann, war der Elefantengott Ganesha – mit Alfreds Gesichtszügen. Aber ich glaube kaum, dass mein Cousin etwas mit Göttern am Hut hat; sofern sie nicht aus Quanten bestehen.

Irgendwann, als eine undefinierbare Zeitspanne verstrichen war, verschwamm alles um mich herum. Die Welten und Gedankengebilde lösten sich auf, gerannen zu einem hellen, weißen Licht. Es glitt auf mich zu, betörend schön und gleißend, berührte mich, absorbierte mein Wesen – und löschte alles aus, was nicht länger sein durfte.

»Hey, Leute! Er ist wach!«

Eduard, drang es in meinen verworrenen Geist. *Das ist Eduards Stimme.*

»Schatz? Hörst du mich?«

Anna, stellte ich erleichtert fest. Ich wollte sie sehen und an mich drücken, aber in meinem Gesichtsfeld war alles weiß.

»Er ist verdammt bleich im Gesicht.«

Alfred. Auch er ist ganz nah. Weshalb kann ich sein Gesicht nicht erkennen?

»Dafür, dass er vorhin die Welt gerettet hat, sieht er gar nicht so schlecht aus.«

Prinzessin Latifa, eindeutig. Aber warum …

Das Weiß in meinem Blickfeld wurde dunkler, nahm Konturen an, Farbnuancen tauchten auf – bis ich über mir die Gesichter meiner Freunde erkennen konnte.

»Hallo, du Held«, sagte Anna mit einem Lächeln, beugte sich zu mir herab und küsste mich.

»Was … Was ist passiert?«

»Das würde ich auch gern wissen«, kam von Alfred. »Aber alles sieht danach aus, als hätten sich die Realitäten vollständig getrennt.«

Ächzend stemmte ich mich hoch. Ich lag am Rand der Senke und die Nachmittagssonne strahlte auf mich herab. Vor mir erhob sich der knorrige Baum; oder mehr die Überreste davon. Offensichtlich war er nicht bloß in meiner Realität in Flammen aufgegangen. Der Baum hatte sämtliche Blätter verloren, seine Oberfläche wirkte schwarz verkohlt. Von den beiden Monolithen und den Lagerfeuern war nichts zu sehen.

Eine von Tierfellen bedeckte Gestalt trat auf uns zu.

»Es ist schön, dass du wieder bei uns bist«, sagte Michael. »Du hast deine Aufgabe erfüllt und uns alle gerettet.«

»Hat irgendwer daran gezweifelt?« Ich versuchte ein Grinsen. »Wie spät ist es? War ich lange ohnmächtig?«

»Vielleicht fünfzehn Minuten«, meinte Eduard. »Aber du warst nicht ohnmächtig. Du hast geschlafen wie ein Baby und auch gesabbert wie eins.«

»Was hast du gesehen?«, fragte Anna und half mir, aufzustehen. »Als es passiert ist, meine ich.«

Ich schloss die Augen, sammelte meine Gedanken – dann schilderte ich meinen Freunden, wie ich die Ereignisse in der Senke erlebt hatte.

»Und wieder eine neue Variante.« Pema war ebenfalls zu uns getreten. »Es ist faszinierend, wie viel Fantasie in uns schlummert.«

»Neue Variante? Was meinst du?«

Alfred ergriff das Wort. »Jeder von uns hat etwas anderes wahrgenommen. Vermutlich hätten die tatsächlichen Ereignisse unseren Geist überfordert, also haben unsere Gehirne das Geschehen in surreale Bilder umgewandelt. In meiner Vision haben wir uns alle in Quantenkonstrukte verwandelt. Anna meint, dass wir in einem wilden Kreistanz um ein riesiges Feuer gelaufen sind. Latifa hat eine himmelhohe Sandburg wahrgenommen und Eduard …«

»Da war ein monströses, glupschendes Auge über uns, umrahmt von zwei Elefantenohren«, unterbrach ihn mein Arbeitskollege. »Ich bin eine Bohnenranke emporgeklettert, in die Pupille des Auges gestiegen und habe dort den Notaus-Schalter betätigt.«

»Wie bitte?«

»Schräg, oder?« Latifa lächelte. »Aber das Verrückteste kommt noch: Kaleb und seine Männer sind verschwunden.«

»Nicht nur sie«, ergänzte Anna. »Alle sind fort. Auch dieser Bischof und die anderen Geistlichen, Kommissar Schwärzer mit seiner Truppe, die Helikopter, die Inder – es ist, als hätten sie sich in Luft aufgelöst.«

»Ich interpretiere das so«, hob Alfred an. »Durch die Trennung der Realitäten wurden einige Unwahrscheinlichkeiten zurechtgerückt. In unserer Wirklichkeit hast du niemals Wunder im Vatikan gewirkt, hast keinen Tiger besänftigt, warst kein Lebensretter am Flughafen in Dubai. Diese Dinge haben ausschließlich in anderen Realitäten stattgefunden.«

»Aber …« Ich schluckte, als ich begriff, dass meine Erinnerungen etwas zeigten, das niemals geschehen war. »Was ist mit den Ereignissen, die in Deutschland passiert sind? Und warum … befindet sich Latifa noch bei uns? Weshalb ist überhaupt jemand von euch hier? Ich meine, wenn das alles nicht geschehen ist, hätte ich doch auch nicht aus Deutschland fliehen müssen.«

Alfred nickte und schürzte die Lippen. »Genau diese Fragen haben wir uns auch gestellt. Ich glaube, die endgültige Ausuferung der Realitäten hat erst bei deiner Flucht stattgefunden; was bedeuten würde, dass du weiterhin von Kommissar Schwärzer gesucht wirst. Weshalb wir alle noch versammelt sind, erkläre ich mir durch die Ereignisse an diesem Ort. Auf irgendeine Weise muss sich eine Art Quantenblase um uns gebildet haben, die sämtliche anderen Realitäten – und die schlagartigen Veränderungen darin – ferngehalten hat. Daraus könnte man schließen, dass Eduard derzeit in Italien als vermisst gilt; weil er in unserer Realität nie abgereist ist. Anna und ich sind möglicherweise in Deutschland verschollen, genauso wie du, Walter. Latifa hingegen … Ich könnte mir vorstellen, dass sie spurlos aus dem väterlichen Palast verschwunden ist.«

»Im Grunde ist es genau das, was ich immer wollte.« Latifa lächelte schief. »Das Einzige, das mich bekümmert, ist Yasmins Schicksal. Vermutlich arbeitet sie noch immer in dem tyrannischen Haushalt meines Vaters und fragt sich, was mit mir geschehen ist.«

»Einen Haken hat meine Theorie allerdings«, gab Alfred zu. »Es gibt eine ortsfremde Person, die nicht bei uns in der Senke war und trotzdem noch hier ist.«

»Hasan.« Ein Schatten huschte über Latifas Züge. »Pema hat ihn oben am Hügelkamm entdeckt. Er ist tot.«

Eine Erinnerung drang in meinen Geist. »War Hasan allein oder …?«

»Wie meinst du? Wir haben nur ihn gefunden.«

Ich überlegte, was mit Antonio geschehen sein mochte. War auch er in eine andere Realität gezogen worden? Oder lauerte er womöglich ganz in der Nähe und wartete nur auf eine Gelegenheit, sein blutiges Werk zu vollenden?

Mein Blick huschte über die umliegenden Hügelkämme, aber nirgends sah ich etwas Gefährlicheres als kniehohes Gras, das sacht im Wind wogte.

»Ah ja, da ist noch etwas.« Alfred wandte sich dem verkohlten Baumstamm zu. »Hasan ist nicht der einzige Tote.«

Ich sah in dieselbe Richtung, konnte aber nichts Auffälliges entdecken; bis auf eine Erhebung, die … Ich setzte mich in Bewegung, trat auf den Baum zu und ging davor in die Hocke.

Am Boden lag ein kleiner, lang ausgestreckter Körper. Susis rosa Öhrchen waren angelegt, ihre Augen geschlossen. Sie wirkte nicht, als wäre sie tot. Es sah aus, als wäre sie mitten im Sprung in einen immerwährenden Schlummer gefallen.

Ich begrub meine Ratte dort, wo ich sie gefunden hatte – unter den kahlen Ästen des toten Baumes. Danach bastelte ich aus zwei schwarz verbrannten Zweigen und etwas Gras ein Kreuz, fixierte es mit Steinen und legte die letzten Nüsse aus meiner Hosentasche davor.

»Aha.« Eduard warf mir einen schiefen Blick zu. »Damit Susi im Jenseits nicht hungern muss?«

»Genau. Außerdem, was soll ich jetzt noch mit den Nüssen?«

»Selbst essen.«

»Ich bin doch kein Nagetier.«

»Stimmt. Da fehlt dir der lange Schwanz.«

»Haha, sehr witzig.«

Ich überlegte, ein paar Worte des Abschieds zu sprechen, entschied mich aber dagegen. Gut, Susi dreizehn hatte sich nicht wie eine gewöhnliche Ratte verhalten – genau genommen war sie mir zeitweise menschlicher vorgekommen, als ich selbst – aber seit dem Tod meiner Mutter hasste ich jede Form von Grabreden.

Ich beschloss, Susi im Stillen meinen Dank auszusprechen; denn mir war sehr wohl bewusst, dass ich ohne sie das Chaos der verworrenen Realitäten niemals überlebt hätte.

Wir marschierten ins Lager zurück. Es sah wahrhaftig so aus, als wären unsere Verfolger nie hier eingetroffen. Kein Stammesmitglied, das nicht bei uns in der Senke gewesen war, wusste etwas von bewaffneten Männern, Geistlichen oder Helikoptern. Zudem waren die Tibeter überrascht, uns Europäer zu erblicken; und das, obgleich unser Gepäck unberührt in den Zelten stand – was auch Alfred vor ein Rätsel stellte.

Hingegen war der von uns in Lhasa gestohlene Pick-up unauffindbar. Als wir gerade den Boden nach – nicht vorhandenen – Reifenspuren absuchten, hob in der Ferne ein tiefes Brummen an.

Sofort drängte sich mir eine düstere Ahnung auf und ich riss den Kopf empor; aber der Himmel leuchtete so blau, wie er nur leuchten konnte. Von einem schimmernden Silberband war keine Spur zu entdecken.

Dafür kam ein kleiner Punkt in Sicht, der rasch größer wurde. Der helle Fleck entpuppte sich als Propellermaschine; und zwar nicht irgendein Flugzeug.

»Das ist Tim«, stellte Eduard fest, der die Maschine und den Schriftzug darauf zuerst erkannte. »Was macht der denn hier?«

Niemand von uns glaubte, dass Tims Erscheinen Zufall war. Ich warf Alfred einen Blick zu – aber mein Cousin schüttelte nur verwundert den Kopf. Auch diese Erscheinung fügte sich nicht in seine Theorie.

Die Propellermaschine umkreiste zweimal das Lager, dann landete das Flugzeug nördlich der Zelte. Tim sprang heraus und eilte auf uns zu.

»Gott sche dank, seid ihr hie«, rief er uns schon von Weitem zu. »Ich dacht scho, ich hab en Riss in de Schüssle.«

Tims Gesicht war verquollen, eines seiner Augen blau umrandet; das Resultat seiner Auseinandersetzung mit Hasan, wie der Pilot erklärte. Tim berichtete uns, dass er bei dem Kampf die Besinnung verloren hatte. Als er aufgewacht war, hatte ihn die Morgensonne begrüßt. Tim waren somit die Erinnerungen an fast vierundzwanzig Stunden abhandengekommen.

Der Pilot war ins Spital gefahren, um nach Ibrahim zu sehen – nur um festzustellen, dass der Araber nicht dort war und sich laut Auskunft der Ärzte auch niemals in Behandlung befunden hatte. Daraufhin hatte Tim beschlossen, nach uns zu suchen, um, wie er es ausdrückte, seine Wahnvorstellungen zu bestätigen. Glücklicherweise hatte er sich Annas Koordinaten in Erinnerungen rufen können – und auch sein Flugzeug stand dort, wo er es abgestellt hatte.

Mir kam in den Sinn, dass ich Tim in meiner Version der Ereignisse neben uns in der Senke sitzen gesehen hatte. Konnte es sein, dass dies ausreichend war, um nicht aus unserer Realität getilgt zu werden? Ich stellte Alfred dieselbe Frage; aber mein Cousin zog bloß die Schultern hoch.

»Müsste dann Tim nicht bei uns in der Senke aufgewacht sein? Ganz ehrlich, Walter: Auch wenn ich glaube, dass ich mit meiner Hypothese grundsätzlich richtig liege – die Quantenwelt ist zu komplex und unverständlich, um alle Zusammenhänge begreifen zu können.«

»Hauptsache, es tauchen keine unliebsamen Überraschungen auf.«

»Was meinst du?«

»Na ja … Wenn zum Beispiel die Indizien dafür sprechen, dass ich tatsächlich etwas mit dem Tod meines Chefs und meiner Nachbarin zu tun habe.«

»Das glaube ich nicht«, meldete sich Eduard zu Wort. »Ich vermute sogar, die Fälle sind längst aufgeklärt.«

»Wie kommst du darauf?«

»Das sagt mein Gefühl.« Eduard grinste. »Außerdem, hey, du bist doch ein Glückspilz.«

Tim bot sich bereitwillig an, uns zu helfen, und so beschlossen wir, mit ihm zurück nach Deutschland zu fliegen; oder zumindest in ein europäisches Land, von dem aus wir auch ohne Pass nach Deutschland einreisen konnten.

Auch Latifa wollte uns begleiten. »In Dubai gelte ich wahrscheinlich als vermisst. Ehrlich gesagt möchte ich, dass es so bleibt. Ibrahim hat mir einen französischen Pass besorgt – ich kann reisen, wohin ich will.«

»Du könntest ein neues Leben beginnen«, meinte Anna. »Vielleicht in Deutschland?«

»Das war auch mein Gedanke. Obwohl mir die Sprache schwerfallen wird. Aber immerhin habe ich dort schon Freunde.« Latifa lächelte uns zu.

Damit war die Sache entschieden. Wir überlegten, eine weitere Nacht im Lager zu verbringen, entschieden uns aber dagegen. Vor allem Alfred und Eduard drängten darauf, nach Deutschland zurückzukehren – Alfred aufgrund seiner Arbeit und Eduard wegen seiner Frau, die sich inzwischen ernste Sorgen um ihn machen musste.

Am späten Nachmittag war es dann so weit. Michael verabschiedete sich von uns und versprach, uns bald in Deutschland besuchen zu kommen. Er schenkte Anna einen, wie er sagte, magischen Stein, den sie stets um den Hals tragen sollte. Danach war Pema an der Reihe. Sie umarmte jeden von uns, ganz besonders lang ihre Enkelin.

»Es war schön, dich wiederzusehen, Nyima Tashi, selbst wenn die Umstände sehr aufwühlend waren.«

»Aufwühlend ist gut.« Anna lächelte. »Kommst du uns auch besuchen?«

»Das ist keine gute Idee. Ich bin schon alt und meine Aufgabe hier im Stamm ist wichtig. Ich hoffe dennoch, dass wir uns noch einmal begegnen, bevor mein Weg auf der Erde zu Ende geht.«

Ich erkannte Tränen in Annas Augenwinkeln und mein Herz geriet in Aufruhr. Anna war mein strahlender Engel – sie sollte nicht weinen, sondern Lebendigkeit und Freude ausstrahlen. Ich musste ihr beistehen, sie unterstützen, meine Liebe in ihre Hände legen.

»Dann kommen eben wir vorbei«, warf ich ein und nahm Anna in den Arm. »Vergiss nicht, wir haben den Gutschein der Tibet-Rundreise.«

»Wenn es diesen Gutschein noch gibt.«

»Klar gibt es den. Und wenn nicht, fliegen wir einfach so nach Tibet.«

»Danke, mein Schatz.« Anna drückte sich an mich. »Mit dir haben mir die Welten ein unfassbar schönes Geschenk gemacht.«

Ein Gefühl von Wärme erfasste meinen Körper. Annas Worte hatten ins Schwarze getroffen. Das Wichtigste, unsere Liebe, hatte all die Schwierigkeiten, Hindernisse und selbst die Vermischung der Realitäten überstanden. Es war ein herrliches Gefühl zu wissen, dass wir einander hatten, füreinander da waren und miteinander den zukünftigen Herausforderungen des Lebens begegnen konnten.

Der gesamte Stamm verabschiedete sich von uns. Wir bekamen jede Menge Glückwünsche mit auf den Weg und traten schlussendlich auf Tims Flugzeug zu.

»Eine Sache muss ich dir noch gestehen, bevor wir zurückfliegen«, sagte Anna und rückte ein Stück von mir ab. »Ich hätte es dir längst erzählen sollen, aber … irgendwie war nie der richtige Zeitpunkt dafür.«

»Aha.« Sogleich spürte ich, wie sich mein Herzschlag beschleunigte. »Ich höre.«

»Die Sache mit deinem Vorgesetzten, Hans-Ulrich Zwieböck.«

Mit einem Mal saß ein Kloß in meinem Hals. *Nicht schon wieder*, dachte ich und biss die Zähne zusammen.

»Bevor ich meine Ausbildung zur Gesundheits- und Krankenpflegerin abgeschlossen habe, war ich kurze Zeit Praktikantin in eurer Firma, allerdings nicht in deiner Abteilung. Damals habe ich Hans-Ulrich kennengelernt und … Wir haben ein paar Mal miteinander geschlafen, okay? Aber er ist tot und das ist mehr als zwei Jahre her und überhaupt ist das doch egal … oder?«

Anna warf mir einen halb beschämten, halb hoffnungsvollen Blick zu.

Ich konnte nicht anders: Meine Lippen verzogen sich zu einem Grinsen.

»Meine Güte.« Ich stieß einen anerkennenden Pfiff aus. »Du hast ja einiges auf dem Kerbholz. Mein Cousin, mein Chef … Aber solange sich nicht herausstellt, dass du meine verschollene, kleine Schwester bist und wir damit Inzucht betreiben, kann ich mit deiner Vorgeschichte leben.«

»Danke.« Anna lächelte erleichtert. »Und keine Sorge: Unsere Vorfahren haben sich bestimmt schon vor Jahrtausenden getrennt. Ich meine, bei deiner krummen Nase …«

»Sie haben mir ordentliche Kopfschmerzen bereitet, Herr Söringen.«

Kriminalhauptkommissar Magister Peter Schwärzer hatte die Arme verschränkt und musterte mich von oben bis unten. Sein kahler Schädel glänzte wie frisch poliert.

»Es tut mir leid, dass ich untergetaucht bin«, gab ich zurück. »Aber ich war schlicht in Panik.«

»Soso.« Schwärzers Augen wurden schmal. »Für eine Panikattacke waren Sie erstaunlich raffiniert. Wir haben keine einzige Spur von Ihnen gefunden.«

»Wir haben uns in einer Hütte im Bayerischen Wald versteckt.«

»Sie, Anna Fradinger und Alfred Mannheim?«

»Genau.«

»Mehr als eine Woche lang?«

»Richtig.«

»Ohne Kontakt zur Außenwelt?«

»Exakt.«

»Soso.« Schwärzer sah nicht danach aus, als würde er mir nur ein Wort glauben. »Wie auch immer. Das spurlose Verschwinden ist grundsätzlich nicht strafbar. Was die anderen Vergehen betrifft, kann ich bestätigen, dass sämtliche Vorwürfe gegen Sie fallen gelassen wurden. Von der Aufklärung des Falles Ihrer Nachbarin haben Sie bereits erfahren?«

»Ja. Sie ist auf der Jagd nach ihrem Papagei ausgerutscht und hat sich in der Badewanne das Genick gebrochen.«

»Ein seltsamer Tod, nicht wahr?«, sinnierte Schwärzer und warf mir einen scharfen Blick zu. »Ihr Vorgesetzter, Hans-Ulrich Zwieböck?«

»Hatte eine tödliche Wechselwirkung durch falsch eingenommene Medikamente. Auch in der Badewanne.«

»Was Sie nicht sagen! Zufälle gibt es, was? Die Sache in Ihrer Firma?«

»Doktor Flenning, der Personalchef, hat eine Million Euro unterschlagen und wollte mir die Schuld in die Schuhe schieben.«

»Noch ist nicht bewiesen, dass er für die Bilanzfälschung verantwortlich war«, tadelte Schwärzer. »Wie Sie wissen, gilt die Unschuldsvermutung. Da er zurückgetreten ist, hätten

Sie sich gute Chancen auf seine Position ausrechnen können. Warum haben Sie gekündigt?«

»Ich hatte das Gefühl, dass mein Leben eine Veränderung verträgt. Immerhin war ich jahrelang in der Firma.«

»Sehr wohl. Und jahrelang hatten Sie es unter Ihrem Vorgesetzten nicht leicht. Etwas seltsam, dass Sie ausgerechnet dann das Handtuch werfen, wenn Ihre Reputation und Ihre Aufstiegschancen nicht besser sein könnten, finden Sie nicht auch?«

»Manchmal muss man im Leben ungewöhnliche Entscheidungen treffen. Das macht es erst lebenswert.«

»Soso. Jedenfalls sieht es danach aus, als wären Ihnen keine strafrechtlich relevanten Fehler nachzuweisen.«

»Ein Glück, dass auch niemand spurlos verschwunden ist.«

»Wie meinen Sie?« Schwärzers Blick bohrte sich in den meinen.

Na gut, diese Worte hätte ich besser für mich behalten. Der Kommissar konnte schließlich nicht wissen, dass in der Verworrenheit der Realitäten mehrere Menschen verschwunden, eine Rattenplage eingetreten und Geistererscheinungen aufgetaucht waren; denn all dies hatte sich in der bereinigten Wirklichkeit niemals zugetragen.

»Ich meine – falls plötzlich mehr Personen das Verlangen gehabt hätten, eine Auszeit in einem abgelegenen Waldstück zu nehmen; das wäre eigenartig gewesen.«

»Das wäre es.« Schwärzer nickte bedächtig.

Mir war klar, dass er umgehend die Datenbank vermisster Personen überprüfen würde, um zu sehen, ob sich irgendwo eine Verbindung zu einem gewissen Walter Söringen finden ließ. Ich hoffte, dass Alfred bei seinen Recherchen nichts übersehen hatte und keiner der in anderen Realitäten verschwundenen Personen tatsächlich verschollen war.

»Gut, Herr Söringen, wir sind fertig. Ich will nicht verhehlen, dass ich Ihnen kein Wort glaube. Sie verbergen etwas, da bin ich mir sicher.«

Schwärzer musterte mich so intensiv, dass ich mich am liebsten in eine Maus – oder Ratte – verwandelt hätte.

»Aber«, fuhr der Kommissar fort, »bis jetzt erscheint alles schlüssig. Und da sich auch sämtliche Anschuldigungen gegen Sie als unhaltbar erwiesen haben, können Sie gehen.«

»Danke, Herr Kommissar.«

»Wie war das?«

»Danke, Herr Kriminalhauptkommissar Magister Peter Schwärzer.«

»So gehört sich das. Auf ein baldiges Wiedersehen.«

Ganz bestimmt nicht, dachte ich.

»Hallo und hereinspaziert.« Ich lächelte Latifa zu, die vor der Tür meiner Wohnung stand. »Die anderen sind schon da.«

Wir betraten das Wohnzimmer. Anna kam gerade aus der Küche herein. Sie trug eine Flasche Rotwein und eine Kartonpackung mit Traubensaft – Letztere hielt sie mir jetzt unter die Nase.

»Passt das für Sie, Herr Gourmet?«

Diese große Kleinigkeit hatte sich nicht geändert. Seit den radikalen Umwälzungen vor einigen Monaten war mir die Lust auf Alkohol so gründlich vergangen, als hätte ich in den Jahren davor genug Hochprozentiges für ein ganzes Leben eingenommen. Bis auf ein gelegentliches Bier oder ein noch selteneres Gläschen Sekt oder Rotwein kam ich wunderbar mit Kräutertees und Säften zurecht – etwas, das man bei meiner Vergangenheit durchaus als Wunder bezeichnen konnte.

»Passt sehr gut, Frau Schnapsdrossel«, erwiderte ich – und wich Annas spielerischem Hieb nach meinem Hinterkopf aus.

»Wie fühlt es sich so als schuldenfreier Mensch?« Alfred hatte es sich auf dem Sofa gemütlich gemacht und die Beine ausgestreckt.

»Gut«, erwiderte ich. »Auch wenn dafür ein Großteil meines Lottogewinns draufgegangen ist.«

»Ich dachte, das waren fast zwei Millionen?«

»Eins Komma fünf, um genau zu sein. Aber die neue Wohnung, der Wagen, die Begleichung meiner Schulden und ein paar Spenden; viel ist nicht übriggeblieben.«

»Apropos Spenden – danke für das Geld.« Latifa warf mir einen warmen Blick zu. »Das hat mir wirklich geholfen, jetzt, da ich nicht mehr auf das Vermögen meines Vaters zugreifen kann.«

»Gern geschehen. Wie läuft es mit der Ausbildung?«

»Eure Sprache ist nicht leicht, aber immerhin verstehe ich schon mehr als *Bahnhof*.« Latifa lächelte, als sie das deutsche Wort aussprach. »Ich habe auch einen ersten Job als Dolmetscherin gefunden – beim Roten Kreuz.«

»Das klingt hervorragend! Hast du etwas von Yasmin gehört?«

»Nein, aber ich bin mir sicher, sie hat meine Botschaft erhalten. Ich habe noch Freunde unter den Leuten meines Vaters. Wenn ich so weit bin, werde ich sie herausholen.«

»Falls du Unterstützung benötigst, gib Bescheid«, sagte Alfred. »Ich habe gute Kontakte.«

»Was ist eigentlich mit eurem Experiment?«, wandte ich mich an meinen Cousin.

»Findet nicht statt. Ich konnte die Verantwortlichen davon überzeugen, dass es zu riskant und zu teuer ist und die Erfolgsaussichten gering sind.«

»Irgendwie schräg, dass gerade das, was unsere Odyssee und die Beinahe-Vernichtung der Welt ausgelöst hat, nie passiert ist.«

»Doch«, widersprach Alfred. »Das schwarze Loch wurde sehr wohl erschaffen. Allerdings in einer anderen Realität, in der es nicht so dramatische Auswirkungen gegeben hat.«

»Stimmt. Trotzdem ist es verrückt. Wenn man darüber nachdenkt, bekommt man Kopfschmerzen.«

Kopfschmerzen, die vielleicht Anzeichen für einen Hirntumor sind, behauptete eine fiese Stimme in meinem Geist.

Ach sei doch still, entgegnete ich. *Du kannst mich nicht mehr …*

Mein Blick fiel aus dem Fenster. Einen Herzschlag lang war ich davon überzeugt, an der gegenüberliegenden Hauswand einen huschenden Schatten zu sehen; einen menschlichen Schatten.

Oder natürlich, die Kopfschmerzen haben eine andere Ursache, ergänzte die hämische Stimme.

Glücklicherweise kehrte in diesem Moment Eduard von der Toilette zurück.

»Ich bin beeindruckt, Walter. Ihr habt doch tatsächlich … Oh, hallo Latifa – oder sollte ich besser Michelle sagen?«

»Michelle ist mir lieber. Ich glaube zwar nicht, dass mein Vater nach mir sucht oder die Gefahr besteht, dass mich jemand erkennt, aber sicher ist sicher.«

»Solange dein Vater nicht solche Augen und Ohren hat wie ich …«

»Nein.« Latifa grinste. »Die hat er ganz bestimmt nicht.«

»Also, was ich sagen wollte.« Eduard fummelte an seiner Brille herum. »Ich mag euer Toilettenpapier. Da stehen lustige Sprüche oben. So macht das Pinkeln gleich viel mehr Spaß.«

»Und du hast sicher den für mich passenden Spruch gefunden«, mutmaßte ich.

»Genau. Er lautet: *Glück ist, wenn das Unglück die anderen trifft.*«

Verhaltenes Gekicher tönte durch die Wohnung.

»Was wirst du jetzt machen?«, fragte Alfred. »Ich meine, seit deiner Kündigung ist eine Weile vergangen.«

»Ich habe mir überlegt, einen Laden mit exotischen Pflanzen zu eröffnen.«

»Pflanzen? Hast du genug von anderen Menschen?«

»Das nicht, aber Pflanzen sind irgendwie … stiller.«

»Was du nicht sagst.«

»Hey, Schatz.« Anna zwinkerte mir verschwörerisch zu. »Hast du *sie* schon hergezeigt?«

»Sie?« Eduard wurde hellhörig. »Eure Eheringe?«

»Dicht dran.« Anna lächelte.

»Nein, hab ich noch nicht«, gab ich zurück. »Einen Moment, bin gleich wieder da.«

Ich marschierte ins Schlafzimmer (wobei ich den Kopf gesenkt hielt, um nicht versehentlich aus dem Fenster zu blicken) und kehrte mit einem Tragekäfig zurück, den ich auf dem Sofatisch abstellte. Aus dem kleinen Holzhaus und den Sägespänen in der Mitte des Käfigs lugte ein schnupperndes Näschen.

Alfred legte den Kopf schief. »Eine neue Ratte?«

»Genau.« Ich grinste. »Susi vierzehn.«

»Warum taufst du deine Ratten immer Susi?« Latifa hielt eine Nuss zwischen die Gitterstäbe. Susi vierzehn hopste aus ihrer Behausung, ergriff die Frucht und verschwand wieder zwischen den Sägespänen.

»Das liegt an einem Disney-Film«, kam mir Anna zuvor. »Bei Susi und Strolch war Walter immer zu Tränen gerührt.«

»Hey«, empörte ich mich. »Das stimmt doch gar nicht.«

Eduard grinste breit. »Diese Geschichte hast du mir aber auch erzählt.«

»Ich habe nie behauptet, Tränen zu vergießen.«

»Also meine Augen und Ohren behaupten …«

»Seid doch still.« Ich schüttelte den Kopf, aber über meine Mundwinkel wanderte ein Schmunzeln. »Es könnte auch sein, dass der Grund für den Namen ein anderer ist.«

Anna trat an mich heran, legte den Arm auf meine Schulter und küsste mich. »Sag bloß, du hattest mal eine Freundin, die Susi geheißen hat. Weil dann müsste ich jetzt eifersüchtig werden.«

»Nein, keine Sorge.« Ich lächelte, warf einen Blick in die Runde – und ignorierte den menschlichen Schatten mit Segelohren an der Wand, der mir ein fieses Grinsen schenkte.

»Es geht um meine Mutter. Ihr Name war Susanne.«

ENDE

NACHWORT

Glück ist nichts, das man besitzt oder nicht besitzt. Glück ist, was man aus dem macht, was einem im Leben begegnet.

So könnte man sagen. Aber stimmt es auch? Ich bin mir nicht sicher; sicher bin ich mir nur, dass es höllischen Spaß gemacht hat, *Das fiese Glück* zu schreiben. Ob dieses Werk autobiographisch ist? Natürlich nicht, was denken Sie! Oder womöglich doch, wenn man die Ansicht vertritt, dass alles selbst Geschriebene autobiografisch sein *muss* – und zwar deshalb, weil es den eigenen Gedanken entspringt.

Jedenfalls hoffe ich, Sie wurden gut unterhalten. Wenn ja – schreiben Sie mir. Oder verfassen Sie eine Rezension auf den Online-Seiten von Amazon, Thalia, Weltbild oder bei einer der Leserplattformen im Internet. Ich freue mich über jede Form des Feedbacks!

Mein Dank gilt wie immer meinen TestleserInnen, diesmal Doris, Sandra und Wendelin, die mir geholfen haben, meinem Werk den letzten Schliff zu geben.

Ein Nachsatz zum Nachwort: Dies ist mein achter veröffentlichter Roman. Da die Zahl Acht eine ganz besondere Zahl ist (sie steht unter anderem für die Unendlichkeit), habe ich keine Zweifel: Ab sofort lässt sich das Glück nicht mehr aufhalten!

Weitere Bücher des Autors:

An drei Dingen ist nicht zu rütteln.
Erstens: Sohlenpeins Schuhe sind sehr geschwätzig.
Zweitens: Gartenzwerge schmecken hervorragend als Gulasch.
Drittens: Klabauter sind immer blau.

Professor Adalbert Heimlich ist ein Meister seines Faches. Seine Erkenntnisse zu Sinn und Unsinn sind ein wesentlicher Bestandteil der wissenschaftlichen Lehre. Als jedoch ein Gossentroll verschwindet, und mit ihm die Farben einer Straße in Hamburg, steht auch der Sinngelehrte vor einem Rätsel. Gemeinsam mit Universalpräfekt Georg Zimperlich, seinem Assistenten Zumpfal und Doktor Tina Morgen (die bis zum Abend schläft, aber sicher kein Vampir ist) macht er sich auf die Suche nach dem fiesen Farbendieb.

Inklusive exklusivem Rezept für ein Gartenzwerggulasch!

PROFESSOR HEIMLICH und die Farbenleere

(Fantasy-Krimi-Satire)

Verlag ohneohren | 2016
ISBN: 9783903006805

»*Mein Name ist Raphael. Ich bin äußerlich menschlich, tatsächlich aber ein Vampir. Ein Erzvampir, um die Dinge beim Namen zu nennen. Sie denken, die Menschen sind die Krone der Schöpfung? Falsch gedacht! Wir Erzvampire lenken das Schicksal der Welt, wurden bereits vor Jahrtausenden als Hüter des Gleichgewichts ernannt – und das aus gutem Grund. Manche Unsterbliche kennen nur die Sprache der Gewalt. Andere treibt die Gier nach Macht in den Wahnsinn. Einige schrecken auch nicht davor zurück, Weltkriege zu entfesseln. Und vom drohenden Zeitenwandel will ich gar nicht erst anfangen. Ich sehe schon, so wird das nichts. Also alles der Reihe nach.*«*

Persönlich und pointiert erzählt RAPHAEL von epischen Feindschaften, skurrilen Begebenheiten, sinnlichen Momenten und räumt mit allen Vorurteilen gegenüber Blutsaugern auf. Denn in Wahrheit sind Erzvampire vor allem eins: die Beschützer der Menschheit …

RAPHAEL – Der Zeitenwandel
(Urban Fantasy, humorvoller Vampirroman)

Books on Demand | 2015
ISBN: 9783739218571

Markus hat kein leichtes Leben. Seine Exfreundin tyrannisiert ihn, sein bester Freund will ihn mit einer Klassenkameradin verkuppeln und sein Bruder lässt keine Gelegenheit aus, ihn zu demütigen. Dennoch könnte Markus ein gewöhnlicher 17-Jähriger sein, wenn da nicht sein wiederkehrender Traum wäre. Darin schlüpft er in die Rolle eines Soldaten und durchlebt mit ihm eine episch-fantastische Schlacht. Beim Erwachen weist er dieselben Verletzungen auf wie der Krieger.

Als der Schulbus mit einem unbekannten Wesen kollidiert, ein Brand die Schultoiletten verwüstet und eine geheimnisvolle Sekte auftaucht, wird Markus klar, dass seine nächtlichen Visionen weit mehr sind, als bloße Träume. Gemeinsam mit seinen Freunden bleibt ihm nichts anderes übrig, als sich seinem Schicksal zu stellen – denn inzwischen steht nicht nur sein Leben auf dem Spiel, sondern die Existenz einer ganzen Welt …

DER RISS – Träume
(All Age Urban Fantasyroman)

Books on Demand | 2015
ISBN: 9783738617375

KABINE 14 (Thriller)
nominiert für den
Friedrich-Glauser-Preis 2014
Sparte Debütroman

Berenkamp Verlag | 2013

ISBN: 9783850933070

13 GEBOTE (Thriller)
kann als Einzelwerk oder
Nachfolgethriller zu KABINE 14
gelesen werden

Books on Demand | 2015

ISBN: 9783734756085

EINÖDE 12 – Endzeit / Neubeginn (Thriller)

nach KABINE 14 und 13 GEBOTE
das fulminante Finale der
Zahlenthriller-Reihe

Books on Demand | 2017

ISBN (Endzeit): 9783744834582
ISBN (Neubeginn): 9783746032207